Tutor

SUE HECKER

Tutor

Rio de Janeiro, 2021

Copyright © Sue Hecker 2016

Direitos de edição da obra em língua portuguesa no Brasil adquiridos pela Casa dos Livros Editora LTDA. Todos os direitos reservados. Nenhuma parte desta obra pode ser apropriada e estocada em sistema de banco de dados ou processo similar, em qualquer forma ou meio, seja eletrônico, de fotocópia, gravação etc., sem a permissão do detentor do copirraite.
Esta é uma obra de ficção. Os nomes, personagens e incidentes nele retratados são frutos da imaginação da autora. Qualquer semelhança com pessoas reais, vivas ou não, eventos ou locais é uma coincidência.

PREPARAÇÃO DE TEXTO

Giuliano Piacesi Francesco da Rocha

REVISÃO

Aline Canejo

Thamiris Leiroza

DIAGRAMAÇÃO

Abreu's System

CAPA

Denis Lenzi

CIP-Brasil. Catalogação na Publicação
Sindicato Nacional dos Editores de Livros, RJ

H353t

Hecker, Sue
    Tutor : um homem de olhar penetrante / Sue Hecker. –
1. ed. – Rio de Janeiro : Happer Collins, 2017.
    384 p. ; 23 cm.

    ISBN 978.85.69514.84-8

    1. Romance brasileiro. I. Título.

16-37559   CDD: 869.3
                                  CDU: 821.134.3(81)-3

HarperCollins Brasil é uma marca licenciada à Casa dos Livros Editora LTDA.
Todos os direitos reservados à Casa dos Livros Editora LTDA.
Rua da Quitanda, 86, sala 218 — Centro
Rio de Janeiro, RJ — CEP 20091-005
Tel.: (21) 3175-1030
www.harpercollins.com.br

Tutor

Um homem de olhar penetrante

Prólogo

Sentado diante do laptop, de banho tomado após um dia cansativo no escritório, observo Bya sair do quarto, vestida para matar. Uma onda incontrolável de calor me inunda. O rabo de cavalo preso no topo da cabeça parece dizer: "Prenda-me em suas mãos". O olhar de castanheira me desafia, sua marca registrada desde o primeiro momento em que me viu. Lábios carnudos, de dar inveja a qualquer mulher do mundo, pintados de vermelho. Espero-a dizer aonde pensa que vai arrumada daquele jeito.

— Pedro, não sei a que horas volto — disse, segura de si, como se mandasse no próprio nariz. — Estou indo cobrir o expediente de uma amiga que trabalha em um bar. — Ela emenda as palavras enquanto age rápido, ciente de que vou fazer uma série de perguntas. — A mãe dela está em fase terminal. Então não pode ir trabalhar hoje. Precisa ficar com ela no hospital, e não pode perder o emprego. Fiquei morrendo de dó, sabe? Você vive dizendo que na vida precisamos ajudar o próximo. Por isso, decidi ajudá-la, para o chefe dela não descontar o dia, ou mesmo mandá-la embora. Não sei o que me espera nem a que horas termina o horário dela no bar. Não aguarde por mim! — Seus argumentos são rápidos, ela fala tudo sem ponto nem vírgula, sem pausa. Mistura boa ação com atitude para lapidar minhas objeções antes mesmo de eu fazê-las.

— Espera aí, mocinha! — Sem dar tempo para pensar, seguro seu braço. — Antes de abrir esta porta, pode me falar onde fica esse bar e por que uma bartender precisa trabalhar com um short tão curto?

Não olho para ele. Só de ouvir sua voz firme e imponente meu coração palpita. Direciono meus olhos para qualquer ponto do espaço. Não posso encará-lo. Seu olhar é penetrante, como um pêndulo de hipnose. A cada vez que olho para ele me sinto sem ar, fantasio o sabor do seu beijo, o toque de sua carícia. Imagino a acolhida dos seus braços em torno do meu corpo, o hálito quente próximo do meu ouvido dizendo: "Sim, eu quero ter você". Ele é o homem que marcou minha vida e também me arruinou para todos os homens do mundo. Não permitirei que continue ditando regras do que devo ou não fazer, como se eu fosse apenas uma eterna responsabilidade. Respiro fundo, crio forças não sei de onde e respondo rápido, quase da mesma forma que fiz para avisá-lo de que estou saindo.

— Em qual século você vive mesmo? Definitivamente você não é deste tempo!

Ela me desafia, e eu prendo o ar nos pulmões, dando-me conta do quanto sua pele é quente e macia.

— Isto não é um short curto, é uma bermuda, e o bar tem uniforme, como você pode ver.

Ela corre as mãos pelo corpo de cima a baixo.

— Estas roupas não são minhas. Se tenho que ajudar minha amiga, preciso vestir o uniforme dela. Eu sou manequim 40, e ela apenas 38. Agora sem perguntas, tá legal? Já estou quatro minutos atrasada!

Ela puxa o braço delicadamente e, com a mão livre, abre a porta. Antes de fechá-la, ela me olha com um sorriso maroto parecendo fascinada com o rumo dos acontecimentos e diz:

— O nome do bar é Honolulu!

Olho para ele tentando parecer inocente. Acho que percebe quando o estou cobiçando. Por mais que tente não exagerar nas caras e bocas, sempre o provoco.

— Beatriz?! — Pronuncio seu nome apenas quando quero a sua total atenção. — Será que o que pago a você como estagiária no escritório não é suficiente? — Assim que termino de falar, me arrependo. Que droga! Por que será que, do nada, tenho esse sentimento banal de que sou dono do direito dela de ir e vir?

— Pedro, pela forma como você fechou os olhos assim que fez a pergunta, vou considerar que já sabe a resposta.

Um sorriso lento e irônico se abre em seus lábios vermelhos. Ela certamente sabe me irritar quando percebe meus gestos e expressões.

— Talvez! Bya, você pensa que sabe a resposta.

Ela cruza os braços, resguardando-se de qualquer desculpa que eu queira dar.

— Mas, como seu responsável, me preocupa que depois de um dia de trabalho você possa encarar como uma boa ação cobrir o expediente de uma amiga para ajudá-la. Antes de tudo, precisa pensar que seu corpo pode estar cansado e não aguente. Não é fácil trabalhar em um bar. Sei que não temos sempre as mesmas opiniões, mas tente considerar o que eu digo. Ligue para sua amiga e diga que não tem condição de cobrir o expediente dela. Sem contar que ainda tem aqueles malandros que bebem a noite toda e não são capazes de ter um bom papo com uma mulher. Só querem saber de cantar as garçonetes.

Quando penso em um homem olhando para ela, meu estômago revira. Sem dúvida, ela tem um corpo lindo, e não faltarão azarões com cantadas idiotas ao verem suas pernas bem-torneadas e bronzeadas à mostra. Mas eu não iria dizer isso. Na verdade, nem sei por que pensei nas pernas dela. O deboche estampado no rosto da Bya me intriga.

— Você está preocupado com o meu bem-estar, meu querido e todo-poderoso tutor? Ou está com medo de que eu não saiba me defender de galãs bêbados?

Prometi que não iria olhar em seus olhos, mas, quando ele quer provar que é indiferente e que só pensa em mim como sua responsabilidade, tira-me do eixo. Será que ele não percebe que seus olhos são como espelhos; refletem o mesmo que sinto por ele? Pura e intensa atração! Por que ele não é verdadeiro com os seus sentimentos?

— Sei que você sabe se defender muito bem!

Meço-o dos pés a cabeça, querendo mostrar que só consigo enxergá-lo como homem. No fundo, sei que ele gosta de ser observado por mim e isso o deixa tenso.

— Então talvez seja uma pontinha de ciúmes.

A malícia toma seus olhos.

— Deixa de ser pretensiosa. Você tem de passar longe desse sentimento, não fantasiar coisas. — Alerto. — A vida não se resume apenas ao seu umbigo. Estou apenas preocupado.

— Tem certeza? Olha que posso ser uma mulher bem malvada para bêbados indefesos.

A ira me faz dar um passo à frente e ela recua outro passo na direção da porta. Sou tomado por um calor. Não sei definir se pela petulância dela, se pela proximidade dos nossos corpos. Ela tem um talento todo especial de saber causar reações diversas em mim, do desejo à autocondenação.

— Ainda não estou convencida de que não seja ciúme. — Dou de ombros para provocar. Essa é a parte mais divertida na nossa relação. — Você inventa mil desculpas para eu não sair de casa e ainda inventa o risco de eu poder ser assediada por um bêbado. Você acredita mesmo que só posso ser cantada por pessoas alcoolizadas? — Olho para ele, mas sem vê-lo, afetada demais pelas suas atitudes contraditórias. — Ou prefere encarar que um possível flerte com um carinha legal pode representar um perigo iminente para mim? E tudo isso você prefere nomear como apenas "preocupação com meu bem-estar"?

— Isso mesmo!

Entendo seu apelo em frisar que é algo além de preocupação, mas tento ser o mais indiferente possível.

— Vamos lá, Pedro! Você vive me proibindo de tudo ou tentando me convencer de que a vida é cruel, que as pessoas são más e que só você pode me defender de mim mesma, como um super-herói! Mas seus olhos sempre me provam o contrário. Vejo neles.

Interrompo-a, não quero ouvir o que tem a me dizer, principalmente agora que não estou pensando direito e me encontro vulnerável à atração que não devo sentir.

— Bya, deixa de ser infantil! Ligue para sua amiga e diga que trabalhou o dia todo e precisa descansar. Ela que arrume outra pessoa para ficar com a mãe.

— Então você acha que posso ligar para a Elaine agora e falar: "Elaine, larga sua mãe no leito de morte e vá trabalhar, porque hoje fiquei sentada atendendo a alguns telefonemas, levei alguns papéis ao meu chefe e acho que vou me cansar trabalhando apenas algumas horas por você"? — Enceno como se tivesse com um telefone na mão. — Olha para mim, Pedro! — Grito magoada com lágrimas que começam a invadir meus olhos. — Se pudesse ter a chance de ficar apenas cinco minutos a mais com meus pais, eu largaria o mundo e o amanhã e só pensaria nesse tempo que teria com eles.

Esfrego a nuca pensando na besteira que acabo de fazer. Ela bate a porta e me deixa olhando para a madeira morta, ao mesmo tempo a coisa mais viva do momento. Quando projetamos a importância e o tamanho de uma porta, não imaginamos os sentimentos que pode transmitir ao ser aberta ou fechada. Para muitos, é somente uma passagem de entrada e saída. Mas, quando é fechada por alguém que foi magoado, dói não termos forças para abri-la e dizer que tudo foi um mal-entendido.

— Porra! Não deveria ter dito isso.

Arquitetar e planejar são exigências da minha profissão. Jamais as linhas e as formas de uma porta fechada podem significar algo além disso para um arquiteto. Digamos que brincar de criador é insuficiente para dar sentido às coisas que acontecem na escola da vida. Estudei anos para dominar a forma e distribuir espaços, mas confesso que, ao lado da Bya, me sinto fora de esquadro, perdido em linhas paralelas, em uma escala indefinida. Em cima da prancheta, consigo pensar, desenvolver, transformar sonhos em realidade. Muitas vezes, desenho casas para abrigar um grande amor, até mesmo caminhos que levam ao arco-íris. Em um simples desenho, organizo cidades, vidas e comportamentos. Mas, quando se trata daquela mulher, tudo vira um rabisco sem forma, sem direção, preso no escuro sem encontrar uma luz que banhe a vida do sol mais lindo.

Ando de um lado para o outro. Pareço um animal enjaulado, preso a um juramento. Quero acreditar que a confiança em mim depositada é o motivo de ficar tão nervoso a cada vez que ela diz que vai sair sem mim. Até hoje o juramento que fiz tem sido um desastre, com todos os acontecimentos ganhando proporções épicas. Seguro o celular, mordo os lábios e me pego olhando o visor, pesquisando onde é o tal bar. Pela descrição, é um local frequentado por jovens surfistas e motociclistas. Estranho nunca ter ouvido falar do local, pois faço parte de um motoclube, Águias do Asfalto. Sinceramente, Honolulu ficaria gravada em minha memória, caso um dia tivesse sido mencionado por algum dos nossos membros. Algumas ligações, e minhas suspeitas se confirmam. O bar descreve em sua apresentação que recebe motociclistas, mas só os que se intitulam assim, não os membros de clubes que se reúnem para beber. Esses grupinhos são gaviões que compram máquinas modernas e vão à caça de suas presas. Um nó se forma em minha garganta.

— Meu Deus! Quanto tempo! Enfim andarei na garupa da sua lambreta?

Interrogativa e surpresa, Bruna fica me olhando e tentando decifrar o motivo do convite repentino, ainda mais sendo um passeio de moto, uma vez que nunca levo ninguém. Somos amigos desde a época da faculdade. No passado, antes mesmo de saber suas preferências sexuais, rolou um pequeno *affair* entre nós, mas não passou disso.

Somos muito parecidos, e dou graças a Deus que o capacete me impede de falar muito. Assim, não preciso começar nossa noite respondendo a um interrogatório. Entrego o equipamento para ela, que entende a minha resposta. Desde que a Bya ficou sob meus cuidados, afastei-me de todos. Nem mesmo eu entendo o porquê. Tenho agido como um idiota. Nesses últimos anos em que estou vivendo com aquela moleca mimada embaixo do mesmo teto, preferi ficar recluso, em um mundo fechado, onde apenas a minha verdade me basta.

A cada dia que passa, procuro por respostas, e hoje uma luz se acendeu dentro de mim, como se um blecaute temporário tivesse terminado. No escuro, alimento a dor física para poder atenuar a dor mental. Venho me castigando fisicamente, motivado pelo sentimento de culpa. Meu corpo não obedece às minhas verdades e crenças. As consequências da luxúria se tornaram um remorso constante.

Sigo com a Bruna na minha garupa, rumo à Vila Madalena. Ela foi a primeira pessoa em quem pensei, depois de fazer umas checagens do local e lembrar que uma de suas paixões eram as ondas.

Coloco o último copo no esterilizador. Aff! Nunca imaginei que Elaine trabalhasse tanto. Parece que os copos não acabam. A cada bandeja de bebida que o garçom leva, contabilizo mentalmente quantos copos a mais lavarei esta noite.

Quando cheguei e me apresentei ao gerente, ele decidiu me colocar no bar. Eu disse que não tinha experiência em servir mesas, o que o fez torcer o nariz e acabar remanejando a equipe. Conheço vários funcionários, todos colegas da faculdade. São todos estagiários de arquitetura, mas fazem bico ali para ajudar no orçamento. A Elaine e o Beggo são os meus melhores amigos.

Sorridente como uma libélula, Beggo entrega um pedido ao bartender enquanto me olha, colocando sua enorme franja atrás da orelha.

— Ei, sensação da noite, não me lembro de você ter dito que traria reforços para garantir sua segurança — brinca ele. — Não vai acreditar quem está sentado no canto do bar.

Olho para ele, desanimada, com mais uma bandeja de copos sujos chegando.

— A noite mal começou, e confesso que fazer adivinhações não faz parte do meu pacote de atributos. — Levanto o ombro e gesticulo com as mãos um movimento imaginário, fingindo esfregar copos.

— Então se prepare. Se não quer adivinhar, siga a direção do meu dedo e veja com seus próprios olhos que o seu cão de guarda está aqui. — Arrasto meus olhos para o canto do salão e vislumbro um casal sentado a uma mesa.

Inicialmente não reconheço o espécime que o acompanha, mas não há dúvidas de que o homem é o meu Alf, o ETeimoso e irresistível tutor. Estão sentados frente a frente com as cabeças inclinadas. Parecem concentrados na conversa. Imagino que se conhecem há anos, mas eu, particularmente, nunca tinha visto a tal mulher. Além dos cabelos de um louro oxigenado, seu rosto grita botox. Também tem um jeito meio masculino. Xingo-me mentalmente. Acho que nunca vou me acostumar a vê-lo com uma mulher.

— Ele veio com uma mulher para me vigiar? — pergunto mais para mim do que para o Beggo. O sangue parece desaparecer do meu rosto. Fico pálida como nunca, com as mãos trêmulas.

— Muita coragem, não é mesmo, morena? — Nunca escondi dos meus amigos a paixão que tenho pelo Pedro. O Beggo me encara mordendo o nó do dedo.

— Beggo, assume meu lugar por alguns minutos e deixa que eu mesma sirva a mesa deles. Vamos ver se, encharcados, eles não vão embora rapidinho e me deixam em paz. Afinal, existem garçonetes extremamente desastradas, não é mesmo? — A ideia é tentadora.

Felizmente tenho um amigo que pensa rápido e me alerta que não é uma questão de vingança pessoal, e sim uma ajuda para a Elaine segurar o emprego. Frustrada, mas nunca derrotada, sinto ideias fervilhando na minha mente. Pego o pedido com o bartender para ver o que escolheram.

A loura siliconada pediu um Sex on The Beach. Leio a descrição no cardápio em voz alta:

— Coquetel servido em copo alto, com licor de pêssego, sucos de laranja e de cranberry. Uh-lá-lá, então ela quer sexo na praia, Beggo? — pergunto para meu amigo, arquitetando tudo na minha mente.

O Pedro pediu um Honolulu Piña Colada, coquetel da casa sem teor alcoólico. Pelo jeito, é ele quem está dirigindo. O seu senso de responsabilidade é tão grande que nem mesmo um chope é capaz de tomar. Já os ingredientes do seu coquetel são leite de coco, leite condensado, creme de leite, suco de abacaxi, soda limonada em vez de rum e mel, muito mel. Ops! Este último ingrediente não consta no cardápio, mas, como sei que meu querido e irresistível tutor é um pouco intolerante a ele, resolvo pedir para o bartender adicionar, só para dar uma apimentadinha à tão sonhada noite de sexo na praia que sua amiguinha pediu.

Esperando meu produto de vingança ficar pronto, não consigo mais render à lavagem dos copos na mesma velocidade.

Impaciente, observo a movimentação do bar.

— Você já tinha vindo aqui, Bruna? — Faço de tudo para ela não perguntar o porquê do convite repentino. Ela sorri para mim e responde no seu jeito caiçara de ser, com seus jargões.

— Já caí neste bar, uns *brothers* estão sempre aqui.

Olhando para todos os lados sem querer parecer perseguidor ou controlador, tento encontrar a pequena atrevida de qualquer jeito.

— É impressão minha ou você, além de não estar prestando atenção no que falo, está procurando alguém no *crowd*?

Pego de surpresa, remexo-me na cadeira. Se conseguir explicar o que estou fazendo aqui sem parecer um tirano, vou me sentir vitorioso. Mas o que vejo me enraivece. O balcão do bar está tomado por um bando de urubus sobrevoando a carniça. Claro que não é isso o que incomoda, ou assim desejo pensar. O que me incomoda é que ela ache aceitável passar a noite lavando louça, quando em casa a privo de tirar o seu próprio copo da mesa.

Vejo-a dando respostas para alguns gaviões com um sorrisinho tímido. O mundo é cheio de aves de rapina mesmo. Sentindo a face tensa, encaro o movimento, esperando o instante certo de ter de intervir com algum idiota abusado.

Disfarço o quanto posso a vontade de não mostrar a ele que já os avistei. Dou atenção aos homens no balcão, apesar de minha função não ser esta. Tento separar a ira do ciúme e do frio na barriga. Consigo passar por cima de todas as piadinhas e cantadas, mas é impossível ignorar o homem sentado à mesa com uma acompanhante.

Percebo que ele não para de olhar em minha direção. Pedrão, eu também sei jogar esse jogo. Na mesa ao lado, algumas mulheres desacompanhadas o observam. Claro, como não notar a sua presença? O homem consegue brilhar na penumbra como uma joia bruta. Desejo que ele vá embora logo.

Tento me manter firme e controlar o tremor em minhas mãos. A loura chama sua atenção, tirando o foco que ele estava mantendo em mim. Acho que preciso apimentar um pouco mais a noite! Percebo que uma das meninas que trabalha no bar tem a camisa amarrada na frente, deixando a barriga à mostra. Vou a um canto próximo do freezer e copio a sua ideia. Apesar da decisão, tenho espasmos por dentro imaginando como ele ficará irritado.

— *Fiu-fiu!* — Ouço o assovio de Beggo. — Arrasou, morena tropicana.

Respiro fundo, firme e motivada. Seus olhos voltam-se para o bar. Incrédulo no que está vendo, posso sentir o fervor em suas veias. Sorrio por dentro, sentindo-me vingada. Sei que ele odeia mulheres exibicionistas, mas, como naquela noite resolveu abrir uma exceção e sair com uma loura oxigenada, vai ter de me aceitar fazendo exibicionismos também.

— Acho que você atraiu a atenção de alguém.

— É mesmo?

— E não sou só eu que acha isso. Olha como falta pouco para a lourona plantar bananeira na frente dele.

— Pedrão, você gostou tanto assim do bar que resolveu tirar as medidas do balcão para um possível projeto?

— Minha tutelada está trabalhando aqui hoje. Fiquei curioso para conhecer o tão famoso Honolulu. — Eu me atrapalho com a resposta.

— Famoso, é? Não me lembro de ser um lugar badalado — responde ela, ironicamente. — Sua pupila deve ser uma garota de sorte por amar você.

— Às vezes acho que ela me odeia mais do que me ama.

— De onde foi que você tirou essa ideia, meu querido e amado Pedro?! — Com um sorriso no rosto, digo cuspindo fogo pelas ventas, por estarem se referindo a mim como uma tutelada. — Olha como gosto de você: quando vi que estavam aqui, fiz questão de trazer o pedido para cumprimentá-los! — Ou fuzilá-los, penso. Minhas mãos nunca tremeram tanto. Nem sei como os coquetéis ficaram intactos. Acho que esbarrei em quase todas as mesas no caminho até chegar a eles. De repente, a bandeja pesa em minhas mãos e me lembro da razão de estar ali.

Minhas palavras se atrapalham assim que ouço a voz familiar, minha língua fica presa e desajeitada. Sinto-me bêbado, apesar de não ter colocado uma gota de álcool na boca. Sou salvo pela Bruna, que me olha carrancuda e desfaz o clima pesado. Será que Bya ouviu o que falei?

— Você deve ser a... — Ela estende a mão e olha pra mim pedindo socorro; então, me lembro que não mencionei seu nome para minha acompanhante.

— Beatriz, esta é a Bruna, uma grande amiga da minha época de faculdade. — Com aquele olhar desafiante que conheço, ela coloca as bebidas na mesa acertando o pedido de cada um.

— Imaginei ser uma amiga antiga, meu querido tutor. O senhor adora tudo o que é muito antigo. Sempre me lembra disso, esqueceu? — A sua ousadia faz com que a bílis suba à minha garganta, mas não a deixo perceber que a mensagem sutil me afetou.

— Você é linda, Beatriz. Imagino o orgulho que o Pedro deve sentir quando passeia ao seu lado e todos notam a sua beleza. — Não sei por quê... A cada segundo que passa, tudo fica mais constrangedor ou confuso. A Bya sorri debochada quando a Bruna fala. Tenho a impressão de que o clima vai esquentar, ainda mais depois das peraltices que esta pirralha mimada já aprontou. — Estes coquetéis estão perfeitos. Com caras ótimas... E este abacaxi do Pedrito, então...! Deve estar divino, louco para *dropar* em sua boca. Você quem preparou, Bya? — Fecho os olhos esperando a resposta.

A Bruna não perde tempo em levantar seu copo para um brinde imaginário e leva a bebida à boca, medindo a Bya dos pés à cabeça. O sangue ferve nas minhas veias. Ela não está querendo flertar com minha pequena. Está?

Repito o gesto da Bruna levando à boca o canudo da minha Piña Colada servida no abacaxi. Nos olhos de Bya, há certa magia de coragem e vulnerabilidade que atinge meu íntimo. O contraste do gelo que desce raspando pela minha garganta com o calor que ela irradia ao meu corpo enquanto me observa provar o coquetel faz com que eu fique absorto ao sabor doce da bebida e preso aos seus olhos.

— Gostou? — Pergunto ansiosa e apreensiva, com medo de ele descobrir o ingrediente surpresa adicionado à bebida.

Colocando o abacaxi na mesa sem tirar seus olhos dos meus, levanto as sobrancelhas questionando com indiferença, para não mostrar minha fraqueza. Mas, ao mesmo tempo, meu corpo fica imobilizado, como sempre acontece quando estou ao lado dele. O centro escuro dos seus olhos cresce, intensificando o verde ao redor. O homem exala tensão sensual, deixando minhas pernas bambas. Sinto meu coração acelerar com a expectativa do que ele vai dizer. Minha respiração fica presa na garganta. Ele tem o poder de me fazer esquecer onde estou e o que sou. Minha atenção se foca em seus lábios.

— Acho que é a melhor Piña Colada que já tomei!

Desvio meus olhos de seus lábios. Percebo que ele ainda está me encarando e acrescenta:

— Você já foi surpreendido por algo que tomou? — Ele para de falar e desvia os olhos dos meus. — Como está o seu coquetel, Bruninha?

Que diabos acabou de acontecer? Um misto de sentimentos me invade. Sinto-me comovida pela ternura que vi em seus olhos segundos atrás, mas essa sensação logo desaparece dando lugar a um sentimento de vingança. Em seguida, ao pensar em como ele se sentirá depois de tomar o coquetel todo, fico irritada novamente. É assim que ele me faz sentir desde o dia em que o conheci: ternura e ódio ao mesmo tempo.

— Perfeito! Como eu esperava! — diz a bruxa oxigenada, convencida e de nariz empinado, encarando-me. *Que mulher mais estranha*, penso, com um sorrisinho. *Acho que ela quer me ver longe.*

— A noite é uma criança! Divirtam-se! — Contenho a respiração por segundos e acrescento: — Afinal, este coquetel deve estar melhor do que o pão do dia a dia, não é mesmo, Pedro?

Aproveito a deixa e saio com a bandeja festejando por antecipação, imaginando a bela noite de sexo na praia que ela vai ter. Durma com essa, casal sem graça!

Tive de cerrar os punhos para não agir com o desejo que queimava dentro de mim e tentar afastar as fantasias que ela me despertava quando percebi que correspondia ao meu olhar. Perguntar para a Bruna como estava o coquetel dela foi só o que veio à minha mente.

— Vejo que virou um maroleiro. O que aconteceu com você? Resolveu se aventurar em ondas pequenas?

— Não delire. Ela é minha responsabilidade. Prometi cuidar dela como se fosse minha filha. — Tomo mais um gole da bebida para aliviar a coceira que começa a formigar em minha garganta.

— Não foi o que acabei de presenciar. Talvez seja moderno fazer como no tempo de nossos avôs, quando o olhar dizia tudo aos seus filhos.

Um pigarro e uma irritação na garganta causam um grande incômodo, acompanhados de um muco repentino. Não sei se foi o interrogatório da Bruna ou a forma ousada e provocante com que a Bya me olhou hoje que causaram isso. Tomo mais da bebida doce.

— Vocês, mulheres, fantasiam demais. Enxergam coisas onde nunca existem. — Suspiro, exasperado.

— Fora o capricho da natureza, já que minha parte íntima tem uma coisa rachada, nasci como você, meu *brother*!

— Você já quase me enganou. — Sorrio, sentindo uma coceira na parte de trás do pescoço.

— E pelo visto isto faz você ficar vermelho até hoje. Pedro? — Ela fixa os olhos em mim.

— Está me olhando deste jeito por quê? Será que meus dotes masculinos a estão convencendo a mudar de lado, depois de anos? — Devolvo a brincadeira.

— Olha, esses sentimentos que você está falando ter despertado em mim devem ter se manifestado em você. Acho melhor ir ao banheiro ver seu rosto. Tem alguma coisa de errado nele — diz ela, enquanto rezo para não tirar a roupa que começa a me pinicar. Olho para minhas mãos e tento entender o que está acontecendo.

Faço uma análise rápida de algo que eu possa ter comido e que tenha causado a reação alérgica que se alastra por todo meu corpo, causando muita coceira. Olho para o balcão e vejo o sorriso instalado no rosto de Bya, revelando sua participação naquela artimanha constrangedora.

— Bruna, me passa o cardápio — digo, irritado.

Abro na página do menu com a descrição da Piña Colada e não vejo nada que possa ter causado todo o mal-estar que estou sentindo.

— Pedro, acho melhor irmos a um pronto-socorro. Seus braços e pescoço estão ficando com mais bolotas vermelhas.

— Não antes de tirar essa história a limpo.

Sem ouvir o que a Bruna está dizendo, caminho em direção ao balcão sem olhar para o lado, apenas focado na minha fúria e nos meus dedos aliviando a coceira em cada parte do meu corpo. Estreitando o espaço imposto pela bancada que divide nossos corpos, encaro seus olhos que revelam exatamente o que preciso saber.

— O que você pôs na minha bebida?

Entro em pânico. A expressão do Pedro não é nada amigável.

— Eu? Por que você acredita que pus alguma coisa na sua bebida? — Meu coração bate, mas a pontada de ciúme dos dois juntos é maior. É engraçado vê-lo se coçando. Mas, quando lembro que hoje não vai rolar sexo na praia como a sua amiguinha havia planejado, meu remorso se desfaz. Era óbvio que eles estavam cheios de cumplicidade, conversando a noite toda, um olhando para o outro como se fossem dois pombinhos se declarando.

— Escuta aqui, garota: vê se cresce. Estamos falando de saúde!

Ele segura meus braços por cima do balcão e me imobiliza. Sinto seu hálito quente próximo do meu rosto; as fagulhas parecem se acender e percorrer meu corpo.

— Olha para mim. Sinto um enxame de abelhas me picando. Você pode me dizer o que fez?

Sem responder, tenho medo de que ele solte meus braços, pois minhas pernas bambas talvez não aguentem o peso do meu corpo. Seus olhos estão sombrios.

— Se você for tão esperta quanto parece, fala agora, Beatriz!

A dor sobe até meu coração. É duro ouvi-lo falar desse modo comigo. Acabo cedendo, enquanto lágrimas escorrem pelo meu rosto. A forma como ele me olha irritado faz com que eu trema de medo e de compaixão.

— Mel! — respondo mais para mim do que para ele. Vendo que seu estado piora a cada segundo, prefiro não provocá-lo mais.

— Vejo você em casa — fala ele entre dentes, com a mandíbula cerrada. Vira-se e vai embora, sem dizer mais coisa alguma. Apenas seus olhos me dizem que o que é meu está guardado.

Capítulo 1

Pedro Salvatore

— Pedro?

— Sou eu!

— Preciso de você! — Ouço uma voz longe e uma longa pausa. — Não me diga "não" agora.

Sentado com um cotovelo apoiado nas minhas pernas e os dedos enlaçados no meu cabelo, estou até agora sem entender como minha vida mudou depois daquela ligação. Flashes e lembranças vêm à minha mente, enquanto fecho os olhos. Ainda incrédulo.

— Maria Luíza, não posso prometer isso! — Digo a ela, mesmo condoído com seu estado.

— Não me culpe pelo que ele fez com vocês. Eu só tenho você agora. Estou morrendo. Por mais que eu lute para sobreviver, sinto ter pouca força para continuar.

Suas palavras saem com dificuldade, como um sussurro, pausadamente; ela abaixa e repõe a máscara de oxigênio a cada fala. Está agonizante e, por mais insensível que eu possa parecer, não sei se sou capaz de fazer isso.

— Ela é o meu bem mais precioso. Você precisa prometer que vai cuidar dela.

Sua mão fria toca a minha. Fecho meus olhos lembrando quando me despedi da minha mãe e a vi pela última vez, depois de lutar por anos como uma guerreira. Sua despedida ficou gravada na minha memória.

— Pedro, você sabe o que fazer.

Olho para ela, mas as palavras não saem da minha boca, ficam presas na garganta pelo nó que se forma.

— Você também foi órfão.

Não. Na verdade, ele fez a escolha. Preferiu cuidar de uma família que não pertencia a ele, em vez de cuidar da própria. Agora ela vem me pedir algo pelo qual foi beneficiada. Não estou lhe atribuindo a culpa. Sei que eu era apenas uma criança, mas, ainda assim, ela foi beneficiada com algo que me foi tirado. — Pedro, você saberá passar a ela a sua sabedoria.

— Sabedoria? — questiono, enquanto uma voz grita dizendo que foi apenas sobrevivência.

— Apesar de você ter preferido ficar longe de nós, eu o considerava um irmão. E o Walter o tinha como um grande amigo. As últimas palavras dele na ambulância foram para eu procurá-lo.

Como vou cuidar de uma adolescente que vi apenas uma vez no enterro daquele que agiu como um verme, que se considerou onisciente, onipotente e que defendia apenas a sua verdade como certa? Ele nunca foi humilde, e na sua soberba preferiu dar as costas à responsabilidade. Agora, como uma herança do destino, recebo a incumbência de fazer exatamente o que ele não fez, mesmo sendo situações completamente diferentes, mas que no fim são a mesma coisa. Ela suspira e suplica, dessa vez mais fraca.

— Queria poder dar um último beijo nela. — As palavras quase não saem. — Prometa. — Um ruído metálico e intermitente. O som do respiradouro e a correria dos médicos e enfermeiros anunciam que a promessa ficou sem resposta.

Assim que cheguei ao hospital, pedi informações sobre o quadro de Malu, mas não imaginava que seu estado de saúde fosse tão grave. Na sala de espera, fui abordado por um homem de cabelo grisalho e estatura mediana.

— Você deve ser Pedro Salvatore, conhecido dos Torres Machado. — Ele estendeu a mão, como se aquele gesto representasse condolências. — Prazer! Sou Antônio Almeida, advogado da família.

— Não me lembro do senhor — respondi confuso, ainda sem entender qual a minha participação em tudo aquilo.

— Pode me acompanhar?

— Por favor, não gosto de rodeios! — O olhar de pena que ele dirigiu a mim, definitivamente, não me enquadrou em nada do que vejo. — Seja direto. Quero voltar para a minha festa de *réveillon*.

— Entendo, eu também estava em uma festa de confraternização com a minha família, quando o hospital me ligou e me pediu para vir às pressas. A diferença é que, desde a noite de Natal, estou junto da família, cuidando de todos os papéis e trâmites relativos ao acidente. — Ele respirou fundo e continuou, um pouco cansado e, agora, também impaciente.

— Infelizmente não consegui seu contato a tempo para a cremação do sr. Walter Torres Machado. — Sinto como se meu peito tivesse sido apertado por todas as garras possíveis. O Walter foi um grande amigo e conheceu a Malu graças a mim. — Mesmo assim, tenho documentos assinados por ele e por sua esposa, pelos quais o senhor é titulado como beneficiário. — Ante minha expressão de espanto, ele esclareceu: — Infelizmente, como o hospital me ligou um pouco tarde demais, creio que ela não poderá explicar tudo diretamente ao senhor.

Ouvi um grito de socorro vindo direto do meu subconsciente, onde escondi e mascarei uma parte da minha vida que resolvi esquecer. Sair do parâmetro que havia estabelecido parecia assustador. Por anos, infligi dor ao meu corpo para substituir o sofrimento emocional, uma tentativa desesperada de evitar decepções e encarar a realidade. Com a ajuda de uma terapeuta, consegui sair daquele recipiente cheio até a tampa, e senti como se a dor escoasse de mim. Então, dei início a uma nova fase da minha vida. Mas agora, com as unhas cravadas na palma da mão, outra vez sinto a dor voltando ao olhar para a cama diante de mim. Sentado por horas, velando o descanso do anjo à minha frente, senti-me como se estivesse me afogando, como se o silêncio do hospital fosse conspurcado pela voz da minha consciência. Era, sem dúvida, a noite mais difícil da minha vida. Cravando cada vez mais as unhas na pele, meus sentidos clamavam novamente pela dor como uma bússola a me orientar.

Eu poderia esperá-la acordar e pedir perdão por não poder ser para ela quem seus pais desejaram. Pressionei mais profundamente as unhas, mas dessa vez a dor não me respondeu nada. Eu poderia ir embora e deixar que o advogado da família encontrasse outra pessoa que aceitasse aquele papel. Brigando contra as respostas que insistiam em não aparecer, tentei subir das profundezas das minhas dúvidas.

O que será que ela sabe? Levanto-me e caminho para perto da cama. Encaro a menina de traços delicados e pele morena enquanto dorme, provavelmente sedada. Alguma coisa atinge meu coração. Eu era muito mais novo do que ela quando minha mãe morreu. Só que ali estava uma órfã também de pai. Uma enfermeira entrou no quarto e disse que, devido à fratura da bacia e às cirurgias pelas quais passara, estava há uma semana em coma induzido. A covardia de encarar e lidar com a situação havia sido mais forte que eu. Virei-me para ir embora, mas um pequeno respiro, mais audível, me disse que não podia fazer isso. Parecia que ela, mesmo inconsciente, era mais consciente do que eu.

Fecho as mãos com força na parede. O que vou fazer? No passado, não veria problema em me expor aos riscos da situação, mas, agora, não sei como enquadrá-los no projeto da minha vida. Aos 32 anos, eu tinha uma carreira consolidada em um escritório de arquitetura. Alguns clientes faziam questão que eu acompanhasse todo o processo até a entrega das chaves. Ficar responsável por uma adolescente só adiaria os planos que fazia para o futuro.

Exaurido mental e fisicamente, estalo o pescoço. Preciso de um banho para relaxar e algumas horas de sono para conseguir pensar. Tudo aconteceu tão rápido... A ficha ainda não caiu. Porém, vendo-a vulnerável, sozinha, sem ninguém no mundo, não arredo o pé de onde estou e decido ficar.

— Se eu não der as costas para ela agora, acho que jamais darei — sussurro e me viro em sua direção novamente. Como será lidar com uma adolescente que precisa de ajuda? Talvez nossa comunicação seja sofrida, talvez não, mas não quero que se torne dependente de mim. Eu a olho e nem sei mais o que quero. Deveria ter respondido ao advogado que nada daquilo me importava, mas isso me igualaria a uma pessoa que eu preferia nunca ter conhecido.

No dia seguinte, fui procurado por Marco Ladeia no hospital. Somos amigos desde sempre e, quando liguei para contar do motivo que me havia forçado a abandonar da festa de *réveillon*, ele ficou meio desconfiado, sem absorver completamente a história, já que nunca falamos muito sobre meu passado.

— Cara, você está um trapo. Eu diria que amarrotado é a palavra certa. Como veio parar aqui?

Olho de relance para a garota adormecida e faço um sinal para que ele me acompanhe. Não quero despertá-la com fantasmas do meu passado.

Saímos do quarto e conto tudo a ele, desde a ligação da Maria Luíza até o presente momento.

— Pedrão, a sua suposta irmã de criação na verdade é sua prima de vários graus. Seja lá qual for o grau de parentesco entre vocês, ela não tem nenhum parente próximo?

— Não, Marcão! — Passo a mão pelos cabelos, sentindo-me derrotado. — Quando ela e a mãe foram morar com o meu... — a palavra é uma gilete rasgando minha garganta — ...pai, eram sozinhas. A Maria Luíza fugiu do marido ao descobrir que ele estava roubando a herança dela, e até o nome tiveram que mudar para não serem encontradas. Eu realmente não conheço ninguém, e, quando ela me pediu para cuidar da garota como se fosse um pai, nem tive tempo de responder nada, porque morreu logo em seguida. Agora não sei que rumo tomar.

— Cara, feliz Ano-novo! Acho que você precisa de votos de muito boa sorte.

— Eu desejei vida nova e companhia na virada do ano, mas juro que não era isso que tinha em mente! — digo a ele, entreabrindo a porta para verificar se estava tudo bem com ela.

— O Walter não tem família? Você era amigo dele, antes do casamento. Deve conhecer alguém.

— Não tem ninguém. — Balanço a cabeça, derrotado.

— Que tal tomar um banho e trocar de roupa? Prometo ficar atento à sua nova sobrinha.

Olho para ele bufando. Sua brincadeira me incomoda, mas decido aceitar a sugestão. Preciso mesmo trocar de roupa, o cheiro de hospital está impregnado em mim.

— Você não tem de ir ao velório ou coisa parecida?

— Não. O advogado falou que eles optaram pela cremação. — Passo as mãos no cabelo, imaginando como será entregar as urnas das cinzas para ela. — Cara, essa situação é muito sinistra. Eles deixaram praticamente tudo organizado.

— Que situação! — diz ele, repetindo meu gesto. — Sabe que pode contar comigo!

— Sei. Sempre desconfiei que você soubesse a cor do *gloss* que combina com a sandália, ou qual absorvente é melhor, com abas ou sem abas. — Sorrimos juntos e desolados.

Volto ao hospital atraído por notícias tão pouco animadoras. A garota tinha sido levada às pressas para o centro cirúrgico. Pela primeira vez desde que soube que ela seria minha responsabilidade, sinto-me impotente. Não há nada que eu possa fazer.

Antes em uma condição estável, ela agora se encontrava em um estado delicado. Descobriu-se uma perfuração em seu intestino, o que facilitou uma infecção. Felizmente, os médicos detectaram a tempo e evitaram que o problema se generalizasse pelo organismo, o que poderia levar à falência múltipla dos órgãos.

Vê-la ser transferida para a UTI me leva à exaustão. Nos dias seguintes, ela foi submetida a várias cirurgias e lavagens intestinais. Mostrou-se forte, pois resistiu a uma parada cardíaca que durou mais de três minutos! Os danos podiam ter sido irreversíveis, mas ela lutou bravamente. Sua vontade de viver me convence a cuidar dela e estar ao seu lado. Assim que resolvido, fico mais aliviado por ela estar se recuperando. Porém, logo em seguida começou a ter problemas de coagulação, necessitando de transfusão de sangue.

Sem nem mesmo raciocinar, pego-me movendo céus e terras, meu primeiro esforço verdadeiro para ajudá-la. Convoco todos os meus amigos e membros do Águias do Asfalto para uma campanha de doação de sangue.

Minha armadura começa a se romper. Despertam em mim sentimentos por ela. Nessa conjuntura, apesar de as circunstâncias do passado terem feito de mim um cético totalmente descrente de Deus, passo agora a pedir, com os dedos entrelaçados, por sua saúde e recuperação. Minhas primeiras e últimas palavras e preces do dia são sempre nesse sentido: acordo rezando por ela e durmo pedindo perdão a Deus por ter cogitado não tê-la em minha vida. O horário de visitação permitido na UTI só faz aumentar meus sentimentos protetores.

Nunca dissemos uma palavra um ao outro, nem mesmo nos olhamos nos olhos. Só a tinha visto uma vez, quando ainda era criança. Todavia, sua vontade de continuar vivendo me causa orgulho. São dias confusos, cheios de angústia e reflexões contraditórias. Afinal, não entendo como pode surgir dentro de mim tanto carinho por uma criatura que mal conheço!

Um dia, reencontro o dr. Antônio, que me informa sobre os procedimentos a administrar. Ele despeja um fardo de obrigações e papéis para que eu assine. Sugiro que envie alguns para o Marco, que era juiz e saberia verificar a garantia dos interesses que eu teria de representar. Só me importava a vida da garota e o seu lado emocional. Esta era a prioridade. Todo o resto podia esperar.

— Preciso que assine este documento. É um compromisso legal, claramente redigido quanto às suas responsabilidades como tutor. Ele informa o quanto você precisa protegê-la, zelar pelos direitos civis, como educação, saúde, moradia, e orientá-la em um convívio familiar.

Ele me entrega uma via e a caneta.

— Assim que for lavrado no fórum e no cartório, mando sua via, para os trâmites do convênio e do hospital.

Fico alternando meu olhar entre a caneta e a garota amparada por aparelhos. Meu coração me diz para ceder e assinar, enquanto a razão alega que isso pode não dar certo. Meus músculos se contraem e, quando vejo, estou colocando o ponto que é marca registrada da minha assinatura.

— Pedro, meu jovem, se aceita um conselho, entenda o que significa ser um tutor, pois logo ela alcançará a maioridade. Esse ano de convivência pode trazer sequelas para toda a vida dela. Lembre-se disso!

Durante três dias, revezo-me no hospital com a d. Cida, uma senhora que trabalha na minha casa e que se sensibilizou com a situação. Ela alterna comigo quando preciso ir para casa ou passar no escritório. Ligo para o hospital a cada meia hora, pedindo notícias.

— Seu Pedro, ela continua dormindo como um anjo. Não passou nenhum médico agora pela manhã. Tenho tanto dó da pobre menina! Ela parece muito jovem para ter que aguentar a realidade quando acordar.

Aceno com a cabeça, como se ela estivesse ao meu lado.

— D. Cida, isso só saberemos quando ela acordar. Vamos torcer para que seja uma menina forte.

— Estou rezando para isso. Aproveitando que o senhor ligou, quero dizer que já limpei o quarto de hóspedes. Não sei o que o senhor vai fazer com todas aquelas pranchetas, mas uma moça não pode ficar no meio da papelada. Acho que o senhor terá de arrumar um lugar melhor para ela.

— Certo, d. Cida. Vou pensar nisso. Depois nos falamos. — Mal pensei na possibilidade de acolhê-la na minha casa e já tenho de fazer adaptações na minha vida.

Ao fim de mais um dia, flagro-me tirando uma mecha de cabelo do rosto dela e iniciando uma conversa.

— Garota, o que será de nós? Sou um solteirão convicto, e olha que até estava decidido a encontrar uma namorada este ano. Mas, agora, como poderei, se tenho de cuidar de você? — Logo corrijo minha falta de sensibilidade. — Sei que não é culpa sua. No fundo, estou até ansioso para conversarmos. Você parece delicada, sensível, uma boa menina. Acho até que podemos ser grandes amigos. Mas vou logo alertando: sou meticuloso e extremamente ciumento das minhas coisas. Então, prepare-se para se adaptar a mim. Faz uma forcinha, bela adormecida, e acorda para o mundo real! Estou aqui esperando você. — Sussurro baixinho, emocionado por vê-la há dias naquele estado.

Com a visita do médico, fiquei sabendo que a recuperação da cirurgia estava dentro do esperado e que ela respondia bem ao tratamento. Cochilei na cadeira ao lado da cama e sonhei com o futuro. Imaginei a cor dos seus olhos, um sorriso no seu rosto, ouvi sua voz dizendo precisar de mim para sobreviver. Um ruído leve e próximo me desperta. Então, percebo que seus olhos, os mais negros e lindos que já vi, estão me encarando. Meu coração acelera e digo a ela a primeira coisa que me vem à mente.

— Oi!

Capítulo 2

Beatriz Eva

Não sei por que, mas fiquei perdida na escuridão. Mas, enquanto estive lá, desamparada, algumas lembranças me marcaram. Uma eram as vozes, embora eu não conseguisse ouvir uma só palavra nítida. Havia também o aroma agradável de verão, que se impregnou na minha memória, e, quando este bálsamo se afastava, sentia vontade de gritar para poder voltar. Aquele perfume não estava ao meu lado o tempo todo e, quando retornava, algo me dizia que eu estava ali, podendo respirar, dando-me forças para encontrar a luz. Uma sensação de que aquele cheiro me envolvia e me buscava, indo ao encontro do frescor e do bem-estar. Por vezes tentei alcançar ou até mesmo tocar o alecrim misturado com o jasmim, o almíscar e o cedro, mas os meus sentidos e reflexos não me obedeciam.

Há pouco o frescor do perfume me deixou bem próxima da consciência. Senti um calor como se fosse um toque de despertar. As vozes ficaram mais audíveis, até me pareceu ter ouvido a palavra garota, mas tudo ainda está embaralhado. Minha mente parece estar processando mil informações por segundo.

O peso que sinto nas minhas pálpebras vai cedendo, e a tão sonhada luz, que almejei encontrar, de repente ofusca a minha retina. Abro e fecho os olhos, pisco por vezes, sem preguiça de movimentar meus globos oculares. As pálpebras insistem em fechar; brigo com elas em um exercício de superação.

Vamos lá, meninas! Deixem-me ver a luz! Não quero mais ficar na escuridão.

Confusa, tento entender onde estou. Se não morri, estou enferma em uma cama de hospital.

Esse é um primeiro bom sinal. Ainda não sei o significado do que está acontecendo. Só posso constatar, na minha pequena análise territorial, que há aparelhos por todos os lados. Viro meus olhos para o lado esquerdo e fico estática.

Definitivamente, não morri. Afinal, anjo não tem sexo e a perfeição à minha frente com certeza tem um belo sexo oposto ao meu. É claro! Tento manter os olhos abertos, mas eles se fecham. Pálpebras danadas, ajudem--me! Tento abri-las novamente.

Pronto!

Agora, além do perfume que vem me alimentando de forças para sair da escuridão, tenho a imagem de um homem adormecido e contorcido em uma poltrona. Quem é ele? Por que está aqui? As ideias não clareiam a minha mente. Tento me mexer, mas meu corpo não obedece aos meus comandos. Sei que estou consciente, porém não a ponto de interagir com o mundo que me circunda. Posso pensar, o que também é bom sinal.

Começo a sentir meus nervos se esticarem, mas não consigo soltar os grampos que parecem prender minhas cordas vocais. Alguma coisa dentro de mim diz para eu diminuir as expectativas. É horrível, mortificante. A ânsia de vencer essa voz mórbida que quer me tornar vulnerável ajuda meus olhos a se abrirem mais uma vez e se fixarem no homem à minha frente.

Duas bolas verdes se acendem e me iluminam. Lembro-me da regrinha de trânsito: a luz verde indica sequência, é o caminho certo. Não pisco e, para confessar, acho que a beleza dos olhos dele me deixa instantaneamente em transe.

— Oi? — O som curto da pequena palavra restitui minha esperança.

Mais um ponto positivo para mim! Consigo ouvir o som dos lábios que se movem. Pouco a pouco, vários sons se misturam e me tiram do silêncio absoluto. Forço um bocejo e funciona. Passo a escutar melhor. Acho que uma lágrima se forma nos meus olhos. Será de emoção ou euforia? Neste corpo, existe uma pessoa viva. Vibro sem me mexer!

Em um passo, ele se aproxima da cama, inclinando-se para ouvir o que eu tento falar. Percebe meu esforço e me tranquiliza.

— Ei, Beatriz, está tudo bem. Você está despertando. Não tenha pressa!

— Beatriz? Então este é meu nome? Sequer consigo me lembrar dele.

Esforço-me para ajustar o conjunto de audição e visão. Tento perguntar para ele onde estou. Parece clichê, mas é exatamente este o meu desejo. Saber onde estou e quem sou.

Por mais que eu busque dentro das minhas lembranças algum indício, nada sai. Só consigo me concentrar naqueles olhos verdes, os mais lindos que já devo ter visto, impressionantes como esmeraldas! Suas íris, como dois pontos de esperança, refletem algo a mais em seu olhar, rodeado por lindas sobrancelhas esculpidas. E, como se fosse uma confirmação da minha crença por buscar a luz, o perfume que tanto ansiei exala da sua pele ao se aproximar de mim.

O estranho me ampara deslizando seus dedos pela minha face, limpando as lágrimas que escorrem de felicidade e tristeza.

— Bem-vinda!

Ele percebe que estou fascinada por seus olhos, pois não consigo desviar deles. Então, tento disfarçar.

— Dormindo em serviço? — Devo ter batido a cabeça para sussurrar estas primeiras palavras depois de sair do blecaute. Do mesmo jeito que ele franze a testa, espantado, repito o gesto, insatisfeita comigo.

— Quando me atribuíram o cargo, não me disseram ser proibido dormir em serviço. — Ele dá um sorriso sarcástico.

— Quero água. — Consigo concluir mais uma frase. Minha boca está seca. Sinto a garganta machucada como se um tubo gigante tivesse sido enfiado para dentro dela. Dói até para engolir.

— Vou chamar um enfermeiro.

— Não! — Ganho forças em minhas mãos. Mesmo sentindo meus músculos pesados, consigo levá-las ao seu braço que está se afastando. Mais uma vez, ele me encara espantado. Tenho pequenas impressões de que devo estar com uma aparência péssima. — Você não é o enfermeiro?

— Não!

Ele é lacônico. Agora, é a minha vez de não entender sua negativa.

— Não? Como assim, não? — Quem é ele? Tenho mil perguntas, mas a língua está preguiçosa. Tento me esforçar para levantar.

— Devagar, mocinha! Você está há alguns dias fora de órbita. Vamos esperar uma enfermeira ou um médico.

Fico chocada com sua autoridade. Percorro os olhos e estudo o estranho que veste roupas amarrotadas e tem a barba por fazer. Vejo preocupação e sinceridade em seu olhar.

Não é possível! Será que este homem perfeito, da voz autoritária, do hálito mentolado, do perfume da ressurreição, é algum parente meu? Não deve ser. Se fosse, eu o reconheceria. Só o vejo há poucos segundos, e sua imagem já está gravada na minha mente. Não só por ele ser um homem marcante, mas também porque tem um olhar penetrante. Se bem me lembro, tenho dezessete anos, enquanto ele aparenta ser um tantinho mais velho. Sei que idade não seria um problema, caso fôssemos namorados ou casados, mas um homem com aquela figura altiva não me permitiria viver como par romântico no seu mundo. Irmão ele não parece, pois seus traços são totalmente diferentes. Não temos nenhuma semelhança. Sou morena, típica mulher brasileira, e ele, louro.

Ele toca a campainha e em segundos a porta se abre.

— Boa noite!

— Olha o que temos aqui! A paciente morena mais tropicana do hospital acordada?

Um pouco desajeitado e meio desengonçado, o enfermeiro vem à minha cama, encarando o estranho, e pergunta:

— Há quanto tempo ela acordou?

— Agora!

Então o estranho sabe mentir? Tenho vontade de dizer que não é verdade. Já faz alguns minutos que estamos nos encarando e nos reconhecendo.

— Olá, Beatriz! Como você está se sentindo?

Na medida do possível, muito bem, levando em consideração que não sei quem sou, nem onde estou, nem quem é o estranho ao meu lado.

— Estou com sede.

— Bonitão, você pode umedecer um algodão e passar nos lábios dela? Vou chamar o dr. Lucas. Ele está de plantão esta noite.

Do mesmo jeito que ele entra encarando o estranho, sai do quarto rebolando e jogando charme. Que libélula assanhada é essa?

Minhas glândulas salivares não cooperam, até que o sinto roçar o algodão com as mãos trêmulas nos meus lábios. A maciez gelada e úmida produz uma corrente elétrica no meu corpo. Uma sensação tão contagiante que as glândulas preguiçosas começam desinibidamente a funcionar, deixando-me envergonhada de tanta baba que deixo cair da minha boca. Nossos olhos colidem, fundidos um ao outro. Vejo suas pupilas dilatarem e seus olhos verde-claros dão lugar a um tom musgo. Ele solta o ar preso com uma bufada e muda sua postura em um passe de mágica, rompendo o clima. Posso jurar que nossos olhos se reconheceram de alguma forma, tipo um *déjà-vu*.

— A água é um santo remédio. Consigo ver até cor no seu rosto.

Sim! Santo remédio. Você não imagina o quanto ela é milagrosa. Sorrio por dentro, sabendo que a cor das minhas bochechas é consequência do calor por senti-lo tão próximo a mim.

Uma leve batida na porta nos interrompe do constrangimento repentino.

— Vim assim que soube da boa notícia. Como se sente, Beatriz?

Dessa vez, acho que é o médico que entra no quarto, pois vejo o nome "dr. Lucas Gutierres" escrito no seu crachá. Mais uma informação nova: não sou analfabeta.

— Oi, dr. Lucas, como vai? — O estranho o cumprimenta. — Já que o senhor chegou, vou sair um pouquinho. Preciso fazer algumas ligações. A paciente é toda sua. — Ele não me olha mais, apenas fixa sua atenção no médico. Já sinto falta do seu cheiro, antes mesmo de ele sair.

— Você volta? — Devo parecer desesperada, mas ele não demonstra interesse.

Alguns testes e perguntas, e descubro que estou imobilizada na região da bacia. Como até agora não percebi isso? Será que fiquei tão hipnotizada por aquele olhar que esqueci meu próprio corpo?

— Beatriz, quero que tente descansar mais um pouco. Sua recuperação vai depender muito de você. Você sofreu uma ruptura no intestino. Teve também uma fratura da pelve, que é considerada uma lesão grave, principalmente porque ela danificou alguns dos seus órgãos, o que levou a outras intervenções clínicas. Você foi submetida a coma induzido por alguns dias, devido à concussão cerebral. O procedimento é necessário para desinchar seu cérebro. Então, mocinha, siga minhas recomendações.

O médico fala e fala, enquanto eu processo cada informação com lágrimas nos olhos.

— Como vim parar aqui, doutor?

— Uma coisa de cada vez. Não estou a par de todo o seu prontuário, mas lhe respondo assim que tiver as informações.

Acho que ele não está me dizendo tudo o que sabe. Enquanto ele fala e me examina, o enfermeiro coloca a medicação na minha sonda, o que me causa uma gradual sonolência.

Pedro Salvatore

Fugir não se encaixa nas minhas responsabilidades, mas respirar o mesmo ar e permanecer naquele ambiente que se tornou pesado poderia ter me levado a caminhos que, sei, devo evitar. Ando de um lado para outro, tentando acalmar meu corpo dividido entre a honra a ser cumprida e a natureza a ser controlada. Isso não vai funcionar! Cerro os punhos e me pego estrangulando os dedos com a força das minhas mãos.

Eu me preparei para todas as situações de quando ela acordasse. Um surto de emoções, a frustração por estar acamada, perguntas pelos pais, qualquer detalhe a respeito de sua vida, mas nada disso aconteceu. Quando despertei, a primeira coisa que vi foram aqueles olhos negros me observando, assustados e vulneráveis. Instintivamente, tentei confortá-la, mas, quando vi que sua memória estava parcialmente perdida, senti algo mexer comigo. Naquele momento, era como se fôssemos somente ela e eu. Seus lábios tremeram ao meu toque, e um pensamento me pareceu monstruoso.

— Eu acabei de fazer uma promessa. — Falo para mim, forçando um sorriso com os dentes travados. — Isso que dá focar no trabalho e ficar sem mulher por tanto tempo. Só há uma explicação para as fagulhas que quase se acenderam em meu corpo: abstinência sexual.

Prevejo uma situação complicada. Que direito teria eu de sorrir àquela menina? Poderia dizer: "Olha não sei como fazer isso. Mas continuarei sorrindo, a cada dia, convivendo ao seu lado"? Até quando isso funcionaria? Eu como seu responsável, ela no papel de menina obediente, recebendo instruções de quem não sabe como aplicá-las. Simplesmente não sei fazer isso. O que me assusta são os impulsos que a vida vai me levar a fazer. A situação foi plantada na minha vida. Não existe um manual onde eu possa buscar dicas e aprendizado. As possibilidades de erro e acerto são proporcionais, e isso me apavora. O que faço?

Só me resta aceitar o papel de ser responsável por aquele anjo frágil, que, neste momento, necessita apenas dos meus cuidados, e não das minhas carências masculinas.

A figura feminina mais próxima de quem cuidei um dia foi minha mãe. E me orgulho de ter sido capaz de conseguir atendê-la até seus últimos dias de vida. Ela era artista plástica, muito talentosa, e foi abandonada pelo namorado assim que se descobriu grávida. Nunca irei entendê-los ou perdoá-los. Acho que já nasci odiando-o. Enquanto a relação deles era apenas de prazer, ele se manteve ao seu lado, aceitando sua condição de cadeirante. Ela estava com quinze anos quando começaram a namorar, e dois anos depois foi diagnosticada com osteossarcoma, um tumor maligno formado no osso. O câncer atingiu suas pernas e ela teve de amputá-las.

Talvez por piedade, meu pai continuou com ela, mas não foi homem suficiente para assumir o filho que tiveram. Simplesmente deu as costas, deixando uma mulher portadora de necessidades especiais para se casar com outra, que, ainda por cima, era muito próxima da minha mãe. Quando nasci, ainda teve a coragem de pedir a minha guarda, alegando que ela não conseguiria cuidar de mim. Mas ela teve força e determinação suficientes para provar a todos que era muito mais capaz do que pensavam. Por anos ele tentou me comprar, e quando minha mãe se foi, preferi ficar sozinho, mesmo tendo-o como alguém próximo.

Vejo a porta do quarto se abrir e o médico sair. Eu deveria ter ficado ao lado dela nesse momento, não a abandonado no quarto. Porra! Não sei fazer mais nada direito.

— Ela dormiu — disse o médico, puxando assunto.

— Como ela está, doutor? — pergunto, ansioso.

— É muito cedo para um diagnóstico. Fiz algumas perguntas rotineiras para a anamnese. Ela está muito curiosa, mal me deixou examiná-la, quis saber muita coisa, mas achei prudente deixar que seus parentes a confortem. Vou pedir alguns exames para o primeiro horário. — Ele faz anotações na prancheta e, antes de seguir, acrescentou: — A Beatriz vai precisar muito das pessoas próximas.

Próximas? Passo as mãos no cabelo sem saber o que pensar e como lidar com toda a situação. Sozinho no corredor frio e extenso, fico algum tempo caminhando pelo hospital, tentando organizar meus pensamentos.

De volta ao quarto, abro a porta lentamente. Ela está acordada. Nossos olhos se cruzam e se encaram em silêncio.

— O dr. Lucas disse que você adormeceu — justifico minha ausência. — Preferi fazer algumas ligações e resolver algumas coisas lá fora para não incomodá-la.

— Tudo bem. Acho que já dormi tempo demais. Agora, só o que quero é ficar acordada.

Ela desvia seus olhos e os vejo perdidos. Sem voltá-los para mim, suspira como se estivesse criando coragem.

— Posso perguntar como vim parar aqui e quem é você?

— Claro que pode. Só não sei por onde começar. — Abro um sorriso incerto.

— Que tal do início?

— O que é mais importante você saber agora? — Eu a respondo com outra pergunta, tentando ganhar tempo. Como contar que ela perdeu os pais em um acidente e agora é órfã?

— Tudo. Preciso saber de tudo. — Ela fica inquieta e se agita na cama.

— Contarei, mas com uma condição.

Ela me encara e diz, temerosa:

— Qual?

— Você vai ouvir tudo o que sei, mas não vai me perguntar o porquê de tudo.

— Aceito. — Ela estende a mão lentamente para selar nosso trato. — Mas primeiro preciso saber o seu nome.

Isso será o de menos, mas incluir quem sou eu na situação é complicado. Respiro fundo e começo a me apresentar.

— Vamos à sua primeira pergunta. Prazer, sou Pedro Salvatore. — Respiro fundo e continuo. — Filho legítimo do Colibri. — Chuto-me mentalmente. Não sei por que soltei esta informação, talvez para esclarecer melhor como vim parar nesta história. — Quando eu ainda era criança, conheci sua mãe.

— Simplifique, Pedro. Você é meu pai?

Tanto a pergunta quanto sua expressão de espanto me surpreendem.

— Não. Não sou seu pai. — Isso é o que sua mãe me pediu para ser no leito de morte, penso comigo, mas não digo para ela, ainda. — Sou um amigo dos seus pais. — Acho que posso dizer assim. Eu não ensaiei me apresentar. Ela fica me olhando cheia de perguntas. — Bom, meu pai... — Faço um esforço para chamar aquele verme de pai. — ...casou-se com a sua avó, mãe da sua mãe — acrescento. — Sua mãe era uma criança como eu, não convivemos muito tempo juntos, eu a via somente nos dias em que passava com eles. — Por determinação do juiz, mais um fato que não menciono. — Pelo que sei, sua mãe e sua avó não tinham parentes próximos e, por este motivo, acho que estou aqui representando todos eles.

— E onde estão meus pais?

A pirralha não me dá folga. Mal me recupero de uma resposta e ela já vem com outra pergunta que não sei responder sem magoá-la.

— Você se lembra deles?

Ela faz um minuto de silêncio, perdida em um vazio.

— Não!

Pode parecer monstruoso, mas sinto um alívio com aquela resposta, e ganho forças para continuar.

— Beatriz, o que falarei para você não tem uma forma certa de se dizer. Mas, pelo que me contaram, você veio com seus pais para o Brasil uma semana antes do Natal e ficaram na casa de um dos diretores da empresa que seu pai administrava pelo mundo. — Vejo no seu olhar perdido a busca de uma lembrança; ela fisga o canto da boca com os dentes. Observo-a por alguns minutos. A falta de resposta em suas memórias deixa seus olhos marejados. Meu coração aperta. Ela é tão linda e está condenada a uma juventude cheia de cicatrizes...

— Pedro! Lamento por você ter que me dar qualquer explicação. Pelo jeito como você fica dando voltas, já sei que a notícia não deve ser das melhores. Então, seja direto, por favor.

Direto? Será que a ouvi me pedindo para ser direto? Que pessoa acordou dentro dessa menina? Estou surpreso com sua tranquilidade. Imaginei que ela fosse chorar ou ficar histérica, mas parece mais calma do que eu.

— Se prefere assim... Vocês três sofreram um acidente na noite de Natal. — Olho para ela esperando o choque iminente, mas, em vez disso, vejo-a serena, tentando buscar, em uma luta incessante, lembranças dentro da sua memória. Minha cabeça lateja como uma furadeira rompendo meu crânio. — Beatriz, você acabou de acordar de um coma. Acho melhor se recuperar. Tente descansar um pouco. Estarei aqui quando acordar e falamos sobre tudo. Pode ser?

Reflito e acho que me saí pior do que deveria. Não expliquei nada direito. Talvez a tenha deixado até mais confusa. Será um grande avanço se ela aceitar meu conselho.

— Eles estão mortos?

Minha garganta se fecha. É simplesmente angustiante a sensação de perder o chão, triste e deprimente. Quando penso que ela precisa de mim, ela que me consola com perguntas diretas, como se o adulto da relação fosse ela.

Respiro fundo e digo:

— Porra!

Capítulo 3

Beatriz Eva

Pedro Salvatore! Um nome que até parece uma canção. É ele que não sai da minha memória atual. Tudo isso porque acordei de repente em um lugar desconhecido sem saber onde estava, e, agora que sei parcialmente o que aconteceu comigo, não consigo sentir dor por ter perdido meus pais.

Ele foi muito sensível em explicar tudo o que aconteceu, e eu, por outro lado, insensível à dor de ter perdido as pessoas mais próximas a mim. Busco-as na minha memória e nada vem. É como se meu passado fosse uma redação escrita a lápis e tivesse sido apagada por uma borracha, obrigando-me a escrever uma nova história. No meu peito, sinto uma dor indefinida e o ouvi dizer para que eu não sofresse, enquanto minhas lágrimas escorriam pela minha face por não me lembrar de nada. Foi doloroso até sentir seus braços me confortando.

Não lembrar minha história, dos meus pais, meus planos, meus erros e acertos confunde o que esperar do amanhã. É um sentimento devastador, que me dilacera. Por mais atencioso que o Pedro tenha sido, no fundo, parece que algo em mim o incomoda, às vezes ele é frio e distante, perdido em seus pensamentos.

Imaginar meus próximos dias sem a constante ação da memória tem me deixado angustiada, como se me faltasse algo. Poxa! A minha memória tem que cooperar, pois ela é a cola do tempo passado, sem a qual meu presente não tem sentido. Cada dia neste hospital tem sido como nascer de novo. Os médicos dizem que logo terei alta e que uma nova amiga, uma cadeira de rodas, me acompanhará por um bom tempo.

Uma voz interna me diz que em outra circunstância eu me recusaria aceitar, mas na minha atual situação, em que cada dia é um novo aprendizado, tenho consolado o meu coração. Às vezes, penso que serei um fardo para o Pedro. Não consigo visualizar isso no fundo dos seus olhos, mas as rugas que se formam em sua testa cada vez que falamos do futuro me dão essa impressão.

Não sinto saudade de nada para conseguir desenhar um perfil exato. Mas, dentro do meu peito, existe uma dor alojada, sem hora marcada para explodir.

— Sou mesmo azarada. Não podia ser só uma perda parcial da memória? Tinha de ser amnésia total! — Penso alto.

Cida, minha acompanhante diária e mais nova melhor amiga, olha-me com calma por cima dos seus óculos e move os olhos, em negativa. Ela é ajudante na casa do Pedro há muitos anos e fica comigo quando ele está fora. Acabou virando minha confidente.

— Pensando alto, menina Beatriz? Hoje você está tão calada e perdida nos pensamentos... Será que o que acaba de mencionar não foi algo que gostaria de dividir comigo? — Poderia dizer que ela é mais que uma amiga. É uma bruxa que adivinha tudo o que estou pensando. — Onde foi parar aquela menina falante, cheia de energia?

— Bem aqui. Entrando em mais um corredor sem saída nesse labirinto em que se transformou minha cabeça. Sabe, Cida... — Eu a chamo pelo nome, mesmo sabendo que tem idade para ser mais velha que minha mãe; porém, ela insistiu pelo tratamento simples. — Esses caminhos que busco dentro dessa caixinha aqui na minha cabeça me levam a percursos intrincados que me desorientam. Se Creta tinha um labirinto, posso dizer que eu também tenho um, chamado Beatriz. — Ela apenas me observa. Como consegue me observar e transmitir calma ao mesmo tempo? Não sei! Só o que sei é que gosto de desabafar com ela.

— Acho que esse labirinto terá ou uma saída ou o ponto de encontro que você procura. Mas, para isso, precisa ter calma.

— Fácil falar, não acha?

— Acho, sim, mas, também acho que, quando estamos muito aflitos e ansiosos, passamos por possíveis portas pelo labirinto e não enxergamos a saída, porque ficamos cegos com a nossa obsessão. — Ela pisca carinhosamente com os dois olhos. — Agora bota um sorriso nesse rosto lindo. Afinal, hoje estaremos indo para casa.

— Estou pensando nisso, também. — Fecho os olhos, imaginando como vai ser dali para frente. — Estou preocupada e com medo.

— Você não tem de se preocupar com isso, nem ter medo.

— Por que não? Estou indo morar com um homem que é superficial comigo. Não conseguimos estabelecer uma conversa sem que ele acabe sendo hostil de certa forma. Serei um fardo para ele.

— Beatriz, entendo suas preocupações, mas o sr. Pedro tem sido atencioso, essa situação é nova para vocês. — Ela se cala, talvez achando que falou demais. — Desculpe, não foi minha intenção falar com você dessa forma, invadindo sua privacidade, mas, como mencionou que sou sua confidente e a pessoa mais próxima que tem, sinto-me no dever de tentar ajudar.

— Não consigo ver uma luz — desabafo. — Tenho medo de percorrer um longo caminho sem volta e nunca mais recuperar a minha memória.

— Pense que seu cérebro pode estar preparando-a para uma nova realidade que você ainda não está pronta para encarar. O médico mencionou que é um processo transitório.

— Este é o ponto. Estou indo assumir uma vida que não pertence a mim.

— Claro que pertence.

A porta se abre, e ele aparece com um papel na mão e um sorriso contraditório, empurrando a minha amiga temporária. Sinto um calafrio e uma intuição de que não sou um bom prêmio de consolação para um bom samaritano. Por mais que ele se esforce em ser atencioso, sinto-o muito superficial. Nossos olhos se cruzam, sem saber o que dizer um para o outro. O silêncio cresce entre nós, cada qual perdido no seu mundo interno. Mordo o lábio, aflita, enquanto ele permanece imóvel, apenas com o peito subindo e descendo em um compasso lento. Posso apostar que a sensação é de espasmos de ar preso dentro da sua garganta. Ele parece esperar que eu fale primeiro.

— Estou pronta para ir embora! — digo, com falsa felicidade.

Ele me olha, surpreso como sempre.

— Estamos todos prontos. — Ele balança a ficha que me dá alta. — Ainda acho que minha casa é mais acolhedora do que o hospital.

— Legal! Estava mesmo ansiosa para conhecer sua casa — friso, desanimada, deixando claro estar ciente da minha condição. — Cida mencionou que a comida dela é melhor que a daqui do hospital, também.

— Não tenha dúvidas disso. — Ele descontrai e brinca.

— Menina Beatriz, acho que em breve você encherá as folgas das suas roupas.

— Eu me alimento como passarinho.

— Alimentava-se como passarinho. A partir de agora, passará a comer bastante. É necessário para sua recuperação.

Arregalo os olhos, penso em contestar, mas a expressão autoritária e repressora dele me faz desistir.

— Também descobri que seu quarto tem vista para o Parque do Ibirapuera. — Meu lado ousado não dá folga para ele.

— Sim — diz. — Curioso você falar isso. — Ele sorri de forma autêntica. — Quando comprei o apartamento, a vista foi o que mais me chamou a atenção, mas a correria cotidiana passou a deixar essa paisagem esquecida por mim.

— Então o que está esperando para me pegar nos seus braços e me colocar sentada nas minhas pernas rolantes?

— É pra já, mocinha mandona. Mas não se acostume com a ideia de dar ordens. Não me dou bem com elas.

Não acredito que meu pedido pareceu uma ordem. Agora, além de ser um fardo, sou folgada? Quero que o chão se abra, me engula por inteiro e me jogue em outra dimensão.

Pedro se aproxima da cama de forma que a consciência do meu mundo se resume a ele. Seu toque cuidadoso e educado demonstra que ele está apreensivo. Consigo ouvir sua mandíbula se mexendo, os dentes rangendo como lima. O braço dele envolve meu corpo dolorido, seus músculos rijos são como um cabo de aço que me levantam como pena da cama. Mesmo através da roupa, consigo sentir o calor do seu corpo, cada músculo definido, cada tendão, e todo o seu poder físico. Cada toque queima como brasa. É como se um vulcão dentro de mim estivesse entrando em erupção. Acho que gostei desse percurso do labirinto, e faço uma anotação mental para tentar repetir a sensação desse calor latente sempre que possível. Nunca imaginei o incêndio que esta proximidade causaria ao meu corpo; o cheiro dele me inebria. Ele é educado e delicado o suficiente para mal tocar as partes íntimas do meu corpo, mesmo tendo que apoiar um dos seus braços por baixo das minhas coxas.

Pedro mede cerca de 1,90m, enquanto eu tenho 1,70m, mas a sincronia e o encaixe dos nossos corpos são perfeitos. Espasmos invadem minha respiração e dou conta que ele praticamente não está respirando. Será que ele sente a mesma energia sensual? Ou será que eu estou imaginando coisas, alimentando ilusões e esperanças onde elas não existem?

Pedro Salvatore

— Não é necessário trazer a paciente até o hospital para fazer os curativos, mas é imprescindível trocá-los duas vezes ao dia. A cicatrização está ótima — diz o médico. — A pomada que recomendei ajudará muito. A própria Beatriz poderá aplicá-la, mas precisará de ajuda para passá-la na região lombar. Os pontos de dreno na barriga já estão fechados.

— A d. Cida tem acompanhado as enfermeiras e seguido as recomendações. Acredito que ela dará conta do recado — respondo prontamente, decidido a contar mais uma vez com ela.

— Ótimo. Vou escrever os horários aqui no receituário, para o caso de ela ficar com a Beatriz todos os dias. Acho melhor o senhor entregar a ela.

Ele entrega a receita, na qual constam os horários da medicação e as instruções para a troca do curativo. Meu coração gela quando dou conta que a troca tem de ser feita de doze em doze horas, o que é constrangedor. Sou homem. Iremos morar sozinhos. A d. Cida conseguirá fazer uma troca, mas eu terei de fazer a outra? Isso não vai dar certo!

Mal saberei lidar com o dia a dia! Imagina ter de cuidar dela, como se tivesse que trocar as fraldas de uma mulher quase adulta. Isso não vai funcionar. Pressiono as unhas na palma da minha mão, nervoso e constrangido com a ideia. Pensa, Pedro, alguma solução você vai encontrar. Vou pagar horas extras para d. Cida. Pronto! Isso vai melhorar a situação. Se ela não puder, contrato uma enfermeira noturna, mas colocar as minhas mãos na lombar dela não vou mesmo. Quanto mais tentação conseguir evitar, melhor.

O médico continua falando sobre as sessões de fisioterapia, porém mal ouço todas as recomendações. Ele cita ainda os cuidados com o banho e meu estômago se contrai; sinto-me compelido e inadequado para essa função. A primeira resposta que precisarei obter amanhã é se o convênio dela dá direito a uma enfermeira.

Despeço-me do médico, e meus movimentos parecem entrar no piloto automático.

Quando penso que mais nada pode me surpreender, um fato novo aparece. Segurá-la nos braços para acomodá-la na cadeira de rodas é como lutar MMA na minha consciência. Como se meus hormônios fossem capazes de derrubar o Muro de Berlim. Uma mistura imperfeita de peripécias dos meus sentidos. Tento me concentrar em qualquer coisa que não ela em meus braços. Fico totalmente desconcertado, inibido e, ao mesmo tempo, atento.

Por um momento, não consigo me mover. Tudo por causa das madeixas macias do seu cabelo castanho que roçam meu braço. Sinto meus dedos se contraírem com a súbita necessidade de tocá-las e afagá-las. Como é linda! Seu rosto tem contornos delicados, uma beleza natural mesmo sem maquiagem, que dá a aparência e a confirmação da sua juventude.

— Todos prontos! — A santa d. Cida vem em meu socorro! Não sei se ela percebeu meu desconforto, mas suas palavras chegaram em ótima hora.

— Prontos! — respondo, e ela nada diz. Meus santos! Ajudem-me a ser mais responsável e mostrar a ela que sou apenas o seu tutor. Deem-me sabedoria, porque, se depender do meu corpo, estou perdido.

Atravessamos a porta do quarto, e uma fila de enfermeiras nos espera para a despedida.

— Você tem namorada, amante ou ex-esposa?

Continuo empurrando a cadeira.

— Não tenho namorada, nem tempo para amantes, e muito menos fui insano de ter uma ex-esposa.

— Pedro, você é gay? — Ela praticamente grita as palavras. — Não me diga que não gosta de mulher?

Engasgo junto com a risada que a d. Cida solta atrás de nós e, pela forma como toda a equipe de enfermagem me olha, acho que o comentário foi ouvido por quem quisesse.

— Não, moleca atrevida! Sou homem, mas agora sinta remorso, porque acho que arruinou a minha reputação com todas as enfermeiras que trabalham neste hospital.

— Você não deveria se incomodar com isso. — Ela sorri. — Afinal, alcancei meu objetivo. — Dessa vez, ela sussurra baixinho. — Estava com medo de não tê-lo como meu ajudante até o fim do corredor, pela forma como cada enfermeira que passa e olha para você. Mas não precisa me agradecer. Fiz isso para o bem de todos.

Ergo a sobrancelha e analiso seu olhar travesso. Atrevida e insolente, isso sim. Sorrio por dentro, sem mostrar que esse atrevimento me pegou de surpresa.

A viagem até o apartamento é descontraída, e acabamos rindo da situação. D. Cida dá uma gargalhada despretensiosa no banco traseiro.

Fico aliviado por voltarmos a tratar daquele assunto e dissiparmos novamente o desconforto e a tensão estranha que se estabelecem cada vez que estou próximo da pirralha.

— Estamos longe?

— Não.

A cada quilômetro em que vamos nos aproximando de casa, a incerteza sobre o futuro rodeia meus pensamentos. Preciso me manter afastado dela.

Como vai ser dividirmos algum espaço? Imagino-a deixando roupas espalhadas pelo apartamento ou calcinhas penduradas no boxe. Meu papel é cuidar, proteger. No que estou pensando? A palma da minha mão vira um ponto crucial a me lembrar de que existem outros assuntos com os quais devo me preocupar. Sinto minhas unhas centralizadas buscando a dor: ela me tranquiliza e me traz a paz.

Penso comigo: assim como o Grande Arquiteto do Universo não reservou um destino a ninguém nas formas que criou, não tenho o poder de querer desenhar meus desejos, mas tenho o poder de impedi-los.

— Você vai abrir a porta do carro e me tirar dele, ou vai ficar muito tempo trancado nos seus pensamentos?

Flagrado, atrapalho-me e dou a pior resposta possível.

— Estava pensando como é que vou apresentá-la à sua nova companheira. Tenho uma surpresa para você.

Saio do carro o mais rápido que posso. Nesta semana, projetei e adaptei minha vida em tempo recorde, para incluir essa moleca. Desde a compra de uma Doblò para viabilizar o transporte da cadeira de rodas elétrica que também adquiri até a mudança de móveis de lugar para facilitar seu acesso. Parece exagero ter comprado a cadeira motorizada para um período tão curto de uso, alguns dias ou meses, mas, no fundo, pensei que fosse uma iniciativa balizada pela solidariedade. Lembro-me de todas as dificuldades que minha mãe sofreu por ser cadeirante. Na época, não tínhamos dinheiro para adquirir uma, mas hoje posso doar uma cadeira motorizada para alguém que vai fazer bom uso dela, como um atestado de independência.

Tiro do porta-malas a cadeira enfeitada com um laço vermelho. Minha intenção é fazê-la se sentir confortável, pois a d. Cida vem me contando sobre a preocupação de Bya em se sentir um fardo na minha vida. Não tiro suas razões, pois, de fato, está me saindo um grande problema, mas decidi cuidar dela desde o dia em que a vi vulnerável e sozinha naquele hospital.

— Olha aqui, mocinha, por que demorei tanto para descer do carro. Você não achou que aquela cadeira na qual saímos do hospital seria sua companhia, ou achou?

Seus olhos ficam vidrados na cadeira.

— E você está achando que vou ficar em uma cadeira de rodas para sempre? Pois se enganou, bonitão. Estarei fora dela antes que você possa imaginar!

Que rebelde! Essa garota me tira do sério.

— Pedro? — Ela sorri, percebendo meu desgosto. — Estou brincando, obrigada pelo carinho. Não leve tudo a ferro e fogo. Acho que despertei *gozada* ou até mesmo engraçada.

Meu corpo dá sinais de virilidade, apenas de ouvir a palavra que ela acaba de proferir com duplo sentido. Será que sempre vai ser assim?

— Estas malas estão pesadas, vocês dois podem ir na frente — reclama d. Cida.

— É pra já, d. Cida. — Dessa vez, sou rápido em tirá-la do carro; não dou chances aos meus pensamentos devassos.

— Tem manual de instruções para isso? — reclama ela, prestando atenção nos botões. — Ainda acho que a força das suas mãos me empurrando é mais eficaz do que uma máquina.

Percebo o duplo sentido e a insinuação. Dessa vez, não cedo ao seu encanto e devolvo a resposta tirando suas possíveis esperanças. Ela precisa saber que meu papel é apenas de seu tutor.

— Comece a se acostumar com sua independência que dói menos. — Faço uma pausa e uma brincadeira para descontrair o recado. — Pirralha mimada!

— Eu o elogio e você me ofende?

— Jeito estranho de elogiar. Já ouviu falar da abolição da escravatura? — De forma imprudente, digo o que me vem à cabeça e, pelo seu silêncio, acho que abri uma lacuna entre nós: minha resposta sugere que ela é um fardo para mim.

D. Cida cansa de esperar nosso impasse e nos deixa a sós na meia-luz da garagem. Olho para todos os cantos notando as infiltrações das paredes e me concentro no barulho da tubulação que escorre água, pensando em algo para dizer.

Capítulo 4

Beatriz Eva

Aonde vim parar? Também, o que posso esperar de um solteirão que, do dia para a noite, é sorteado para cuidar de uma pessoa que cai de paraquedas na sua vida? Ainda por cima, uma pessoa quase desconhecida. Juro que relutei em aceitar vir morar com ele. Discutimos por dias sobre isso no hospital. Posso ter perdido a memória, mas não sou burra para saber que, com dezessete anos, tenho plenas condições de viver sozinha. Pelo que sei, os bens deixados pelos meus pais me permitem comprar um lar todo meu, mas ele insiste em realizar o último pedido da minha mãe. Pedido esse que não beneficiou ninguém, muito pelo contrário.

— Eu disse para você que ficaria bem morando sozinha.

— Não é o que está provando até agora. Você precisa de alguém, mocinha.

Balanço a cabeça, incrédula. Jura mesmo? Nem começamos a morar juntos e ele já está me tratando assim?

— Poderia contratar uma pessoa para cuidar de mim?

— Sério? — Ele aperta o botão repetidas vezes para chamar o elevador. — Pelo que me consta, você ainda não sabe o quanto herdou dos seus pais.

Sinto um nó se formar na minha garganta. Mordo a parte interna do lábio para não derramar lágrimas, por mais fria que possa ser a falta de lembranças. Em meu peito, sinto a dor da solidão.

— Você tem razão, mas o advogado me assegurou que tenho um futuro garantido.

— Então, guarde essa garantia para seu futuro.

— Vai ser assim?

— O quê?

— Nós dois. Você como dono da razão e eu tendo de aguentar o que você acredita ser certo para mim? Acho que isso não vai funcionar.

— Vamos encontrar um meio-termo.

— Você sempre tem respostas curtas e objetivas?

— Na medida do possível.

O elevador chega, o pavão pomposo entra e eu não consigo fazer a cadeira se mexer. Não olho para ele. Recuso-me a pedir qualquer favor. Droga! Manusear essa cadeira é mais difícil do que eu pensava. Ela é dura e se move apenas alguns centímetros. Tento girar as rodas manualmente, mas a alavanca parece estar emperrada. Vamos lá, minha amiga temporária. Amigos se ajudam, sabia? Tenho certeza de que daqui a pouco estarei novamente de pé, fazendo mil coisas que estão guardadas dentro da minha memória perdida, e quero me lembrar de você como minha cúmplice.

— Precisa de ajuda? — Vejo um pequeno sorriso de lado, sarcástico, no seu rosto.

Ok! Rendo-me. Assumo que ainda não sei manuseá-la. Tento pela última vez, antes de admitir para ele que preciso de ajuda a cadeira se move. Graças a Deus, ouviu minhas preces.

— Não! — respondo, satisfeita e feliz, sem dar o braço a torcer. Se ele quer assim, é como vai ser.

A porta do elevador se fecha. O silêncio toma conta do ambiente. Mentalmente, tento decorar o uso correto do comando da cadeira. Não quero parecer uma idiota outra vez. O elevador avisa que chegamos. Vamos lá, menina, agora é com você. Ele sai do elevador e põe o braço na porta, para ativar o sensor e me aguardar sair. Abro um largo sorriso, pois consigo sair sem nenhuma dificuldade. A porta do apartamento está aberta.

— Bem-vinda!

— Obrigada!

Tudo é muito espaçoso, já que os móveis estão bem juntinhos na sala. Fácil perceber que ele fez alguns ajustes para meu bem-estar. Fico sensibilizada com o seu cuidado. Ele é um ogro, mas o ogro mais gentil que conheci. Quer dizer, é a única referência atual que tenho. Olho para todos os lados, fazendo um reconhecimento do lugar, e comprovo o seu bom gosto. Todos os móveis têm um design moderno, a decoração é meio retrô, com telas pintadas a óleo e esculturas artesanais. Tudo muito encantador. Observo cada detalhe e, por timidez, fico calada. Não sei direito o que dizer. Acho tudo estranho e muito confuso. Há um misto de sentimentos contraditórios: ao mesmo tempo em que me percebo uma intrusa, sinto-me acolhida.

— A casa é toda sua!

Ele pega um vaso de vidro, dentro do qual há um arranjo com orquídeas e gérberas, e do qual pende um urso amarrado com um laço gigante, e me entrega.

— Achei que seu quarto precisava de um toque feminino.

— São lindas — digo comovida, observando-o e me divertindo. Ele é desajeitado e está tão confuso quanto eu.

— Você quer um chá? Está com fome? — pergunta Cida, depois que estou acomodada na cama.

Olho para o lado para saber se o dono do perfume que recende na minha pele ainda está no quarto e percebo que ele nos deixou sozinhas antes mesmo de eu agradecer a hospitalidade.

— Não, obrigada. Acho que só preciso descansar um pouco. Tem uma dorzinha querendo me incomodar.

— Vou pegar sua medicação. Acho que já está no horário. — Eu assinto, com dores físicas e mentais.

No corredor do labirinto que se formou dentro da caixinha na minha cabeça, tenho a impressão que, no passado, eu era extremamente independente e organizada. Ainda não me lembro se minha vida estudantil era muito ativa, se tinha muitos amigos. Sinto apenas que amo a sensação de independência.

As dores nas minhas pernas não indicam por quanto tempo precisarei ficar dependente da minha amiga. Também não sei se quando me separar dela terei um andar desengonçado e se me faltará coordenação motora para me manter de pé, mas vou lutar e conseguir ser independente. Uma voz grita dentro de mim dizendo que preciso ser forte e conseguir.

Não existirão diagnósticos ou avaliações de especialistas que me submeterão a adiar minha motivação de ir atrás da minha independência.

Os dias vão passando. Observo que minha suposta independência não é como eu pensava ser. Dependo deles para a maioria das funções diárias, desde me levantar da cama até beber um copo d'água. O entrosamento que conquistei com a Cida durante o tempo em que ela ficou comigo no hospital se desfez. Acho que me isolei por medo, raiva e tristeza por não conseguir a minha liberdade logo e estar presa às minhas limitações. O Pedro, por sua vez, respeita meu espaço e consegue junto ao convênio uma enfermeira plantonista, para quando da ausência da Cida.

Leio diariamente e tento entender tudo sobre a minha recuperação. Minha meta passa a ser reconquistar minha independência. Ainda não tenho ideia sobre o quão modificada está minha vida, e isso me desanima um pouco. Porém, sei que minha única alternativa é ter força, e é nela que tento me apoiar. Imagino que essa provação está me fazendo amadurecer muito rapidamente. É como se tivesse ido dormir ainda criança, brincando de boneca, e acordado no dia seguinte como uma mulher sozinha no mundo cheia de responsabilidades. O Pedro tem sido gentil, mas a cada dia que passa ele parece se afastar mais de mim. Parece querer construir uma parede imaginária dentro do próprio lar. Conversamos apenas o essencial permitido a dois desconhecidos que dividem o mesmo espaço.

Passa das 8h30 e sinto-me incomodada por estar deitada na cama. Estranho a Cida não ter vindo ainda trazer a minha medicação das 8h.

Ouço uma batida na porta. Ela se abre e vejo o pecado em pessoa, franzindo o cenho pela claridade que entra junto. O homem tem o porte imponente, o peitoral forte, um bíceps invejável; sua beleza chega a ser hipnotizante, dura, mas, não insensível. Acho que é a primeira vez que o vejo sem camisa.

— Vim trazer sua medicação, junto com o café da manhã.
— A Cida ainda não chegou?
— Ela não vem hoje.
— Aconteceu alguma coisa?
— Ela precisou visitar a irmã e me ligou hoje pela manhã pedindo o fim de semana de folga.
— Tenho dado muito trabalho a vocês.
— Por que acha isso?

Não sei o que dizer, pensar ou sentir. Apenas imagino que estou dando trabalho a todos. Tudo é tão confuso! Do mesmo jeito que ele manteve distância por todos os dias, quando está próximo parece gentil e preocupado com meu bem-estar. Parte do meu cérebro diz que o prefiro no modo gentil.

Ele põe a bandeja ao meu lado da cama e apoia almofadas atrás da minha cabeça. Sinto o calor do seu corpo próximo a mim, mas sua expressão é a de um homem de gelo. Minha respiração evidencia o quanto seu calor me faz perder o ar, mas ele, por outro lado, parece nem respirar. Olhos nos olhos, ouço apenas o ranger dos seus dentes. Minha cobiça por ele se transforma em coadjuvante perante a indiferença protagonista que ele faz questão de deixar registrada.

— Já arrumei um lugar para colocar a prancheta desmontada. A semana foi tão corrida que acabei me esquecendo de tirá-la do seu quarto.

Meu quarto não é imenso, mas é elegante e tranquilo. Em outras circunstâncias, poderia dizer que é até um agradável oásis.

— Não precisava ter transferido seu escritório de lugar. Não me importaria se você precisasse trabalhar aqui.

A Cida tinha me contado que o escritório dele se transformou no meu quarto. Antes, no lugar das cortinas provençais, havia uma persiana. No canto onde está uma penteadeira branca, ficava a mesa de escritório dele, na qual passava horas desenhando. Os únicos móveis que permaneceram foram o armário e a cama brancos com filetes cor de marfim. Saber que ele precisou mudar sua vida por minha causa me incomoda.

— Foi melhor assim. Agora posso focar o meu trabalho apenas no escritório. Você acabou me fazendo um favor.

— Por que isso me parece mais um prêmio de consolação do que realmente é?

— Por que acha que tudo ultimamente está voltado apenas para você?

— Não está? Você quer me enganar que já tinha pensado em um dia se desfazer das suas pranchetas?

Ele se aproxima com o olhar indiferente e meu sistema nervoso se abala. Começo a sentir um tique nervoso, rápidas contrações involuntárias; aposto que, se falar algo agora, terei tiques fônicos. Afasto uma mecha imaginária de cabelo para trás da orelha e me dou conta de que venho repetindo esse gesto diversas vezes, enquanto ele coloca a bandeja no meu colo sem responder. Ele me olha interrogativo, esperando uma reação. Tem tanta comida... Nunca comerei tudo isso. Decido convidá-lo, como uma solução para disfarçar o que estou sentindo.

— Toma café comigo? Aqui tem comida para um batalhão.

Tem pão, frios, suco de laranja, ovos mexidos, tapioca com queijo e uma xícara de chocolate quente. Para arrematar, um detalhe típico de galã romântico: uma rosa solitária em um vaso de cristal.

— Não senhora, você precisa se alimentar direito. Vamos! Comece a comer.

Ele é gentil, porém mandão.

— Não como nem a metade do que tem na bandeja — protesto. — E, se você não me ajudar, não tomo o remédio.

— Vai fazer chantagem? — Ele ergue a sobrancelha e devolve a pirraça, provocando-me. — Vamos lá, pirralha mimada. Senão, serei obrigado a fazê-la comer tudo.

— Bem típico de sua parte me chamar de pirralha, não acha? É assim que costuma tratar todas as mulheres quando elas o convidam para um café da manhã?

— Não! Só respondo assim quando adolescentes fazem pirraça.

Ele enfia um pedaço de pão na boca e mastiga com a mesma calma de sua resposta. Respiro fundo. Então sou uma pirralha mimada? Ok! Discordo um bocado, mas, se é assim que ele quer, acho que será divertido me tornar um pouco mimada.

Pedro Salvatore

As duas horas seguintes são torturantes. Pedi à enfermeira que vem cuidando da Bya para chegar um pouco mais cedo. Não me sinto totalmente à vontade com a situação. Parece tolo dizer isso, mas ela me perturba, desencadeia sentimentos e emoções que não me permitiria sentir.

— Hoje o mundo resolveu conspirar contra mim — esbravejo. — O que faço agora? — cochicho nervoso com a minha consciência assim que desligo o telefone.

A enfermeira informou que não poderia vir hoje, pois seu filho pequeno está com febre. Insisti para enviar uma amiga. Ela explicou que já havia pensado nisso, mas infelizmente não havia nenhuma disponível. Caminho de um lado a outro no apartamento. Esqueço o que tenho de fazer o tempo todo. Não consigo focar em nada.

Encosto no batente da porta do meu quarto e a vejo na sacada, deslumbrada com a vista do Parque Ibirapuera. Assim como o maior parque metropolitano de São Paulo, ícone da cidade, ela se tornou em pouco tempo o ícone do nosso lar. Sua beleza e sua alegria passaram a dar vida e cores ao apartamento. Antes os sons diários eram produzidos pela televisão ou pelo rádio, mas hoje são as risadas dela que ecoam pelo ambiente. O brilho dos seus olhos ilumina mais o dia do que a luz do sol que entra pelas janelas. Não sei como Bya consegue ser tão positivamente radioativa, perto do caos em que sua vida se transformou.

De onde estou, não consigo descobrir o motivo pelo qual as covinhas acentuadas das suas bochechas evidenciam um sorriso. Só a vejo de perfil. Linda como uma indígena. Cabelo escuro e pele avermelhada e bronzeada que realçam a paisagem ao fundo. Observá-la ali com o queixo apoiado nas mãos é como admirar uma pintura modernista. Sua beleza natural é pura, muito diferente de qualquer mulher que já conheci. Hoje entendo o que Pero Vaz de Caminha sentiu quando descreveu as índias brasileiras na sua formosura natural: "Moças, bem moças e bem gentis, com cabelos muito pretos compridos pelas espáduas, e suas vergonhas tão altas, tão cerradinhas e tão limpas das cabeleiras que, de as muito bem olharmos, não tínhamos nenhuma vergonha." Ela é, assim, um símbolo de mulher desejável e fecunda.

Fantasias percorrem minha mente e fico logo excitado. Imagino-a como uma bugre fugindo na mata e eu a laçando, trazendo-a aos meus braços. Devo estar ficando louco! De onde tirei essa ideia? Pressiono as unhas na palma da mão, como penitência para me lembrar que a dor física é mais fácil de amenizar do que uma possível dor emocional. Essa pirralha desperta em mim sentimentos contraditórios. Às vezes são sentimentos protetores que jamais experimentei antes, e outras vezes são típicos de um bicho enjaulado, ansioso por devorar uma presa indefesa. O gosto azedo do remorso me vem à boca.

— Faz tempo que você está aí?

Ela olha para trás encabulada, como se soubesse que a estou observando há algum tempo. Inquieta, tenta virar a cadeira. Atrapalhada e encantadora, fala sobre a paisagem e me tira dos meus devaneios.

— O Parque Ibirapuera é tão lindo! É tão grande! São tantas pessoas andando ou correndo, fazendo piquenique, felizes e encantadas pela pai-sagem... — Ela faz uma pausa. — Fiquei com vontade de ir até lá e lembrar o quanto sou livre. Só agora me dei conta de que nada me impede de ir até lá e viver a emoção da liberdade.

— Não acho prudente ir sozinha.

Fico desconcertado e impressionado ao mesmo tempo. Ela vê um mun-do inexistente diante de sua atual realidade. Seus olhos brilham quando fala de liberdade e mostram o quanto quer ser independente. Chego a sentir um aperto no peito por saber-me protetor e enxergar perigo em tudo o que pode acontecer com ela.

— Então vamos comigo. Quanto tempo faz que você não vai até lá?

Ela gira a cadeira e contorna a cama. Engulo em seco ao vê-la se aproxi-mar com olhar mendicante. Sem saber o que responder, crio mil desculpas mentais. Lembro-me de que preciso terminar um relatório orçamentário de um cliente e ainda tenho de dar um jeito de tirar a prancheta do seu quarto. No fundo, acho que essas desculpas são para privá-la de ver as pessoas lhe dirigirem olhares preconceituosos ou cheios de piedade. Vivi isso com a minha mãe. Sei como as pessoas enxergam os cadeirantes. Mesmo que a condição seja temporária, ainda assim ela vai sofrer pela indiferença e pelo preconceito que lhe serão destinados.

— Podemos ir outro dia. O que acha de assistir a um filme?

— Acho que pode ser bem erótico, e não sei se estou em condições de viver um clima assim.

Sua voz é baixa, e acho que ela se surpreende com essa resposta estranhamente sedutora tanto quanto eu.

— Você não pensou em um filme romântico, né? Esse estilo de filme não combina comigo.

— E que filme combina com você?

Ela está a menos de um passo. Sentada na cadeira, sua cabeça fica na altura do meu abdômen. Ela levanta os olhos e encontra os meus. Sinto um arrepio de prazer por saber que ela é uma grande tentação que não posso sentir. Afasto os pensamentos e me viro de costas.

— Gosto de filmes de aventura, com muita ação.

Ela sorri alto, sem sentido.

— Pedro! Existem filmes de romance com muita ação! — Ela continua sorrindo e acrescenta maliciosamente: — Grandes aventuras. Você nem imagina.

— Se a ideia é me convencer, não vai dar certo. Esse negócio de felizes para sempre não é para mim.

Depois de muita relutância, chegamos a um acordo e assistimos a várias comédias. Posso dizer que ri mais das risadas dela do que com as piadas dos filmes. Ela assistiu a tudo sentada na cadeira, fez manha dizendo que seus pés estavam inchados e pediu uma massagem. Para mim, tocar em seus pés foi uma tortura. Tenho um fetiche lascivo por pés, principalmente tipo os dela, que são pequenos e macios. Como se não bastasse, ela ainda derrubou suco no seu colo e tive de ajudá-la a se limpar. Hoje testei todas as formas de autocontrole sobre meu corpo, e mais uma vez a dor me convenceu de que é a melhor solução para dissipar qualquer desejo de luxúria.

O dia passa mais rápido do que imaginava, o sol se põe e a treva das minhas obrigações acompanha os meus medos. Passei o dia me torturando pensando que, na ausência da d. Cida e da enfermeira, terei de ajudá-la com o banho. Fiquei um pouco aliviado pela manhã, quando d. Cida informou que o curativo só era trocado depois do banho, o que o médico orientou a fazer uma vez por dia devido à boa cicatrização. Mas a enfermeira que podia me abster dessa obrigação também não ia estar aqui.

— Você está com fome?

— Não, a tigela de pipoca que você me fez comer não deixou espaço para mais nada. Preciso apenas de um banho. Assistir a esses filmes com você me deixou com calor.

No momento, não consigo pensar em um problema pior do que esse. Ainda por cima, ela vem sempre com uma mensagem subliminar às suas respostas.

— Banho, né? — repito o que ela sugere.

— As pessoas precisam de banho, Pedro.

Um mínimo detalhe pode mudar nossa vida. Tento pensar em tudo, menos nela nua no banho. Em um piscar de olhos, o futuro que planejamos simplesmente deixa de ser viável. Não sou nenhum tarado e sei que posso vê-la nua na minha frente. Posso controlar o futuro.

— Precisa de ajuda para separar sua roupa? — Tento parecer indiferente.

— Posso pegar a roupa sozinha. Só precisarei de você para me trocar de cadeira. — Prendo a respiração. — Não precisa ficar constrangido.

— Não estou. Só preciso me acostumar com a ideia. — Sou sincero.

— Com a ideia de ver uma mulher nua, ou de ter que me pegar nua no colo? — Ela me provoca, divertida.

— Engraçadinha! — Torço os lábios. — A d. Cida e a enfermeira não a pegam no colo. Elas só ajudam a mudar de cadeira. Por que eu tenho de pegá-la no colo?

— Talvez seja por que você vive me lembrando de que sou uma pirralha mimada e, portanto, preciso fazer jus a essa reputação.

Ela sai da sala. Fico olhando a cadeira se distanciar. Preciso passar por essa provação e respiro fundo:

— Lembre-se, Pedro, essa moleca é proibida para você.

A fantasia não condiz com a realidade. Antes de tudo, tenho de ser o que o destino espera de mim. Um homem direito, Tutor de uma adolescente de dezessete anos, quinze mais nova do que eu. Minhas escolhas são mais fortes que as minhas vontades.

Ela me chama uma, duas, três vezes, até que crio coragem para ir até o seu quarto. Reluto ao olhar para ela, mas vislumbro o que mais temi. Ela está enrolada em uma toalha, nua da cintura para cima. A leve protuberância no tecido evidencia que seus bicos dos seios estão duros. Chacoalho a cabeça, preferindo pensar que a natureza é a causadora dessa situação sensual. Ela é ousada. Parece não se intimidar com a minha presença.

— Não consigo tirar a calça. Vou precisar da sua ajuda. — Sua voz é rouca e sensual.

Meus planos de ficar indiferente a ela vão pelo ralo abaixo. A situação fica seriamente fora de rumo. Vê-la nua seria uma tortura, mas despi-la passa a ser um problema muito maior. Passamos praticamente o dia inteiro juntos, e sei lá por quantas vezes peguei-me sucumbindo à tentação de estar próximo dela. Ela é dotada de uma sensualidade sem tamanho. Mordo a bochecha com força e sinto o gosto do sangue. A dor novamente vem em meu socorro e abre meus olhos. Que pirralha provocativa! Sua calça de moletom é fácil de ser retirada do seu corpo. Afinal ela foi ao banheiro durante o dia e não precisou da minha ajuda, o que significa que ela está armando para mim. Faço uma breve reflexão e percebo que várias vezes ela armou um joguinho de sedução e eu quase me deixei envolver. Fico furioso comigo.

— Bya, antes de mais nada, tem algumas coisas que você precisa saber sobre mim. Não faço nada obrigado. Não gosto de nada forçado, e você está forçando uma situação que não vai rolar. Meu papel aqui é de seu tutor! — friso para ela entender de uma vez por todas. — Sou seu responsável. Não vou cuidar de você como se fosse minha mulher. Então, é melhor você não fantasiar situações.

Maltrata que eu gamo.

Como queria acreditar que tudo é fantasia da minha cabeça. Mas a forma como reage a mim não deixa dúvidas. Posso estar desmemoriada, mas não sou cega.

Sua face me encara, vermelha. Tenho duas opções. Uma, ele realmente está falando sério; outra, está sentindo o mesmo calor que eu. Prefiro apostar na segunda opção. Ele não pode ser tão rude assim. Ou pode?

Sem querer, mas já querendo, afrouxo o braço que sustenta a toalha, deslizando-a alguns centímetros e expondo um pouco mais o meu colo.

— Você é muito orgulhoso. — Seu constrangimento é óbvio, seus olhos penetrantes me rasgam feito um raio laser. — Só para seu conhecimento, a Cida e a Izabel não me pegam realmente no colo, pois, quando vou tomar banho com elas, estou nua. Enquanto você acha que o estou provocando, na verdade trata-se de poupá-lo de um constrangimento. — Eu o estou torturando, e ele lança sinais que deixam isso claro.

— Não estou dizendo nada, Beatriz. Estou apenas afirmando que sou seu tutor e você precisa ter respeito quanto aos meus limites.

— Ok, Pedro! Já que não pode me ajudar tirar a calça, farei um esforço sozinha. — Afrouxo mais a toalha que cobre meu corpo e ela desliza mais alguns centímetros. Não preciso olhar para ele para saber que sua reação é de susto. Divertida, vejo seus olhos vidrados no meu colo; sei que estão fixos no pequeno vão entre a toalha e meu seio.

— Vou ligar o chuveiro enquanto você termina de se despir.

A toalha cai por acaso, e dessa vez juro que foi sem querer. Sua reação é de surpresa e fuga. Ele não pede desculpas por me ver seminua. Na verdade, não diz nada. Apenas se esconde no banheiro. Consigo apenas ouvi-lo resmungar de longe e posso apostar que ele até trancou a porta.

Tento puxar a calça de um lado e do outro, mas a dor é insuportável; chego a suar. É uma peça fácil de ser retirada, mas, no meu estado, levantar o bumbum é quase uma tortura. Erguer o quadril sem apoio é insuportável. Mas continuo tentando. Demoro bastante tempo, mas a dor me impede de tirar a calça. Talvez minha audácia o tenha constrangido. Sei que peguei pesado. Minhas indiretas foram certeiras, penetrantes, e deixaram uma névoa sexual entre nós. Mas agora nem sei se valeu a pena, pela dor que sinto. Confesso que, quando pedi sua ajuda, a necessidade era mais alta do que meu desejo de que ele me visse nua. Lágrimas de dor escorrem pela minha face.

Ainda não é dessa vez que pedirei a ajuda dele. Por mais que eu prometa não fazer isso, quando vejo, já o estou provocando.

— Ai, como isso dói! — Uma risadinha molhada de dor escapa dos meus lábios. Ele fica tão lindo quando está constrangido. Chega a ser tentador. Porém, Pedro é tão irredutível que, a cada ponto que faço nos meus objetivos, ele marca dois negativos.

— Bya! Você está chorando?

— Está tudo bem, Pedro — digo, derrotada. — Só vou escovar os dentes. Acho que terei de deixar o banho para amanhã, quando a Cida puder me ajudar. Não consegui tirar a calça. Pode fechar o chuveiro, por favor.

— Nada disso! Você não vai ficar sem banho. Vou ajudá-la a tirar sua calça, mas, por favor, cubra-se com a toalha.

Ele bufa. Que homem contraditório!

Uma nova esperança invade meu coração; as lágrimas são substituídas por um sorriso de expectativas. Não lembro se tive uma primeira vez, mas imaginar um sexo gostoso com o Pedro, no banheiro, parece-me uma ótima aventura para uma primeira vez com memória.

Vislumbrar o Pedro envergonhado olhando para o canto enquanto me cubro com a toalha redobra minha determinação. Ele é muito interessante, e, quanto mais tento entendê-lo, mais fico curiosa sobre como devo lidar com ele.

— Não precisa fazer isso, Pedro. Já disse que não quero ser um incômodo para você. Um dia sem banho não fará mal algum.

— Deixa de ser teimosa. Temos de trocar seu curativo.

Uau! O negócio está começando a esquentar.

— Se você insiste, tenho de concordar. Afinal, mesmo sabendo que a cirurgia está quase cicatrizada, não posso correr riscos. Você sabe que terá de me ver sem calcinha, né? — Suas sobrancelhas formam um arco e eu aproveito sua atenção para fazer cara de inocente. Seguro o riso para não deixá-lo perceber minhas segundas intenções.

— Anda logo, Bya, o banheiro está virando uma sauna.

— Estou pronta. Pode me ajudar. — Enfio a ponta da toalha no vão entre meus seios e ele presta atenção em cada gesto meu. O movimento não seria nem um pouco indecente, mas os seus olhos brilham bastante.

— Pedro, posso fazer uma pergunta?

— Não! Sem perguntas. Vamos logo para seu banho, mocinha.

Que brutamontes! Os brutos também amam, sabia? Tenho vontade de gritar isso para ele.

— Se não posso perguntar nada, acho melhor vir me ajudar a tirar logo esta calça. Não sei por quanto tempo o nó dessa toalha vai resistir, e você mais uma vez vai achar que estou tentando seduzi-lo.

Em um segundo, ele se abaixa entre as minhas pernas.

— Vamos com calma. Você está sentindo dor?

— Só um pouquinho — minto devido à delicadeza dele de mal tocar o meu corpo.

Suas mãos sobem até o elástico da calça e elas se paralisam ao tocarem de leve nas minhas pernas. Sinto calafrios. O homem que mexe com as minhas fantasias mais sensuais está a poucos centímetros de mim, tentando cuidar do meu corpo. Busco forças para reunir munições de sedução.

— Pedro! A calça não vai sair sozinha. Preciso que você a desça.

— Uhum. Uhum! — Ele pigarreia, corado.

Suas mãos deslizam pelo contorno do meu quadril, arriam minha calça lentamente, enquanto me esforço para encontrar uma posição que facilite o trabalho. Eu me apoio no seu ombro, e seus olhos encontram os meus. Para, Pedro! — faço um alerta mental. Não me olhe assim. Juro que estou me contendo. Se você não estivesse muito desconfortável nessa situação, minha vagina faminta e desejosa estaria em seus lábios. Posso ter perdido a memória, mas o resto do corpo permanece bem consciente dos sentidos do tesão.

Enfim, arriamos minha calça, porém a calcinha foi junto, e minha reação é libidinosa. Pela primeira vez ao seu lado, sinto-me vulnerável e exposta. Posso apostar que meus lábios brilham. Ele não desvia os olhos da minha vulva. Sua expressão dolorosa faz meu ego dar pulinhos de alegria. Aposto que ele está tão excitado quanto eu.

— Está tudo bem, Pedro?

— Sim. — Ele se levanta depressa. Vou levá-la para o chuveiro.

Que desperdício! Poderia ter sido bem divertido ele continuar onde estava.

Ele me leva para o banheiro e o ranger dos seus dentes mostra o quanto está constrangido.

— Pedro?

— Oi.

— Já pode sair. Eu tomo banho sozinha. — É difícil pedir isso. Por um instante, juro que pensei em pedi-lo que se despisse e se unisse a mim. Mas sua reação de desconforto me passa a sensação de que o momento depois não seria legal.

Capítulo 5

Beatriz Eva

São Paulo é uma cidade que intimida pela sua extensão, porém, sua magnitude nos fascina. A violência domina as manchetes de todos os jornais, mas, considerando que este não é um problema exclusivo daqui, acabamos nos adaptando e criando nossos próprios moldes de prevenção e autodefesa.

Nesses dois meses que vivi como cadeirante, acabei sofrendo muito mais com a falta de acessibilidade e estrutura da cidade do que com a sensação de insegurança. Tive problemas para usar o transporte público, bem como simplesmente ir aos lugares. Era quase uma maratona. Doeu pensar que milhares de pessoas encaram essa realidade por uma vida inteira. Ser cadeirante não é um obstáculo para seguir em frente; o maior problema é o desrespeito e o preconceito que as pessoas têm com os portadores de necessidades especiais.

Poderia enumerar situações constrangedoras que encontrei: calçadas esburacadas, falta de rampas de acesso e assim por diante. Mas tive a sorte e o privilégio de contar com o Pedro e a Cida como referências. Eles foram minhas duas pernas que faltavam. Não, melhor dizendo: não faltavam, estavam apenas descansando e se recuperando da minha cirurgia na pelve.

Insisto em dizer que sou privilegiada. Mas sei que preciso resgatar memórias do meu passado, que foram sequestradas e mantidas reféns em uma gaveta dentro da minha cabeça.

O futuro me é incerto. É uma porta que só poderei abrir quando o passado me permitir. Por enquanto, estou vivendo o presente tentando resgatar meu passado para poder encarar o futuro. Tem sido difícil, porém, encontrei um grande aliado: o Parque Ibirapuera! Nesse espaço onde a natureza grita vida, minha ilusão vem ganhando contornos de esperança a cada dia que passa. Morar a metros dele é como encontrar um colo amigo.

Sentada no fantástico assoalho da raiz do ceboleiro, minha árvore preferida dali, tenho por companheira apenas minha sombra. É onde choro minhas frustrações, admiro os lagos do Ibirapuera e ouço a natureza falar comigo, me aconselhar. Essa tem sido minha rotina diária, meu cantinho de solidão e de reflexão, depois de toda a maratona de tratamentos a que venho me submetendo. Fiquei muitos dias observando o parque da sacada do quarto do Pedro, encantada com o coração verde da cidade, algumas noites até sonhando acordada com a beleza das luzes. Demorei a convencê-lo a me trazer aqui. Ainda caminho com um pouco de dificuldade, mas faço acompanhamento semanal com um fisioterapeuta.

No começo, ficava intrigada pela sua recusa e suas desculpas. Ele parecia querer me privar de algo que nunca descobri. A primeira vez que ele me trouxe, mostrou-se mais preocupado com o fato de eu estar na cadeira do que interessado em saber minhas impressões da exuberância da natureza rodeada pelo concreto da cidade. Nossa relação não é muito íntima. Ele é duro comigo. Para ele, sou apenas sua pupila, mas, para mim, ele é muito mais que meu tutor. A Cida é minha referência feminina e parece uma mãe. Por isso, o Pedro confunde minhas demonstrações de afeto como se fossem de filha para pai. Mas como é que posso enxergar meu pai naquele homem que desperta em mim fagulhas que só meu corpo sente? Quando estamos próximos, minha pulsação acelera com expectativa, seus olhos me hipnotizam. Sou capaz de imaginar toda a anatomia do seu corpo. Consigo vislumbrar nos seus olhos o reflexo do mesmo desejo que sinto, mas ele... Ah! Ele desvia seu olhar, não me deixa ler o que quer dizer para mim.

Passar esses meses ao seu lado me despertou um sentimento promissor. Empolgo-me cada vez que ele nega e se fecha para mim. Não digo que isso é obsessão, tampouco ilusão. Discuto muito esse assunto com a minha terapeuta, que sempre se aprofunda no tema. Ela diz que sou decidida, mas que minhas peraltices talvez comprometam a imagem de maturidade que Pedro não tem de mim. Confesso que às vezes passo dos limites, mas a forma como ele reage a meus excessos é engraçada.

Sorrio sozinha, lembrando-me de uma delas.

O celular do Pedro não parava de vibrar em cima da mesinha. Eu o chamei diversas vezes, porém ele não respondeu. Então, agarrei o aparelho para levar até ele, mas fiquei paralisada quando olhei o nome no visor.

Gisele? Quem é Gisele?

Seja por uma vontade mais forte, seja por certo ciúme inusitado, o fato é que, quando vi, já estava atendendo a ligação.

— Oi, meu querido, consegui sair mais cedo. Se quiser, posso passar na sua casa às 20h para pegá-lo. Estou ansiosa para lhe mostrar a surpresinha que comprei para esta noite.

Desfaleci por segundos. Foi como receber um golpe na boca do estômago. Fiquei cega. Acho que minha percepção visual afetou meu lado mental, porque, quando retomei a consciência, estava encenando.

— Oi, dra. Gisele. Meu pai falou que você ia ligar, mas esqueceu de dizer o seu nome.

Ela tentou argumentar que não era médica, mas não lhe dei chances e continuei com meu teatrinho.

— O papai está muito abalado com a situação da mamãe. Vem fazendo de tudo para ajudá-la desde que ela ficou inválida na cama. Mas parece que a mamãe piorou e o papai não sai do lado dela. A senhora está vindo até aqui para nos auxiliar?

A mulher emudeceu, enquanto minha voz de choro invadia o telefone. A história era fantasiosa, mas o choro que deixei sair era bem real.

— Como é seu nome?

— Bianca — menti meu nome.

— Bianca, diz para seu pai que talvez eu não consiga ir até sua casa hoje. Eu ligo para ele outro dia. Pensando bem, não diga nada. Acho que estou mudando minha especialidade.

— Tá bom, doutora! Eu não falo que a senhora ligou. Quem sabe ele encontra outra médica para a mamãe.

Desliguei o telefone sem um pingo de remorso e fiquei sentada ereta na cadeira, temendo levantar por causa das minhas pernas bambas.

— Bya, que tanto estava me chamando?

Não consegui olhar para ele, mas o seu celular, preso nos meus dedos, acabou me entregando.

— O que você está fazendo com o meu celular nas mãos?

Bruto, ele puxou o aparelho. Minha cabeça ficou tentando encontrar uma desculpa, mas tudo foi muito rápido. Não consegui pensar em uma resposta. Com o coração acelerado, observei-o apertar a rediscagem. Se eu não estivesse com tanta raiva, acho que teria chorado ou me desesperado. Mas então seria a pirralha mimada, não a menina em chamas incendiada pelo ciúme que incorporou meu corpo.

Ele fala e anda até a sacada. De longe, acompanho tudo, esperando a retaliação, já que a curiosidade é maior e não consigo mexer minhas pernas, que tremem como nunca.

Furioso, ele me encara, com a mão na porta da sacada.

— Vai para o quarto, Beatriz. Não quero falar com você agora.

— Você vai me deixar de castigo?

— Já estou deixando. Deitá-la de bruços no meu colo agora e te dar umas merecidas palmadas seria muito mais que um castigo.

— E por que eu estou sendo punida?

— Porque você não tem limites dos seus atos. Você...

Eu o interrompo.

— Eu o quê? Atrapalhei sua noite de foda? — Acuada, não penso no que digo.

— Olha a boca, Beatriz!

— Vai querer passar pimenta na minha boca, também? — Eu me calo e ergo a sobrancelha, aguardando sua reação.

— Não! Não vou fazer nada. Você é muito jovem e malcriada para me fazer perder tempo.

Engulo em seco, mas não cedo.

— Claro que sou malcriada! — Cuspo as palavras, segurando o choro. — Você me conheceu quando era pequena e sabe como eram as coisas.

Ele fica em silêncio. Eu o olho sem vê-lo, muito afetada. Só não levanto e saio correndo para o quarto porque minhas pernas ainda não ajudam. Concentro-me na minha respiração acelerada, no sobe e desce do meu peito, tentando ouvir meu lado racional dizer que fomentei o caos dentro de mim. Eu o desprezei desde o momento em que atendi ao telefone.

— Beatriz... — Ele profere meu nome baixinho como se estivesse sensibilizado pelo que acabou de dizer sobre o meu comportamento. — Não sei o que você pensou quando disse à minha cliente que era minha filha e que eu tinha uma esposa doente.

— Cliente? Faz-me rir, Pedro! Ela só faltou soltar orgasmos múltiplos ao telefone mesmo antes de encontrá-lo.

Agora ele me irritou. Então me acha uma retardada! Pronto! Não sei mais distinguir uma cliente séria de uma prostituta.

— Você tem muito para aprender, ainda. — Ele sorri e chacoalha a cabeça de um lado ao outro. — No mundo adulto, as pessoas brincam umas com as outras.

Eu sei qual era a brincadeirinha que ela queria fazer com você, bem coisa de adulto mesmo, penso irritada, imaginando os dois juntos na cama.

— Ela até me contou que mudaria de especialidade.

Ele ri mais ainda.

— Beatriz, se a Gisele não fosse uma cliente antiga, talvez ela nunca mais tivesse me atendido. Mas ela é esposa do meu primeiro cliente e me deu a chance de explicar. Eu ia me encontrar com eles. Você tem noção do transtorno que me causou?

Retraio-me diante da explicação. O Pedro é lindo como um deus grego, mas desprovido de gentileza quando precisa me repreender. Ele desdenha de mim quando ajo por impulso. E, neste momento, eu mesma estou envergonhada e fazendo pouco de mim.

— Desculpa! — peço baixa, calma e timidamente, olhando para seu 1,90m e sentindo-me uma formiguinha perto dele.

— Às vezes, desculpas não bastam. Atitudes, sim, mostram que nos arrependemos dos nossos atos. Tome isso como uma lição e nunca mais atenda meu celular.

— Posso fazer algo para ajudá-lo a desfazer esse mal-entendido?

— Não, Bya. Eu já resolvi e desmarquei a reunião.

Viver ao seu lado é como morar à beira de um vulcão. A cada erupção, a lava que corre se transforma em um novo sentimento, tornando-me ora sensível, ora altiva. E aqui estou de volta ao presente, em busca de respostas. Para ele, certamente, é mais uma das minhas demonstrações de infantilidade, mas, para mim, não é. Daqui a um mês farei dezoito anos. Durante todo esse tempo, não só ele, mas também a Cida e a dra. Daniela, minha terapeuta, tentaram me falar sobre um par de urnas que estão guardadas. Definitivamente algo dentro de mim não quer ouvir nada sobre isso. É como se fosse um falso passaporte para o futuro. A simples constatação da existência desses objetos parece servir para aliviar uma falsa consciência e desculpar uma possível demência que eu mesma venho procurando manter.

Será que sou obrigada a querer saber de alguma coisa? Não posso temer as lembranças? É proibido não querer ouvir? Recolho minhas pernas junto ao corpo, a copa da árvore se transforma na redoma de que preciso. Choro como nunca olhando a foto dos meus pais que guardo comigo.

— Poxa! Por que vocês foram fazer isso comigo? Por que não consigo me lembrar de vocês?

— Tão previsível!

Ouvir sua voz me faz abraçar mais ainda o meu corpo.

— Se sabia que eu estava aqui, podia ter me esperado chegar em casa.

— Tento controlar minhas fungadas, não quero que ele me ouça chorar.

— Bom, considerando que o parque tem uma área de 1.584km², museus, auditórios, ciclovias, pistas de corridas, três lagos, treze quadras esportivas e uma extensa vegetação, até que foi fácil encontrá-la.

— Já pensou que eu poderia estar em outro lugar justamente para não falar com você?

— Já. Aliás, você sempre foge quando se sente encurralada.

— Acho que estou aprendendo bem com você.

— O que é conveniente para você. Costuma aprender bem. — Ele ironiza.

— O que você sabe sobre mim?

— Muito. Sei que você precisa decidir que curso pretende fazer na universidade.

Ok! Ele se faz de bobo e banca o tutor, mesmo sabendo que não foi isso que perguntei.

— Sei ainda que é a pirralha mais mimada e desaforada que conheci e que está na hora de crescer.

— Se era uma piadinha, não teve graça.

Depois de segundos de silêncio, ele acrescenta.

— E também sei que não pode mais fugir do que tenho para entregar a você.

— Estou admirada pelo quanto me conhece. E, quanto aos meus sentimentos, o que você sabe sobre eles? — questiono, ousada, ainda de cabeça baixa, sem olhar para ele. — Por que vamos combinar? Até agora só listou os meus deveres, e não foi sobre eles que perguntei.

— Olha, não vim atrás de você para falar sobre sentimentos, e sim porque você não pode se fechar para o passado. Não acha que vem sofrendo porque está com medo de encarar a realidade?

Não consigo responder imediatamente. Meu coração bate insano ante a dor que sinto no meu peito. Só sei que não quero falar com ele sobre aquela proposta, motivo pelo qual tento me desviar do assunto.

— Falar de mim é fácil, não? Vamos falar um pouco de você.

— Não vamos seguir por este caminho. Imagino que, para você, aquelas urnas podem guardar algo muito doloroso, mas elas existem e preciso que você decida o que fazer. Sei que é muito mais forte e madura do que aparenta, e estarei aqui dando meu apoio.

— Vai embora, Pedro! — falo baixo, tentando manter o controle.

— Não. Sua falta de memória não servirá para escondê-la dessa vez.

Sua forma dura de falar deixa minhas mãos trêmulas. Deixo cair a foto, que ele pega antes de mim.

Olho assustada, meus lábios tremem, ele se senta ao meu lado e me ampara em seus braços. Sei que é por compaixão, mas, mesmo assim, sinto-me protegida. Liberto as lágrimas presas dentro de mim, derramadas do interior do meu coração. Consigo externar meus sentimentos, emoções, angústias e tristezas, minha imagem de maior fragilidade e vulnerabilidade diante dele.

O sol parece deixar de brilhar, os pássaros param de cantar, a natureza silencia. Meu coração sofre por não conseguir encontrar a resposta que me impeça de dizer um último adeus.

Meu cérebro despedaçado tenta alcançar minha memória descalça. Não sei por que choro tanto. Parece que vou me afogar. Seus braços silenciosos me apertam e motivam cada vez mais meu desabafo acolhido pelas lágrimas que beijam minha face. A dor que sinto não tem explicação. Ela apenas aperta o meu peito. Choro por algo que já foi. Sinto isso. Choro por quem talvez eu fui, pelo amor que sei que existiu. O amor que ficou e que não consigo encontrar dentro da minha memória, embora esteja no meu coração. E ele parece não ter fim. É um choro consciente dentro da minha inconsciência. Protelado durante meses por medo de dizer adeus.

— Você ama tanto esse parque... Por que não os traz para cá?

Sua pergunta me faz refletir. Busco nos seus braços um abrigo, uma cura, o fim do meu choro, que repousa minha alma límpida e cristalina. Tento tomar a decisão mais sábia e encarar a realidade como tem de ser.

Pedro Salvatore

Sabia que a encontraria no lugar que lhe traz paz. Há meses venho tentando libertá-la dos problemas para os quais ela não conseguia encontrar soluções. Hoje, outra vez ela me deixou falando sozinho. Simplesmente saiu de casa, sem dar satisfação. Ela mudava o rumo das conversas. Ou fugia para seu quarto, desculpando-se por alguma dor, ou ia para o parque. Eu aceitava. Porém, não tinha mais como adiar esse assunto. Certos adiamentos nos fazem mal. Quando ela me deixou falando sozinho, decidi que ela precisava ser forte e encarar a realidade. Todo mundo tem problemas, mas eu não aguentava mais vê-la sofrendo e protelando a verdade sobre seus pais. Ela precisava seguir em frente.

Às vezes precisamos ser duros e fortes, mesmo não querendo causar sofrimento à pessoa de quem gostamos. Pode ser doloroso, mas me sinto protetor dela, por estar lá. Mesmo que a realidade na qual vive cada um de nós seja absoluta e inalterável. Mas, pensando bem, quando não queremos enxergá-la como devemos, o que pode ser inalterável?

Fiz todas suas vontades e desejos para realizar a cerimônia de despedida. Ela não queria levar sozinha as urnas até um dos lagos do parque, e eu me ofereci para acompanhá-la. D. Cida também fez questão de estar presente.

E agora estamos aqui, ao seu lado, ouvindo-a, emocionados pela sua força.

— Este lugar é onde me sinto acolhida, como se estivesse nos braços da natureza.

Vejo seus lábios tremerem enquanto fala, e suas mãos se estendem para mim. Entendo que chegou o momento e entrego as urnas abertas a ela. Segurando-as, ela continua:

— Aqui sinto que posso andar, cantar, chorar, desabafar sem ser julgada.

Seus olhos ficam perdidos, e meu peito se aperta.

— Aqui sinto que posso navegar em segurança pelos mares revoltos das surpresas da vida. Escolhi este lugar porque quero que vocês sintam o mesmo que eu. E, ainda que eu não me lembre como éramos juntos, enquanto família, sinto vocês dentro de mim. Prefiro dizer que é apenas um até logo, não um adeus, pois um dia também sofrerei essa transmutação e então estaremos juntos novamente. Mesmo não sabendo como e onde isso vá acontecer.

As lágrimas misturam-se à sua voz embargada. Tenho vontade de abraçá-la e confortá-la da forma que sei que precisa, mas me restrinjo a me manter ao seu lado.

— Mesmo sem me lembrar fisicamente de vocês, confesso que sinto falta do abraço apertado, sinto falta da presença de vocês junto a mim. Mas o destino quis assim. Então, acho que chegou o momento de libertá-los. Que meu sopro seja um abraço invisível, que leve minhas palavras de amor aos seus ouvidos. O que sinto por vocês nunca morrerá. Está guardado dentro do meu peito. Assim que minha memória devolver nossas recordações, restará a saudade. Aqui vocês continuarão a viver no meio de tanta natureza, mesmo que de outra forma, livres ao que Deus cultiva com suas mãos. Este é o lugar em que sempre estaremos juntos. Das minhas mãos entrego vocês à vida na imensidão da natureza!

Ela sopra as últimas cinzas e rompe a sua fortaleza, caindo chorando de joelhos. Sinto vontade de pegá-la no colo, confortá-la e aliviar a dor que dilacera seu peito. Hoje tenho a certeza de que essa pequena é muito mais forte do que eu.

Finalmente compreendo que, todas as vezes em que ela fugiu e aqui se refugiou, não era uma evasão covarde, e sim uma saudável forma de se proteger.

Essa pirralha é uma boa adversária. Mesmo quando em silêncio, revela-se ótima para conversar. Ela me ensina um pouco a cada dia. E a forma como sempre disfarçou as lágrimas, dizendo que era um cisco nos olhos, mostrou-me o quanto ela desejava ser forte e precisava de alguém. Por esse motivo, sinto-me cada dia mais responsável por ela.

D. Cida a beija na testa e nos deixa sozinhos. Sento ao seu lado e respeito o seu silêncio, amparando-a em meus braços. Tenho vontade de deitá-la no colo sempre que precisar ou desejar. Esta pirralha já faz parte da minha vida.

Capítulo 6

Beatriz Eva

— Você não disse uma palavra do aeroporto até aqui.
— Cida, adorei essa semana que passei com você em Fortaleza.
— Mas...?
Ela me questiona.
— Por que você acha que tem um "mas"?
Não quero dizer a ela que estou decepcionada por ele não ter aparecido na viagem. Criei mil fantasias quando ele me entregou as passagens, como presente de aniversário e de comemoração por eu ter saído da cadeira de rodas antes do prazo estipulado pelos médicos.
— Adoro você, Pedro. Quando vamos? — perguntei sem olhar as passagens. Minha pulsação acelerou de expectativa. Passar uma semana com ele em um hotel, rodeados por um clima romântico, parecia promissor, fiquei muito empolgada.
— Vocês embarcam sábado e voltam no outro sábado, dia do seu aniversário.
— Vocês?
— Sim, você e a Cida. Não poderei ir, Bya, mas vocês se divertirão muito. Ouvi dizer que o resort é maravilhoso e tem um parque aquático anexo. Será uma semana de muito lazer.
E foi mesmo uma semana de muita diversão, mas, no fundo, esperava que ele fosse aparecer a qualquer hora para me fazer uma surpresa. Quase não nos falamos ao telefone. Ele ligava de manhã, à tarde e à noite, mas sempre parecia muito ocupado. Reparei que nas ligações noturnas ele parecia cansado, como se ainda estivesse trabalhando. Aqueles dias que passamos distantes me fizeram entender que ele nunca sentirá minha falta, tanto quanto sinto dele. Alimento dentro de mim uma paixão platônica e, por mais que fantasie mil possibilidades futuras, esse amor parece impos-

sível. Às vezes eu o flagro me observando com admiração nos olhos, mas, quando correspondo, ele disfarça e tudo fica no terreno das possibilidades improváveis.

— Chegamos, menina Beatriz.

Desço do carro feliz e ansiosa para reencontrá-lo e matar a saudade. Na verdade, desço mais depressa do que o taxista, que mal fecha a porta enquanto já estou tirando a bagagem do porta-malas.

— Vou ajudá-la.

— Obrigada, mas já peguei minha mala. Vem logo, Cida. — Eu a chamo, empolgada.

— Não vou subir com você. Preciso ir para casa, ver como estão as coisas por lá. Tenho de voltar para minha realidade.

Fico triste. Não acredito! Passar sozinha meu primeiro aniversário com novas lembranças não estava nos meus planos.

— Tudo bem.

— Não faz este bico. — Ela me repreende com os olhos. — O sr. Pedro está em casa. Ele lhe fará companhia.

— Será? — Eu me animo e puxo a mala.

— Tenho a impressão de que sim. Parabéns mais uma vez.

— Obrigada! — Cumprimentamo-nos, e ela vai embora.

Os botões do painel do elevador vão se acendendo a cada andar, como se fosse uma velinha de aniversário metálica, iluminando-se em cada ano da minha vida: por coincidência, moramos no 18º pavimento. Olho-me no espelho, e o reflexo mostra a juventude das minhas linhas de expressão não condizentes com a mulher precocemente amadurecida dentro de mim. O exíguo espaço parece ainda menor, tomado pelos meus pensamentos e incertezas. Meu coração dispara e torce para chegar logo ao destino, porém a minha razão me aconselha a dar outro rumo à minha história.

Aproveitei a viagem para decidir que posso seguir sozinha. O desejo inicial dos meus pais era que o Pedro cuidasse de mim como sua filha, e que eu o respeitasse como pai. Mas eles nunca imaginaram que eu me apaixonaria por ele desde o primeiro instante em que o vi. Pedro executou muito bem sua missão. Tem sido meu tutor com sobras, mas é exatamente aí que está o problema. Sou apenas a sua pupila, sua responsabilidade, e, por mais que eu deseje ficar ao seu lado, isso só me fará mal, pois ele não me deseja da mesma forma. Venho agindo de forma estúpida, à procura de algo que nunca existiu. Quanto mais tempo ficarmos juntos, mais cultivarei essa paixão. Queria que ele me enxergasse, entendesse meus sentimentos, desse uma chance para a Beatriz. A pessoa. A mulher. A amante que eu poderia ser, não apenas a sua responsabilidade. Não posso continuar com essa ilusão de que, um dia, ele venha se apaixonar por mim. Minto que seria capaz de conquistá-lo, mas ele nunca me verá como o vejo. Decidida a dar um rumo à minha vida, abro a porta e o ar me falta. Meus olhos veem o que há de mais lindo no mundo. A decoração e o espaço projetado permitem à minha imaginação fantasiar. Levo às mãos a boca, deslumbrada.

— O que aconteceu aqui? — Antes branca, a parede oposta à porta de entrada ganhou um painel com a imagem da árvore que sempre me acolheu no parque. Não consigo descrever em palavras como estou chocada. O mobiliário contemporâneo masculino foi adaptado.

As almofadas discretas que decoravam as poltronas foram trocadas por outras de diversos tamanhos e tons. Tudo está diferente. Há até arranjos de flores. O novo ambiente ficou lindo.

— Pedro! — chamo alto o suficiente para que me ouça.

Droga! Já não foi nos buscar no aeroporto. Será que nem em casa está para me receber?

— Pedro? — Nada.

Carrego a mala para o quarto. Não quero deixá-la no meio da sala para bagunçar a nova decoração. Suspiro, ainda sem entender o porquê de todas as mudanças. Mas a surpresa maior acontece quando abro a porta do meu quarto. Os móveis do quarto do Pedro estão ali. Nos armários, só encontro roupas dele.

A tristeza mistura-se ao meu remorso. Lembro de ter mencionado a ele que me mudaria quando voltasse de viagem.

— Poxa! Fui despejada antes de encontrar um lugar para morar? — A raiva toma conta de mim. — Ou será que ele se encarregou de encontrar outro lugar para mim e já fez a mudança?

Sou surpreendida novamente, por uma música que não havia ouvido antes.

O som vem do quarto do Pedro; logo, imagino que ele está lá. Fico confusa; não sei mais o que pensar nem questionar. Ele me mandou viajar de caso pensado. Minhas boas maneiras que se danem. Abro a porta para exigir uma explicação.

— Pedro? O que você está fazendo?

— Tentando dar os últimos retoques em seu novo quarto. Afinal, você sempre gostou mais dele que do outro. Feliz aniversário! Este é meu presente para você.

Vejo-o de espátula na mão, terminando de colar na parede, acima da cabeceira da cama, a última letra do adesivo onde se lê:

É sábio aquele que abstrai da natureza
O melhor que ela tem para nos dar.

Droga! Eu planejava brigar com ele e não ficar comovida com o que vejo.

As paredes do quarto estão esmaltadas com cores suaves e claras em tom de ametista, e, em uma delas, há um exótico papel rubi contrastando com linhas também ametistas que se acentuam. Meu corpo fica em chamas, como se a ponta do pavio se acendesse no meu ventre e subisse queimando até o meu peito. Não sei se pela posição em que ele está — esticando-se todo por cima da cama para terminar o serviço — ou se pelas fantasias que alimento na minha cabeça, imaginando cenas eróticas conosco deitados juntos, fico praticamente sem ar.

Pedro Salvatore

Ela abre a porta feito um furacão. Seus olhos oscilantes examinam o quarto e desviam para mim. Vejo preocupação e surpresa neles. Ela está mais bronzeada e linda do que nunca. Sua pele chega a brilhar.

Quando o porteiro interfonou avisando da sua chegada, corri para terminar de colar o adesivo. Passei semanas tentando afastá-la de casa, para providenciar seu presente de aniversário, e agradeço a d. Cida pela cumplicidade no plano. Não pensei em festa, porque Bya ainda não fez muitas amizades, e faz pouco tempo que aceitou o luto de perder os pais. Eu a ouvi me chamar várias vezes, mas não respondi para ganhar tempo, para que ela visse todas as surpresas.

Adoro olhar para ela e ver sua cara de satisfação. Fico feliz e realizado por alcançar meu objetivo, que é mantê-la morando comigo, sob meus cuidados e responsabilidades. Não prometi em vão cuidar dela. Aprecio o sorriso puro e natural que ela sustenta nos olhos. Bya é fácil de decifrar e, por esse motivo, venho mantendo distância por todos esses meses. Não sei se ela entenderá minha iniciativa de modificar a decoração do apartamento como um pedido para que desista de se mudar.

— Por que fez isso, Pedro? Por que mudou tudo? Não quero mais ser a sua responsabilidade, o seu fardo.

Tenho de concordar, penso comigo, enquanto termino de colar o adesivo. Tudo em você é um grande fardo, sua pirralha. Juro que luto incansavelmente para não vê-la assim, mas é difícil sentir seu cheiro e conter meus instintos primitivos. Tocá-la é um fardo para conter minhas mãos e não prolongar o contato. Olhar os seus lábios é um fardo para eu manter minha boca longe da sua. E quer saber? Ficar longe de você durante a semana foi um grande fardo de saudades que eu carreguei desde a primeira noite em que ficou longe de mim. Por esse motivo, estou mudando tudo aqui em casa, para vê-la feliz e tentar fazê-la desistir dessa ideia louca de morar em outro canto e transformar sua ausência em um pesado fardo de vazio.

— Ficou tão ruim assim? — questiono.

— Não! Ficou tudo lindo. Só não precisava.

— Que alívio! Estava ficando preocupado. Achei que teria de aposentar meu diploma. Você me assustou, colocou em dúvida meu faro de arquiteto.

— Exagerado!

— Como foi a viagem? — Faço de tudo para desviar o assunto que sei que ela quer discutir.

— Divertido.

— Muitos flertes? — Mordo os lábios com a pergunta. A sombra do ciúme desconhecido e desconexo me assombrou todos os dias.

— Nenhum, e você? — Inocente e infantil, ela enruga a testa com ar de preocupada.

— Se considerar instruções a pintores e montadores de móveis como flertes, então fiz isso a semana toda. Seu presente deu um trabalho danado.

— Você não precisava ter se dado ao trabalho.

Dou de ombros.

— Às vezes, é bom mudar o ambiente onde vivemos por anos.

Ela caminha encantada e sensibilizada pelo quarto. Puxa o lábio inferior com os dentes e, quando sinto meu membro despertar para a vida, instintivamente finco a unha na palma da mão. Ela desliza os dedos pela colcha ametista de lese escura. Questiono minha sanidade por ter decidido esperá-la em seu quarto. Ela me encara com seus olhos predadores. Essa pirralha nem imagina o poder de sedução que tem sobre mim.

— Você que escolheu tudo pessoalmente? — Claro que fui eu. Mas, conhecendo-a um pouco, sei que pergunta se não tive uma ajudinha feminina.

— Até eu me admiro com o dom que um arquiteto tem para escolher cores.

— Tudo perfeito! — Seu olhar se torna direto, confiante e provocante. Não gosto da linha que ele toma e desvio o meu. Ocupo-me em procurar os papéis espalhados perto da cama, a fim de cortar o clima que ela quer instalar. Levanto subitamente, surpreso por senti-la a dois passos de mim.

— Posso abraçá-lo para agradecer o presente?

Ah! Sua pirralha torturante! Pedir isso agora não vai funcionar. Minhas veias se dilatam, meu corpo responde prontamente à sua proximidade. O calor da sua pele bronzeada incendeia minhas artérias. Analiso sua expressão durante um bom tempo. Por que ela precisa estar usando tão pouca roupa? O vestido mal cobre seus braços e suas pernas torneadas.

— Estou suado demais para você me abraçar. Vou jogar estes papéis fora e tomar uma ducha.

Ela dá mais um passo em minha direção. É teimosa, e fica linda quando é insistente. Finge não entender que prefiro evitar o contato.

— Não me importo que você esteja suado. Eu também estou. É só um abraço, Pedro. Um inocente abraço de agradecimento.

Ela abre os braços, como um bebê perdido na jaula de um leão.

— Obrigada! Tudo está lindo!

Minha razão e a dor que as unhas causam na palma da mão ajudam-me a dar um passo para trás, hesitante.

— A d. Cida a acompanhou nos escorregadores do parque?

— Sim, e demonstrou ser mais corajosa que muitos marmanjos que inventam mil desculpas.

— Então você acha que os marmanjos arrumam desculpas incoerentes?

— Acho, sim!

Ela dá mais um passo adiante e me encurrala contra a parede. Agora sou eu quem se sente uma presa na jaula de uma leoa. Eu poderia desviar dos seus braços e inventar uma desculpa, mas sua proximidade me desestabiliza. Seus olhos indecifráveis não desviam dos meus: imagino que ela esteja lendo o *Kama Sutra* escrito neles pela caligrafia do meu desejo. Ousada, sua mão fria toca meu ombro quente. O animal selvagem aprisionado nos meus sentidos rodopia dentro de mim, esquecendo-se de todos os meses em que a protegi. E isso é muito erótico! Minha respiração entrecortada intercala-se com a dela, a centímetros do meu rosto. Seu perfume revigora minha insanidade e anula minha resistência de não me encostar a ela. Os músculos da minha perna roçam-na onde o vestido não cobre. Xingo-me mentalmente por estar apenas de short, sem camisa. Sua respiração mais profunda enche seu peito de ar e faz seus seios empinarem voluntariamente, acariciando meu peito. Mando às favas qualquer peso na consciência. Tomo as rédeas do desejo que meu corpo vem encubando por todos esses meses.

Falam apenas os nossos corpos, enfim apresentados um ao outro, em uma atmosfera elétrica. Deslizo minha áspera barba por fazer no pescoço que ela me oferece. A excitação cresce dentro do meu corpo. Suas pálpebras pesadas se fecham e ela umedece os lábios. Menina, você está brincando com fogo! A muralha que construí com meu jeito taciturno esmorece e liberta meu lado lascivo. Por instantes, sinto meu coração amolecer. Suas mãos ousadas deslizam pelos meus braços, arrepiando cada pelo do meu corpo. Eu a enlaço pela cintura e a trago para junto de mim, que solta o ar preso nos pulmões e me dá a consciência do que ela quer.

Minhas mãos transpiram compulsivamente, desejosas de explorar cada parte do seu corpo. Contenha-se, Pedro! Lembre-se de que é só um abraço de agradecimento. Ela não coopera. Seu sopro de ar é como um gemido e uma canção para meus ouvidos. Dane-se minha honra. Eu preciso desse abraço, mas, ainda assim, tento alertá-la, tentando cortar o clima sensual.

— Você agora ficou mais próxima dos seus pais. Poderá abrir a porta da sacada e dar um bom-dia a eles todas as manhãs.

Deslizo meus dedos por sua bochecha, e o calor da sua face queima meu desejo como pólvora.

— Hum! Hum! — Ela responde.

Sabia que era uma pirralha mimada, mas agora vejo que também é uma leoa predatória.

— Quer ver as mudanças da sacada?

— Depois. — Seus braços rodeiam meu pescoço. — Agora preciso do seu abraço. Não me negue isso.

Sua necessidade faz meus olhos se fecharem. Travo-a em meus braços, e a minha boca toca a maciez dos seus lábios. Sinto sabor de libido e pecado ao mesmo tempo; é melhor do que fantasiei. Um contraste perfeito que minha língua se empenha em separar. Contenho-a dentro da minha boca. Meu autocontrole está por um triz, mas ela me provoca, convidativa, entreabrindo os lábios. Ergue os pés e apoia seu corpo leve no meu, pressionando-me contra a parede. Em um giro de 360 graus, mudo de posição e copio seu gesto, invertendo nossas posições. Esqueço quem sou, onde estou, e me concentro nela. Minha língua penetra seus lábios e ela entra no mesmo ritmo libertino, concupiscente. Seus seios amortecem meus músculos peitorais. Ela tenta explorar meu corpo, mas eu a impeço prendendo suas mãos acima da sua cabeça. Como eu queria sentir e tocar cada parte daquele corpo! Acariciar cada curva que vislumbro há meses, punindo-me a seguir pela certeza de que isso não é certo. Sua pelve pressiona minha excitação lúbrica que pede libertação do tecido úmido que a encobre. Brinco com sua língua como um adolescente no seu primeiro beijo.

Ela é pura tentação. Seus lábios são meu anelo; ondas de prazer se formam nos meus polos; meu pênis pulsa como nunca, pressionado contra sua pelve, totalmente sem controle.

Seus braços fortes suplicam liberdade para me tocar e me fazem recuar com dificuldade, chocado, interrompendo o beijo mais fantástico da minha vida.

— Isso não podia ter acontecido!

Afasto-me atordoado, meu corpo sentindo sua ausência.

— Não foi direito da minha parte. Desculpe!

Junto o resto dos papéis e saio do quarto o mais rápido que meu desejo permite, sem olhar para trás.

Fiz tudo errado. Há onze meses eu a evito, focando apenas nas fantasias que ela me desperta, e na primeira oportunidade... o que faço? Acabo com todo o respeito que venho impondo a ela. Não garanto que ela vá entender que esse momento foi motivado pela comemoração do seu aniversário. Claro que não, idiota. O que faço agora?

— Volta aqui, Pedro!

— Bya, não faça com que eu me odeie mais ainda.

— Está tudo bem, Pedro. Foi só um beijo.

O quê? Foi só um beijo para ela? Uma ova! Foi o melhor beijo que já dei na minha vida.

— Se você levar a vida sem tantas cobranças será mais feliz, Pedro.

— Não é cobrança, Bya. É respeito.

— Então quer dizer que foi falta de respeito o seu pênis me desejar? Olha, se você acha que o que experimentamos agora foi isso, prefiro mudar minha visão de mundo e passar o resto da vida sendo desrespeitosa.

— Olha a boca, Bya!

Saio do quarto repreendendo-a, sem coragem de me virar. Ouço a pirralha me provocando.

— Esse é o ponto, Pedro — grita ela. — A boca. Era ela que eu queria no seu membro desrespeitoso.

Tranco-me no quarto, não querendo ouvir mais nada do que ela tem a dizer.

Porra! Mil vezes porra. Ferrei com tudo. Eu tinha de cuidar dela como um pai, não como um tarado ansioso por estar dentro dela. Meu pênis dói, latejante. Travo a pior batalha interna que já tive e, mecanicamente, entro no banheiro.

— Não, eu não quero isso novamente!

Não adianta suplicar, porque a voz dentro de mim me contradiz: "Sim, Pedro! É necessário."

É mais forte do que eu. Deixo que a voz guie meus movimentos a seguir.

Umedeço a toalha de rosto e começo o ritual que ficou esquecido no meu passado. Nos últimos anos, imaginei ser mais forte do que essa compulsão.

— Eu já enterrei isso no meu passado.

"Não! Pedro, isso nunca será enterrado!" Sinto a primeira surra da toalha umedecida. "Você precisa disso para se sentir melhor." Segunda. "Você precisa disso para ser alguém melhor." Os golpes se sucedem e minhas costas ardem com a lembrança do real motivo de tudo isso estar acontecendo. "Você precisa disso porque não foi capaz de honrar com seus compromissos. Você precisa disso para saber que ela é um ser intocável para você. É um bem precioso depositado em suas mãos, unicamente para ser protegido."

Puno-me até as pernas cederem no meu ato de exorcizar meus desejos insanos e de dor. Meu interior precisa de algo novo para seguir vivendo. E, a essa altura do campeonato, não sei se refugiar-me dentro de mim é uma boa ideia.

Capítulo 7

Pedro Salvatore

Há dois anos o sentimento de culpa vem se apoderando do meu corpo e da minha alma devido aos desejos proibidos que sinto por ela. A culpa se adaptou como um ritual de punição. Ainda sinto o sabor do seu beijo e lembro como correspondi a ele. Muitas outras oportunidades apareceram e, covardemente, consegui resistir a todos. Aquele foi como um beijo roubado, que implorava o segundo e muitos outros. Ele me fez esquecer de todos os outros que já tinha dado na vida. Uma fruta proibida que jamais havia provado, e cujo gosto formou as lembranças que até hoje sustentam meus desejos mais sórdidos.

Ao seu lado, censuro minha visão para não captar seus lábios, antídotos para minha necessidade e venenos para minha razão. Não sei como resisto a cada vez que nos aproximamos. Ela é especialista em tentar me deixar sem saída.

No passado, a autoflagelação foi o conforto que meu coração encontrou para os acontecimentos proporcionados pela vida. Anos de terapia me fizeram trabalhar o autocontrole, que se desfez quando Bya apareceu na minha vida. Lutei contra meus transtornos e os venci durante um período, mas eles são mais fortes do que eu. Muitas vezes sinto-me fraco, incapaz de dominar e domar meus instintos primitivos.

Nesses dois últimos anos, venho tentando me convencer de que a vida de solteirão que sempre mantive pode ser a ideal, mas ando fraquejando nessa escolha, não sei se por omissão ou aceitação. De um jeito ou de outro, a Bya interfere em todos os meus encontros. Diretamente, com suas peripécias e travessuras, e indiretamente. Na maioria das vezes, consigo enganá-la, mas, na hora de sair com alguém, mesmo escondido, desisto. Porra! Por que permito isso? Não tenho nem quero ter nada com a garota. Sou apenas o seu tutor. Ainda que alguns amigos comentem que até pais separados apresentam seus novos pares românticos aos filhos, não me vejo fazendo isso, e não consigo entender o porquê. Acho que se deve a um respeito excessivo, ou uma preocupação de que ela possa cometer milhares de atos insanos que me tirem do eixo. Certa vez, vendo que eu me arrumava para sair, chegou a esfregar alho nas axilas, para simular uma febre. Só depois de desmarcar o encontro foi que descobri a travessura. Ela adormeceu, fui cobri-la e, quando ajeitei o seu braço, caíram dois dentes de alho. Fiquei cego de raiva na hora, minha ideia era virá-la sobre meu colo e dar vários tapas na sua bunda, para aprender uma lição, porém nunca fui a favor de violência e, por esse motivo, fiz no momento a primeira coisa que veio a minha mente. Banho frio... Sim, ela merecia um banho frio. Seus olhos se arregalaram de espanto, quando a peguei no colo e sem dizer nada a levei para o banheiro.

— O que é isso, Pedro?

Ela me questionou enquanto esperneava, abaixo da ducha gelada.

— Banho gelado! Faz bem para febre.

— Para, Pedro! Esta água está congelando.

— É mesmo? Deveria ter pensado nisso quando resolveu fazer tempero de Bya. Aliás, eu deveria mergulhar você na água fervente e preparar um caldo, já que resolveu usar alho como condimento para suas peraltices.

— O que você está dizendo? Deixe-me sair desta água! Vou ficar doente.

— Doente estou eu, por mais uma vez acreditar nas suas sandices. Quando é que você vai crescer, sua pirralha mimada?

— Quando você me tratar como mulher e parar de me evitar.

Ela e seus argumentos. Larguei-a com roupa e tudo embaixo do chuveiro e sumi de vista. Sempre foi difícil lidar com ela. Nunca soube o que fazer. A hora de lhe aplicar qualquer castigo se convertia em um tormento para mim. Visualizar sua roupa molhada e colada ao corpo fazia meu membro desejá-la, minha boca salivar e minhas mãos quererem tocá-la.

Por que ela precisa ter nádegas tão incríveis? Bochechas tão apetitosas que me despertam um desejo compulsivo de apertá-las enquanto fantasio uma transa sem sentido? Imagino sua cinturinha fina rebolando enquanto entro fundo nela e meus miolos queimam. Até sua face rosada de vergonha me excita. O desejo de conhecer a intimidade do seu corpo é sombrio e lascivo.

Quando não estou trabalhando, estou na estrada na companhia de Steel Horse. Alguns colegas motociclistas batizam suas motos com nomes femininos, mas eu jamais faria isso com o meu fiel escudeiro que me serve de divã. Viajar de moto é muito bom! Claro que Steel Horse faz parte do meu dia a dia. Ele me ajuda a escapar de engarrafamentos. Com ele, tudo se torna mais rápido e prático.

Na estrada, ele me remete à aventura, ao desafio, ao meu autoconhecimento. Quando o vento bate no meu rosto, sinto uma liberdade fantástica, descobrindo novas paisagens à minha volta a cada quilômetro rodado. O prazer e a concentração de pilotar uma máquina de aço em grande velocidade é uma higiene mental para mim. Posso suprimir dos meus pensamentos todas as ousadias por sentir e alimentar um desejo que não me é possível vivenciar.

A viagem povoa meu imaginário. Sempre detestei gente na minha garupa, mas confesso que viajar para a Serra do Rio do Rastro, em Santa Catarina, com a Bya montada atrás de mim foi a sensação mais fantástica que já experimentei com uma mulher. Seu corpo se moldou perfeitamente no meu. Seus movimentos acompanharam-me a cada curva com mestria. Ela parecia ter nascido para ser minha companheira em uma aventura em cima de duas rodas.

O que era um convite para distraí-la do estresse da semana de provas transformou-se em um peso na consciência, pois fui injusto com a Bya. Disse que não a levaria mais nos passeios de moto, por motivos bobos. Menti, e me arrependi depois. Nunca quis enganá-la. A cada vez que subo no Steel Horse, penso em convidá-la para vir junto. Mas me acovardo e desisto.

Sinto medo de não ser capaz de resistir a ela quando estivermos tão próximos. Meu peito se aperta quando me lembro da sua carinha de frustração.

— Pedro! Adorei nossa aventura. Agora entendo por que você gosta tanto do Steel Horse — disse ela, feliz enquanto descia da garupa, dando saudades no meu corpo.

Não apostaria nem um fio de cabelo contra o que disse. Ela adorou a curta viagem de dois dias. Sua alegria era contagiante, pois, além de sua presença ter sido agradável a todos, ela conseguiu despertar cobiça em praticamente todos os gaviões do motoclube. Enquanto para ela foi uma diversão, para mim foi uma dor no saco.

— Que bom que gostou! Mas você não vai mais montar na garupa.

— Por quê?

— Eu tive de controlar a moto mais que o normal naquelas curvas. Você as tornou perigosas. Eu jogava a moto para um lado e você jogava o corpo do outro. Isso é muito arriscado — menti feito um bastardo, porque foi bem o contrário: ela dançou perfeitamente na canção das curvas.

— Mas...

— Sem mas, Bya! Quando viajarmos novamente, vai ser de carro. E no Águias do Asfalto só tem gente mais velha. Você deve se juntar aos seus amigos da faculdade. Ou você não percebeu que os abutres estavam tentando se aproveitar da sua simpatia?

— Você ficou com ciúme, isso sim!

Pode ser. Mas manter um olho no peixe e o outro também, sem descuidar da vigilância de quando alguém se aproximava de você, para mim é precaução.

— Beatriz! Você é muito inocente. Esses caras que fazem parte do clube são homens desgarrados. Só quero protegê-la deles.

— Para mim, eles pareceram bem legais. Inclusive o Gerson me convidou para o próximo encontro de vocês, caso não queira me levar.

Aquele patife! Eu quebro seus dentes se ele chegar perto dela.

— Nem pense nisso. Sei bem o tipo de passeio que ele quer fazer com você.

— Você pode me explicar que tipo de passeio é esse?

Ela me enfrentou, aproximando-se de mim. Ainda sentado na moto, fiquei sem ação, empunhando o capacete, encarando-a enquanto falava.

— Como você mesmo disse, sou muito inocente, né? Então me explica direitinho. Não precisa desenhar. Só me diz qual é o tipo de passeio.

A proximidade me deixou desconfortável. Não me movi; o desejo acumulado por todo o tempo era como uma corrente que aprisionava meu coração e continha suas batidas aceleradas. Mais um passo, e os lábios dela tocariam os meus.

— Você não é boba. Sabe muito bem a que tipo de passeio me refiro. — Respirei fundo, aspirando seu perfume misturado com o cheiro do motor da moto.

Porra! Essa menina não tem defeitos? Por que não podia ser um pouco menos deliciosa?

— Ah! Não sei, não! — Sua voz soou grave e sensual. — Quero que me explique!

Na ponta dos pés, ela aproximou seu rosto a centímetros do meu.

— Vamos lá, Pedro!

A cada segundo, a distância diminuía, fazendo acordar dentro de mim todos os tipos de desejos.

— Beatriz, estou cansado. Falamos sobre isso depois! — Minha voz mal saiu.

79

— Tudo bem! — Ela deu de ombros, com os olhos fechados. — Se você prefere que a inocente aqui fique imaginando a que passeios o Gerson pode me levar, fica tranquilo. Eu mesma vou procurar saber.

A fúria explodiu dentro de mim. Não sei se pelo desejo recolhido ou se pela audácia da provocação.

— E posso saber como? — Segurei seus braços.

— Aceitando o convite do Gerson.

— Escuta aqui, Beatriz, ouse aceitar sair com ele e você vai se arrepender!

A jaqueta de couro que cobria sua pele não me impediu de sentir o quão macios eram seus braços. E, quando ela mordeu o lábio inferior, algo explodiu dentro de mim. Não pensei: apenas a colei ao meu corpo, faminto e enlouquecido, necessitando sentir novamente o sabor da sua boca.

— Vou?

Sua dúvida soou como um pedido para me beijar.

— Vai!

Foi a única palavra que consegui proferir. Embora seja muito visual, crio mil cenários imaginários quando estou ao lado dela. Bya me desperta todos os sentidos primitivos e indecentes. Sabe o que fazer para me seduzir e me deixar excitado a ponto de me causar dor. Eu precisava daquele beijo.

— Eu. Vou. Me. Arrepender. Ou. Você. Amanhã?

Ela nunca foi tímida, muito pelo contrário. Só eu sei o quanto me contive ao seu lado. Eu queria grudar nossos lábios, mas, daquela vez, ela foi mais racional do que eu. Consegui jogar a cabeça para trás contra a minha vontade, cortando o clima da besteira que quase cometi.

— Você não tem prova amanhã? Vai para o apartamento. Eu vou dar uma ducha na Steel Horse e já subo.

Pus o capacete como se fosse um elmo para me proteger dos desejos.

Acelerar pelas ruas com meu escudeiro foi como um bálsamo para mim. Quando parei no posto, antes de lavá-lo, liguei para o Gerson. Em uma conversa curta e grossa, deixei claro todo o meu descontentamento.

— Fala, Pedrão! O encontro do fim de semana foi perfeito. Vocês se superam a cada passeio que planejam. Parabéns ao motoclube.

— Gerson! Você sabe que não sou de meias-palavras. Cuide das suas glebas que das minhas terras cuido eu.

— Que isso, cara? Só fui simpático com a garota. Ela parecia tão animada com o passeio... Aliás, é muito simpática e bem-humorada.

— Cara, não vou falar sobre isso. Só quero te deixar ligado sobre as responsabilidades de cada um. A gente se fala. Até.

A entrega ao trabalho incessante por mais de doze horas diárias me rendeu uma recompensa: um escritório de arquitetura só meu. Não foi fácil, mas foi o meio que encontrei para ocupar a minha mente perturbada e ficar um pouco longe da Bya. O problema é que, mesmo me afastando, ela por muitas vezes se fez presente, com a ironia do destino e o acaso sempre nos unindo.

Confesso que ela até se saiu muito bem e se mostrou animada nas várias feiras que visitamos, ou em algumas obras que precisei checar por conta de problemas de projetos. Mostrou-se uma aprendiz muito interessada, e fiquei bem feliz quando optou por cursar Arquitetura. Depois que fez dezoito anos, passei adotar medidas preventivas quanto à nossa proximidade. Mas com ela sempre existe um "mais" e lembro-me de uma ocasião assim.

Foi na hora do almoço quando ela me contou.

— Hoje fui fazer minha inscrição para o vestibular.

Ela disse empolgada, enquanto levava o garfo à boca. Aproveitei para saborear aquele gesto que, para mim, nada tinha de inocente. Tudo ligado a ela se torna erótico e proibido nas minhas fantasias. Fantasias essas que permito criar até o momento em que a razão me castiga.

— Isso é muito bom! E que curso escolheu?

— Ah, escolhi alguns, mas tem um que é minha prioridade... Só não sei se é uma boa opção.

Um filme passou pela minha mente. Tudo poderia ser agradável e, ao mesmo tempo, inoportuno. Senti seu cheiro exótico, recendendo do outro lado da mesa. Seu cabelo molhado acentuava a nuance do castanho-escuro. Seu jeito espevitado e alegre de falar a fazia parecer mais jovem do que era.

— Você acha que a minha tatuagem pode me atrapalhar em alguma profissão?

A pequena e discreta rosa-do-deserto parece ter sido esculpida no seu antebraço. Mesmo com este nome, a flor do desenho é diferente da rosa tradicional, tanto quanto ela é diferente de todas as outras mulheres. Quantas vezes já pensei em algemá-la na cama e admirar de perto a tatuagem tão sensual e exótica? Como uma figura tão pequena pode mexer tanto comigo? Desviei o olhar do seu antebraço.

— Dependendo da profissão, acho que sim. Mas o mercado de trabalho está cada vez mais aberto a mudanças e tolerante com as diferenças. Apesar de que alguns setores ainda buscam profissionais mais conservadores, visando a aumentar a credibilidade entre seus clientes.

— Eu gosto muito da minha tatuagem. Não vejo como pode me desqualificar como profissional. Mas hoje fiquei olhando para ela e isso acabou me gerando muitas perguntas.

— Também já questionei essas coisas. Como é que seus pais permitiram a você, tão nova, fazer uma tatuagem?

Ela deu de ombros.

— Essa e milhares de respostas acerca dos meus pais estão guardadas dentro de mim, e espero um dia conseguir revelá-las.

Preferi abortar aquele assunto, que sempre a deixava triste, e retomei a conversa inicial.

— Você ainda não me contou qual foi o curso que escolheu.

— Arquitetura!

Seus olhos brilharam quando falou.

Fiquei surpreso, ou melhor, um pouco preocupado. Não queria que ela escolhesse a carreira por influência minha. Ultimamente, eu estava lhe proporcionando um estilo de vida que talvez a tenha levado a se decidir pelo mesmo ofício. Para falar a verdade, eu preferia que ela escolhesse uma profissão da qual ela gostasse, e não uma para me agradar.

Porra! Desconcentrei-me por instantes. Deveria ter criado uma norma proibindo o uso das blusas decotadas que ela tanto gosta. O decote profundo despertava minha curiosidade proibida e viajei até os seus seios fartos (ou simplesmente tentadores). Tudo dentro de mim se agitou com o desejo. Fiquei hipnotizado pelo desenho perfeito do colo dos seus seios. Eles caberiam perfeitamente nas minhas mãos, em cujas palmas eu pressionava as unhas para me forçar a desviar minha atenção. Juro que, se fosse possível, eu a levaria ao orgasmo apenas estimulando aqueles lindos mamilos. Foi duro resistir ao desejo de olhar e tocar.

— Fico feliz! Mas por que Arquitetura? — Mal consegui falar. — Bya, você não precisa fazer o que não gosta só para me agradar, ou porque acha divertido subir nas escadas improvisadas das obras.

Chega a ser engraçado, ao mesmo tempo preocupante, ver o quanto ela se diverte em uma obra, quando está me acompanhando. Para ela, tudo é uma aventura e, quando a vejo, lá está trepada em todos os lugares.

— Este é um curso que requer eterno estudo.

— Nada disso! É muita pretensão sua achar que teve alguma influência na minha decisão. Na verdade, venho pensando nisso desde a época em que vi as dificuldades às quais os cadeirantes estão expostos no meio social.

Essa pirralha é uma encantadora de cobras. Ela tem o dom de hipnotizar meu membro fazendo-o mover-se sozinho de tanto pulsar com o desejo. Qualquer movimento seu é como um som de uma flauta que encanta meu pênis e o estimula a ficar dentro dela.

— Assim você machuca meu ego. — Eu brinquei, querendo dispersar a tentação dos meus pensamentos.

— Admito que o seu profissionalismo e a forma como você projeta suas construções também me criou muito interesse. Quando te ouvi fazendo aquelas perguntas pessoais para um cliente, sobre a família dele, fiquei curiosa e até te achei um pouco intrometido, mas, quando vi o projeto concluído, meu queixo caiu. Você se preocupou com todos os detalhes, deixou uma rampa na entrada principal e criou um quarto de hóspede no piso inferior para o sobrinho cadeirante. Foi muito sensível de sua parte!

— A danada já sabe ler uma planta como ninguém. — Engraçado mesmo foi quando aquele cliente barrigudo e bigodudo torceu a boca quando você disse que o cômodo tinha a função de quarto de hóspede e de escritório ao mesmo tempo. Enquanto a esposa ficou feliz por ter um lugar para receber o irmão, o marido pareceu não gostar muito da ideia.

— Por isso eu dei a sugestão. Como arquiteto, tenho o dever de dar opções aos clientes. Para falar a verdade, ser arquiteto é um estilo de vida, não um emprego. Amo o que faço e a cada novo projeto transfiro a ele o desejo do meu cliente, preocupando-me com cada momento da sua vida.

— Não pensei nisso. Mas acho que você vive arquitetando quase tudo.

— Arquitetando quase tudo? — repeti sem entender.

— Sim! Você arquiteta tanto a vida dos outros que acaba esquecendo de arquitetar a sua.

Dirigi um olhar inquiridor a ela.

— Posso saber o que estou esquecendo de arquitetar na minha vida?

Ela me olhou, vermelha e audaciosa, e eu imediatamente me arrependi da pergunta. Resolvi emendar um assunto no outro, evitando abrir brechas para que ela respondesse o que eu preferia não saber.

— Os clientes esperam que os arquitetos sejam pessoas únicas, inovadoras e criativas.

— Aposto que eles imaginam os arquitetos como uma mistura de nerds com artistas.

— Mágico é a palavra certa.

— Então está decidido: vou cursar magia. Mas quero fazer magia de projetos, visando a uma harmonia entre o meio ambiente e espaços urbanos.

— Você quer ser uma arquiteta paisagista? Para isso, você terá de fazer um curso técnico de paisagismo. Há várias escolas espetaculares.

O assunto seguiu por um bom tempo, desviando completamente meu desejo para outras áreas menos comprometedoras.

Hoje, quando vejo frutificarem as primeiras flores da jabuticabeira na sacada do apartamento, vejo que ela escolheu a carreira certa. Nunca imaginei que aquela árvore pequenina seria tão fértil. Ela me provou o contrário.

— Bya! Esta árvore vai sofrer aqui na sacada plantada em um vaso.

— Claro que não, Pedro! Confie em mim. Estou providenciando tudo para seu bem-estar. Você vai ver quando ela estiver cheia de bolinhas brilhantes espalhadas pelo tronco.

Para minha surpresa, realmente se preocupou com tudo e ela própria transferiu a pequena jabuticabeira de vaso, mexendo na terra sem se importar com a roupa que estava usando, focada no resultado final. O gesto inocente plantou em minhas fantasias desejos lascivos por vê-la tão feliz e competente.

Ela está no segundo ano da faculdade e tem se saído uma aprendiz eficaz. Dá conta do curso de Arquitetura e já fez três cursos técnicos de paisagismo. Ainda me ajuda no escritório, desenvolvendo seus projetos sozinha nas obras que apresento aos clientes.

Com ela, nem toda palavra é como o dicionário diz. Borboletas são flores que voam; as nuvens ganham formatos de algodão-doce. Da terra, ela abstrai o que a natureza pode proporcionar de melhor. Se eu disser que ela é totalmente uma pirralha mimada, estarei mentindo, pois, profissionalmente falando, já é uma grande paisagista. Muitas vezes a vejo com as unhas cheias de terra, colocando a mão na massa e explicando a cada jardineiro como tem de ser o projeto. Confesso que é a paisagista de mãos sujas mais sexy que já conheci.

Capítulo 8

Beatriz Eva

Diacho de homem teimoso!
Quem ele pensa que é?
Ok. Confesso!
Ele não pensa. Ele é Zeus, o meu deus de todos os deuses, a minha razão de viver.

Sem querer parecer metida, mas não sou de se jogar fora, não. Sou muito realista. E poderia muito bem ser sua Métis, a primeira esposa de Zeus. Claro que diferente de Zeus, que teve várias esposas. Posso ser tudo o que ele quiser! Também posso fazer tudo o que ele quiser!

São anos desejando escalar cada metro daquele Monte Everest. Sou paciente, e tenho certeza de que, quando iniciar a subida, vou aproveitar as menores depressões formadas pelos músculos do seu corpo até, como uma boa alpinista, chegar ao seu ponto mais agudo.

Meu Alf ETeimoso só sabe me criticar. Deveria fazer isso com as fulanas que dão em cima dele, e não comigo, que estou sempre ao seu lado. Ele nunca nota nada em mim, nem faz qualquer tipo de elogio. Nunca o ouvi falar nada do tipo: "Bya! Como você ficou bem com esse vestido!" ou "Nossa, Bya, como você está linda!".

Não! Muito pelo contrário: são só reclamações: "Beatriz, esse vestido está muito curto." Ou "Beatriz, você não acha que exagerou na maquiagem?".

Aposto que ele não imagina quanto tempo fico diante do espelho me arrumando para ele. Nem desconfia como é duro fazer depilação geral a cada quinze dias, prevenida à espera de uma decisão dele. O homem não me dá chance. Meu tutor querido é linha-dura. Eu, doida para escalar seu monte e mostrar a minha trilha que leva à Caverna Tham Lod, e ele nem aí.

Mas o que posso fazer? No fim, quanto mais ele pisa, mais eu gosto. Em vez de pirralha mimada, ele deveria me chamar de capacho. Este sim é um termo que me encaixa bem.

Depois do nosso beijo, há dois anos, se eu já alimentava uma paixonite aguda, os sentimentos se multiplicaram para uma paixão platônica. Eu até tentei que ele me beijasse tantas outras vezes, mas ele sempre se manteve liso e escorregadio como uma pedra no fundo de um lago.

— Beatriz, você terminou as alterações da floreira no projeto que a d. Romana pediu?

Ele chega falando na minha sala e levo um susto, sua voz rouca me fazendo estremecer.

Recomponho-me das divagações com um pouco de dificuldade. É complicado me controlar ao lado dele, principalmente tendo seu par de olhos penetrantes em cima de mim. Porém, aqui no escritório, tento ser o mais profissional possível, já que ele vem depositando muita confiança no meu estágio de meio período.

— As adaptações que ela solicitou vão ficar muito feias. Imagina colocar um anjinho com o pipi de chafariz molhando a floreira? Vai ofuscar a beleza das flores.

Os olhos dele me repreendem.

— Você não mencionou isso para ela como uma objeção, né?

Não, mas tive vontade de mandá-la comprar um vibrador e usar como chafariz, já que o anjinho que ela pediu combina mais com o jardim do que com a floreira. Claro que não digo isso a ele, porém sua expressão mostra saber o que estou pensando.

— Não!

Ele balança a cabeça, sem acreditar em mim.

— Juro! Dessa vez, eu apenas anotei as observações dela.

— Qualquer hora você vai me deixar louco. — Esse é meu maior desejo: deixar você louco por mim.

— Vou nada. Estou fazendo como você me orientou. Boquinha de siri — gesticulo. — Manda quem pode. Obedece quem tem juízo.

Ele sorri. Como é lindo ver seus olhos brilharem eloquentes! Olhar para ele chega a ser um prêmio para mim. O homem é uma obra de arte sexual, pena que a risada não é para mim e sim de mim.

— Fica rindo de mim que peço a conta e você vai ter de arrumar um paisagista sem opinião própria — falo rancorosa.

— Está falando sério? Não estou rindo de você.

— Gosto de como você me deixa livre para criar. Mas não aceito sua permissividade com as objeções sem nexo das suas clientes — replico porque odeio vê-lo bancando o bonzinho com as barangas que inventam mil desculpas só para vir ao escritório encontrar-se com ele.

Ele fica em silêncio um segundo e reage.

— Acho que já deu a hora por hoje. Vamos? Eu te dou uma carona.

— Como você sabe que estou sem carro?

Mandei meu carro para a primeira revisão e não quis contar nada para ele, pois, mesmo que eu tenha condições de me bancar, ele faz questão de pagar tudo. Não me sinto confortável com isso.

— Sei tudo sobre você, Bya.

— Tudo? — questiono maliciosa. Agora já posso sair do papel de estagiária e ser um pouquinho audaciosa. Foi ele mesmo quem mencionou o fim do expediente.

— Sei tudo o que diz respeito ao seu dia a dia, como profissional e minha pupila.

Broxante. Lá vem ele com aquele discursinho paternal.

— Uma pena você não saber mais a meu respeito. Tenho certeza de que se surpreenderia comigo. Com as coisas que sou capaz de fazer.

Divirto-me ao ver seu maxilar empertigar. Ele é salvo pelo celular, que atende em tempo recorde. Arrumo minhas coisas, mas não me dou por vencida. Se vai me dar uma carona, irei aproveitar cada segundo de nossa proximidade, sem espaço para fuga. Em casa, quando o clima esquenta, ele sai pela tangente. Aqui no escritório, somos apenas colegas de trabalho. E, por esse motivo, tenho de comemorar os momentos em que ele fica acuado junto a mim.

— Vamos?

— Vamos!

Solto o cabelo e faço questão de balançá-lo bem perto dele, para que sinta meu perfume. Ele lança um olhar lento, intenso, de cima para baixo. Pode ser um olhar inocente, mas sinto incendiar cada ponto do meu corpo que fica na sua área de visão.

— Está com fome?

— Faminto!

Ele comprime os lábios emitindo um som quase inaudível. Se ele não fosse tão rabugento, poderia jurar que esse "faminto" soou sexy.

Gentil como sempre, ele abre a porta do carro para mim.

Com segundas intenções, esbarro no seu braço e me desequilibro. Ele me ampara e faço questão de comprimir meus braços para afrouxar o decote. Suas mãos são quentes como brasas; seus incríveis olhos verdes simplesmente não piscam. Quase me sinto vulnerável. Só não tenho essa sensação porque sei exatamente o que quero. Ah, ele é escandalosamente gostoso. Mesmo sob a penumbra do estacionamento, ele brilha o suficiente para ofuscar meus sentidos. Tenho vontade de agarrá-lo. Estou bem perto para fazer isso, mas me contenho. Se tivermos de nos beijar, que a iniciativa parta dele.

Não nos mexemos. O único gesto brusco no meu corpo vem do coração, mais acelerado do que nunca. Nossos olhos se comunicam telepaticamente. Sinto um frio congelante na barriga, como se estivesse descendo a maior montanha-russa do mundo.

Beije-me, Pedro! — imploro mentalmente. Sinto que ele trava uma briga interna. Seus olhos me desejam e me dizem isso.

Em menos de um minuto, ele destrói toda a atmosfera de sedução.

— O que quer comer?

— Hã? — Você! Tenho vontade de gritar. — Isto é um encontro?

— Não!

— Que pena...

— Podemos comer algo leve. O que acha? — Ele muda de assunto.

— Prefiro algo pesado. — Minha boca é a mediadora do meu desejo.

— Decidimos no caminho.

— Tá! — respondo frustrada.

Sento-me emburrada no banco, respirando fundo.

— Burra! Mil vezes burra.— Eu devia tê-lo beijado e mandado meu orgulho para o inferno.

No tráfego intenso, ficamos em silêncio. Noto os nós dos seus dedos brancos fixos no volante.

— Você já foi romântico algum dia?

— Nunca ninguém reclamou. O que você considera romântico?

— Tudo ao contrário do que você é — respondo, sentindo-me desafiada.

— Deve me achar pouco romântico porque nunca me viu com uma mulher. Aliás, ultimamente, você tem contribuído para ocupar o meu tempo de maneira integral.

— Ah, seu rabugento! Você sabe como lisonjear uma mulher.

Ele me olha, com o verde-escuro da sua íris dilatado. Não acho que seja um olhar de amizade. Durma com essa, Pedro. Se sou um empecilho para suas aventurinhas sexuais; a culpa é toda sua. Ele sacode a cabeça, nada satisfeito. Acho que cutuquei a onça com vara curta. Ele não parece prestes a declamar um poema. Evito mostrar que fiquei afetada e tento mudar de tática.

— Vou mudar a pergunta. Podemos brincar de verdade ou mentira?

— Não! — responde ele, buzinando ao mesmo tempo, para advertir um motoqueiro que corta os carros. — Moto não é arma, cidadão.

— Assim você não colabora para romper nosso silêncio.

— Entenda como quiser. Não precisamos brincar de verdade ou mentira para conversarmos.

De onde tirei essa ideia de brincarmos de verdade ou mentira? Cresça, Beatriz! Como ele vai falar sério com você diante dessas atitudes sem fundamento? Poxa! Ele também não colabora. Nunca dá abertura. Mal o conheço.

Será que preciso conhecê-lo mais? Já o amo assim, pela superfície. Imagina se me aprofundasse.

No farol fechado, um vendedor ambulante bate no vidro. Pedro o olha e apenas acena com a cabeça, recusando as balas e os doces. Distraio-me vendo a quantidade de ambulantes entre os carros oferecendo mil coisas. O farol abre, mas os veículos permanecem parados. O trânsito está pior que de costume. Espero ele falar alguma coisa. Já que disse podermos conversar sobre tudo, que puxe um assunto.

Ouço o vidro abrir, mas não me viro. Não o deixo perceber minha raiva.

— Eu quero um, amigo.

Cerro meus dentes e conto até dez para ver o que conquistou seu coração.

E, antes de ceder à minha curiosidade, sinto no colo um embrulho úmido com as rosas vermelhas mais lindas que já vi.

Que fofo!

Ah, ele não é de todo um rabugento!

Como mendiga de sua atenção, abraço as flores, deslumbrada com seu gesto. Instantaneamente, a confusão me domina quando vejo que é um rapaz cadeirante recebendo o dinheiro.

Ele sempre ajuda todos os deficientes. Será que comprou as flores só para ajudar o rapaz?

Para, Beatriz! Não pensa besteira. Se fosse só isso, simplesmente deixaria as flores no banco de trás. Em vez disso, ele as deu a você. Aproveite, menina.

— Isso foi romântico? — pergunto para me certificar.

— Não foi um gesto rabugento — fala alegremente, com o sorriso estampado no rosto. Ele parece ter conquistado o Oscar ao me ver surpresa.

— Definitivamente, não! — Sorrio com ele.

Ele é perfeito quando está descontraído. Seus ombros largos que fazem mulheres suspirar são quase da extensão do banco. Ah, não canso de cobiçar.

Seus olhos lindos encontram os meus.

Acho que ele me flagra cobiçando-o.

— Elas são lindas! — digo, ainda deslumbrada. — Ok, não precisa ser romântico ao ponto de dizer que elas não são lindas como eu. Já seria demais para você.

— Lindas como você. Pode ser assim?

Levo as mãos à sua testa.

— Ai! — Balanço a mão no ar, brincando, mas, no fundo, afetada demais por tocar nele. — Você está ardendo em febre.

Ele sorri novamente, parece divertido como se estivesse curtindo o momento mais descontraído da sua vida. Faço um esforço sobre-humano para não me jogar em seu colo.

— Bya! Não entendo o porquê de tanta surpresa. Já presenteei você antes com flores.

Verdade. Lembro-me de todas essas vezes. Mas sempre foram em datas comemorativas e quando saí do hospital. Nunca foi assim, do nada, como um gesto romântico de um namorado. De algoz dos meus desejos, por um momento o vejo gentil.

— Estou surpresa porque desta vez as recebi de uma forma diferente.

Ele ergue uma sobrancelha, sexy como o inferno.

— Diferente? Você pode se surpreender comigo.

Senhor! Que olhar de predador é esse?

Seu sorriso se amplia. Sua simpatia me deixa vulnerável. Percebo que não sei lidar com aquele Pedro descontraído. Fico perdida no espaço sideral. Não que eu prefira ele rude, mas é mais fácil quando ele é a caça, não o caçador.

— Acho que vou gostar de conhecer um Pedro diferente. — Eu me arrisco a provocá-lo, enquanto ele estaciona o carro diante de uma cantina no Bixiga.

— Você não disse que queria comer algo leve?

Ele demora para desligar o carro e me encara. Respiro fundo, totalmente afetada. O silêncio é ideal para um beijo avassalador.

— Mudei de ideia!

Ele parece se divertir com a situação.

— Hoje quero tirar algumas más impressões de você e mostrar que posso ser romântico, também. E, para falar a verdade, estou gostando de vê-la vulnerável. Está parecendo uma lebre assustada.

Assustada, mas ainda assim uma lebre, seu lindo.

— Melhor assim. Vou tomar nota de como você gosta de me ver.

Agora quem parece vulnerável é ele. Seus lindos lábios se apertam.

Pedro Salvatore

Já é tempo de essa pequena tentadora aprender uma ou duas lições. Há anos ela vem me provocando, e só eu sei o quanto venho me contendo. Isso não vai nos levar a lugar algum, mas o desejo de provar a ela que está brincando com fogo é mais forte do que eu.

Desligo o carro e o bicho-papão se instala no meu corpo. Seu desconforto me excita. Ela fica linda quando está sem o bichinho da sedução. Morde os lábios e isso me leva à morte. Pura! Chega a ser quase uma monja.

Estou a um fio de virar a chave na ignição e levá-la para minha cama. Ela cruza e descruza as pernas, em um gesto inocente e intencional, que se torna convidativo às minhas mãos.

— Não vamos descer?

— Ainda não! — Resolvo jogar com ela, temeroso. É muito excitante ver a surpresa estampada em seu rosto.

Pedro, isso pode ser perigoso — advirto-me. Que se dane o perigo! Solto meu cinto, sem romper nosso olhar. Ela tenta imitar o gesto, mas minhas mãos são mais rápidas e a impedem.

Eu a quero assim, presa e vulnerável. Não me conheço. Se a culpa vai me punir depois, aceito de bom grado. Só o que quero agora é sentir essa emoção. Sua mão gelada treme ante o meu toque.

— Um homem romântico é feito de gentilezas. — Deslizo meus dedos entre os seus, e minhas bolas fisgam de tesão. — Você não acha?

Ela apenas acena com a cabeça.

— Deixa que eu abra o seu cinto.

— Uhum.

Ela apenas geme. Seus braços vibram com o toque dos meus dedos. Cada arrepio seu me dá esperança de seguir em frente.

Um homem romântico pode ser mais perigoso do que um homem rabugento!

— Seus pelos arrepiados mostram o quanto está frágil e incapaz de qualquer reação. Gosto de vê-la assim, boazinha e quietinha. Seu cheiro de menina-mulher me invade. Seus olhos de uma bugre selvagem, louca para ser domada, me motivam a uma aproximação. Consigo ouvir sua respiração acelerada. Imagino que, se encostar mais um pouco meu corpo ao seu, ela se entregará a mim sem barreiras. Minha razão tenta falar mais alto, porém meus sentidos lascivos a calam.

— Você não deveria querer conhecer meu lado romântico.

— Estou feliz por ter dito isso. — Sua voz sai fanha.

— Também estou feliz por ter mencionado.

Aspiro com força todo o ar próximo ao seu pescoço, e o cheiro de jasmim do seu cabelo me dopa. Tenho vontade de devorá-la ali mesmo. Toda sua acidez feminina se torna doce.

— Os vidros estão embaçando.

— É melhor assim. Um homem romântico não precisa de público para ver o quanto ele pode encantar uma mulher.

— Você está querendo me encantar?

— Não, minha doce pequena menina! Apenas lhe mostrando o que um homem romântico pode fazer.

— Você está sendo mais sedutor do que romântico.

— Jura? — Passo meu queixo áspero na pele do seu pescoço preguiçoso que se estende para mim. — Então você acha que o romantismo não tem ligação com o erotismo?

Ela suspira e eu continuo.

— Claro que tem.

Ela suspira quando passo minha língua úmida na sua pele vermelha irritada por causa da minha barba rala. — Estou começando. — Incentivo-a a continuar dando uma leve chupada. — A querer que essa fusão nunca se rompa.

— Um homem romântico pode levar uma mulher à loucura mais selvagem de sua vida. — Assopro meu hálito sôfrego em sua pele, que se arrepia.

— Adoraria fazer loucuras selvagens.

Minhas pálpebras se fecham. Menina bugre selvagem, não faço muito o estilo romântico. Aprenda que sou um ogro caçador, e que você pode se machucar nos meus braços — aviso mais para mim do que para ela. Contudo, o desejo é mais forte do que eu e uno meus lábios aos de Bya. Ela abre os dela, aceitando o convite da minha língua invadindo a sua boca. Queria ter forças para dizer que não devo. O desejo crescente intensifica nossos movimentos, até explodir, liberando nossos instintos encubados, sem importar onde estamos.

Não consigo pensar. Ela me responde com um beijo doce, lento e sonhador. Minha fome por ela se intensifica e torna tudo quente e firme.

Exatamente como eu: urgente e necessitado do seu sabor. Não premeditei nada. Foi tudo inesperado e impulsivo. Sinto-me viril. Sei que é uma loucura e totalmente inapropriado, mas não ligo. Meu sangue queima como lava em minhas veias, que sinto dilatar. Da mesma forma como quero dilatá-la.

Nossos movimentos são ritmados. Ela permite o contato das minhas mãos e fico mais atrevido, mais consciente de como cada parte do seu corpo pode se encaixar perfeitamente no meu. Meu beijo ardoroso a faz emitir suspiros; em troca, meu corpo formiga e pulsa.

Quero sugerir irmos para casa, mas não consigo romper o beijo, que me incentiva a seguir cada vez mais adiante. Sei que, se nos separarmos, os fantasmas da culpa me assombrarão. Então, tento fazer o momento durar o máximo possível.

Não comando as minhas mãos, que agem impulsivamente, explorando cada parte do seu corpo de mulher. O desenho da perfeição das suas curvas carnais ganha verdade aos meus toques libidinosos. Ela geme intensamente nos meus lábios e meu pênis recebe sua atenção. Chupo sua língua lisa, e ela abre a boca convidando-me a explorá-la em cada canto, sedenta por mais.

Algo consegue vibrar mais do que nossos corpos e tira nossa concentração. Nossos lábios não se soltam. Chupo com vontade seu lábio inferior. Deliciosa.

Celular dos infernos! Arranco-o do seu colo sem romper nosso contato. Abro meus olhos preguiçosos e leio a mensagem.

Beggo: Onde você está, morena tropicana? Estamos na porta do seu prédio. Esqueceu-se do trabalho que combinamos? Ai, morena, se eu te pego! Ai! Ai! Delícia!

O que é isso? Recuo, chocado, cego de raiva. Tenho vontade de chacoalhá-la. Aquele moleque deve ter um pacto com a Fada dos Dentes e não teme perdê-los. Minhas mãos, que há pouco deslizavam pelo seu corpo, se fecham.

E então a solto, irritado.

Ela joga a cabeça para trás, emitindo um som de protesto.

— Quando vai aprender a ser responsável com seus compromissos?

— O quê? — Seus olhos estão incrédulos, mas talvez menos que os meus. Toda a sensualidade se esvai.

Jogo o celular no seu colo.

— Você não está preparada para ter um homem romântico na sua vida. Está na fase de curtir com garotos que têm péssimo gosto musical e gostam de dar cantadinhas baratas com trocadilhos de músicas.

A culpa me atormenta. A voz interior me lembra que, além de ser um bastardo, a dor é minha melhor opção. Mordo a bochecha do lado esquerdo com toda a força do meu ódio.

Ligo o carro.

— O Beggo não é um garoto.

— Por favor, Beatriz! Vamos esquecer o que aconteceu aqui. Eu a levo para você encontrar seu amiguinho. Pelo que vi, você está bem atrasada.

— Você está sendo um ogro rabugento! — grita ela.

Fixo o olhar no tráfego, tão irritado que sou capaz de esmurrar o volante inúmeras vezes.

— Não, Beatriz. Estou sendo verdadeiro. Os românticos dos novos tempos são assim, realistas. Eles não vêm montados em um cavalo branco, como reza a cartilha das histórias de princesas. Um beijo não significa nada. Então, não espere gentilezas.

— Não espero gentilezas por receber um beijo seu. — Ela me desafia.

— Tanto quanto não esperei carinhos em vez da fúria das suas mãos explorando cada parte do meu corpo.

— Ah, por favor! Quer falar do meu beijo, agora? — Olho para ela e a mulher sedutora de instantes atrás já havia cedido lugar à mesma pirralha mimada de sempre. — Você é muito inocente se acha que todo homem que a beijar vai parar nisso. A maioria deles quer um beijo em troca de sexo fácil. Como seu responsável, espero que você tenha aprendido a lição. Romance é só nos livros.

— Então foi isso que você quis há poucos instantes? Um beijo fácil em troca de sexo? — Ela se exalta. — Pensei que fosse para mostrar o quanto é romântico. Ou devo estar enganada? Não. Acho que não! Pois essa lição que você pensa ter me dado deve servir a você, também, que passou de professor a aluno. Vejo pela sua calça justa que estava sendo útil para ambos.

Esmurro o volante e fico em silêncio até chegarmos em casa. Essa discussão não vai nos levar a lugar algum.

— Você não sabe o que é romantismo!

— Nem você! — Ela abre a porta do carro. — Ah, Pedro! Uma mulher não precisa ganhar flores para descobrir que os espinhos espetam.

Ela deixa o arranjo em um vaso e bate a porta. Não esqueça que sou paisagista e sei exatamente que é da semente que nasce o broto, e que é do broto que nasce uma semente.

Capítulo 9

Pedro Salvatore

Soco o volante, nervoso.

Ela tem razão, e não sei como desfazer tudo isso. Olho as flores no banco e me arrependo por ter sido um bastardo. Se aquelas rosas tivessem espinhos, eu apertaria minhas mãos em torno deles para sentir a dor que vi em seus olhos.

Eu desejei muito que o beijo tivesse acontecido, e também quis presenteá-la com as flores. Foi a primeira vez que tudo aconteceu sem receio ou culpa. Mas a situação saiu de controle, a raiva de ler aquela mensagem me fez sentir momentaneamente impotente, me cegou.

Minha vontade é retornar e socar a cara daquele infeliz. Pode parecer doentio, mas é mais forte do que eu.

"Não é a cara dele que tem de esmurrar", sopra a maldita voz dentro de mim.

— Não ligo. — Dou de ombros. — Sou em quem decido.

"É mesmo? Foi assim no passado? Lembre-se de que não sabia lidar com as situações. Veja, em cima do banco, as flores que desejou entregar para ela, mas não soube como. Você não sabe preencher o vazio dentro das pessoas que estão próximas a você."

— Vê se me esquece — ralho com meus pensamentos, acelero o carro e aumento o volume do rádio.

Percebo que já dei três voltas pelo quarteirão e, cada vez que passo na frente do prédio, é como um ritual onde meus pensamentos doutrinam minhas ações. Tudo bem que o tal Beggo esteja lá, mas quem mais? Quantos outros moleques ele levou junto? E aquela intimidade em chamá-la de morena tropicana e fazer trocadilho com música brega fez meu sangue ferver. Infeliz! Xingo-o sem remorso.

"Vai lá! Vai descobrir quem está com ela."

Isso não está certo. Não quero viver novamente a compulsão e a obsessão dos meus pensamentos.

Quando eu era pequeno, fui condicionado por esse transtorno até chegar à exaustão. Em alguns dias, a repetição de gestos era tão frequente que chegava a comprimir meus nervos de aflição. Conforme fui crescendo, descobri na autoflagelação uma válvula de escape para aliviar meus pensamentos.

— Por que tenho de viver tudo isso novamente? Será que isso não tem fim?

"Não!", respondem os pensamentos intrusivos.

Desde que me vi só no mundo, fiz terapias e usei medicamentos fundamentais para a cura dos meus transtornos. E me mantive livre dos meus fantasmas por anos. Por que tudo tinha de voltar agora?

A voz interior insiste em me mandar retornar, mas, dessa vez, sou mais forte. Passo pela rua que me levaria de volta ao prédio da Bya e sigo meu caminho, sem rumo e sem destino.

— Não vou fazer o que você quer. Vá para o inferno! Sou um homem formado e sei muito bem o que preciso fazer. Eu é quem dito as regras por aqui.

A vida é como uma roda-gigante em movimento: muda constantemente de posição. Os sentimentos são oscilantes. Quando estamos lá em cima e temos medo da altura, não podemos pensar em olhar para baixo. Quando estamos embaixo, queremos estar no alto, e assim sucessivamente. A vida às vezes nos assusta, outras nos alegra. Viver com Beatriz tem feito a minha roda-gigante girar mais rápido.

Há momentos em que tenho vontade de jogar tudo para o alto e segurá-la em meus braços. Mas, ao mesmo tempo em que desejo isso, os acontecimentos me mostram que a queda de um ou outro pode ser fatal. Vivo em dúvida se quero ser seu homem ou seu tutor.

O rádio despeja a "Metade" de Oswaldo Montenegro. Concentro-me em ouvi-la, a fim de esquecer a voz que me atormenta.

> *Que a força do medo que tenho*
> *Não me impeça de ver o que anseio*
> *Que a morte de tudo em que acredito*
> *Não me tape os ouvidos e a boca*
> *Porque metade de mim é o que eu grito*
> *Mas a outra metade é silêncio*

Tal como na roda-gigante, fico girando na cidade perdido em meus pensamentos, até que me vem a ideia de ligar para o Marco. Já é tarde, mas ele sempre fica no hospital com a filha, Vitória, até de madrugada. Ele é muito mais do que um amigo. É o anjo da guarda da minha afilhada de coração.

Depois de duas chamadas, ele atende.

— Perdeu o sono?

Ele é sempre bem-humorado, um grande amigo, que me faz bem. E, na verdade, não sei se serei capaz de dormir no próximo século. A mistura de remorso e bem-estar vem me deixando insone.

— Não me lembro de dormir com as galinhas.

— Dormir com elas não sei, mas fala como um galinho. — Ele nunca perde uma, e não deixo por menos.

— Também não me recordo de você dormir com elas, mas, se tudo isso é por medo de pegar crista de galo, camisinha é sempre um bom meio de se prevenir.

— Não, não! Meu negócio é sereia do mar.

Franzo a testa com o apelido que ele dá para a moça.

— Fala o dr. Perito em Mulheres.

— Em mulheres, não. Na mulher.

— Esse seu romance com a Bárbara está ficando sério.

Irônico: eu, um ogro nato; meu melhor amigo, um romântico incorrigível.

— Digamos que estou andando entre as nuvens.

— Vai com calma, meu velho, você acabou de sair de um relacionamento e, diga-se de passagem, de forma bem tumultuada.

Sua ex-mulher não dá folga. Praticamente abandonou a filha quando eles mais precisaram do seu auxílio. Uma desorientada, mas obcecada por ele. E, se descobre que ele tem outra, nem sei do que seria capaz.

— Nem me lembre disso. — Ele muda de assunto. — Você está em alguma festa?

— Não, estou dando uma volta.

— Em um carro de som?

Abaixo o volume. Nem me dou conta de que estava alto.

— Estou indo tomar alguma coisa.

— Estou saindo do hospital. Podemos nos encontrar. O que acha?

— Perfeito. Já jantou?

— Ainda não. E você?

— Também não. Que tal nos encontrarmos no Fogo de Chão?

— Está um pouco tarde. Que fome é essa?

— Não almocei direito hoje. Daqui a vinte minutos? Pode ser?

— Pedro?

— Fala, Marcão.

— Até lá, querido.

— Vai à merda.

Não sei se ligar para o Marco foi uma boa ideia. No dia em que ele foi ao escritório, questionou-me sobre a Beatriz estar trabalhando comigo, e hoje tenho certeza de que irá jogar iscas para pescar tubarão. Mas, se depender de mim, não conseguirá mais que lambari. Quero conversar sobre quase tudo com ele... Com exceção de um assunto que está me atormentando. Não quero ter mais um para me julgar. Já chegam dos fantasmas que não me dão paz.

Capítulo 10

Beatriz Eva

A força com que bato a porta do carro não é nada se comparada à fúria dos meus passos na direção do prédio. O olhar frio que ele lançou para mim quando pegou o celular me causa arrepios até agora, e isso faz com que eu abrace meu corpo para me aquecer.

Enquanto estava ao seu lado no carro, frustrada, depois que a droga do celular interrompeu o beijo mais excitante que já recebi, proferi mentalmente todos os palavrões possíveis. Ainda estou entorpecida pela forma como a sensual tentativa dele de se provar um romântico mexeu com o meu temperamento. Fico pensando o que teria acontecido se o beijo tivesse continuado.

Foi novo, quente, excitante. Aconchego ainda mais meus braços em torno do meu corpo, sentindo a falta de Pedro me protegendo. Quando ele tocou na minha mão, para mostrar o quanto podia ser gentil, roguei para todos os santos que o mundo não acabasse naquele momento. Seus olhos penetrantes mexeram com todo o meu sistema nervoso. Fiz contagem regressiva para cada milésimo de tempo enquanto ele se movia em minha direção. Eu sabia que era um daqueles momentos em que nos basta sentir, desnecessárias são as palavras. Em contraponto, seus movimentos me deixaram estática. Diferente do primeiro beijo, consensual, esse foi roubado com luxúria por ele. Dessa vez, ele teve contato com cada parte do meu corpo, uma experiência inebriante. Estar ao seu lado é como parar o ponteiro do relógio no minuto da sedução.

Só quando vi a mensagem no celular foi que desisti de despejar um rosário de palavrões. Eu havia marcado um trabalho com o pessoal e simplesmente me esqueci. Ainda que ele merecesse ouvir: afinal, tinha de aproveitar os momentos mais inoportunos para me lembrar de que era meu tutor.

Avisto Elaine encostada no pilar da portaria do prédio. O peso na consciência mina as forças das minhas pernas.

Sou uma péssima amiga, um tanto egoísta. Elaine largou a mãe no hospital porque precisava muito da nota daquele trabalho.

— Elaine, desculpe-me. Tive um contratempo. — Para falar a verdade, tive uma parada no tempo.

— Tudo bem! Esperaria você a noite toda — diz ela, cansada e levantando os ombros.

— Ei, não fica assim. Cadê aquele folgado do Beggo? — Mudo de assunto para distraí-la um pouco e pergunto sobre a libélula assanhada que causou a ira do Pedro.

A primeira vez que vi o Pedro demonstrar uma pontinha de ciúme de mim foi quando conheceu o Beggo. A partir de então, as implicâncias são constantes. Aproveitei-me da situação e omiti que o meu melhor amigo, na verdade, tem o mesmo gosto por homens que eu, ainda que passe outra imagem.

— Ele não pôde esperar e, quando viu que podia se juntar ao Luiz Felipe para fazer uma parte da maquete, deixou um beijo e foi embora.

— Traidor! — Bufo duplamente.

Já no apartamento, sentadas e acomodadas no meu quarto, percebo meu pensamento longe. Decidi fazer o trabalho ali para não ter de olhar para a cara do Pedro quando ele chegar. Aqui, sei que ele não se atreverá a vir. Ele que durma com suas dúvidas sobre a natureza do trabalho que vim fazer. Não sabe quem está comigo e, pela sua postura de hoje, um pouco de tortura lhe fará bem.

— Ai! O que essa pistola de cola quente tem contra mim? Ela insiste em queimar meus dedos! — reclama Elaine, enquanto chupa mais uma vez o dedo atingido.

Faço o possível para não rir. Ela é desajeitada, desengonçada, não tem aptidão alguma com trabalhos artesanais. É uma mestra em esboçar seus projetos, porém o problema de saúde da sua mãe a tem deixado distante de tudo ao seu redor.

— Deixa que eu faço a colagem. Você está muito distraída.

— Para se queimar também? Eu percebi que colou duas torres em lugares errados. Seu pensamento está longe. Você está bem?

— Elaine, você já tem problemas demais; me deixa quieta com os meus. Vamos terminar logo esta maquete. Vamos arrebentar, amiga, com ou sem a ajuda daquele ingrato que nos abandonou.

Ela me entrega a pistola de cola. Trabalho cuidadosamente na colagem. Não temos muito tempo, motivo pelo qual optei pela cola quente. Os professores não gostam, mas já estou tão acostumada a ouvir reclamações que nem ligo de pisar fora da faixa. Montar uma maquete é sempre aquele momento meio tenso, em que você descobre não ter nenhuma habilidade para tal ofício.

— Ai! — reclamo também, quando encosto a ponta do revólver de cola no meu braço.

— Será que não é melhor usarmos Super Bonder? — diz ela, divertida.

— Só se for para entregar você colada na maquete. Já imaginou? Do jeito que você é delicada, cada gota vai ser uma parte do seu corpo presa no esqueleto.

— Pisa mesmo. Tripudia de mim.

O trabalho evolui, e minha desconcentração aumenta. Mas, como o Pedro demora uma eternidade para voltar, começo a imaginar mil coisas.

— Nossa! O Pedro está demorando!

— Deve estar, mesmo. Você já pegou o celular mais vezes que pude contar. Não quer me contar o que está acontecendo? Está calada desde que chegou, distante.

O interesse da Elaine em querer conversar comigo me deixa feliz por sua presença ali. Não quero fazer dela meu muro de lamentações, até porque sei o que a coitadinha está passando. Ela está sozinha para cuidar da mãe, há dias internada. É uma menina de ouro, e confessar que estou nas nuvens até agora não parece tão assustador depois dos trovões que essas nuvens soltaram há pouco.

— Ele me beijou.

Ela me olha e eu repito para mim como um mantra: ele me beijou.

— Beijou? E como foi? Conte tudo. Não esconda nada. Estou cansada de ouvir os cortes dele.

— Foi delicioso.

Os olhos castanhos dela se arregalam de curiosidade.

— Então o tio gostosão te deu uma chance?

— Aff! Quantas vezes vou dizer que ele não é nada meu?

— Mas você quer que seja, né?

— Sim, quero que ele seja meu amante, meu homem, meu macho, seja lá qual rótulo ele possa ter. Menos meu tutor.

Curiosa e empolgada, ela me faz mil perguntas e conto tudo. Devo contar que ele tocou nos seios e eles estão doloridos até agora? Devo.

— Amiga! Você tem noção do nível a que chegou o seu beijo?

— Uhum!

Até agora sinto suas mãos quentes sobre eles. Fito-a e percebo que ela está me olhando como se eu fosse uma atriz pornô, pelas caras e bocas que faço.

— Bya! Você é engraçada. Fala como uma adolescente que foi tocada pela primeira vez na vida. Mulher, você já vai fazer 21 anos.

— Exatamente, amiga. É assim mesmo que me sinto — omito que realmente não lembro ter sido tocada algum dia. Até eu duvido disso, visto o que meu corpo sente a cada vez que estou próxima do Pedro. Mas a minha memória não dá chance. Não consigo me recordar de nada.

— Olha, Bya, não quero ser chata nem tirar as suas esperanças, mas, amiga: você precisa conhecer outros homens para saber se o que sente pelo Pedro é real ou só uma fantasia.

Enquanto meus amigos tentam me provar que ele não me faz bem, Pedro, ao contrário, sempre me questiona sobre eles. Para Pedro, são eles que não servem para mim.

— Você está louca? Sei muito bem o que sinto pelo Pedro. Prova disso é a coceirinha bem real que me dá lá embaixo quando estamos próximos.

Ela levanta as mãos.

— Você sabe que não lhe faltam pretendentes.

— Pode ficar com todos eles. Estou cega para os outros homens.

— Ok! Não está mais aqui quem falou. Mas ainda assim acho que o Beggo tem razão. Por mais que possa existir química entre vocês, o tio sempre vai vê-la como sua responsabilidade.

— Esse assunto já deu. O Beggo é um invejoso e não dá chance para conhecer melhor o Pedro. Aliás, eles não se toleram.

— A culpa é sua.

— Sim, a culpa é minha que faço de vocês dois meus confidentes.

Que raiva quando alguém distorce o que eu falo! O Pedro é maravilhoso em tudo. Um pouco rabugento e teimoso, ok, confesso. Mas o que são alguns anos perto da vida inteira que podemos ter pela frente? Poxa! Sei que estou certa nas minhas convicções.

— Bya, só quero que você seja feliz.

Também sei disso, mas seria bom ouvir que devo seguir em frente com as minhas investidas e tentativas de conquistá-lo.

— Vamos terminar esta maquete.

— Acho melhor. Minha bolsa de estudos depende dessa nota.

— Se depender de mim, essa bolsa será sua até a formatura, e se não for... — Faço uma pausa e acrescento o que ela sempre se nega a ouvir. — ... estarei aqui para financiar seus estudos. Você é minha amiga, e uma das únicas pessoas que tenho neste mundo.

— Obrigada. Mas não será preciso. Vamos tirar a nota máxima.

Até me esqueço do Pedro nos minutos seguintes por conta da nossa determinação em deixar a maquete perfeita.

Ela também olha no celular a cada segundo.

— Sua mãe não melhorou?

— Não.

Seus olhos se enchem de lágrimas, e isso me comove. Será que, se eu soubesse que minha mãe tem os dias contados, sentiria a mesma dor? Tento buscar inúmeras vezes na minha mente algum indício do que minha mãe possa ter sentido. Nada vem! É como se a minha memória tivesse secado e, por mais que eu tente irrigá-la, nada floresce.

— O que os médicos dizem?

— Que ela tem dias de vida.

— Mulher, o que você está fazendo aqui? Vai ficar com sua mãe. Eu termino.

— Não é tão simples assim. Não posso chegar ao hospital às 23h45 e dizer que quero ficar com a minha mãe.

— Lane, não sei o que dizer. Será que tem algo que eu possa fazer?

— Infelizmente não.

Não me dou por vencida. Sei que posso fazer alguma coisa por ela.

— Como você consegue conciliar a faculdade, o hospital e o trabalho no bar?

— Dou um jeito! Amanhã mesmo saio da universidade e almoço dentro do metrô, para chegar mais rápido ao Hospital das Clínicas e poder ficar com ela o máximo que posso até o meu horário no bar. O gerente de lá tem sido meu amigo e vem encobrindo meus atrasos. Mas sinto que logo perderei esse emprego.

Já sei como vou ajudá-la.

— Lane! — falo com empolgação. — Amanhã você poderá ficar com sua mãe o máximo que o hospital permitir. Vou trabalhar no seu lugar.

— Como assim, amiga? Não, definitivamente não. Você trabalha durante o dia também. Não posso aceitar isso.

Sim, mas nada vai me impedir de cobri-la, curta sua mãe o quanto puder.

Terminamos o trabalho e chamo um táxi para levá-la embora, já que meu carro está na revisão e não vou pegar o do Pedro escondido, supondo que ele já tenha chegado e está dormindo.

Ela vai embora e só então vejo que o Pedro ainda não voltou. Mil coisas passam pela minha cabeça. Ando de um lado para o outro. Percebo que, desde que o conheci e me apaixonei por ele, os outros homens perderam a graça. Ele é uma droga que me sustenta. Não existem doses homeopáticas dele que sejam suficientes para saciar o meu vício. Mas sou obrigada a usar bem pouco, muito pouco para o desejo que me consome. Quando está longe, sinto uma crise de abstinência, a qual não sei se me é benéfica ou se é sinal de que preciso começar a tomar um rumo e me acostumar com a falta dele.

O relógio marca 1h25. Quando pego o celular para ligar para ele, ouço um barulho na porta. Corro para meu quarto e apago a luz. Não quero que me veja acordada até agora, esperando-o.

Pelo som dos seus passos, firmes e pesados, deduzo que ele bebeu. Sempre pisa assim quando bebe.

Com quem será que ele estava até esta hora? Bandido! Será que ele foi terminar o beijo que começou a me dar com outra mulher?

Afundo o rosto no travesseiro para soltar um berro, porém as lágrimas são mais rápidas, e o choro sai de dentro do meu peito por toda a frustração. Os passos cessam e me deixam alerta. Posso ouvir sua respiração do outro lado da porta. Contenho as lágrimas e prendo o ar. A maçaneta é virada.

Bya, normaliza esta respiração, menina. Não mostra para ele que você estava chorando.

A porta se abre lentamente.

Ai, se concentra, Beatriz! Não posso abrir os olhos, só disponho dos meus sentidos. Sinto que ele me observa. Cada parte do meu corpo queima como se o olhar dele fosse raio laser. Minutos se passam, e o único som que paira no ambiente é o de nossas respirações e do meu coração disparado.

Mais passos indicam que ele está próximo da cama. Não existe canção mais romântica e excitante do que o som da sua respiração descompassada quando ele me observa.

Penso em abrir os olhos, amparada pela penumbra do quarto, só para olhar para ele, mas desisto quando o sinto puxar o lençol de cetim sobre minhas pernas nuas e quentes. O contraste faz meu corpo arrepiar. Agradeço a Deus por ter vestido um shortinho curto para dormir.

Um beijo na minha testa confirma que talvez sejam fantasias que alimento dentro de mim. Da parte dele, pode haver realmente apenas um amor fraternal. Ele me vê só como sua responsabilidade, e não como a mulher que pode estar ao seu lado.

— Durma bem, pirralha linda!

Pirralha? Vai se catar! Veja quem é a pirralha! Viro-me de bruços, fingindo dormir, e puxo o lençol com o meu corpo, descobrindo-me. Empino o bumbum moldado pelo short curto.

Meu querido tutor, aposto que você deve estar se perguntado agora: por que uma bunda tão grande? E eu prontamente respondo: para acolher você melhor.

Ele bufa baixinho, e sorrio por dentro comemorando. Quente como o inferno, minha vulva formiga de desejo.

Isso. Observa bastante.

Um calafrio percorre minha espinha. Sinto seu dedo deslizar pelas minhas pernas. Acho que comemorei cedo demais, pois agora sou eu que estou vulnerável ao seu toque. Com as pernas abertas para dar apoio aos meus joelhos que disfarçadamente sustentam meu quadril para mantê-lo empinados, fico desconfortável e úmida demais. Não posso fechá-las, pois isso vai marcar que tudo é um jogo sexual meu. Seu dedo inquieto é veloz na minha pele, viola minha sensibilidade e, quando acho que ele será a minha morte, Pedro respira fundo e puxa o lençol para cima novamente.

— Será que até dormindo você ferra os meus miolos?

Quero brigar com a sua mão que me cobre com o lençol. Por favor, Pedro, volte e continue com esta brincadeira.

Ele não atende ao meu apelo silencioso e sai depressa do quarto.

Tenho uma noite de cão. Sentimentos contraditórios esgotam minhas lágrimas. Depois que ele se foi, a frustração novamente tomou conta de mim. Pensei em invadir seu quarto, nua, e falar poucas e boas pela sua conduta. Mostrar que ele não pode fugir de mim. Mas não fiz. Apenas adormeci exausta e magoada.

No dia seguinte, descubro que precisarei usar um uniforme para cobrir o horário da Lane. Ela é um pouco mais baixa do que eu, e talvez um número menor.

— Será que vai servir?

— Vai sim, amiga. — Mostro-me animada, para ela não se sentir mal. — Nada me impede de servir os gatinhos daquele bar hoje à noite. Uma roupa apertada cairá muito bem para chamar a atenção deles.

— Então se prepara, porque encontrará gatinhos, gatões e porcos no mesmo ambiente. Mas fica tranquila: o Montanha costuma nos dar cobertura quando os bêbados exageram e nos importunam.

— Já sou fã do Montanha.

— Você e todas à sua volta. Além de ser um armário, ele é gostoso, e gentil como um lorde, além de ter um sorriso capaz de molhar calcinhas a um quarteirão de distância.

— Já entendi por que você não pode perder esse emprego. Juntando o útil ao agradável, né? Depois sou eu quem você acusa de trabalhar com prazer. — Brinco com ela, que fica vermelha.

— Nada disso, tolinha. Quem disse que não brinco em serviço? Já explorei muito aquela... montanha.

— Seus dias devem ter trinta horas. Como é que você dá conta de fazer tudo o que faz e ainda arruma tempo de paquerar?

Ela pisca para mim.

— O depósito de bebidas é muito escuro. Tenho medo de ir sozinha.

— Ordinária! — xingo-a, divertida com as suas aventuras. Ela sempre tem uma história nova sobre eles para me contar.

Eu e Pedro nos evitamos durante toda a tarde no escritório. A concessionária entrega meu carro, e dou graças a Deus por não precisar da sua carona, nem ter de contar a ele sobre meus planos noturnos. Cumpro meu horário certinho.

Arrumada e pronta, respiro fundo.

— Vamos lá, Beatriz, encarar a fera e trabalhar nesse Bar Honolulu. — Abro a porta do quarto. Se ouvirei um sermão, que seja logo para não me atrasar.

Capítulo 11

Desfecho do Prólogo

Vejo o nome do Pedro no visor e fico com medo de atender. Respiro fundo. Seja o que Deus quiser.

— Beatriz?
— Sim! — Não reconheço a voz. — Quem está falando?
— É a Bruna.
— O que você está fazendo com o celular do Pedro?
— Aí, garota! Sei que não deveria estar ligando para você, mas vou contar um segredo. Prefiro dormir com a consciência limpa a deixar você sem sono revirando na cama pela besteira que fez. — *Que mulher atrevida!* — Cara, você pegou pesado hoje com o meu *brother*. Se liga! O cara foi parar no hospital.
— Qual hospital? — Eu me desespero.
— Não vou falar, não. O Pedrito não quer nem ouvir o seu nome. Ele já foi medicado e está só esperando o remédio fazer efeito.

Surfista do brejo, aposto que deve imaginar que aguapé é prancha para surfar. Quem é ela para querer ficar ao lado do Pedro?

— Se ele já está medicado e na companhia de quem precisa, por que você está me ligando? Vai cuidar dele.
— Como falei a você, garota: estou ligando para ficar em paz comigo. Imaginei que você pudesse ter um pouco de amor nesse coraçãozinho de pedra.
— Vai para o inferno! Diz logo onde ele está.
— O que é isso, novinha? Pega leve. Já disse que não vou falar. Logo ele estará em casa. Viu? Mais um conselho: não é assim que se chama a atenção de um homem. Do jeito que você age, vai é acabar matando o macho que parece tanto desejar.

Desligo o telefone, desesperada. *Desaforada! Ligou para me deixar com mais peso na consciência. Quem ela pensa que é? Nem me conhece e já vai me analisando?*

— O que foi que eu fiz? — Ando de um lado a outro olhando para a tela do celular. — Dessa vez o Pedro vai me matar.

Fugir seria a melhor ou a pior opção? Sento-me à mesa pensando em deixar um bilhete de desculpas. Clico com a caneta esferográfica sobre o tampo de vidro por diversas vezes pensando no que escrever. Vi bem a cara de ódio do Pedro quando ele saiu do bar.

Diversas tentativas de desculpas se acumulam na mesa em papéis amassados. *Que se dane o que aquela surfista do brejo me disse.* Pego o celular e ligo para ele. Preciso saber como está.

— Atende, por favor!

Tenho vontade de gritar em frustração. Ele não atende às minhas inúmeras chamadas. Não tenho coragem de deixar mensagem.

Ligo para o Beggo a fim de pedir asilo, mas ele também não atende. Ele chegou a me oferecer para ficar na sua casa, mas estava tão empolgado com o carinha que conheceu que achei melhor voltar para casa e ver como o Pedro estava. Só não contava não encontrá-lo.

Caraca! O que faço agora? Não queria que ele ficasse mal. Foi uma vingança infantil. Ligo para a Cida, ela é a pessoa mais maternal que conheço, e conto tudo para ela.

— Você não sabe nem o nome do hospital em que o sr. Pedro está?

— Não sei nada. A amiguinha dele só informou que ele está lá e medicado.

— Quanto de mel você colocou na bebida dele?

— Só uma colher — falo baixo, com vergonha de confessar minha culpa.

— Menina do céu! Você não sabia que ele é alérgico?

— Sabia — respondo entre lágrimas. — Só não imaginei que ele ficaria tão mal.

— Não sei como ajudá-la. Vou tentar ligar para o celular dele.

— Isso, por favor! Se conseguir falar com ele, você me liga de volta?

— Menina Beatriz, não vou passar um sabão, pois imagino que o sr. Pedro se encarregará de fazer isso, mas você tem de ser menos impulsiva.

— Eu sei. Juro que estou totalmente arrependida.

— Sei que está. Vou tentar falar com ele.

Ela também não consegue falar com ele. As ligações foram em vão. Ela quis vir ficar comigo. Acabei convencendo-a de que não precisava. Preferi ficar sozinha esperando por ele. Se o Pedro chegasse e visse a Cida lá, seria muito pior.

A adrenalina baixa, e a realidade bate como uma bofetada na minha cara.

Ele poderia ter morrido! Penso, enquanto choro compulsivamente. *Como fui imatura! Se acontecer algo de pior com ele*, não suportarei.

O silêncio do apartamento não ajuda. Muito pelo contrário: ele me traz a nostalgia e a culpa. Será que, se não tivesse perdido a memória quando meus pais morreram, sentiria essa mesma dor?

Sei que ela existe dentro de mim; está aqui guardada, só esperando o momento para me aniquilar. Porém, se ela for mais forte do que estou sentindo, vou enlouquecer.

Pego o porta-retrato ao lado da poltrona e vejo a foto dele, sério, com o olhar perdido. Por que nunca vislumbro um sorriso nos seus olhos? Será que eu faço tão mal para ele? Navegar por seus olhos é impossível. Vivemos mais de dois anos juntos e praticamente não sei nada sobre ele ou seu passado. Meleca! E ainda faço tudo errado com o pouco que sei a seu respeito.

Permaneço sentada na poltrona onde ele passa boa parte do tempo quando está em casa, lendo. Seu cheiro está impregnado no tecido. Encolho-me à espera de a porta se abrir. Não canso de olhar para sua foto e deslizar os dedos sobre o contorno da imagem, até a espessura das suas sobrancelhas é perfeita. Elas são grossas e douradas como seu cabelo. Seus olhos foram a minha perdição desde a primeira vez que os vi.

As horas passam, e eu esgoto as tentativas de ligar para hospitais em busca de notícias, até que, às 6h25, uma luz se acende na minha cabeça.

Como não pensei nisso antes? Eu também ajudo na administração do escritório e sempre envio as contas pagas por ele para o contador. Lembro que seu plano de saúde é da Santa Amália, e uma vez ele mencionou que não trocaria de plano, porque, além de ser aceito em toda a rede hospitalar, ele dispõe de um hospital próprio aqui em São Paulo. Pesquiso rapidamente pelo celular, e bingo! O hospital fica próximo ao bar.

— Ele só pode estar lá!

Pego a bolsa desesperada para encontrá-lo. Mais uma vez, ajo por impulso: quando chego lá, ele já saiu.

— Pronto: estou ferrada mais uma vez. Por que não liguei para o hospital antes?

Alguma peça não está encaixando. A recepcionista informou que ele saiu às 4h30, mas, pelo espaço de tempo, ele deveria ter chegado ao apartamento antes de eu sair.

Ligo para o celular dele e nada. Ligo para o apartamento e ninguém atende.

— Onde foi parar esse homem?

Pedro Salvatore

Uma vez por ano, a Associação dos Pintores com a Boca e os Pés realiza uma exposição das obras dos seus membros no Largo do Arouche, e eu faço questão de prestigiá-la sempre. A entidade estimula os artistas com limitações físicas a desenvolverem suas habilidades. Caminho em silêncio ao lado de Bruna. A compulsão de tocar em tudo acaba se tornando uma obsessão antiga que me dominou no passado.

Quando ainda era muito novo, não sabia lidar muito bem com os pensamentos intrusivos. Minha mãe era meu porto seguro, a única pessoa que me entendia. Sofri *bullying* na escola durante anos, tanto pelos meus colegas quanto por aquele que desgraçou a vida da minha mãe. Ele achava que os meus transtornos eram manias adquiridas por não ter sido bem educado. Afinal, ela era uma incapaz. As violências psicológicas que eu sofria me ajudaram a criar como um mantra na minha cabeça a determinação de vencer o TOC.

Só fui diagnosticado com esse problema depois que a minha mãe morreu e as manias se intensificaram. A terapia e a medicação me ajudaram a sair daquele mundo repetitivo. O TOC é uma doença covarde; ele age em silêncio, aprisionando-nos e isolando, deixando-nos perturbados. Há quem o confunda com algum nível de loucura e, por isso, nunca falei com ninguém sobre o assunto, com exceção da Bruna e, claro, da sua prima, minha terapeuta. Venho conseguindo administrar bem a ocorrência dos pensamentos intrusivos desde o tempo da faculdade.

— Você não acha que dois dias longe dela sem dar notícias não é castigo suficiente? — A Bruna rompe o silêncio.

— Não é um castigo. Estou preservando aquela pirralha de levar umas boas palmadas.

— Isso não é verdade, e você sabe. O que está fazendo é castigar ambos. Acha que não o observei depois que saiu do hospital?

Também sei que isso não é verdade. Por incrível que pareça, sinto falta dela. Quando recebi alta, quis ir logo para casa e aplicar um bom corretivo naquela inconsequente. Mas, assim que pus o pé fora do hospital, a consciência veio por terra. Naquele momento, percebi que os transtornos do passado estavam dominando meus sentidos como nunca. Eu avançava um passo e recuava dois, porque minha cabeça mandava. Toquei na maçaneta da porta do hospital várias vezes. Voltar para casa em tal estado de compulsão não serviria para mostrar a ela o quanto foi irresponsável, e ainda levantaria perguntas que não estou preparado para responder. Se naquele momento não conseguia coordenar nem minhas ações, como é que poderia julgar um gesto tão imprudente?

— Não me quer mais como hóspede? — Tento mudar de assunto.

— *Brother*, não é essa a questão. Você é sempre bem-vindo. Só acho que fugir do problema não é legal. Olha para você, quanto tempo faz que não vai à terapia?

— Acho que anos. — Com a mão direita, toco em uma tela pintada a óleo; a mão esquerda obedece aos comandos da minha mente e toca também. Sinto um bem-estar indescritível.

— Ela sabe?

— O quê?

— Sobre você. Sobre o TOC.

— Ela sabe o que precisa saber. Não quero que sinta pena de mim. Lido bem com o TOC. Aliás, tanto para mim quanto para as outras pessoas que estão ao meu lado, ele nem existe.

Caminho para uma mostra de esculturas, na intenção de desviar do assunto. A Bruna sabe ser chata quando quer.

— Você cuida dela do jeito que precisa ou da forma que ela deseja?

Recuso-me a responder. Ela parece um repórter. Nem sei por que fui contar a ela o que sinto quando estou perto da Bya. Atraído por uma índia esculpida em barro, com cabelo partido e tranças, acabo me lembrando dela.

— Não sei aonde você quer chegar.

— Será que não, Pedrito? — Ela me segue falando como uma maritaca. — Você ainda acredita que a mina é só uma pupila? Seja realista. Pode até ser, mas ouvi o desespero dela quando liguei. Se já estava assim há dois dias, imagina como está agora!

Dirijo meu olhar para ela, espantado.

— Você ligou para ela?

— Claro, *brother*! E posso lhe garantir: a garota tomou um choque quando eu disse que você estava no hospital.

Imaginar a expressão que ela possa ter feito seria cômico se o assunto não fosse trágico. Minha cabeça ordena que eu passe a mão no cabelo por três vezes.

— Não aprovo sua atitude. Você não tinha o direito de ligar para ela — repreendo-a.

— Já foi. Não perderia minha noite de sono imaginando a garota sem notícias. — Ela dá de ombros. — No fundo, mesmo reprovando sua atitude, acho que ela acabou fazendo o que fez motivada pelo ciúme de você estar comigo. Irônico, né? Mal sabe ela que, se você não a quiser, é bem-vinda no meu cafofo. Adoraria *dropar* as ondas daquele corpinho perfeito.

— Você não faz o tipo dela — retruco, deixando escapar um suspiro de indignação.

— Que pena! Uma mulher sempre sabe do que outra mulher precisa. Diferente dos homens, que acreditam somente nas próprias verdades.

Será que sou tão cego e egoísta assim? Não, claro que não! O que sou e quero é protegê-la de mim.

— Já disse a você: não basta desejá-la. Fiz uma promessa, e meus sensos crítico e ético acham que devo honrá-la.

— A honra não vai aliviar você. Esquece esse lance de tutor. Não está escrito em lugar nenhum que um tutor deve ser celibatário.

Fico horrorizado com as expressões dela.

— Sua boca é tão suja que o homem da nossa relação parece você.

— Só vim no corpo errado, meu *brother*. E o que falei não deixa de ser verdade. Confessa: você está caidinho por ela. Você começou como tutor, mas as coisas mudaram. Vai viver essa explosão de hormônios, homem.

— Você esqueceu o que prometi?

— Você não prometeu nada a ninguém. Aliás, quando você ia responder para a mãe dela, a mulher virou presunto.

— Nossa! Bruna, definitivamente você não é gente.

— Ah, vai, Pedro! E você é? Você se esconde atrás de uma promessa que nunca existiu.

— Mas isso não é o certo? Eles confiaram em mim.

— Porque você é um tolo. Marca touca mesmo, vai rodar. E, quando a vir com outro, sentirá a maior dor de cotovelo.

Só de imaginá-la com outro, minhas manias voltam com força e, enquanto brigo para não ter de lidar os pensamentos intrusivos, ligo o celular, que desliguei assim que saí do hospital. Na tela, aparecem diversas ligações perdidas e mensagens.

Bya: Onde você está?

Bya: Pedro, me perdoa?

Bya: Já liguei para todos os hospitais. Você está bem?

Não preciso fechar os olhos para imaginar o quanto ela está preocupada. Sei muito bem que ela me enche de mensagens quando demoro a chegar em casa.

Bya: Estou muito arrependida. Fui imatura e irresponsável. Você tem razão quando diz que sou uma pirralha mimada. Me perdoa.

Cida: Seu Pedro, é a Cida, estamos preocupadas com o senhor.

Ela não tem jeito. Foi preocupar até a Cida.

Bya: Pedro, me dá notícias, estive no hospital e me disseram que você saiu faz tempo.

Bya: Pedro, vou enlouquecer. Me dá notícias.

Bya: Pedro? Por favor, me desculpa. Imagino o quanto você está me odiando. Confesso que nesse momento também me odeio. Nada do que eu disser vai adiantar, não é mesmo? O que fiz não tem perdão. Mesmo assim, lhe imploro por notícias.

Bya: Pedro, não sei se o que vou escrever terá o mesmo significado caso tivesse dito isso a você em outras circunstâncias, mas quero que saiba. Em algum momento, ao longo desse tempo em que estamos juntos, descobri que amo você, mas não como imagina. Amo você como homem. Talvez, na minha falta de experiência como mulher, tenha cometido atos impensados e insanos. Sou grata pelo carinho que você dá, mas não é o carinho que desejo receber. Como acha que me senti quando você chegou com a surfista do brejo no bar em que eu estava trabalhando? Já parou para se perguntar por que coloquei o mel na sua bebida? Pois bem: porque não queria que você acabasse a noite nos braços de outra mulher que não fosse eu. Fiz errado? Fiz, e estou arrependida. Poderia citar todas as outras vezes que agi de maneira a chamar sua atenção e fui repreendida. Machuca muito saber que para você sou apenas uma representação da sua compaixão, e que talvez eu nunca tenha para você o mesmo valor que você tem para mim. Mais uma vez, peço perdão. E, por favor, mande notícias.

A obra de arte à minha frente fala por si só. A indígena de feição expressiva mostra para mim ter forma e vida, mesmo sendo moldada no barro.

Assim como os artistas com limitações físicas recusam caridade, preferindo reter seu respeito próprio e competindo em termos iguais com artistas "comuns", é a minha menina que vem agindo e querendo mostrar para mim que não precisa da minha compaixão! Ela precisa de mim como homem! Dou-me conta que, sim, sua atitude pode ter sido motivada por ciúme, mas, mesmo assim, foi por mim que ela fez tudo isso.

Continuo lendo as mensagens.

Bya: Pedro? Desculpa.

Os pedidos de desculpas não têm fim.

Cida: Desculpa me intrometer, mas a menina está arrependida. Ela está há dois dias de cortar o coração. Só estou mandando a mensagem porque o senhor não atende o telefone. E as instruções do senhor para mim sempre foram para ligar quando a menina precisasse de algo, e agora acho que ela precisa de notícias.

Bya: Pedro, pode voltar para sua casa. Estou indo embora. Entendi que você não quer falar comigo e também sei que aqui é sua casa. Fica tranquilo. Mando notícias quando me instalar em outro canto. Amo você.

O quê? Ela me ama!

A escultura me encara e parece ter vida. Porra! Ela me ama! A paixão que reprimi por todo esse tempo se acelera em meu peito.

Apressado, recolho a peça nos braços. Beatriz, sua atrevida, você que ouse pensar em me deixar!

— Vou levar a peça — digo ao artista que abre um sorriso.

— Não vai nem mesmo perguntar quanto é? — questiona a Bruna.

— Não me importa o valor. A peça me conquistou! — respondo, confiante no que afirmo.

Parece que a guerra travada com a minha razão por todos esses anos, enfim, foi apaziguada.

Beatriz Eva

As noites pareceram infinitas, e os dias, exaustivos. Não fui à faculdade ontem. Fiz plantão no escritório o dia todo. E ele não apareceu. Sinto-me emocionalmente exausta, mas decidida. Perdi as contas de quantas vezes liguei para ele e deixei mensagem.

Não procurei seus amigos. O Marco seria uma boa opção, talvez ele me desse pistas ou dicas de onde o Pedro pudesse estar, mas, se ele não quer falar comigo, não serei eu a inoportuna.

Resolvi aceitar o convite do Beggo em dividir o apartamento com ele até comprar um só meu. Eu já deveria ter tomado essa atitude há muito tempo. Já ficou provado que eu e o Pedro não funcionamos bem juntos.

— Vamos parar de chorar, morena tropicana? Junta seus cacos, meu bem, e monte um lindo mosaico com um foda-se para esse cara.

Passei a maior parte das últimas 48 horas chorando. E, para falar a verdade, não estou tão determinada assim a ir embora sem dizer um adeus olhando nos olhos dele.

— Será que estou fazendo o certo?

— Você ainda pergunta? Claro que está.

— Beggo, acho que ela tem de decidir por si só — emenda Elaine. — Ela precisa fazer isso por ela e não pelo que acreditamos.

— Então você acha que ela deve ficar e sofrer mais por quantos dias? Porque, querida, é só isso que vem acontecendo com ela desde sempre ao lado do tio.

A ironia do Beggo é contagiante. Para ele, o Pedro está em uma ilha deserta se divertindo com a surfista do brejo. Já a Elaine acredita que ele não voltou porque não quer me ver.

— Vocês têm razão: essa é a coisa certa a fazer. — Levanto a mala da cama. — Só queria que não doesse tanto e que ele estivesse aqui para eu dizer adeus.

Eles me abraçam, consoladores e chorosos. Ainda fungando, o Beggo se manifesta.

— Deixa que eu levo a mala. Ainda sou o homem deste trio.

— Se não é o mais masculino, ao menos é o mais forte! Leva mesmo, amigo! — Elaine o incentiva rindo. Eles saem do quarto, e eu fico olhando a paisagem para me despedir.

— E se ele não me procurar?

— Se ele não procurar, vai ser melhor para você. Vai ter certeza de que ele é um cretino. — Beggo você me assusta. Às vezes acho que não é totalmente gay. Seus pensamentos machistas o condenam.

— Elaine, não ponha seu namorado em um quarto comigo, pois, se tem dúvidas, ficará sem o bofe depois que ele sair de lá.

Enquanto os dois se provocam, eu faço um pedido.

— Esperem-me na sala, já encontro vocês.

Caminho lentamente para a sacada do quarto. Parece que, enfim, chegou o momento de me despedir dos meus pais. A memória ainda não me ajuda a lembrar de como éramos juntos, mas a dor cutuca o meu peito.

Nesses dois últimos anos, senti crescer no peito o amor por eles que sei estar guardado. Não se passou um dia sem que eu os tenha saudado com um bom-dia ou um boa-noite.

— Acho que nos despedimos aqui. Até aqui, acho que viajamos pela vida juntos. — As lágrimas embargam minha voz. — Não se enganem se imaginam que não vou vir mais ficar com vocês. Só não estarei aqui mais todos os dias.

O vento sopra meu cabelo e agita as folhas do parque. É como se a natureza também estivesse se despedindo de mim. Sei que, quando cruzar a porta do apartamento, este não será mais o meu lar.

A despedida é dolorosa. Não sei explicar, mas sinto que a brisa fresca me abraça apertado. É como se meus pais estivessem ali dizendo que não preciso enxergá-los, mas apenas senti-los sempre ao meu lado.

— Você estava pensando em ir embora sem se despedir?

Capítulo 12

Beatriz Eva

— Pedro? — Assusto-me. — Onde você esteve?

Por segundos nos encaramos, travando uma batalha silenciosa.

— Decepcionada em me ver, Beatriz?

— Não. Feliz por ver que está de volta!

— É mesmo? — Ele dá um passo para dentro do quarto com o olhar indecifrável. Engulo em seco; o ar tem dificuldade de passar pelo nó que se forma na minha garganta.

— Estava preocupada.

— Se não me engano, você me deve uma resposta.

Para falar a verdade, não sei qual foi a pergunta. Sua aparência é a pior que já vi; meu coração se aperta de remorso. Ele parece cansado, abatido, mas, ainda assim, sexy como um deus grego. Fico impressionada ao vê-lo tão determinado.

— Você não parece bem, Pedro.

— Não sei aonde estava pensando em ir. — Intimidador, ele dá mais um passo para dentro do quarto. — Quero comunicá-la que dispensei seus acompanhantes. Depois eles ligam para você. Agora precisamos conversar.

Não consigo entender sua atitude. Fico confusa e amedrontada ao mesmo tempo. Ele deveria estar agradecido pela minha partida, ou até mesmo furioso comigo, depois do que fiz, mas, ao contrário, ele parece focado em me intimidar.

— Você não precisava se dar ao trabalho de dispensá-los.

— Não? — Respiro fundo, ainda esperando uma reação dele; meu peito dói, o coração fica a mil por segundo.

— Acho que depois do que aconteceu, esta é a melhor solução.

— Melhor solução para quem? — Sua voz sai rouca, um tom abaixo do que costuma usar comigo. Seus olhos penetrantes encaram os meus, minhas mãos tremem. Ou melhor: meu corpo inteiro. Meleca. Por que este homem tem de mexer tanto comigo? A cada passo em minha direção ele aparenta seriedade, sem nada de ameaçador... Não, sem nada de ameaçador entre aspas, pois, mesmo não vendo fúria em seus olhos, sinto-me acuada com a sua aproximação. — Longe de casa achou que poderia encontrar uma solução pelo que fez?

Sua voz causa arrepios pelo meu corpo. Observo cada gesto dele, estranho alguns tiques. Não sei se é o nervoso ou a ira que o está fazendo agir assim ou se sou eu que estou reparando demais nele, mas que está estranho, está. Sei que ele merece uma resposta, mas eu também.

— Não foi isso que você fez? — respondo à sua pergunta com outra pergunta.

— Não. Eu estava me recuperando.

Recuperando-se uma ova — tenho vontade de falar.

— Nos braços da sua amiga? — Cuspo as palavras.

— Nos braços não, na casa dela.

Se ele me xingasse ou gritasse comigo, seria melhor do que ouvi-lo dizer que estava lá.

— Já teve alguma alergia? Deixe-me pensar. Acho que não. Pelo que me recordo, desde que você mora comigo, nunca vi nenhum quadro alérgico, mas você é bem crescidinha e deve imaginar o quanto um problema assim pode ser perigoso.

Engulo em seco. Ele é impetuoso e, se alguns segundos atrás seu olhar não era tão ameaçador, agora parece que ele vai me devorar.

— Desculpe! — respondo exaltada, e arrependo-me por parecer infantil no mesmo instante em que vejo suas sobrancelhas levantadas. Sua postura é imponente. Seu peitoral marcado pela camiseta o deixa com o aspecto de um soberano, e as minhas pernas fraquejam.

— Desculpe? Por que você está gritando? — Seu tom casual parece sexualmente torturador. — Você acha que palavras e gritos amenizam o que aconteceu?

Queria que ele gritasse comigo também. Assim resolveríamos logo tudo isso. Ele fica dois dias com outra mulher e ainda exige que minha voz saia doce e serena? Vão para o inferno! — ele, a surfista do brejo e todo o sermão que quer me dar. Ando em direção a ele para sair do quarto.

Isso tudo já me cansou. Já pedi desculpas e também percebi que não serei perdoada; então, que se dane tudo. Se tenho de sofrer, que seja de uma vez. Não nasci para ficar me passando por vítima ou culpada.

— Se você não acha que mereço desculpas e que meu arrependimento não é suficiente, o que você quer, então?

Enfrento-o. Quero sair daqui. Já sei tudo o que preciso saber. Caminho para sair do quarto, determinada; a cada passo que dou, fico mais consciente que terei de passar por ele, pois está bem na porta de saída.

É impossível ser indiferente. Quanto mais a distância diminui, mais minha pele esquenta. Ele não desvia os olhos de mim. Ai, meu Jesus Cristinho! Ajude-me a não esmorecer agora. Não sei qual é o jogo que ele está fazendo, mas está funcionando. Minhas entranhas vertem calor.

Ele ri olhando para mim. Dá para parar de ser soberano?

— Você me enganou direitinho quando perguntou se a bebida estava do meu agrado.

Sua risada irônica reverbera sensualidade e curiosidade dentro de mim, e paro para ouvi-lo.

— Insolente! — declara ele. — Não acha que precisa de um bom corretivo?

— Não — respondo.

— Mas eu ainda não decidi. — Sua boca soletra lentamente com a voz áspera no meu ouvido.

— Pedro! — suplico, temerosa.

— Diga-me, Beatriz, o que você teria feito no meu lugar? — sussurra entre os dentes, inquisitivo.

— Ok, Pedro! Confesso que fiz tudo aquilo por ciúme. Está satisfeito?

— Ciúme por quê? Pelo que vi, a única pessoa a ser assediada naquele recinto era você.

Pronto! Agora a culpa é toda e somente minha. Nunca terei argumentos. Tento passar por ele, mas sou impedida, esbarrando na muralha do seu corpo. Ele puxa minha cintura com as mãos impedindo me de continuar, e vira meu corpo junto ao seu, deixando-nos quase colados. *Respira, Beatriz!*

— Eu estava trabalhando! — Minha voz sai enfraquecida. Meus músculos esquecem como funcionam.

— Você não estava só trabalhando. — Seus dedos apertam minha cintura prensando meu corpo ao seu. — Você estava seduzindo os clientes do bar. — Ele me aperta cada vez mais forte; o ar chega a faltar nos meus pulmões.

— Isso. Não. É. Verdade — falo, fanha.

— Não? Então amarrou a camisa na cintura por quê? — Observo seus lábios se moverem e fico fascinada.

— Para provocar você! — confesso.

O riso vacila em seus lábios, ele é como nitroglicerina aos meus vasos sanguíneos, que se dilatam, tamanha a força com que meu coração bombeia o sangue.

Ele fica me encarando e eu, sem reação, caio na besteira de puxar o ar que me falta e seu perfume me entorpece. Ele pode fazer o que quiser de mim. Não sou mais dona das minhas vontades. Nossos olhos se encontram; ele parece procurar as palavras.

— Por que quis me provocar?

Olhando para ele sem conseguir seguir em frente, tenho medo de dizer o que realmente sinto.

— Diz! — Ele insiste, fechando os olhos.

— Quis provocá-lo. — Menciono, sentindo-me uma presa abatida.

— Por que você quis me provocar? — Eu enrubesço. — Não precisa ficar com vergonha.

— Não estou com vergonha. Só não sei se você quer ouvir.

Ele fecha os olhos e consente que eu fale.

— Você já desejou muito uma pessoa a ponto de nunca ter notado a sua existência?

— Beatriz, fiz a você uma pergunta. — O aperto na minha cintura me faz agir corajosamente.

— Quis provocá-lo porque sou louca por você. Porque meu corpo clama pelo seu.

Seus olhos queimam os meus. Sustento o olhar e não esmoreço. Foi ele que perguntou.

— O quanto seu corpo clama pelo meu?

Ele desce seus lábios perto do meu ouvido e sussurra baixinho, como se essa confissão fosse um segredo só nosso. O ponto sensível entre minhas pernas se contrai.

— Muito mais que eu consigo suportar! — Tento soar mais sensual do que tensa.

— Você tem certeza?

Ele age estranhamente sedutor, e eu me motivo a seguir. Seus dedos tiram a única mecha de cabelo que cobre a timidez do meu rosto e a coloca atrás da minha orelha.

— Tenho! Como o ar que respiro!

Sua solução resoluta me pega de surpresa, misturando desejo com inquietação.

Desfaleço, morro e ressuscito. Seus olhos se iluminam mais que eu já imaginei ser possível. Sua feição dura e interrogativa se torna terna. Este homem marcante com o olhar penetrante me desestabiliza. Tudo acontece ao mesmo tempo: seus lábios possessivos tomam os meus, sua língua intrometida invade minha boca, que corresponde, receptiva. Seu beijo lento passa a urgente e sôfrego, causando arrepios pela minha pele. Sua mão solta minha cintura e saqueia o meu corpo. Sei que ele não é indulgente, que ainda não me desculpou, mas, agora, não quero pensar no depois. Quero apenas senti-lo tatear e dedilhar cada parte de mim sem que haja amanhã. A cada toque dos seus dedos em mim, vem um frio indescritível na barriga. Sentir sua boca é o paraíso.

— Não sei se devemos continuar. — Ele interrompe o beijo.

— Nem começamos, mas está tão bom. Continue, por favor! — imploro.

Esfrego meus seios no seu peito, e sua risada soa mais como um gemido do que um protesto.

— Gosto de vê-la provocante.

— E eu gosto de me ver nos seus braços.

Sua boca desce pelo meu pescoço e chega ao colo do meu busto. Meus seios clamam pelo seu toque. Sua boca lê meus pensamentos e chega aos meus seios túrgidos. Vejo seus dentes mordendo a saliência do meu mamilo coberto pela blusa.

— Ahhh! — Contorço-me com a pressão que ele faz. Dói e dá prazer ao mesmo tempo. Puna-me que eu gamo mais. Quero sentir suas mãos entre minhas pernas; as fantasias não param de surgir na minha mente.

Sou jogada delicadamente na cama e agradeço aos céus por isso, pois as minhas pernas haviam começado a fraquejar. Sinto-me latejante e úmida. Aliás, muito úmida. Nunca imaginei que, depois de tudo que fiz, sua atitude seria essa. Meu corpo queima em chamas, como um fogareiro. Tenho medo até de suspirar para não desencorajá-lo. Apoiando meus cotovelos na cama para subir mais próximo da cabeceira, continuo imaginando cenas eróticas com ele, íntimas e reais.

— Você sabe o que acontece com meninas más?

Mordo os lábios, aflita. Seu rosto é indecifrável e luxuriante. Sexy, se assim posso dizer. Vulnerável, digo o que me vem à cabeça.

— Desculpe por tudo.

— Discutiremos isso outra hora. Tenho outro assunto para resolver com você. — Ele se ajoelha na beirada na cama e fica entre as minhas pernas abertas. Sinto-me exposta.

Não tenho para onde ir nem quero sair daqui. Se tiver que levar umas palmadas, ainda assim serão prazerosas, visto como cada partícula do meu corpo reage a ele.

— Posso saber qual é o outro assunto que você precisa resolver?

— Acho que não preciso responder. — Ele puxa a camiseta pela cabeça. Uau! Reparo em todos os detalhes do show particular, inclusive que há dois dias ele não estava com aquela camiseta, mas isso pouco importa. Quero mais que continue e tire toda a sua roupa. Já vi o quanto seus ombros são largos, mas estar próximo deles e ver sua magnitude é muito mais empolgante. — Mas, como sei que você é curiosa, vou esclarecer. Tenho um corpo que clama pelo meu e pretendo fazê-lo fartar-se em seu desejo.

Seu corpo se inclina sobre o meu e ele fecha o espaço; nossos rostos próximos me levam aos céus. Desde que conheci Pedro, venho sentindo todas as emoções possíveis, ele me leva do inferno ao paraíso em instantes.

— Li o trecho de uma mensagem sua que me chamou a atenção. — Seu tom de voz é desafiante e incentivador. — Existe alguma coisa a mais que você queira me dizer além de que seu corpo clama pelo meu?

Meu coração salta pela boca. Escrever que o amo e admitir para mim e meus amigos é fácil, mas dizer isso a ele é outra coisa. Sinto-me vulnerável demais para assumir. Tenho medo de afastá-lo. Posso estar apaixonada por ele, mas sei que meus sentimentos não são correspondidos. Para ele, sou uma responsabilidade, e meu medo é que, depois de este jogo de sedução acabar, ele me dê as costas e diga que foi mais uma lição.

— Será que estou vendo uma ruguinha de dúvida no que escreveu? — Ele morde meu queixo e desliza a barba por fazer há dias no meu pescoço. — Tempo esgotado! Você minou minhas esperanças! — Brincalhão, ele sopra o ar quente no meu ouvido. Eu mal consigo respirar, menos ainda falar. Sua pelve se encaixa na minha abertura, e a sua protuberância me enlouquece. — Você já foi mais audaciosa! Cadê a Beatriz que diz tudo e faz tudo o que vem à cabeça?

— Você não está fazendo tudo isso para me castigar, né?

— Se fosse um castigo, acho que nós dois sairíamos prejudicados, concorda? — Ele pressiona mais sua ereção na minha abertura, que lateja e anseia por ele.

— Pedro!? — Exclamo mais que interrogo.

— Pensei que você gostasse de homens românticos!

Sua ereção prensada pelo jeans se move de um lado a outro, circundando meu refúgio. Ele me olha e me encara. Incentivada, arqueio o quadril para encaixar-me nele perfeitamente.

— Eu gosto.

— Pelo que vejo, gosta de outros tipos de homens? — Fisgadas de prazer correm por toda a minha espinha. — O quanto você conhece os homens, minha doce Beatriz?

— Não sei responder. — Na verdade, só me lembro de fantasiar um Pedro romântico, sedutor, tarado e tudo o que ele quiser ser para mim. Estou cega para todos os outros homens. Hoje, a única experiência sexual com quem me permito sonhar é com ele. Sinto latejar partes do meu corpo que nunca imaginei. — Só sei que quero você.

— Como você me quer? Posso frustrar seus desejos.

Seu rosto desce novamente em direção ao meu corpo, seus braços se apoiam na cama, exibindo as veias espessas, sem me tocar. Torço para que ele relaxe e deite-se sobre mim.

— Quero você como é.

— Vamos lá, Beatriz, esta resposta é muito vaga. Vou tentar ajudá-la. — Ele torna a subir o corpo, e sua boca brinca com os lóbulos da minha orelha. — Posso ser um homem carinhoso.

— Ahh! — Suspiro com os calafrios que fazem minha cabeça zunir.

— Adoro o seu perfume! — sussurra ele, baixinho, em meu ouvido. Em resposta, levanto o tronco, adorando a tortura. — Assim é um pouco frustrante, Beatriz. Quero que me diga qual é o homem que agrada você. O quanto seu corpo me deseja eu já sei, mas preciso de respostas.

Ele roça seus lábios nos meus.

— Um beijo faz parte de um romance. Quero que você o aprecie como deve ser: sem reservas e totalmente entregue.

Então ele me beija, suave e romântico, diferente de todas as outras vezes em que demonstrou fome carnal. Lentamente, ele aprecia todos os movimentos. Meu corpo se acalma, mas meu coração palpita e quase pula pela boca. Não existem reservas, e sinto que ele me deixa ficar na porta da muralha que ergueu entre nós.

— Eu amo você! — digo entre lágrimas, emocionada pelos sentimentos que aquele beijo me causa. — Não tenho nenhuma resposta sobre quem fui, mas tenho perguntas se um dia posso ser sua.

— Então vamos procurar esta resposta juntos. Vire-se, Beatriz. Vamos começar a explorar essa descoberta por uma massagem.

— Por que, Pedro?

— Porque a quero relaxada, sem qualquer pensamento. Apenas foque-se em mim e no que eu posso fazer com você.

Céus! Ainda não é Natal, nem meu aniversário, e não tenho sido uma boa menina. Então, por que ainda não acredito em tudo o que está acontecendo?

Antes que eu me vire de bruços, obediente, ele começa a saquear minha roupa.

— Não vamos precisar de nenhuma barreira entre nós. — Ele tira tudo, menos a minha calcinha. Fico indignada. Já o imaginava massageando o meu brotinho. — A calcinha é a sua proteção. Se não quiser usá-la, tire você mesma. A decisão é sua.

Começo a abaixá-la sem pudor, nua e crua. Não o quero pensando que há qualquer barreira para ele.

— Espere, Beatriz! — Sua voz é forte, e eu me assusto. — Não me importa o que aconteceu no seu passado. Não me interessa se você é virgem ou não. Para mim, o mais importante é que saiba que até hoje respeitei você por ser quem é: minha responsabilidade! — Meu coração chora, pensando que ele vai desistir. Ele faz uma pausa e acrescenta. — Porém, acho que chegamos a uma situação na qual toda a minha responsabilidade fugiu do controle, e meu corpo fala mais alto. Hoje, desejo você como mulher! Desejo você como nunca desejei qualquer outra pessoa! Mas quero que você esteja ciente: não sou um homem perfeito; errarei muito ao seu lado, mas sempre tentarei acertar.

— Pedro... — Interrompo, não preciso saber como vai ser o amanhã. — Faça-me sua mulher.

Ele arranca minha calcinha em um só movimento e obriga meu corpo a ficar deitado e relaxado.

Fecho os olhos e o ouço abrir o zíper da calça.

— Você é linda, minha pupila.

Suas mãos pousam nas minhas costas, quentes e cálidas.

Seu toque inicialmente é carinhoso e estimulante, nada sexual. Percebo que ele quer estabelecer certa confiança entre nós. Conforme vou relaxando, sinto-o intensificar a massagem, o que começa a mexer com meus sentidos. Seus dedos movimentam-se no meu couro cabeludo.

— É aqui, Beatriz, dentro dessa cabecinha, que tudo tem que funcionar. — Seus dedos descem para meu pescoço. — É importante saber se expressar. Palavras mal escolhidas podem causar grandes transtornos. — Entendo o recado. — Suas orelhas são tão pequenas que se perdem entre meus dedos. — Ele circula os dedos por elas, brincalhão, e alguns arrepios começam a surgir pelo meu corpo.

Suspiro fundo.

Ele massageia minha coluna, tornando-se mais audacioso e provocante. Atinge a lateral dos meus seios. Meus sentidos acordam e, a partir daí, tudo se torna sexual, cada vez mais excitante. Quando ele recua os movimentos das suas mãos e eleva os meus seios, levanto o corpo instantaneamente.

— Sem pressa, minha pupila. Sem pressa.

Sentado sobre minhas pernas, próximo aos meus quadris. Sinto sua ereção tocar minhas nádegas. *Isso, Pedro! Preciso de massagem exatamente aí, onde estou dormente e tensa.* Sorrio baixinho.

— Shh! Quietinha.

Seus movimentos suaves se tornam firmes. Suas mãos chegam aos meus quadris. E juro por todos os santos: não existe nenhuma partícula do meu corpo que não esteja arrepiada.

— Tão macia!

Nos minutos seguintes, há uma invasão de luxúria. Ele explora cada parte do meu corpo, fazendo com que eu me contorça de tanto prazer. Não preciso de oxigênio, pois não sei mais o que é respirar. Sinto escorrer do meu ventre um líquido espesso. A massagem dele não usa creme nem óleo, mas posso garantir que, se ele me penetrar, vai deslizar dentro de mim.

Seus dedos me provocam, massageando a parte interna das minhas coxas. Estou por um fio de implorá-lo para que me penetre. Não falo nada, apenas sinto, e empino o quadril para ele.

Suas mãos suspendem meu quadril e, no lugar delas, pela primeira vez sinto sua língua me levar ao céu.

— Seu sabor é ainda melhor do que eu imaginava.

Sua língua é mais impetuosa que as mãos. Ela massageia meu clitóris e, sem qualquer preparação, me invade. É apenas ela, me levando aos céus. Agarro o lençol com força entre os dedos, contendo meus gritos, mas os gemidos escapam voluntariamente. As lambidas em meu clitóris me enlouquecem. As cócegas que sentia quando fantasiava cenas eróticas com ele não é nada perto do formigamento e do prazer que estou sentindo.

— Por favor, Pedro! Preciso de você dentro de mim.

— Ainda não, minha pupila!

Ele intensifica os movimentos circulares dos seus dedos e, com a língua lisa e macia, alivia a minha tensão, até que algo inesperado acontece. Sinto vontade de urinar, grito e libero toda a tensão acumulada. Simplesmente morri e estou no céu. Não há parte do meu corpo que não esteja relaxada.

Sinto-o chegar perto do meu ouvido e sussurrar:

— Vou levá-la para minha cama e, quando acordar, será minha. Assim como deve ser.

Capítulo 13

Pedro Salvatore

Não sei se trazê-la para meu quarto foi a melhor opção. Não a quero confusa, imaginando que este é um passo além na nossa relação, mas, para o que tem de acontecer, reconheço que foi a decisão certa a se tomar. Ouvi-la confessar seus sentimentos não me permite mais enxergá-la de outra forma que não como mulher. A mulher mais linda do mundo aos meus olhos. Minha única preocupação é que ela misture o desejo com o amor. Vê-la nos meus braços, deslumbrada de prazer, foi a minha morte! Mas, ainda assim, se tiver que acontecer algo mais do que uma simples combinação química entre nossos corpos, que seja aos poucos. Ainda não me sinto preparado.

Antes de adormecer em meus braços, ela achou engraçada a minha demonstração de carinho. Enquanto minha cabeça insistia em que eu a beijasse por diversas vezes na face, eu brigava internamente com os meus pensamentos intrusivos assumindo que aquele ato era prazeroso, mas que o exagero não era necessário.

Meus pensamentos ainda exigiram que eu pedisse a ela para fazer carinho também no meu braço esquerdo, uma vez que ela estava acariciando o direito.

— Que carinho bom! Meu outro braço está com inveja. O que acha de fazer carinho nele, também? — Senti-me traindo-a, por mais delicioso que seja receber o seu toque. Foi algo que fui forçado a pedir pelos meus pensamentos.

O maior problema do TOC não é o transtorno em si, mas, sim, a incompreensão das pessoas. Controlar as manias e os pensamentos intrusivos é muito difícil. Esse será um problema entre nós; não quero dividir com ela esse fardo. Vejo o quanto ela se empenha para resgatar as memórias esquecidas do passado, e isso basta. Eu sei que tenho TOC, ela não, e, por enquanto, é melhor assim.

Observo-a dormir em meus braços e não acredito que acabamos assim. O emaranhado do seu cabelo negro emoldura a sua beleza pura. Seus lábios carnudos, incitando à pura luxúria, são convidativos a serem beijados. Como foi que consegui resistir a ela por tanto tempo? Muitas outras de suas qualidades vêm à minha mente. Esta mulher é perfeita.

Passar um par de dias longe dela foi bom para ambos. Aprendi com a minha mãe que, quando estamos envolvidos por fortes emoções, como amor, ódio, alegria, devemos esperar que a euforia acabe para tomar qualquer tipo de atitude.

Quando li a mensagem na qual ela dizia que ia embora, entendi a escultura indígena como se fosse um sinal. De que adiantaria ter um objeto que representasse Bya, linda na sua beleza e formas, se ela mesma não estivesse ao meu lado?

Mal me despedi de Bruna. Atravessei a cidade como um rojão, os segundos parecendo horas, para chegar ao seu encontro. Encontrá-la no meio da sala, com a mala pronta, ao lado dos seus amigos, foi como levar um murro no estômago.

Eu não podia deixá-la ir, e não só porque sou seu tutor, mas também porque é ao meu lado que quero tê-la.

Ainda é muito cedo para pensarmos em namoro. Quero deixar claro para ela que precisamos nos conhecer. Afinal, sabemos muito pouco um do outro.

Por mais desejo que tenha visto em seus olhos hoje, há também preocupação. Sei que na sua cabecinha existe a insegurança. Prova disso foi o quanto ela hesitou em dizer que me amava.

A massagem foi uma decisão momentânea: quis conquistar sua segurança de estar em meus braços. Se fosse para agir pelos meus instintos primitivos e selvagens, eu teria a tomado ali mesmo quando ela disse que seu corpo clamava pelo meu. Meu pênis entrou em erupção. Controlei-me com toda a força.

Sentir seu sabor foi a minha morte. Essa pupila é muito gostosa. Eu a quis mais que tudo. Por pouco, não a tomei nos meus braços. Foi maravilhoso tocá-la e conhecer sua pele macia. Em minha mente pervertida, desde o início tudo foi muito sexual.

No fundo, me autoflagelei o suficiente para ser digno de conquistar o que sei ser precioso para uma mulher. Não me interessa se ela já se deitou com outro homem ou não. Sua atual condição a faz pura e verdadeira. Seu corpo dá sinais transparentes do quanto me deseja, porém nem por isso me acho no direito de me aproveitar dela. Estou meio amedrontado, temendo fazer mal a ela, e sei que não escaparei da punição. Talvez tudo tenha acontecido muito rápido. Eu deveria primeiro procurar a terapeuta e me tratar, mas meu pênis não parou de pulsar, e me fez esquecer de todo o resto.

Beijo sua testa.

"Já que beijou a testa, pode beijar a ponta do seu nariz também."

— Não! Ela está dormindo — ralho com meus pensamentos. — Deixe-a em paz.

"Se não beijar, não vai parar de pensar nisso."

Não resisto e faço o que meus pensamentos intrusivos pedem.

— Oi! — Ela desperta.

— Oi!

— Que horas são?

— Não sei! — Pura realidade, me perdi no tempo.

— Você não dormiu?

— Não. Está com fome?

— Acho que sim.

— Quando foi a última vez que comeu?

— Ontem. A Cida me fez uma sopa.

— Você está brincando, né? Não pode ficar sem comer.

Ela fica quieta por instantes.

— Pedro? Você está falando comigo como meu tutor ou como um homem preocupado com a mulher em seus braços?

— Estou falando como os dois. Bya, eu sou um só. Não existem dois Pedros. Agora levanta, e vamos comer alguma coisa.

— Você não está cumprindo o que prometeu.

Entendo, mas ela não desconfia o quanto desejo cumprir o que prometi. Meus testículos chegam a se contorcer dentro da calça. Mal olho para ela. Sinto-me pronto a pegá-la de jeito, mas não posso. Ela precisa estar alimentada, pois o que tenho em mente pede muita energia.

— Não?

— Não! Você me disse que, quando eu acordasse, você me faria mulher na sua cama.

Ela tateia meu ombro enquanto tento levantar, fazendo-me ver seu bico.

— Estou só adiando. — Deslizo o dedo carinhosamente na sua face. — O dia ainda não acabou.

— Promessas! — resmunga ela, enquanto me levanto rápido, ignorando meus pensamentos intrusivos.

Ela vai para seu quarto fazer a higiene pessoal e eu, para cozinha preparar algo para a pirralha mimada. Sorrio ironicamente ao pensar no apelido que a nomeio por tanto tempo. Como vai ser agora? Mil perguntas assombram meus pensamentos.

Desprevenido, sou abraçado por trás. A sensação é de puro bem-estar e de trégua aos fantasmas que me aterrorizam.

Viro-me e então capturo seus lábios gentilmente. Ela enlaça os dedos no meu cabelo. Minha pequena pupila é irresistível. Puxo-a mais perto de mim, aninhando sua cabeça em minhas mãos, explorando deliciosamente sua língua e a minha língua dentro da sua boca. É perfeito como nossos corpos se encaixam.

— Estou faminta.

— Acomode-se que já estou tirando as tapiocas.

Ela come a tapioca com doce de leite com tanto gosto que o recheio escorre pelo canto dos seus lábios. Minha cabeça pede que eu a limpe com os dedos, mas me contenho.

Os momentos de surtos do TOC ficam assim, espontâneos.

— Não sabia que gostava tanto assim de doce de leite.

Provocante, ela aproveita minha observação e passa a língua pelo filete branco que escorre dos seus lábios. Acompanho os seus movimentos, meu pênis pulsando de desejo,

— Adoro doce de leite. Deveria prová-lo com tapioca. É simplesmente delicioso.

— Prefiro provar o doce em você. — Devolvo a provocação.

— Sem querer ser pretensiosa... Acho que a combinação vai surpreender você. — Ela passa o dedo na lata do doce e desliza por seu decote. Sinto uma fisgada na calça. Não aguento mais; cheguei ao meu limite. Decidido, levanto da cadeira.

— Para começo de degustação, você besuntou o caminho certo.

— Será que o doce combina em outras regiões?

— Tenho certeza de que sim.

Em dois passos, estou ao seu lado. Levo seus dedos ainda lambuzados de doce à boca.

— Ahh! — Seus olhos se arregalam, acho que aquela ousadia a pega desprevenida.

Seu lindo cabelo negro brilha solto pelos ombros. Infelizmente, para o que tenho em mente, é preciso que ele fique preso.

— Você sabe que por anos trancei o cabelo da minha mãe? — Não lhe dou chance de pensar. Ao primeiro nó da trança, ela geme. — Um bom *gourmet* deve fazer de suas iguarias pratos apresentáveis — sussurro no seu ouvido e logo termino a trança.

Chega de brincar, minha pequena pupila. Você vai entender o que significa comer um prato quente.

— A mesa também é sua. Então, não vejo diferença de ser provada aqui ou na sua cama.

— A mesa é nossa. Tudo aqui é nosso. Só nossas camas são individuais, em respeito ao seu espaço, entendeu? — Faço-a entender apertando os nós da trança.

— Hum-hum.

Contorno a cadeira e paro na sua frente. Seu peito sobe e desce desenfreado, denotando sua ansiedade. Sua pele se arrepia. Gosto de ver isso. Ainda nem a toquei. Meus olhos a medem e os bicos dos seus seios se mostram prontos para mim pela camiseta pontiaguda. Vejo-a sentada de pernas cruzadas, com os dedos próximos da sua feminilidade, e fico sedento ao imaginá-la se tocando.

— Você sabe o que um confeiteiro precisa para decorar o seu doce?

— De utensílios? Sacos de confeitar?

Sorrio da sua resposta.

— Saco é uma boa opção. Mas um bom confeiteiro precisa de um pincel.

— Pincel?

Linda! Ela fecha os olhos tentando se conter. Introduzo minha perna entre as dela cruzadas e as descruzo, posicionando-me bem no seu centro.

— Sim, o doce é meu e é com o pincel que pretendo enfeitá-lo e confeitá-lo para ser degustado.

Pego a lata da mesa. Ela imagina que vou usar a colher, mas está enganada. Agradeço por eu estar de calça de moletom e sem cueca. Meu pincel é mais prático. Abaixo a calça lentamente. Seus olhos se arregalam.

— Você não vai fazer isso!

— O quê? Isso?

Enfio meu pênis vigorosamente no doce de leite e ela sibila suspiros de aprovação.

— Que sorte a minha. Adoro churros! — Ela movimenta a boca inteligente e eu sorrio.

— Se você se comportar, prometo deixá-la provar o churro mais tarde. Por enquanto, estou trabalhando, e será no seu corpo que vou confeitar os meus desejos mais perversos.

Solto a lata na mesa. Meus pensamentos intrusivos tentam ditar regras, porém, desta vez, eles são vencidos pela luxúria que verte do meu corpo. Com uma das mãos, seguro a corda de trança do seu cabelo, e, com a outra, conduzo o meu pênis a fazer tudo o que desejo.

— Aprenda, pequena pupila, que um doce tem de ser besuntado por inteiro. Não pode ficar nenhum espaço sem ser preenchido.

Meu pênis lambuzado brinca em seus lábios, tocando-os. Ela tenta lambê-lo, e eu recuo.

— Você me ofereceu o doce. Não seja gulosa.

Sinto meu corpo todo vibrar vendo-a lamber os lábios.

— Deixe-me provar só um pouquinho. — Ela levanta a mão, e eu a impeço.

— Este doce está me dando muito trabalho. — O doce, no caso, é ela.

Puxo a toalha da mesa e derrubo tudo no chão, o que a faz gritar de susto.

— Olha a bagunça que você fez.

— A culpa é sua. Levante as mãos.

— Você vai me amarrar?

— Vou amordaçar também, se não ficar quieta.

A ideia de amordaçá-la é atraente. Jamais uma mulher despertou em mim tanta vontade de dominá-la. Os olhos, que demonstravam desafio há segundos, agora ostentam um brilho ansioso.

— Estou presa. — Ela move as mãos.

— Completamente!

Aperto o nó. Seguindo meus impulsos, não penso duas vezes e rasgo sua blusa. — Arrogante como a dona. — Passo a língua pelos lábios. — Seus seios são empinados como seu narizinho. Eles ficarão deliciosos lambuzados.

— Uau! Isso foi quente! — Ela vibra com a minha atitude, e seu gemido faz meu pênis pulsar ainda mais forte.

— Você não merece provar o meu doce antes. Meninas más não são dignas de recompensa. Essa sua boquinha atrevida precisa ficar quietinha.

Conduzo meu pênis à sua boca, sorrindo por ver seus olhos brilharem. Ela acha que levou a melhor. Atrevida!

Ela é inexperiente, e isso me excita mais. Essa inocência torna deliciosa a forma como Bya envolve seus lábios em torno das minhas veias pulsantes.

— Hum! Isso, minha linda pupila.

Sua boca deliciosa acolhe meu pênis cada vez com mais ímpeto. Ela chupa e suga com vontade, uma verdadeira miríade de prazeres. Sinto que vou gozar. Tiro o pênis da sua boca. Não quero traumatizá-la na sua primeira vez. Ela vai engolir meu líquido como sonhei, mas na hora certa. Não agora.

— O que um confeiteiro faz quando o pote de doce se quebra?

— Improvisa?

— Exatamente!

Lentamente deslizo meu pênis por seu pescoço, lambuzando-o com o doce que ela passou para me provocar.

— Foi bom você guardar um pouco do doce. — Latejante, meu membro ainda pede por atenção. Não resisto e brinco com seus seios empinados e tão preparados. A ordinária faz caras e bocas, morde o lábio, e eu vou à loucura.

— Isso é para você ver que não sou uma menina tão má.

— Você não é má. Para falar a verdade, é muito melhor do que imaginei! — Posiciono meu membro entre seus seios e aperto a tecla egoísta. Preciso estar na sua boca de novo. Preciso dos seus lábios carnudos me acolhendo. Torço seus mamilos pontiagudos entre os dedos.

— Ah! — Ela se arrepia e suspira. Minhas mãos se ocupam dos seus seios como uma concha. Encanto-me com a maciez e o tamanho perfeito deles. Ela os pressiona e aprisiona, e comprimo meu pau entre eles, masturbando-me: é a *espanhola* mais gostosa que já tive na vida! Com sussurros guturais, a ponta da sua língua lambe minha glande e a massageia com excelência.

— Que tal um pouco mais do doce?

— Sim. Vou adorar provar novamente este churro delicioso e saboroso.

Suas palavras são fundamentais para o meu deleite e, sem conseguir me controlar, libero meu jorro de prazer. Ela engasga, e uma lágrima escorre pela sua face. Mas não desanima. Muito pelo contrário: suga toda a minha extensão.

— Sua boca é deliciosa.

Não era para ser assim, mas o desejo encubado que sinto por ela há tanto tempo falou mais alto.

Satisfeito e saciado, é a vez de cuidar da minha pupila que guarda dentro de si uma devoradora deliciosa. Quero saciá-la até entorpecer.

Beatriz Eva

Quente! Simplesmente estou marcada pelo resto da minha vida. Estou dando pulos de alegria. Queria sair gritando pelo mundo minha capacidade de dar prazer ao homem que me cegou para todos os outros homens.

Não tenho muito tempo para raciocinar e já sou invadida e envolvida no prazer novamente. Ele é atencioso e habilidoso com os bicos dos meus seios enrijecidos. Senhor! Esse homem sabe seduzir. Fagulhas libidinosas explodem dentro de mim. Sua boca toma cada seio entre os dentes, mordendo e chupando, aliviando a dor mais deliciosa que já senti. Ele não rasga meu short de malha, apenas o põe de lado, e seus dedos me estimulam.

— Tão molhada e preparada para mim...

Seu hálito quente queima meus seios enquanto ele fala cada vez mais palavras sujas e deliciosas de ouvir.

Ao mesmo tempo em que não sou mais virgem e temo decepcioná-lo, fico pouco apreensiva em imaginar sua masculinidade enorme dentro de mim. Ele foi paciente e fez amor com meus lábios; seu membro quente foi a carne mais macia que já provei. Claro que ela se iguala aos seus lábios e sua língua, que são igualmente deliciosos.

Ele me faz sentir mulher. Sua mulher, sua pupila. Simplesmente sua.

Não tenho lembranças sexuais minhas, mas sei muito bem como as mulheres gritam excitadas nos filmes, e nunca imaginei proferir tantos sussurros e gemidos.

Pedro conhece cada parte do meu corpo como se tivesse projetado todos os pontos sensíveis nele. A cada toque seu, sinto meu ventre formigar; hoje sei o que é o desejo mais intenso. Tenho vontade de soltar minhas mãos e apertá-lo, para mostrar o quanto estou louca de excitação.

Esta é a palavra que domina o meu ser. Excitação. Intensa. No fundo, acho que me encontro muito além disso, e ele não alivia, provoca a beira da minha vulva com os dedos. Sinto-me espumar compulsivamente. Quero seus dedos dentro de mim. Meu corpo desliza pela cadeira ao encontro deles.

— Calma, minha pupila. Um doce delicioso tem de ser degustado sem pressa, mesmo que lhe falte a cobertura. Ainda tenho em minhas mãos o recheio mais delicioso que provei na minha vida. Você é muito gostosa.

— Faz amor comigo? — peço a ele, ávida de desejo.

— Já estamos fazendo, minha pupila.

Meu Jesus Cristinho! Acho que vou explodir de tesão. Um calafrio congela minha espinha. Vou morrer de tanto prazer. Não sei se consigo segurar o que meu corpo quer expelir. Ele explora todos os meus sentidos. Sinto meu corpo mudar a cada estímulo. Minha pele queima, ruborizada.

Ele me faz sentir bonita, sedutora.

O som que ele emite chupando meu corpo é o melhor estímulo auditivo que jamais sonhei.

Não! Sim! Acho que vou morrer nos seus lábios.

— Tão doce! — Uma lambida. — Perfeita! — Outra lambida. — Gostosa! Isso, meu anjo, contraia-se nos meus lábios.

Seus dedos se movimentam como nunca e eu grito com a sua língua dentro de mim, invadindo-me do modo mais delicioso e voluptuoso que jamais imaginei. Minhas mãos se libertam, o nó perfeito que ele deu se afrouxa com a intensidade da minha força.

Seguro seu cabelo. Tenho certeza de que minhas unhas se cravam nele. Estou tão perto! A vivacidade me leva a sentir o que jamais um dia imaginei sentir. Sua língua aprofunda-se dentro de mim; suas mãos afastam minhas nádegas para lhe conferir livre acesso e, com o polegar, pressiona todos os meus pontos mais sensíveis.

— Ah! — grito, falo alto sem pudor chegando ao êxtase do prazer e me sentindo realizada.

Ele me beija com o sorriso nos lábios.

— Hoje vou cuidar de você como merece. Lembra a primeira vez que tive de cuidar de você?

— Sim, eu me lembro de cada detalhe daquele dia.

Digo tudo rápido ainda me restabelecendo da adrenalina que acabei de viver. Depois de despertar naquele hospital e descobrir que não tinha memória, os acontecimentos passaram a ter outro significado na minha vida.

— Imagina como foi difícil dar um banho em você?

— Acho que não!

— Pois então se prepare, minha pupila, porque agora você vai tomar o banho mais quente da sua vida.

Mais uma vez surpreendida, pego-me suspensa no ar em seus braços.

— Eu deveria deixá-la assim, lambuzada, ao lado de um formigueiro, para você sentir na pele o quanto é dolorido sentir o corpo todo picado. Mas sou um formigão egoísta e tenho em mente lavar cada parte deste corpo delicioso.

Capítulo 14

Pedro Salvatore

Seu sorriso maroto é encantador! Sua surpresa a faz bater as pernas em protesto fingido. Sinto-me como um caçador sequestrando uma bugre perdida na mata. Não aguento a tentação de beijá-la e apertá-la nos meus braços.

O beijo sempre foi para mim um meio de estabelecer uma ligação íntima entre um casal. A troca de carinho ao encontro da sedução! Mas, com ela, o beijo assumiu para minha vida um sentido diferente. É como um chocolate para um chocólatra, uma droga para um viciado, a natureza para o ser humano. Já me sinto dependente dos seus lábios.

— Adorei a ideia do banho. Estou me sentindo como uma fita crepe.

— Fita crepe? — pergunto sério, mordendo a bochecha para não rir. Ela sabota toda a minha sanidade.

— Não que ficar grudada a você o resto da vida seria uma ideia ruim. Mas...

— Assim você acaba com a minha autoestima. Não posso ser tão mau para que não queira ficar grudada a mim. — Brinco com ela, enquanto empurro a porta do boxe com o quadril e abro a torneira do chuveiro, molhando-nos com roupa e tudo.

— Pedro?! Você disse que o banho seria especial.

— E será.

A sensação é tão boa. Nossos momentos juntos passam a ser pura curtição. Sinto-me leve, faço tudo por impulso, não dou atenção aos meus pensamentos. Minhas carícias em seu corpo são atrevidas. Deslizando seu corpo pelo meu, ponho-a de pé. Ela é como um fio desencapado que dá choques em cada parte do meu corpo. Não é difícil tirar pelos seus braços o trapo em que se transformou sua regata. Fico admirando sua perfeição.

— Se continuar me olhando assim, vou sentir a água ferver.

— Essa é a intenção. — Sorrio satisfeito.

— Você vai me dar banho com o short, assim como provou o doce na cozinha?

Sua defesa sempre foi o ataque. Conheço-a o suficiente para saber que está constrangida por eu estar mordendo o lábio encarando seus seios sem pudor.

— Não vai tirá-lo de mim?

— Não ficará uma peça em você. — Ordinária!

Ela me provoca colocando o cabelo para trás, exibindo seus seios empinados, tirando o excesso de água do cabelo que gruda nos seus ombros. Eu a detenho segurando firme seu rabo de cavalo.

— Beatriz, você está tentando me seduzir? — Puxo-a pelo cabelo, deixando-a cara a cara comigo. — Antes de tirar seu short, você vai tirar minha calça. Ela está pesada no meu corpo e incomoda o meu pênis duro como rocha.

— Tiro com prazer. — Ela se agacha lentamente. — É assim que pretende aumentar a temperatura da água? — Entendo sua pergunta.

— Vamos passar muito tempo debaixo dela, e logo isso aqui vai virar uma sauna. Agora faça o que pedi.

Não solto seu rabo de cavalo, e acompanho seus movimentos. Nada me alivia e ela ainda me dirige o olhar antes de levantar. Passa a língua pelos lábios, como se quisesse provar o que vê pela frente. É uma provocadora nata e roça seu corpo ao meu quando levanta, satisfeita por fazer minha ereção se mexer procurando por ela.

— Quando você sair daqui, sei que vai ligar o ar-condicionado no quarto na temperatura mais baixa. Sabe que isso faz muito mal para a saúde? Então, a água ficará em uma temperatura apenas desejável.

Ela sorri alto.

— Curioso que ainda não espalhou placas de avisos de saúde no meu quarto a cada vez que espirro. Quando é que vai parar de se preocupar até com o ar que respiro?

— Acho que nunca — digo, divertido. — Desculpa por pensar no seu bem-estar.

— Pedro, você faz muito mais do que pensar no meu bem-estar. — Ela morde os lábios insolentes, provocando.

— Hipócrita! Como é que posso pensar no seu bem-estar agora, se quando os desejos que tenho em mente é fazer com seu corpo coisas muito más?

Não sei quando foi a última vez que me senti tão feliz como uma criança em um parque de diversões. Meu olhar contemplativo vaga por seu corpo arrepiado. Rosados, seus mamilos me saúdam, enrugados, e endurecem quando mordo cada um deles.

— Já disse o quanto são lindos? — Rodeio os dedos pelas suas aréolas.

— Ainda não.

Sua voz sai como um suspiro. Não sei afirmar como minha ereção se dilata mais, parece que vai explodir em segundos.

— Deixe-me ver o quanto está a temperatura do seu corpo.

Intrometida, minha mão desliza pelo seu ventre e entra com facilidade no seu short. Ansiosa, ela encolhe seu abdômen para me dar livre acesso. Separar sua vulva já virou meu ansiolítico preferido para meus dedos loucos que se acalmam quando a invadem, escorregadia e quente.

— Para que água quente, quando seu corpo tem a temperatura exata?! — Brinco com a borda da sua abertura.

O banheiro vira uma sauna a ponto de derreter a maior geleira existente do planeta. Seu short dificulta descer por sua lombar e tudo acaba se tornando um desafio. Viro-a contra a parede e puxo cada pedacinho do tecido, mordendo cada parte da sua pele à mostra. Ela empina o bumbum para mim. Sua ousadia grafita em mim que ela será a minha perdição. Como a ética dos pichadores: jamais uma mulher será capaz de pichar em cima do grafite em que está desenhado ao meu desejo por ela. Tenho pressa de levá-la para minha cama. As brincadeiras tornam-se escorregadias, assim como o sabonete que desliza entre nossas mãos.

— Vamos sair. Nossos corpos estão ficando enrugados. — Seco-me e abro a toalha esperando-a.

— Ah! Não acredito! Você vai me enxugar?

— Tudo por você.

— Acho que, a partir de hoje, farei jus a ser chamada de mimada. — Ela sorri. — E não quero mais ser rotulada de pirralha. Afinal, você disse que serei a sua mulher. — Tapa a boca com as mãos.

Sua mulher? A expressão pesa nos nossos ouvidos. Vejo a dúvida em seus olhos. Não quero voltar atrás. Enrolo seu corpo na toalha e amarro a ponta entre os seios.

Minhas mãos deslizam pelas curvas do corpo que a toalha encobre. Antes de sairmos dali, preciso esclarecer alguns pontos. Não sou nenhum romântico à moda antiga para criar um ambiente propício a revelações.

Para mim, a verdade pode ser dita em qualquer lugar, e agora chegou o momento. Fecho a tampa do vaso e sento com ela no meu colo. Eu deveria manter minhas mãos longe dela, mas é impossível e, ao mesmo tempo, quero que ela sinta segurança em tudo o que vou dizer.

— Beatriz! Não sei o que acontecerá amanhã quando acordarmos. Tudo é muito novo para nós. Quero ser sincero com você. Nunca vou mentir para você sobre nós dois. Entendeu? — Ela balança a cabeça para cima e para baixo. Pela primeira vez desde que a conheci, vejo em seus olhos a atenção que preciso que ela tenha. — Quero que me responda com palavras, Beatriz.

— Entendi.

— Não sei ser de outro jeito e quero que você seja sincera comigo, também. Quando cheguei aqui ontem e vi que a sua promessa de ir embora era real, algo apertou dentro de mim. Não pensei direito. Apenas segui meus instintos. Desejo muito você! Desejo como o ar que respiro. E vejo pelo seu corpo que o desejo é recíproco.

Minha mão esquerda penetra por entre o vão da toalha e alcança suas pernas, deslizando-se até sua fenda.

— Somos adultos e, se cruzarmos esta porta sem deixarmos os pingos nos is, as coisas podem sair do controle e podemos nos magoar.

Afagando seu cabelo com a mão direita, indico a sua cabeça e deslizo a mão para seu peito, indicando o coração.

— São os pensamentos e sentimentos que fazem as coisas não darem certo. Conheço-a o suficiente para saber o quanto é intempestiva, mas não se engane: este passo que estamos prestes a dar tem de ser consensual! Mas, ainda assim, precisamos esquecer o passado. Não tenho medo de enfrentar o que o futuro nos reserva. Minha única preocupação é o seu bem-estar. Até hoje tivemos um relacionamento entre tutor e pupila. Ele não deixará de existir, e é exatamente neste ponto que tudo se confunde dentro de mim. Não quero magoar você. Quero fazer tudo direito.

Ela me cala com os dedos trêmulos nos meus lábios. Falei tudo como um conselho para ambos e sei que não tem mais volta, que tudo a partir daqui vai mudar.

— Me beija — peço, esperando que ela decida se deve seguir em frente ou não.

— Isso é uma ordem ou um pedido?

— Este beijo é a decisão se você quer ou não ser minha. Não quero que se engane. Já mostrei a você que não sou fácil de lidar. Não sou romântico tampouco um príncipe encantado. — Nos seus olhos, vejo frustração, brilho, fogo e paixão. Sei que, por trás desta armadura, existe uma gatinha frágil. Ela me fita séria; meus pulsos se contraem. Depois de horas ao seu lado, sinto o gosto amargo do desejo de me autoflagelar.

Acho que acabei forçando uma barra por medo de perdê-la. Meus olhos se fixam na sua boca esperando uma resposta. O que foi que fiz? Ela não para de me encarar. Por que ela tem de ser tão tentadora? Não falo por mim e a puxo nos meus braços. Minha língua invade sua boca sôfrega, meus braços a envolvem, e ela corresponde ao meu beijo enfiando seus dedos no meu cabelo.

Beijo-a como se fosse o último minuto dos meus dias, já que ainda não sei qual será sua decisão. Curto cada movimento; minhas mãos apenas a acariciam com ternura. Sei que o beijo tem um fim, porém o prolongo o máximo que nossa respiração permite.

— Se disser que tenho dúvidas, vai me beijar assim novamente?

— Não! Se você tiver dúvidas, nunca mais nos beijaremos. E esquece-remos este dia para sempre.

Seus olhos brilham, marejados. Considero esperar a resposta por se-gundos, abro a boca para dizer que temos todo o tempo do mundo, porém ela é mais rápida. Solto o nó da sua toalha.

— Se eu não for sua, não serei de mais ninguém.

Seu olhar se fixa no meu, vejo nele o amor que ainda não acredito ser digno de receber e faço a primeira coisa para ela se sentir querida: beijo-a. O sentimento crescente por ela me confunde. Não consigo impedir. Não es-perava gostar tanto dela assim. Bya é diferente, inteligente, engraçada. Bruto e urgente, levanto-me do vaso ainda com ela nos meus braços, apoiando seus pés no chão, e empurro-a na parede pressionando suas costas o tempo suficiente para encaixar meu corpo ao seu e explorar sua boca, provocando--a e saboreando cada movimento. Os lábios dela me convidam cada vez mais ao prazer. Se ela decidir que devo parar, precisará me impedir.

— Desejo você mais que tudo. — Olhando-a de cima a baixo, admiro seu corpo lindo e pronto para mim.

— E eu amo você mais que tudo. Agora, por favor, me beije.

— Se beijá-la novamente, você só abrirá os olhos quando estiver na minha cama. — Brinco.

— Pretensioso, posso abrir os olhos antes.

— Duvida?

— Acho que terei de ver para acreditar.

Beatriz Eva

Meu coração acelera. Ao seu lado, sinto-me mambembe, amadora na sedução. O homem exala erotismo até quando fala sério. *Chegou a hora, Beatriz. Não tem mais volta.*

Suspiro. Como esperei por este momento! Ele puxa minha mão pelo seu quarto adentro. Tudo o que me disse me deixa consciente que o amanhã é muito incerto. No fundo, sinto medo de decepcioná-lo por eu não ser mais virgem, mesmo ele me assegurando que isso é irrelevante; porém, dentro de mim, quero que ele seja o meu primeiro homem de direito. Não sei como nem quando, mas ele conseguiu ligar o som no quarto.

Encontro-me ansiosa. É como se tivesse esperado a vida toda por ele, uma sensibilidade excruciante me domina. Seu olhar é sexual, e todos os meus sentidos se convergem a serem dele. Com um apelo silencioso, ele desliza os dedos nos meus braços.

— Dança comigo, linda pupila?

— Se eu danço?

Acho que estou dançando ao seu lado desde o dia que o vi, penso comigo, enquanto Jason Mraz toca "Love someone". Meu corpo acompanha o seu em um dueto de pele com pele; sua voz suave cantarola o refrão. Não há uma célula do meu corpo intacta; todas estão emocionadas e arrepiadas. A alegria brota de dentro de mim, ele me transforma em um botão de rosa pronto para desabrochar, calçando-me como sapatilhas para poder andar sobre as nuvens. Cada movimento é sensual e vivo; o balanço dos nossos quadris tem a sintonia perfeita.

> *Love is a funny thing*
> *Whenever I give it, it comes back to me*
> *And it's wonderful to be giving with my whole heart*
> *As my heart receives your love.*

— Hoje vai ser calmo e sem pressa. — Incapaz de resistir, suspiro fundo. Pronta para ser seduzida, jogo a cabeça para trás enquanto seus braços me conduzem ao som da melodia. Erro o passo e ele me corrige. — Vou cuidar do seu corpo como ele precisa. — Ele me puxa mais para perto de si e grunhe em meus ouvidos como um lobo faminto. — Não será sempre assim. — Ele me rodopia e me prende novamente em seus braços. — Gosto do sexo carnal, vivo e sem reservas.

Suas promessas de prazer me dão esperanças. Ele disse que temos um futuro, mesmo sem qualquer previsão de como vai ser. Acho que os astros estão em conflito com o nosso amanhã.

Oh, ain't it nice tonight we've got each other?
And I am right beside you
More than just a partner or a lover
I'm your friend.

Estudo cada carícia enquanto ele canta e me rodopio em seus braços. Seu corpo nu mostra o quanto me deseja; minhas mãos tateiam seus músculos do peito em um balançar delirante. Se ele quer me devorar, estou pronta para ser devorada. Por mim, pode ser carnal na nossa primeira vez, mas me emociono como ele cuida do meu corpo. Estou quase me jogando na cama de pernas abertas. Ele desliza o dedo pelo meu ventre e chega à minha feminilidade. A cada roçar dos seus dedos em mim, um frio percorre minha espinha.

When you love someone
Your heartbeat beats so loud
When you love someone
Your feet can't feel the ground
Shining stars all seem
To congregate around your face
When you love someone
It comes back to you.

A troca de carinho é lenta e crua, e em um piscar de olhos estou deitada na cama. Meu peito sobe e desce.

— O que acontece agora? — pergunto atrevida.

— Tudo o que você permitir. — Ele beija meu ventre, posicionado no meio das minhas pernas.

— Isso significa tudo?

Com ele debruçando em cima de mim, delicio-me com seu cheiro masculino. Ele roça os lábios no meu ouvido.

And love is a funny thing
It's making my blood flow with energy

And it's like an awakened dream
As what I've been wishing for, is happening
And it's right on time.

— Isso significa que seu desejo é uma ordem. — Ele me provoca, brincando com a minha orelha. — Mas é melhor esperar. — Ele faz meu corpo latejar passando a língua por toda a extensão do meu pescoço. — As preliminares são necessárias. Não quero machucá-la. Acredite em mim: quero me abrigar em você mais do que imagina.

Boca suja, vem para mim que me apaixono mais.

Meu corpo arqueia-se voluntariamente. Tenho fome de sensações e não me importo de sentir qualquer dor. A euforia que sinto entre as pernas não desaparecerá sem mais nem menos.

— Esperei tanto por isso! — Termino de falar e sinto-me tímida. Ele me encara e percebe que, no fundo, por mais que eu tente ser ousada, ele ainda me intimida.

Oh, ain't it nice tonight we've got each other
I am right beside you
More than just a partner or a lover
I'm your friend.

— Não precisa mais esperar. E não precisa ficar vermelha a cada vez que deseja falar o que sente. — Ele é impetuoso. Raspa sua barba por fazer em toda a minha pele. — Aqui na cama, quero que me dê o seu melhor. — Sua boca chega ao meu ponto sensível e ele não é gentil como prometeu: crava seus dentes sobre o bico do meu seio que implora por sua atenção. — Não me importa se é descarada! — O som abafado das suas palavras sai quando ele alivia os dentes e lambe a carne dolorida. — Sem pudor. — Outra lambida. — Ou tímida. Apenas seja você.

Mesmo com um pouco de vergonha e temerosa, digo o que meu corpo pede.

— Meu corpo precisa do seu.

— Ele já o tem! — Ele dá um sorriso rouco, e eu levanto a pelve, traduzindo exatamente o que meu corpo quer dizer. Ele se esquiva e me provoca com a língua contornando meu umbigo. Nossa Senhora das Pupilas, será que vou ter de soletrar para ele? Eu quero você dentro de mim!

— Você está se oferecendo para mim, Beatriz? Já disse que as preliminares são importantes. — Ele volta a se debruçar sobre mim, sorrindo. — Você me quer dentro de você, Beatriz? — Sua ereção resvala lisa e quente nos meus grandes lábios, pressionando meu clitóris. — Sinta como estou duro e pronto para você.

Tremo quieta diante da expectativa do que virá. Tenho vontade de responder que ele também está se oferecendo para mim. Mas meu silêncio o afasta.

— Não! — Arranho seus braços quando ele finge abandonar meu corpo e tira seu membro de mim. — Eu aguento esperar estas tais preliminares.

— Melhor assim! — Sua boca desce pelo meu corpo, chupando e mordendo meu colo e meus seios. Não aguento mais tanto sofrimento prazeroso. Seus lábios torturam cada parte de mim. — Quero suas pernas assim, abertas e dobradas. — Ele me deixa exposta e vulnerável.

— Ah! — clamo desesperada quando seus dedos separam meus grandes lábios e sua língua cálida lambe toda a extensão da minha vulva. Meu corpo entregue a ele se adapta ao que for que ele esteja me preparando.

— Prontinha para mim!

— Sim, totalmente — repito como um mantra, enlouquecida, desejando-o até o fundo de mim. Para meu deleite, concentro-me a cada sensação, e ele é implacável. Segue alternando com lambidas e chupões. As ações da sua boca sobre mim são sobre-humanas.

— Ah! — solto, sentindo-me chegar à explosão dos sentidos por um fio.

Ele abandona meu ventre e vem até mim, levantando com o dedo o meu queixo para olhá-lo nos olhos. Minhas bochechas pegam fogo.

— Vou pôr a camisinha para protegê-la.

Assim ele faz, rasgando o plástico laminado nos dentes, encarando-me cheio de promessas íntimas. Sua masculinidade é roliça e rígida; posso dizer, gigante. Nunca mais verei uma veia na minha vida sem deixar de lembrar das veias dilatadas do seu membro. Ele se ajeita entre minhas pernas e profere cada ação eroticamente encaixando sua ereção. É lá onde deve estar.

— Sinta como me encaixo perfeitamente em você. Porra, Beatriz, você está molhadinha! — Sua masculinidade rígida grande e grossa me penetra lentamente. Ele brinca em um vaivém torturante. Tremo, contraio-me, tudo ao mesmo tempo, molhada e escorregadia, quero mais, sigo extasiada no seu ritmo intenso.

— Mais — suplico.

— Assim? — Sinto-o me rasgar e uma dor aguda se fazer presente. Uma lágrima escorre pela minha face e ele recua seu membro para a beira da minha abertura. Por segundos me encara e, com a ponta do dedo, recolhe a lágrima. É um silêncio ensurdecedor. Sinto seu membro pulsar na minha abertura e, em resposta, meu corpo arfar em sua direção, incentivando-o a continuar. — Estou esperando para rompê-la, Beatriz. Vai ser dolorido, mas também intenso e prazeroso para você.

Seu recuo parece ilícito, e suas palavras sujas fazem meus nervos internos se contraírem excitados. Ele sente e volta a me penetrar levemente em um movimento de vai e vem da ponta do seu membro até a barreira que o impede de ir até o fundo.

— Então rompa-me. Sou só sua! — Ele demora, deleitando-se à espera do momento certo. Meu corpo responde e finalmente o sinto fundo dentro mim.

— Você está me abrigando por completo. Veja como fui projetado para caber certinho dentro de você!

Como fogo se alastrando em palha seca, ele se movimenta lentamente e meu corpo incendeia por completo. Dói, arde, faz cócegas tudo ao mesmo tempo.

A dor leve se transforma em uma pequena ardência, nada que incomode o desejo do quanto o quero fundo dentro de mim. Ele é cuidadoso, mas eu sou gulosa e, assim, enlaço minhas pernas no seu quadril, incentivando-o a seguir o seu ritmo. Ele acelera, tira seu membro e introduz até o fundo por diversas e intensas vezes. Tenho atenção completa das suas mãos que manobram a cada curva do meu corpo.

— Pedro!

— Beatriz! Vem, minha pupila!

Ele acelera o ritmo mergulhando dentro de mim, e a mesma explosão de vontades e desejos sem inibições faz cócegas por todos os meus nervos. Minhas unhas cravam-se nas suas costas e, quando menos espero, tudo explode dentro de mim com um ápice de prazer. Ele pareceu estar me esperando, pois, praticamente ao mesmo tempo, ele geme meu nome com um suspiro e cai em cima de mim.

Muito tempo se passa até que nossas respirações se restabelecem. Ele puxa meu corpo para cima do seu. Ele me fez de relógio e tirou todo o meu atraso.

— Você é um grande presente que a vida me deu.

— Achei que você nunca iria me desembrulhar.

Ele sorri.

— Esta sua boca ainda vai lhe render umas boas palmadas.

— Isso é uma ameaça? — Brinco, ousada.

— Não, é uma promessa.

Capítulo 15

Beatriz Eva

Plim! Plim! Plim!

Isso é um alarme? Agora não, por favor. Estou no meio de um sonho lindo.

Plim! Plim! Plim!

Sim. Esse é o alarme do meu celular avisando que são 5h55.

Já é de manhã? Abro os olhos e sinto meu corpo todo dolorido. A cama em que adormeci não é a mesma na qual acordei.

Este é meu quarto.

— Por que estou aqui? Como vim parar aqui?

Abraçada a um travesseiro, puxo minhas pernas e me ponho em posição fetal. Sinto doer músculos de partes do meu corpo que nunca imaginei existirem.

E lá embaixo... Dói?

Sim, e como. Não sei se choro de alegria, de dor ou de alívio por acordar e lembrar nitidamente quem foi o causador desta dorzinha chata. Melhor ainda não ter sido um sonho.

— Pedro? — Viro o corpo para o lado esquerdo e percebo que a cama está perfeitamente arrumada. Só então me dou conta de que dormi sozinha.

Será que ele me trouxe depois que adormeci e que fizemos amor mais duas vezes?

Nossa noite foi linda. Olhamo-nos em silêncio, e nos seus olhos vi ternura e respeito. Suas mãos impulsivas não paravam de me tocar. Ele cuidou de mim e posso dizer que foi muito romântico, cuidadoso e me fez muito carinho até eu adormecer. Porém, no fundo, sinto uma frustração tamanha por não acordar nos seus braços. Por que será que ele me trouxe para meu quarto?

— Eu e o Pedro fizemos amor! — Comemoro. — O Pedro foi o primeiro homem da minha vida.

Minha Nossa Senhora dos Presentes Embrulhados e dos Lacres Rompidos, sorrio lembrando como ele foi ogro e sensual ao mesmo tempo.

— Estou esperando para rompê-la, Beatriz. — Eu o imito com a voz rouca feito trovão. Tão fofo! Fofo uma ova! Choramingo sentindo as dores no meio das pernas. Ele é grande e grosso, isso sim, mas sabe mexer. Na hora, eu só quis virar os olhinhos, nem imaginei o que sentiria depois. Fui prevenida e não o deixei em paz, e não foi por falta de advertência.

— Minha pupila, sente como você me deixa? — Ele segurou firme na minha mão e a moveu para cima e para baixo por toda a sua ereção. — Sinta como estou duro e pronto para você, mas você deve estar dolorida. Precisamos ir com calma. — Calma!? Como é que ele esperava que eu ficasse assim? Segurar seu membro pulsante na minha mão me fez insana. Cubro o rosto com o travesseiro, envergonhada em lembrar que, de calma, não fui nada. Repeti os movimentos das nossas mãos e montei nele com toda a fúria lasciva que suas veias despertaram no meu ventre, até nos levar ao êxtase.

Meu coração parece criar asas e voar pelo meu peito. Sinto um turbilhão de emoções, todas misturadas como uma salada de frutas. Meu corpo estremece. E agora? O que eu faço?

Antes eu sabia estar pisando em terreno minado e onde estava cada bomba, mas agora o mapa mental desse terreno virou um borrão. Medo de dar um passo em falso e mandar tudo para os ares.

O alarme toca mais uma vez, e eu o desligo rapidinho. Não quero começar o dia tomando bronca por tê-lo deixado tocar diversas vezes antes de me levantar. Tenho suas broncas decoradas na minha mente.

— Beatriz, você pode fazer o favor de programar seu celular para o horário exato? Não precisa acordar o prédio inteiro com toques a cada cinco minutos.

Espreguiço-me lentamente e levanto me da cama dolorida, mas ainda muito satisfeita e sensível por lembrar-me de cada toque seu. O homem simplesmente marcou cada pedacinho do meu corpo com uma recordação viva.

Tomo banho em minutos, troco-me em segundos e, quando vou abrir a porta do quarto, paraliso. Não preciso ser nenhum esfigmomanômetro para saber que minha pressão subiu nem ser um holter para sentir a arritmia do coração.

— Como é que vou olhar para a cara do Pedro agora?

Claro que a minha vontade é de enfiar-me na cama com ele, mas não sei qual seria sua reação. Ou beijá-lo no corredor, caso encontre com ele.

Ai! O que faço? Definitivamente, não sei.

Abro a porta e ando levemente como se estivesse sobre as nuvens.

Toclof. A onomatopeia do som do único taco de madeira solto no corredor me denuncia.

Meleca! Por que não me lembrei desse taco?

Fico imóvel feito estátua, atenta para ver se ele ouviu meu passinho de elefante. Nada. Tudo quieto. Geralmente, nesse horário, ele está na cozinha preparando meu café. Ele nunca me deixa sair sem comer alguma coisa. Só não sei se a partir de agora verei com outros olhos tudo o que ele preparar. Talvez essa excitação toda que sinto por ele seja indevida, mas é fato que meu peito palpita a cada vez que penso em Pedro.

Lentamente, levanto o pezinho e mudo o passo. Não entendo por que tanto receio. Beatriz, claro que você sabe o porquê. Você está com medo da rejeição. Lidei tanto tempo com ela e agora parece haver outro sentido; não sei se vou suportar vê-lo me tratar apenas como sua tutelada.

Entro na cozinha e solto o ar preso no peito. É um alívio não vê-lo ali. Mas há uma surpresa. Sobre a mesa, um café da manhã preparado e, ao lado da xícara, um bilhete dobrado em forma de flor.

— Pedro? — chamo-o baixinho.

Nada, só silêncio. A jarra de suco está suada. Ou seja, ele foi feito há pouco tempo. Em cima da mesa, há de tudo: geleia, torradas, requeijão. Não resisto e abro o bilhete antes de comer.

> *Bom dia, Beatriz.*
> *Infelizmente não pude esperá-la hoje com tapioca e* doce de leite.
> *Boa aula.*
> *Vemo-nos no escritório.*
> *PS*

Madrugou, hein, gostosão? Levo o bilhete ao peito. Meu Alf ETeimoso é muito fofo. Fico muito feliz com a singela mensagem. Parece que ela torna o ar mais leve. Suspirosa e motivada, mando uma resposta para ele.

Pedro Salvatore

Qualquer coisa que fuja à minha normalidade me assusta. Até ontem, tudo o que tentei fazer foi viver na zona de conforto. Conviver com o TOC foi predominante para mim. Ainda criança, até respirar me incomodava: mesmo fresco, o ar parecia denso. Enquanto alguns amigos brincavam com as partículas do ar no reflexo da luz, eu fugia delas, tinha medo da alergia, de uma contaminação à minha volta. Somente na adolescência foi fácil conseguir camuflar esse transtorno. Na infância, foi complicado, e hoje, por mais maduro e preparado que eu me sinta em relação ao TOC, temo a reação da Beatriz quando ela conhecer este meu lado obsessivo-compulsivo.

Olho para a planta baixa de um projeto em andamento sem conseguir me concentrar. Aliás, não consigo me concentrar em nada. Meus pensamentos vagueiam volta e meia para aquela pequena atrevida que virou minha vida de pernas para o ar.

Trepar com ela foi menos importante do que tê-la em meus braços. O contraste da sua cintura fina com as nádegas redondas e bem delineadas vem à minha mente, e meu pênis instantaneamente fica duro como pedra. Penso nela e, por ironia do destino, o celular acusa uma mensagem.

> *PS.: O sanduíche está delicioso, mas senti falta do doce de leite. Churro virou meu prato principal. Bom trabalho.*
> *Bya*

Jogo a cabeça para trás e rio. A mistura da sua inocência com o atrevimento da sua língua a torna deliciosamente ordinária.

— Se ela soubesse o quanto me faz querer ser melhor... — Sorrio, ainda pensando como é bom lembrar-me dela a todo instante. Ontem, quando ela foi buscar água e voltou corajosa de si parando na porta do quarto a me encarar, minha ereção criou vida e, quanto mais ela me olhava, mais provocante decidi ser. Empunhei meu pênis com a mão fechada, vi seus olhos se arregalarem e as mãos soltarem o copo a meio caminho da boca, derramando o líquido por sobre seu corpo. Uma trapalhada deliciosa. Sem graça, ela disfarçou deslizando os dedos sensualmente pelo corpo, e confesso: mesmo sabendo do seu desconforto, foi a cena mais erótica que já vi. Entrei no jogo. Encarei-a corajosamente.

— Que diabos, Bya! A água era para matar a sede ou seu fogo?

— A sede. — Ela mostrou a língua, mas não para o jogo de sedução.

— Parece-me que os dois. Você já foi mais corajosa em dizer a verdade.

— Está desdenhando de mim? — Suas faces vermelhas a entregaram.

— De jeito nenhum. Para falar a verdade, estou adorando vê-la se tocar.

— Você gosta do que vê? Gosta de ver meus dedos deslizarem pelo meu corpo?

— Uma cena adorável. Sabia que fica linda quando é desafiada? E mais linda ainda quando, mesmo envergonhada, continua querendo me provocar?

— Não.

— Não mesmo? — Eu me masturbo e pressiono a cabecinha, espremendo uma gota de mim, para que ela veja. — Você é um pecado dos deuses! — A penumbra da luz do corredor que refletiu no seu corpo me ajudou a vislumbrar como ela ficou arrepiada.

— Pecado?

— Um doce pecado. O que acha de vir até aqui e me deixar substituir suas mãos pela minha língua?

— Ir até você? — Ela engasgou com as palavras quando ameacei levantar da cama.

— Sim. Venha, Beatriz! Você me deixou sedento. Venha matar minha sede. — A água gelada amenizou a secura, mas o que me saciou mesmo foi chupá-la até seu prazer.

Quando ela adormeceu nos meus braços e a adrenalina baixou, dei-me novamente o dogma da minha responsabilidade.

Desejo ser para ela o homem dos seus sonhos. Aquele que a aquece no frio, aconchega no colo quando se sente desprotegida e, principalmente, que a ampara e a acolhe para nunca se sentir só.

Não tenho de dúvidas que ela chegou à minha vida para ficar. Só que não sei como fazê-la ficar sem se assustar com os meus transtornos. Como posso exigir que ela compreenda algo que nem mesmo eu consigo? Sinto por ela um grande magnetismo, mas, ao mesmo tempo em que me tranquiliza, também me atormenta.

Era para eu ter adormecido no conforto que meu coração sentiu, depois de receber dela o maior presente da minha vida, mas não. Meus pensamentos intrusivos foram mais cruéis e me torturaram. Por diversas vezes ao longo da noite, acendi a luz do quarto para certificar-me de que ela estava adormecida ao meu lado como um anjo.

Está muito escuro. Acenda a luz e veja o quanto ela é linda.

— Não vou levantar — ralho com meus pensamentos.

É melhor acender a luz.

E assim fiz por diversas vezes. A razão falou mais alto, e da última vez, ela se mexeu na cama. Por mais que meu coração quisesse que ficássemos juntos, achei necessário levá-la para seu quarto.

Agora estou aqui me corroendo de curiosidade, imaginando o que ela deve ter pensado quando acordou e percebeu não estar na minha cama, e ainda o que achou quando não me encontrou pela manhã. Outra decisão que achei pertinente tomar, uma vez que não consegui dormir e fiquei vagando a noite toda com manias e tiques.

Bato na mesa com a mão fechada.

Será sempre assim? Será que deixá-la ir embora não teria sido a melhor opção?

— Melhor opção o caralho. — Rolo a tela de contatos no visor do celular e encontro o telefone da minha psiquiatra. Não penso duas vezes. Sei que a terapia é necessária, mas só isso não vai me ajudar. Preciso me consultar com a médica, também.

— Olá! Você ligou para o consultório da dra. Izabel. Nosso horário de atendimento é de segunda a sexta, das 9h às 18h. Deixe seu recado e retornaremos assim que possível.

— Aqui é Pedro Salvatore. Gostaria de agendar um horário. — Mal termino a ligação e vejo no visor o nome do Marco.

— Olá, Pedro.

— Oi, Marcão. Como estão as coisas?

— Muito bem, e com você? — *Tirando o fato de que estava ligando agora mesmo para minha terapeuta, estou bem,* penso comigo — Parece que, da última vez em que nos vimos, você estava bem distraído.

— Coisas da sua cabeça, amigo! Acredite em mim.

— Já disse que, quando sentir vontade de conversar, estou aqui.

— Eu sei disso, mas, não tenho nada para falar, mesmo.

— Hoje recebi dos médicos uma lista dos equipamentos que preciso comprar para adaptar o quarto da Vitória. Será que pode me ajudar na compra deles?

— Será um prazer! Mande a lista por e-mail que vou ver o que consigo. Não quero desanimá-lo, mas alguns aparelhos hospitalares importados demoram meses para chegar.

— Faço o que for possível para o bem-estar da minha princesa.

— Assim que tiver uma resposta, eu ligo para você.

— Estou enviando a lista agora. Obrigado, Pedro.

— Não por isso! Abraço.

Ele é breve e eu, mais ainda. Conheço-o o suficiente para saber que, quanto menos falar, melhor. O Marco já está cheio de neuras. Não precisa mais das minhas. Além de tudo, precisa se dedicar à filhinha, que nasceu com anencefalia.

Em instantes, recebo seu e-mail. Para mim, o dia está totalmente arruinado. Não consigo me concentrar em nada. Para fazer o tempo passar mais rápido, como se não tivesse nada para fazer, resolvo checar diversas vezes se a fechadura do escritório das maquetes está realmente consertada. Há dias encomendei o reparo, porém só hoje fui verificar. Meus pensamentos são assim: pedem-me para registrar uma atividade por diversas vezes.

Antes de sair do escritório, envio uma mensagem para Bya:

> *Gostei de saber que seu doce preferido é churro. Isso me desafia a querer apresentá-la a novas iguarias.*
> *Janta comigo?*
> *PS*

Pego minha pasta e, antes de sair, meu celular vibra.

> *Missão impossível! Estou praticamente viciada. Aguardo ansiosa para conhecer sua nova iguaria.*
> *Bya.*

Sorrio e respondo.

> *Viciada em churros ou em doce de leite?*

A resposta é automática.

> *Em você.*

Ela quebra as minhas pernas. Essa pequena pupila vai me levar à morte.

Beatriz Eva

Contei os minutos da manhã, xinguei os segundos de todos os nomes, mas a hora não passou.

Respondi a todos os interrogatórios possíveis do Beggo e da Elaine. Claro que o Beggo mais me xingou do que me ouviu, porque não dei notícias. Quer dizer, ele xingou até ouvir a Elaine suspirando.

— Você o quê?

— Era virgem?

— Virgem santa, que buraco fundo, isso sim.

— Elaine, consegue a condicional para mim, se eu matar uma libélula linguaruda?

— Beggo, como você é maldoso. Será que você não percebe que essa possibilidade é bem plausível depois de tudo o que aconteceu com a Bya?

— Plausível sim, aceitável nunca. Ela demorou foi muito. Coitado do tiozão! Que trabalheira ele deve ter tido, hein? — Faço careta para ele. Tiozão é o raio que o carregue. — Se eu soubesse disso antes, já tinha cuidado dessa pureza faz muito tempo com a minha britadeira.

Eu ouvi isso?

— Chuta, Bya, que é macumba! — A Elaine zomba e eu emendo.

— Sai pra lá, urubu de penacho vermelho. Aqui nesse terreiro, você não passa por galinha preta.

— Maltratem mesmo! — Ele leva as mãos ao peito, dramatizando. — Também amo vocês duas. Agora chega de enrolar e nos conte como o esquadro do tiozão gabaritou a sua pureza. Porque, vamos combinar, o cara é arquiteto, e estamos cansados de saber quais as principais ferramentas de um: olho para ver, mente para pensar em fazer coisas gostosas e mão para representar tudo o que os olhos e os pensamentos têm em mente. Segure-me, tiozão, que meu corpo é todo seu para receber um rascunho de projeto!

— Detalhes, não.

O Beggo simula uma facada no peito, com um sorriso maligno.

— Então conta só os sórdidos.

Contei o essencial. O restante deixei imaginarem. Só porque eles sabem há quanto tempo sou apaixonada pelo Pedro e porque estavam em casa depois de toda a confusão que arrumei. E, claro, porque não quero que eles considerem essa história como *A dama e o vagabundo* ou "a mocinha e o bandido". No intervalo entre uma aula e outra, agradeci aos céus pela troca rápida de professores. Assim, evitei mais conversas paralelas sobre a minha intimidade.

No escritório, mais uma vez sinto-me carente. Consigo adiantar alguns projetos e faço algumas ligações.

O telefone quase não toca. Nossos clientes geralmente são indicados por outros, mais ativos, que costumam ligar no celular. Porém, hoje, uma mulher estranha ligou duas vezes para o Pedro. Confesso que fiquei intrigada, mas fui profissional e segui os conselhos do Pedro de não confundir as coisas. Lição dada é lição aprendida! Posso me corroer de curiosidade, mas não pergunto ou especulo mais sobre nenhuma cliente feminina dele, depois da confusão que fiz aquela vez. Agora, prefiro viver na incerteza que fazê-lo perder mais um contato.

Tenho total liberdade para sair do escritório a qualquer horário, se precisar, porém saber que o Pedro está fora checando algumas obras faz com que meu senso de responsabilidade me prenda ali até o fim da tarde. E, assim que desligo o telefone, arrependo-me por ter ficado até o último minuto.

— Salvatore Arquitetura, boa tarde.

— Alô, o Pedro, por favor. — É a voz azeda novamente.

— Ele não está. Não retorna para o escritório hoje. Gostaria de deixar recado?

— Diz para ele que a Izabel Pinheiros retornou sua ligação. — Levanto a sobrancelha em alerta. — Ele me ligou logo cedo e não pude falar com ele.

— Ah! Ele ligou? É algum projeto pendente?

— Não. É particular. — *Particular?* — Diz apenas que estarei aqui amanhã o dia todo. Se ele quiser, pode vir direto. Eu espero.

E posso saber onde? Tenho vontade de gritar ao telefone. Minha raiva é tamanha, que não duvidaria de que, se ele aparecesse na minha frente agora, eu o transformaria em um eunuco.

— Pode deixar que dou o recado pessoalmente. — Desligo o telefone bufando.

Então é assim? Ele passa a noite inteira comigo e é para a Izabel que ele liga logo cedo?

Ele me convidou para jantar? Pois, então, prepare-se, Pedro. Também sou uma renomada *gourmet*. Sei preparar pratos interessantíssimos. Uma verdadeira iguaria quente: churros recheados com pimenta-malagueta. Uma receitinha insana, em que a cozinheira puxa a pele que cobre o ingrediente principal e deposita ali grãos de pimenta, decorando com uma salpicada de pimenta-do-reino.

Em cada ombro, há um anjinho sussurrando no meu ouvido. Um dizendo para eu não tirar conclusões precipitadas; o outro dizendo que ele é um safado para quem nossa noite não significou nada. Adivinha qual é o anjinho que ouço?

Capítulo 16

Pedro Salvatore

É assim que sei ser.

Tarde produtiva. Encontrei quase todos os equipamentos e móveis que o Marco me solicitou. O cara vai desembolsar uma nota preta. Sei que a condição financeira dele é confortável, porém me senti na obrigação de ser solícito para não se ater em me solicitar qualquer coisa, caso necessário. Amo aquela estrelinha como se fosse uma sobrinha! Ao contrário de muitas cabeças pensantes que não me passam nenhum tipo de emoção, ela é diferente, mesmo sendo uma criança anencéfala. Consigo ver sua força para viver; é uma pequena guerreira que vem ensinando para a medicina e todos nós que a vida tem seus segredos e mistérios. Sempre saio renovado e esperançoso depois de cada visita que faço a ela. Durante os últimos meses de vida da minha mãe, poucas vezes ela proferiu algumas palavras. Mas foi nos seus olhos que vi o verdadeiro amor! A pequena Vitória sempre demonstra garra em viver, enquanto nos olhos da minha mãe vi a vontade de morrer. Contraditório, não?

Em casa, barbeado e de banho tomado, volto constantemente ao banheiro para me certificar de que o chuveiro está mesmo fechado. Retomo nas lembranças a minha primeira noite com Bya. Como estava linda e livre para amar! Como queria ter dito a ela o que meu coração estava sentindo, porém achei prudente guardar esse segredo para outra ocasião. No fundo, sei que é muito romântico dizer palavras doces a uma mulher na hora do sexo, mas não é assim que funciono. Vi todo o sofrimento da minha mãe. Ela se apaixonou por um homem que declarou sentimentos falsos, só para agradá-la e conseguir o que queria. O verme conseguiu e a impediu de ser feliz pelo resto da vida. A Beatriz merece mais do que isso. Quero demonstrar para ela os meus sentimentos com atitudes. Cuidando dela e respeitando, como acho que deve ser. Mas... Isso parece egoísmo da minha parte.

Cara! Ela disse que ama você. Sim, e é justamente por isso que quero que ela viva o amor, em vez de apenas senti-lo.

— Pirralha da minha vida, como desejo fazer você feliz! — Deparo-me falando com a tela que tem seu perfil desenhado a carvão, lembrança que comprei para ela em uma feira cultural. — Você ainda não sabe, e também lutei contra isso por muito tempo, mas, em muitos aspectos, você é a primeira mulher na minha vida. É a primeira a me fazer querer ser melhor. É a primeira a invadir meu coração e ainda ocupá-lo espaçosamente, permitindo-o apenas bombear o sangue por todo o meu corpo para convergir à paixão imensa que venho sentindo por você! — Sorrio lembrando-me da sua espontaneidade ao posar para o artista que conseguiu plasmar toda a sua impulsividade para a imagem.

Com a manhã agitada, nem vi que o celular descarregou. Passei a tarde praticamente mudo, e sem poder carregá-lo, porque estava de moto.

Após carregá-lo, vejo as mensagens, e há diversas da Izabel. Gosto da presteza da minha psiquiatra. Desde o início, simpatizei com ela. Quer dizer, fui temeroso com a prescrição medicamentosa que ela me passou logo na primeira consulta. Mas, pacientemente, ela me convenceu de que só a terapia não adiantaria e de que o objetivo era meu bem-estar.

A palavra "psiquiatra" para mim sempre foi um assunto delicado. Cresci ouvindo insultos e incompreensões daquele verme... Enfim, este é um assunto morto. Não quero pensar nem falar sobre ele. Por essas e outras, afastei-me da Izabel. Ela sabe que quando a procuro é porque estou no meu limite, e, como boa profissional, não mede esforços para me atender.

Izabel (14h42): Olá, fujão. Você me ligou?

Izabel (15h25): Não consegui falar com você no celular; então, liguei também para o seu escritório. Se precisar, estou por aqui.

Izabel (17h15): Adorei sua secretária; ela é simpática e investigativa. Infelizmente, não consegui encontrá-lo, mas, se precisar, é só chamar.

Será que ela falou para Beatriz que é minha psiquiatra? Respondo de bate-pronto, preocupado.

Pedro: Como me chama de fujão? Sabe todos os meus números? Você tem um horário para mim?

Sinto-me à vontade com a dra. Izabel. Suas consultas nunca são maçantes. Ela tem o dom do entrosamento, e isso me ajudou muito, pois, para mim, a medicação era uma alternativa que não me cabia bem. Hoje, sei que ela mais me ajuda que me torna dependente. Prova disso é que estou há cinco anos sem tomar nada. Mas sinto que é chegada a hora de retomar o tratamento. Rolo a tela para baixo, atraído por novas mensagens.

Entra a resposta de Izabel.

Izabel: Não costumo laçar meus pacientes fujões. Quando você quer me ver?

Pedro: O quanto antes.

Ela demora alguns minutos e responde.

Izabel: Amanhã, às 14h30?

Pedro: Pode ser mais para o fim da tarde? Tenho cliente próximo a esse horário.

Izabel: Às 19h?

Pedro: Perfeito.

A Cida deixou tudo pronto. Não pedi nada especial para não levantar suspeitas; apenas liguei e informei que eu e a Bya jantaríamos em casa. Sorrio pensando o quanto devo ter parecido patético, pois a Cida sempre deixa o jantar pronto para nós dois. Até a mesa ela deixa posta. Vou à cozinha bisbilhotar o que ela preparou e, para minha surpresa, tem escondidinho de carne-seca, um prato ao qual não resisto. Na geladeira, mousse de chocolate com pimenta.

Danada! Ela hoje agradou a nós dois. A Bya ama essa sobremesa. A combinação do doce com o ardido é bem a cara dela.

Sinto-me como um adolescente; a mão quente chega a suar. É engraçado porque esse fato é corriqueiro, ou quase. Moramos na mesma casa, trabalhamos juntos, vivemos juntos há muito tempo. Então, não consigo entender o que mudou.

Sentado na poltrona ainda com o celular na mão, ouço a porta se abrir e fechar, lentamente. Não quero parecer ansioso demais; assim, continuo mexendo no aparelho. Ela não faz nenhum movimento, então, loucos de ansiedade, meus olhos a procuram e a acham parada, encostada na porta. As bochechas vermelhas e a ponta do nariz empinado não me passam boa impressão.

Bipolaridade não é uma das suas características. Momentaneamente, fico indeciso. Ela parece uma guerrilheira travando uma batalha interna nada convencional. O que está acontecendo com a pupila?

Pedro e Bya
(Os pensamentos)

Não consigo me mover. Sinto um misto de emoções ao vê-lo sentado na poltrona como um rei, aguardando sua súdita chegar. Lindo e viril. Ele sorri, mas não correspondo. Não estou para graça, Pedro, não antes de saber quem é essa tal de Izabel.

Vou descobrir nem que tenha de rechear seu churro de pimenta até o talo.

Ele parece modelo de pasta de dentes. Se seu sorriso não fosse tão cínico, até me daria ao prazer de sentar em seu colo como se fosse Papai Noel e ainda pediria um orgasmo de presente. Porém, minha vontade é de rodar sua poltrona até fazê-lo ficar tonto e pedir arrego.

— Oi! — Eu a encaro esperando uma resposta simples. Sua feição não é amigável. Parece me estudar, me analisar, inquieta. Mas, se considerar apenas o brilho dos seus lábios que umedecem, diria que ela deseja um beijo ávido, quente e sôfrego. Ela me faz desejá-la mais e mais a cada minuto. Seus olhos não reproduzem essa imagem, e praticamente me evitam.
— Tudo bem no escritório? — questiono-a. Seu silêncio me incomoda e me preocupa.

— Tudo. — Fora que uma vaca ficou a tarde toda procurando você para passear no seu pasto. Quer dizer, pelo que sei até agora, quem procurou a vaca primeiro foi você. Só não consigo entender por que, depois da noite que tivemos.

— Aconteceu alguma coisa? — Que bicho mordeu esta diabinha? Conheço este olhar. Alguma coisa não está certa.

Aconteceu. Você é um ninfomaníaco. Que me pegou de jeito a noite toda, me fez virar os olhinhos e lembrar de você o dia todo com saudades de suas mãos em meu corpo, e logo de manhã, não saciado, foi procurar outra. Você acha que tenho sangue de barata? Que gosto desse lance de poliamor? Se acha, está enganado. Este prato aqui é só seu, não pode trocá-lo. Agora, se prefere exprimentar receitas diferentes, arruma outro restaurante, mas tente ser mais seletivo. A mulher tem voz de pepino em conserva, e isso pode dar uma azia danada. Ou você esqueceu que, além de alérgico, tem gastrite?

— Não aconteceu nada! — Levanto os ombros. Sai pra lá com esse olhar de regador de calcinha. Para de me olhar assim. Agora estou com a fúria cravada no meu peito e louca para apimentar seu churro. — Preciso de um banho. — Tento fugir para não me hipnotizar por ele.

— Espero você para jantar? — A pequena pupila torce minhas bolas. Sua tentativa de se fazer mulher de ferro contradiz seu corpo, que se mostra querer ser fundido só com meu olhar. Ela é muito transparente e contraditória. Não sei o que está acontecendo, e tenho a impressão de que não vou gostar de saber.

— Você que sabe. — Dou de ombros mais uma vez, tentando ser indiferente, porém não perco a oportunidade. — A propósito, Pedro... — Desvio meus olhos, salivando. Por que ele tem de olhar para minha boca? Será que estou babando como cadela louca? Diacho de homem sedutor! — A Isabeeeel, sua amiga, ligou a tarde toda atrás de você. — Está surpreso, né? Espera até eu apimentar sua masculinidade. Aí é que vai ser surpresa. — Deve ser urgente. Ela disse que é particular — falo escandindo as sílabas. — Liga pra ela — falei só para provocar. — Ah, não! — ironizo. — Esqueci. Ela disse também que estava retornando uma ligação sua de logo cedo. Incansável você, hein?

Que cara é essa, Pedro? Pensou que eu não ficaria sabendo de nada? Já vi que a sua amiguinha é tipo um *relish* de pepino: fica mais perto da borda do vidro para querer ser devorada antes, mas sou prevenida. Estou querendo limpar a lambança antes de ela acontecer.

Jogo o cabelo para trás e saio, querendo deixá-lo. Se quiser jantar comigo, vai ter de vir atrás, mas antes vai precisar explicar por que ligou logo cedo para o pepino em conserva. Não quero nem vou sair daquele quarto por vontade própria; se eu sair, ele vai arder até chorar.

— Beatriz Eva? — Viro a poltrona em sua direção e a detenho com a voz firme, antes que ela chegue à porta do corredor. Esta pirralha não pode agir assim. Não tenho paciência para lidar com caprichos. Consigo ver o meio-fio de seu perfil; então é esse o problema? — Não significa que todas as ligações particulares que recebo são de amigos ou amigas — respondo sério, com a voz empostada.

Vá se catar, Pedro, com as suas lições de moral.

— Não? — Sorrio, debochada. — O que pode ser particular, então? Já sei. Ter uma noite com uma mulher, deixar um bilhete bem impessoal pela manhã e, a seguir, ligar para uma desconhecida apenas para ouvir a voz dela? Realmente, isso deve ser somente casual. Uma ligação simples. Particular, mas simples, para uma desconhecida.

Ele emudece. Não vou me virar para você, Pedro. Espere sentado. Responda logo quem é esse pepino, pois, se eu me virar, vou fazê-lo em direção à cozinha e não me importarei de pegar o primeiro vidro de pimenta que vir pela frente.

— Você não está sendo...

O peixe morre pela boca, e eu não aguento.

— Sendo o quê? Racional? — Enfim, viro-me para ele com as mãos na cintura. — Então me diz, Pedro. Quem é Izabel? — pergunto, ironicamente. — Deixe-me adivinhar. Não é uma amiga? Mas, para que amiga, né, Pedro? Se para ter intimidade com alguém não precisa necessariamente ser amigo. — Imagino o tipo de mulher que a voz de pepino é. Deve ter cara de conserva, e isso me deixa mais irritada, machucada, por pensar que ele prefere mulheres mais velhas. O medo e a insegurança por ser mais nova que ele sempre foram a minha morte.

Não vai por esse caminho, Beatriz. Essas suas neuras já nos afastaram muito. Não sou moleque, porra!

— O que você está pensando, Beatriz?

— Não estou pensando em nada. Contra fatos, não há argumentos. Quer dizer, há, sim. Só que você prefere me questionar em vez de falar por que ligou para sua particular sei lá o quê.

Agora o lobo nos seus olhos está raivoso. Sem falar uma palavra, lindo, viril e lascivo, ele parece condenar minha resposta ou pensar em uma. Se ele quer assim, vou para o banho. Que fique com seu Alzheimer tentando lembrar o que pode me responder. Mas, quando vou dar as costas, sua voz rouca responde.

— Você não me perguntou por que liguei para a Izabel. Você está me acusando de algo que não entendi muito bem até agora. — Cuspo as palavras, irritado.

— Não entendeu? Então vou interpretar.

Aponto o dedo para ele, depois para mim, levo o corpo para frente e para trás, simulando uma bela transa, faço cara de satisfeita e finjo que adormeci. Enrolo os dois indicadores sinalizando a linha do tempo, aponto o dedo novamente para ele e para o celular. Imito-o ligando e depois transando com outra pessoa também. Por fim, mostro o dedo do meio para ele. Pronto, Pedro, não preciso chamá-lo de cafajeste para dizer o que penso.

Ele ri como nunca, o descarado. Até joga a cabeça para trás. Não é uma risada divertida; chega ser sarcástica. Será que fui longe demais? Quer saber? Dane-se.

— Você não existe. Ainda continuo sem entender o que você está tentando dizer. — Ela não fez isso, fez? O que faço com a pupila? — Que imaginação fértil! Parabéns, sua atuação foi digna de Oscar. Na classificação de Disney erótica, é claro.

Então sou infantil? Ele bate palmas e eu fico cega.

— Pronto! Agora voltei à minha condição de pirralha mimada que fica brava porque não sabe dividir o seu churro?

Definitivamente, não entendo ou prefiro não entender o que ela está insinuando.

— Não se preocupe. Não tenho a intenção de comprar um carrinho de churros. Estou satisfeito com a minha profissão. Pode guardar a receita com você.

— Dispenso a oferta. — Faço uma expressão de desdém. — Nem sei mais se gosto tanto assim desse doce melado.

— Meça suas palavras, Beatriz. — Sinto-me ofendido, mas me contenho. Levanto da poltrona, e ela recua um passo. Tento quebrar esse clima que não vai nos levar a lugar algum; muito pelo contrário, é muito perigoso, pode levar a um caminho sem volta. — Um *gourmet* pode se ofender com uma provocação dessa. — Ponho-me à sua frente e, muito mais alto do que ela, meço-a de cima a baixo. Meu pênis não tem uma cabeça pensante, pois endurece instantaneamente. Só por sentir o seu cheiro de orvalho me vem a vontade de pegar aquela língua que não cabe na boca e fazê-la miudinha em meus lábios. — Se o prato servido estava muito doce, é só falar. Tenho outras receitas que lhe permitem se lambuzar toda, igualmente.

— Lambuze a Izabel! Pela insistência, deve estar necessitada.

Minha pequena pupila impulsiva, seja lá qual for a relação que vamos começar a ter, você precisa ter mais fé em mim. Quero ser fiel a você. Juro que isso é o que mais quero, mas, primeiro, preciso me fortalecer, ter disposição e coragem para abrir meu coração totalmente a você.

Definitivamente, não é o momento certo para dizer quem é a Isabel. Quem ela pensa que sou? Minhas mãos se fecham em punho, as unhas cravam-se nelas. Alguns pensamentos intrusivos tentam me condenar, lembrando-me do alerta de que nossa aproximação não daria certo. A vontade que tenho de abraçá-la e dizer que não existe ninguém além dela na minha vida é travada por um ímã que congela meus dedos em um gesto de flagelo.

— Bya! Em primeiro lugar, não lhe devo satisfações de tudo o que faço. Tivemos uma noite linda de amor? Sim, mas, ainda assim, não precisamos revelar tudo o que fazemos. O que precisamos é respeitar um ao outro. Você entende, meu anjo? Em segundo lugar, a Izabel não é minha amiga, e também não tenho intimidades sexuais com ela. Isso é tudo o que você precisa saber. Se prestasse mais atenção nas minhas atitudes, veria que não sou um cafajeste que sai cada dia com uma mulher. O que tivemos ontem à noite foi lindo e íntimo. Vinha sonhando com isso por todo esse tempo em que estamos morando juntos. Não perca o respeito que você vem conquistando com infantilidades e inseguranças. Você já aprontou muito, e até hoje a perdoei. Não imagine que qualquer mulher que chega ao meu lado é uma devoradora. Não seja insana! — Fecho os olhos. — Vá tomar seu banho, Beatriz.

— Vou mesmo. Assim você pode ligar para sua amiga e levar para ela o doce que não quero mais.

— Não faça inversão de valores. Não atribua a mim sua descrença em si mesma. Não sou seu porto seguro, Beatriz. Sou um homem que até hoje a respeitou. Vejo agora que o que aconteceu ontem à noite não teve para você o mesmo significado que para mim.

— E o que aconteceu ontem à noite foi amor? — Não precisamos nos tocar; o calor do seu corpo me abraça. Sinto-me a pior das pessoas, vejo sinceridade em cada palavra sua. Burra e infantil: é isso o que sou. Tenho vontade de chorar; um imenso nó se forma na minha garganta.

Avanço um passo, e meus braços a aprisionam na porta do corredor. Quero que ela veja nos meus olhos a importância do que se passou conosco, porém que sua desconfiança e sua insegurança puseram em risco o que mal começou. Encurralada, ela me encara com expectativa. O que mais quero é calar sua boca com um beijo, mas não posso fazer isso. Senão, ponho tudo a perder. Ela nunca me viu com ninguém. Proposital? Não. Simplesmente não rolou, não aconteceu, porque no meu íntimo eu soube que era ela a mulher da minha vida no momento em que a vi. Engraçado e irônico, mas também puro e verdadeiro. Não escolhemos quem vai preencher nosso coração. Simplesmente acontece. Nunca fui o romântico que ela imaginou, mas fui dela desde que a conheci. O trabalho contínuo foi uma válvula de escape usada para esperar o tempo certo de tê-la em meus braços. Sofro até hoje com uma briga interna que só eu sei o que me fez sentir e passar.

— Talvez, Bya, o que aconteceu ontem não tenha mais tanta importância — digo, derrotado.

Seu choro silencioso não demonstra sua fraqueza. Não gosto de vê-la sofrendo. Isso é o que menos desejei até hoje. Não fui covarde, e sim cauteloso. Sofremos separados, não sou nenhum insensível que não percebeu isso. Mas, dessa vez, diferentemente de quando preferi afastar-me para não confrontá-la, decido enfrentá-la.

— Bya, não sou seu ursinho de pelúcia, estou mais para lobo mau. Não sou seu pai. Acho que você deve estar me confundindo como referência masculina na sua vida. Fui designado para cuidar de você, sim. Honrei o meu papel, e pretendo fazê-lo até o resto da vida. Não esperei desejá-la o quanto desejo. Mas chega, Beatriz, não vou mais permitir que se prenda a mim. Não a permiti ir embora porque queria que ficasse e entendesse que tudo foi por você. Beatriz, descubra quem eu sou para você. Não vamos mais viver o talvez.

Sou em quem vira as costas. Travo uma briga interna, minhas palavras duras a fazem sofrer, vi a insegurança e o medo nos seus olhos marejados, e isso me cortou o coração. Minha autoflagelação fala mais alto.

Trancado no quarto, destruo-me, puno-me, meus pensamentos concluem que para ela não acrescentarei nada; muito pelo contrário, só a magoarei e a envergonharei.

Não foi falta de aviso. Você já sabe o que tem de fazer, não sabe?

E faço, sem remorso. Porque é assim que sei ser. Punindo-me de quem sou.

Capítulo 17

Pedro Salvatore

    Passei a noite como um cão desabrigado em tempo frio. A exaustão e a imagem do seu rosto de decepção congelaram meu sangue, causando-me pesadelos. Primeiro vi crianças rindo das minhas manias, depois a face do homem que se dizia meu pai reprovando o meu jeito inocente de lidar com meus pensamentos. Para completar, vi entre eles a imagem da Bya me encarando com o semblante de pena. Não há nada mais doloroso do que ver a decepção no rosto de uma mulher, quando nossa pele ainda tem seu perfume tão presente.

    Não foi fácil tomar qualquer tipo de atitude. Muito pelo contrário, me doeu na alma dizer para ela aquele talvez, quando minha vontade era dizer toda a verdade.

    Depois de ter dormido no máximo duas horas, acordo com o som de portas batendo e seu caminhar a passos pesados pelo apartamento. Instantaneamente, meu corpo se ergue. Olho para o relógio e vejo que ela está adiantada. Nunca falhei com seu café da manhã. Preciso preparar algo para ela comer, porém minha razão me impede, jogando meu corpo novamente sobre o colchão.

    — Tenho de ser firme. Ela precisa caminhar por suas pernas e dar valor a quem e o que sou.

    Os minutos se estendem, e não a ouço caminhar para cozinha. A bandida rouba meu sono e minha paciência. Você não vai sair de casa sem comer! Ela consegue me deixar preocupado. Sei que não come nada na universidade e menos ainda quando está contrariada. Pulo da cama, irritado.

    No sofá, estão sua bolsa e o chaveiro, que recolho e guardo comigo. Vou usá-los como desculpa para que vá até a cozinha procurá-lo. Sei que é tinhosa. Não vai facilitar para comer.

Enquanto a torradeira trabalha, agilizo o *cappuccino* na Dolce Gusto. Meus pensamentos intrusivos fervilham, insistem que eu confira a torradeira a cada segundo. Tento distrair-me e me concentro no som que vem da sala.

No fundo, sinto-me arteiro e sorrio com a minha estratégia. Pelos seus movimentos, percebo que está procurando as chaves.

Pensou que sairia sem comer? Pois se enganou, pupila rebelde. Com a natureza e o destino não se brinca. Não sabemos o que pode acontecer quando saímos de casa. Podem acontecer imprevistos e, de estômago vazio, as coisas só complicam. Então, desmancha esse nó no esôfago e vem se alimentar.

Ela desiste de procurar e entra na cozinha. Continuo comendo e, pelo canto do olho, vejo-a levantar o guardanapo na pia, procurar perto do micro-ondas. Seu perfume é uma droga ou produto afrodisíaco? Tento me manter indiferente a ela, mas meu corpo responde excitado. Também pudera! Daquela posição, só vejo suas nádegas empinadas se moverem de um lado para outro.

Acordou com preguiça de ser legal? Será que você não aprendeu que mau humor não tem nada a ver com bons modos? Ela não diz um bom-dia, e eu muito menos.

— Droga! Onde esse chaveiro foi parar?

— Você está falando comigo?

— Não.

— Que pena! Pensei tê-lo visto.

— Onde?

— O quê?

— O chaveiro.

— O que tem ele?

— Eu o perdi.

— Talvez, de estômago cheio, você o encontre.

— Acordei sem fome.

— Então fiz bem.

— Você escondeu o chaveiro?

— Guardei.

— Por quê?

— Porque você às vezes é previsível demais e precisa comer. — Tenho vontade de sentá-la à força e fazê-la comer.

— Onde está?

Não respondo, e meu silêncio a convence a se sentar. Ela pega sua xícara na cafeteira e bebe em silêncio. De nada. Espero que esteja na temperatura que a madame gosta. Quase sorrio de prazer em vê-la comer. Não estava com fome, né?

Levanto da mesa, bronqueado. Nada do que falei ontem adiantou. Mimada e birrenta, é isso que ela é.

Se é muda que ela quer ficar, é surdo que prefiro estar. Jogo o chaveiro na mesa e a deixo no seu desjejum.

Viver ao seu lado é ter sempre os sentidos à flor da pele. Cuidar de uma mulher em formação e se sentir atraído por ela nunca foi aceitável por mim. Foi realmente uma guerra de nervos.

Aceitar seus caprichos e birra foi um desafio para minha paciência. Sempre fui comedido e tolerante. Poderia ter aplicado um corretivo por diversas vezes, mas isso iria contra quem sou. Na minha ignorância de saber lidar com os fatos, preferi deixar que a vida se encarregasse de ensiná-la com seus erros. Mas acho que me enganei.

A noite que tivemos foi um grande passo. Para mim, nada mudou o que sinto, mas é preciso que a Bya tenha consciência de quem sou para ela. Será que ela nunca notou que praticamente vivo e respiro seu ar, desde que chegou à minha vida?

Será que, se as coisas tivessem acontecido de outra forma, eu teria me aberto com ela? Não sei responder. O que sei é que não me senti acolhido para dizer a verdade. Ela chegou armada, decidida. Nada que eu dissesse funcionaria na hora. Ela queria somente me enfrentar, medir forças onde não precisa.

Ceguei, e o desgosto fugaz falou por mim. Não aceito imposições. Acho que pela primeira vez eu a questionei com todas as objeções e preocupações que eu tinha para me entregar a essa paixão.

Sei que ela me ama, não nego, mas de que forma? Como homem? Como seu brinquedinho? Como uma figura masculina? De jeito algum quero que ela me veja como um pai. Quero que ela me deseje como homem, como seu macho, como seu porto seguro.

Sei que tenho feito tudo ao contrário do que meu coração manda, porém agora não depende só de mim. Se algum dia ficarmos juntos novamente, ela precisará entender que seus caprichos não vão funcionar.

Torço para que se decida sobre o que represento para ela e, por esse motivo, acho que meus pensamentos da noite passada são os mais corretos. Vou me afastar. Vou sofrer como um cão sarnento. Abrir mão de saber onde e com quem está não vai ser fácil. Mas ela precisa bater asas, viver de maneira independente. Acho que, no fundo, eu a sufoquei.

Prova disso foi o café da manhã. Ela só comeu porque deixei tudo preparado.

Se ela quiser ir embora, sofrerei muito. Mas, dessa vez, não vou impedi-la. Já é grandinha e saberá o que é melhor. Se ela prefere fugir a ter de enfrentar suas inseguranças, é problema dela. Não deve ser assim que descobrirá o que significo na sua vida. Se um casal não pode conviver junto para partilhar suas compatibilidades e incompatibilidades, separados não descobrirão também. Não acho que é pela saudade que se descobrem certos sentimentos. Mas deixo isso para ela decidir. Chega de impor minha presença na sua vida! Se ficar, será por si própria.

Olho para o céu, nublado como minha vida, e desisto de ir trabalhar com a Steel Horse.

— Amigão, hoje você se livrou de um desabafo daqueles.

Ainda pela manhã, decido exorcizar meus pensamentos e agradeço pela decisão de ligar para a Daniela, minha terapeuta, e conseguir um encaixe. Depois da noite de ontem, sei que cheguei ao meu limite. Até agora sinto as marcas doloridas no meu corpo e na minha alma. Os pensamentos intrusivos estão a cada dia mais persistentes. A saída que busco com a autoflagelação não está funcionando.

Se é um novo tratamento que vai me tirar do sofrimento, estou pronto para enfrentá-lo.

Bastaram os primeiros minutos de consulta para eu despejar tudo de uma vez. Da persistência dos meus pensamentos intrusivos até a minha autoflagelação por causa dos sentimentos que a Bya me desperta.

— Pedro, entendo que você está precisando muito de terapia. Porém, uma coisa chama a outra e, em algum momento em nossas sessões, vou precisar saber mais sobre a sua relação com a Beatriz.

— O que ela tem a ver com os meus transtornos?

— Ela é minha paciente, também. E, pelo que me contou até agora, teoricamente, eu sei que ela não tem nada com isso. Porém, precisarei saber mais sobre você e isso não me impede de perguntar sobre seus sentimentos por ela. A não ser que vocês pensem em fazer uma terapia de casal.

— Não — respondi, espontâneo.

— Nesse caso, acho melhor você procurar outro profissional. Tenho excelentes colegas para lhe indicar. Não posso atender os dois. Você entende?

Maldição! Claro que entendo. Uma dor latente pressiona meus olhos. Não planejei isso.

— Não quero começar tudo de novo. Não sei se tenho forças para repetir minha história de vida inteira para outro profissional.

— Pedro, não precisa se abrir com um profissional se não se sentir à vontade. Mas você não pode ficar sem terapia. A prova disso é que seus problemas com o passado ainda não foram resolvidos internamente. Como pode imaginar um futuro, se ainda sofre com o passado?

— Sou bem resolvido com ele.

— Então não tem o que temer.

Não a contestei, muito pelo contrário: entendi perfeitamente o que ela quis dizer.

Fico remoendo o dia todo. Não quero falar com ninguém mais sobre tudo desde o início. Isso só vai acordar um passado que eu quero esquecer. Por que não procurei outra terapeuta quando ela precisou? Isso é um pé no saco.

O dia não passa, as horas se estendem, e eu fico pensando em uma desculpa para ir até a sala da Bya ver como está.

É assim que você pensa em dar espaço para ela? Não, não é assim.

Bruxinha! Desfaz esse feitiço enternecido que você lançou sobre mim. Nem sei que rumo seguir. Só sei que quero tê-la em meus braços de novo.

A operadora de celular agradece, pois consigo preencher minha tarde ligando para todos os clientes, fornecedores, terceirizados e amigos.

Fuga? Sim. Fugi o dia todo para não ficar ocioso e procurá-la.

Sinto taquicardia por ter de passar por ela. Não é só a distância física que me tortura. É a hostilidade com que ela me tratou hoje cada vez que me levou algum recado.

— Beatriz, estou saindo. Vou passar na obra do Armando.

— Ok.

— Depois vou para casa de um amigo. Acredito que às 21h já estou em casa. — Na verdade, vou à terapeuta. Essa desculpa do amigo me azeda a boca.

— Ok.

Por que tanto "ok"? Dirijo meu olhar para ela com a sobrancelha erguida e bingo! — ela abaixa o olhar. Moleca, conheço-a o suficiente para saber que não é monossilábica.

— Até mais.

— Pedro? — Olho para ela já da porta. — Quando você chegar, não estarei em casa. Marquei com uns amigos um trabalho para mais tarde.

Amigos? Trabalho? Abro a boca para perguntar onde e com quem, mas desisto. Prefiro morder a língua. Esta moleca funde os meus miolos, sem vaselina.

— Ok. — Puxo a porta e, mais alto que o ranger da dobradiça, ouço-a bufando.

Beatriz Eva

Nossa relação nunca mais foi a mesma.

A hostilidade sutil passou ser nossa principal conduta. Depois da última discussão, passei a pensar em mim. Não sei se por obrigação ou pelo conselho que recebi das suas palavras.

O significado do "talvez" foi para mim o maior choque. Meleca! É fácil quando se tem algo afirmativo ou negativo na vida, mas foi duro ouvir aquele talvez. Principalmente depois do meu corpo sentir o seu e ter a certeza de que o dela se encaixava perfeitamente ao meu. Enquanto ele era apenas uma fantasia da minha cabeça, tudo era mais fácil... Nossa noite foi o melhor sexo que um dia poderia imaginar ter com alguém.

Pedro me mostrou ser o homem que realmente tinha me cegado para todos os outros. Infelizmente, minha impulsividade pôs tudo a perder. Caiu por terra o ideal de felicidade que sempre esteve nos meus olhos e eu nunca vi.

Chorei por dias, evitei-o, mas por um lado foi importante para mim. Sofrer por saudades de algo bom e conviver com um talvez me fez amadurecer e entender que o mundo não girava em torno do meu umbigo.

A menina apaixonada e obstinada deu lugar a uma mulher com amor-próprio, de dentro para fora. Inicialmente, acreditei que era orgulho ferido, mas, com o tempo, fui entendendo que não se tratava de uma rejeição ou coisa parecida.

Vi-me sozinha depois daquele despertar. Várias vezes fiz as malas para partir e viver realmente sozinha, para tentar me conhecer melhor, porém em todas fui impedida pelas lágrimas e pelos conselhos da Cida de que fugir não era a melhor solução. A mulher sabe mexer com o meu psicológico e não tive como ignorar as palavras dela, verdadeiras mensagens criptografadas para as minhas decisões.

— Beatriz, você está pensando em viajar?

— Não, Cida! Estou pensando em ir embora.

— Embora da cidade ou do país?

— Em primeiro lugar, ficar longe de tudo isso aqui e seguir em frente.

— Seguir em frente sem ao menos tentar?

— Tentar?

— Tentar viver seu amor pelo sr. Pedro.

— Cida, já tentei de tudo. Acredite em mim: não existe amor quando só uma pessoa sente.

— O que faz você pensar que o sr. Pedro não ama você?

— A forma como ele me trata. Para ele, sempre serei sua responsabilidade, nada mais do que isso. Ainda por cima, não sei lidar com o amor que sinto por ele.

— Larga esta mala e senta aqui.

Carinhosamente, ela alisa o lençol, como forma de aconchego. Por minutos, pensei que ouviria um sermão. Sentei temerosa, mas aos poucos suas mãos por sobre as minhas me mostraram que sua intenção era bem diferente disso.

— Vou falar com você de mulher para mulher, já que sou sua confidente e já ouvi de tudo o que fez até hoje. E, pela primeira vez, digo que fez tudo errado. — Vejo nos seus olhos muito mais do que apenas amizade. Vejo o carinho maternal. — Você deve estar se perguntando por que nunca falei nada, não é mesmo?

Acenei a cabeça afirmativamente, limpando com o dedo a linha de lágrima que escorria pela minha face. Era tão bom sentir aquele carinho que a nostalgia apossou-se de mim e me vi deitada no seu colo, como se estivesse ouvindo aquelas palavras da minha mãe. Desejei muito poder me lembrar de como era minha relação com ela e não me sentir tão oca por dentro.

— Beatriz, na vida, as coisas não saem da forma exata que planejamos. Não é como a faculdade que você está fazendo: quando surge uma ideia, vai lá no papel e a executa como quer. Não! Acredito nos seus sentimentos pelo sr. Pedro. Vejo nos seus olhos o brilho do fogo da paixão e posso garantir que vejo o mesmo nos olhos dele. Porém, no jogo do amor, não existe imposição de sentimentos. Não é como uma luta em que o vencedor é quem bate mais forte. Ao contrário, ganha aquele que aguenta apanhar. Entende?

Não consegui falar. Era tão bom tê-la alisando meu cabelo! Senti-me carente. Não sabia quando tinha sido a última vez que havia recebido um carinho daquele. Acenei meu entendimento.

— É assim que se consegue conquistar o respeito, a admiração. Se um dos lutadores desiste da disputa, ele jamais saberá com certeza se seu oponente era mais forte.

— Será que isso não é o certo? Não tem aquele ditado: "mais vale um covarde vivo do que um valente morto"?

— Você prefere ser covarde? No amor, não existem valentes, minha menina. O amor não é como uma luta. O amor é paz. Decida se prefere conquistar ou abandonar. Porém, primeiro, você precisa conhecer quem está dentro desse coraçãozinho. Só assim saberá se a luta valeu a pena. Mas, para isso, precisa ficar mais atenta, e não agir como um furacão. — Ela me deixou ali, quietinha, acolhida e perdida no meio da avalanche de conselhos.

Muitas mudanças aconteceram, não só em mim, mas também no Pedro. Ele me deixou livre. Não precisei mais dizer onde ou com quem estava. No fundo, senti falta até das cobranças, mas, com o tempo, entendi que, mesmo sem cobrar satisfações, ele estava ali, esperando-me sem dizer nada.

Manicure e cabeleireira passaram a fazer parte da minha agenda semanal. Não que antes eu não fosse vaidosa, muito pelo contrário, mas passei a ter outras prioridades. Fiz novas amigas, pessoas de fora do mundinho que construí. Aquele castelo de areia onde eu pensei que reinava foi sendo desfeito pelo vento.

Por grande coincidência, uma dessas novas amigas eu conheci no aniversário de um ano da filha do Marco. Nunca imaginei que conseguiria ir à festa depois de tantos contratempos que tive. Quando cheguei em casa atrasadíssima, molhada até os sapatos, que faziam *ploft-ploft*, encontrei um Pedro aflito, como se o padrinho estivesse atrasado para o batizado da sua afilhada.

— Não era sem tempo. Você não atende ao celular. Onde estava? Quase fui embora e a deixei para trás. O que aconteceu com você?

Primeiro, aconteceu tudo, e se é para encher o meu saco de perguntas deveria ter ido embora. Engoli a resposta a passos largos para não fazer poças por onde andava.

— Podemos falar sobre isso no carro? Ou você prefere que eu pare para responder? — Olho para ele, impaciente e sarcástica. — Nesse caso, vamos nos atrasar, porque o seu interrogatório é interminável. Quer que eu comece com as explicações?

Diacho de homem lindo! Olhe mesmo para este corpinho molhado, só não olhe muito, pois você vai ficar constrangido de ver como ele responde ao seu olhar fervoroso. Posso responder tomando banho, também? Vai ser bem lúdico. Se quiser, é só me seguir. Minha língua coçou para fazer este adendo.

— Vinte minutos, Beatriz! É o tempo que você tem para ficar pronta.

— Vinte e cinco? Para não ter de concordar com você?

— Vinte e um e já estarei no carro dando partida.

Prontinha. Vinte e um minutos e 32 segundos.

— Pedro?

— Estou saindo, Beatriz.

— Só estou passando batom — grito enquanto puxo os últimos fios do coque emaranhado feito em tempo recorde.

— Dezesseis. Quinze. Catorze. Treze. Doze. — Os segundos que ele estava contando ficam lentos em seus lábios assim que seus olhos fixam em mim. De repente, a imagem dele me olhando na nossa única e verdadeira noite de amor vem à minha mente. Lembro-me de cada detalhe, e minha pele formiga.

— Só estou passando batom — grito, enquanto sinto saudade do seu toque.

— Vamos?

— Estou prontíssima! — respondo, com duplo sentido, e ele entende.

Mulheres desequilibradas. Por que eu tinha de estragar tudo? Ficamos ali, parados feito um laboratório de química com os tubos de ensaio prestes a explodir, perdidos e impedidos por nossas cabeças, nossos corpos se desejando.

— Estamos atrasados. — Ele conseguiu falar. — Quando chegarmos, a festa já terá acabado. — Cada palavra dele me trazia a mensagem que passava por sua cabeça.

Ele abriu a porta, e eu o segui. No silêncio, sabíamos que nossas palavras não se tratavam do meu atraso.

No carro, consegui explicar minha saga do dia "dançando na chuva". Resumidamente, é claro. Não quis contar que meu carro atolou na saída de um condomínio de chácaras em Itapecerica da Serra, onde fui ver um terreno para comprar. Mas contei que fui rebocada, que, no meio do temporal, o caminhão guincho também quebrou e, para completar, meu celular ficou sem bateria, enquanto o aparelho do mecânico estava com defeito. Tive de andar várias ruas até achar um táxi.

Ele fechou a cara e não me disse nada. Também não precisou. Enquanto eu narrava os acontecimentos, ele riu, mas quando falei do mecânico, ele emudeceu. Só porque eu disse que o homem era bem-apessoado e apresentável e que se prontificou a me ajudar a procurar um táxi, e que nós nos divertimos com cada carro que nos espirrava água. Esta última parte foi uma mentirinha inocente. Parei quando vi os dedos da sua mão segurando o volante com força.

— Você não disse nada sobre a minha roupa. Será que estou bem para um aniversário? — Tento quebrar o gelo assim que descemos do carro e caminhamos lado a lado pela calçada, na direção da portaria do prédio. Comprei este vestido longuete azul-turquesa na semana passada junto com o Louboutin na mesma cor. Achei um pouco ousado, mas o Beggo estava comigo e disse que esse estilo arquiteta séria arrasava. Tinha até excitado ele. Na hora, não pensei, comprei, e agora estou insegura. Sinto-me em uma lata de sardinha, tão justo ele está.

— Quando saiu do quarto, pensei que outra pessoa tinha ocupado o seu corpo. Gostei do visual. O vestido caiu bem. — *Linda ou gostosa é difícil você dizer, né?*, pensei comigo.

— Seu visual caiu bem, também. — Chega a ser eufemismo dizer isso. O homem está um espetáculo de bata branca e calça cáqui. Vestidos assim somos como a água e o vinho, o hippie e a chique, o maduro e a imatura.

Assim que as portas do elevador se abriram, o som de crianças brincando e adultos falando mostrava que a festa estava animada. Os olhos do Pedro quando falava sobre a Vitória chegam a brilhar. Fui visitá-la no hospital duas vezes e o imaginei sendo pai. O carinho que ele tem por ela chega a ser emocionante. Ela é cativante e, no seu semblante, mostra que veio para iluminar a todos à sua volta.

O Marco vem nos recepcionar. A Peppa é o tema da festa. Então, toda a decoração é cor-de-rosa. Não tem muita gente. Reunião para os mais íntimos, foi como o Pedro falou, estendendo o convite do Marco.

Não conheço ninguém. Cumprimento Marco, e ele abraça o amigo como se fosse um irmão.

— Marcão, que saudades, cara!

— Pedro, meu irmão, já estava pensando que o padrinho da minha filha havia confundido as datas.

— Que nada! Demorei porque tive de esperar a Bya.

— Bya? Progresso, meu amigo! Até onde eu me lembro, era "pirralha mimada"!

— Não enche, Marcão! Falei *Bya* porque a menina parece que cresceu um pouco e está menos mimada.

— Cresceu? Eu nem percebi.

— Ela não é para o seu bico! Pelo que sei, está prestes a casar.

— Possessivo o moço, hein?

— Vai ficar me provocando ou vai dar me dar esta menina linda para eu enchê-la de beijos?

— Se a Bya não for ficar com ciúmes, ela é toda sua.

Eles falam baixo, mas meu ouvido biônico capta toda a conversa. Por segundos, desfaleço, perco o sentido onde estou e afasto-me ressentida, ao invés de me juntar a eles e dar um beijo na aniversariante.

Na verdade, a sensação é claustrofóbica. Ando de um lado a outro, desorientada, procurando um recinto para sair do campo de visão deles. Escondo-me atrás da decoração da mesa. Respiro fundo. Há meses, eu seria capaz de pegar todo o feno que decora a festa e enfiar goela abaixo no Pedro. Pirralha mimada!

— Beatriz? — Sinto uma suave mão no meu braço.

— Bárbara? O que você está fazendo aqui?

— Sou noiva do Marco.

— Noiva do Marco?

Ela me olha espantada.

— Até onde sei, ainda sou. E você? Com quem está aqui?

Queria dizer com meu noivo também e ter nos olhos o brilho de felicidade que nem ela, no lugar das lágrimas que queimam insistindo para sair. Respiro fundo. Que grande coincidência! A Bárbara, que o Pedro me contou ser a namorada do Marco, é minha amiga de salão. E ainda uma grande confidente de toda a confusão que é meu relacionamento com o Pedro.

— Estou com o Pedro.

— Pedro? O Pedro que eu conheço é o mesmo de quem você fala?

Aceno a cabeça, afirmativa.

— Menina do céu, que mundo pequeno! Quase morri esses dias e não ficava sabendo.

— Quase morreu?

— Longa história, mas já estou bem.

— Estranhei mesmo o seu sumiço. — Ela faz um resumo dos acontecimentos e eu fico assustada. Meu Deus, ela sofreu um atentado e não sabe por que originou tudo isso! E eu achando que tinha problemas! Como pode alguém tentar matar uma pessoa tão meiga e simpática?

— Conte-me tudo. Como andam você e o Pedro? — Ela muda de assunto, melancólica, e eu não pergunto mais nada.

— Não estamos. — Dou de ombros. — E nem sei mais se estaremos um dia.

— Precisamos marcar um café, o que acha?

— Ótima ideia! — Dou um passo e esbarro em algo fofo que faz "róic-róic". Assustada, viro-me e dou de cara com uma atriz fantasiada como personagem da festa.

— Róic-róic para você também.

Uma olha para a outra e cai na risada.

— Bem-vinda à festa da Vitória.

— Posso me juntar às mulheres mais lindas da festa e sorrir junto? — Marco abraça Babby por trás, e uma pontinha de inveja branca reluz dentro de mim. É adorável ver os dois juntos. Parecem tão felizes.

— Marco, amor, você não vai acreditar. Eu conheço a Beatriz do salão que frequentamos, e acabamos ficando amigas lá. Ela achou estranho meu sumiço, mas não sabia meu telefone. Veja que mundo pequeno. Eu conhecia a história da Beatriz e do Pedro e nunca liguei os fatos.

Se houvesse um buraco na sala, enterraria minha cabeça, pois Marco ouviu com interesse a história que Babby contou.

Olho para Pedro e vejo que o homem está branco. Não entendo a sua surpresa. Será que ele tem medo de que eu seja como ele? Que saia pelos quatro cantos dizendo o quanto ele é um velho rabugento?

— Confidentes de salão, então? — pergunta Marco, olhando para o Pedro, com tom sarcástico.

— Mais ou menos, né, Bya?

— Verdade, Babby. Nas horas de espera de um salão, rolam todos os assuntos.

O Pedro não tirou o olho de mim, claro que totalmente questionador! E eu por outro lado, fiz pouco-caso para as suas dúvidas.

Logo depois, um verdadeiro clube da Luluzinha se formou, envolvendo primas do Marco, a Babby e sua espevitada amiga Patrícia, enquanto os homens formaram o clube de bigodes — posso dizer que muito belo, cada membro mais lindo que o outro. Que família linda o Marco tem! A Bárbara avisou a todos que era o momento da retrospectiva e de cantar os parabéns, pois a Vitória já começava a apresentar sinais de cansaço.

Não sei muito sobre a patologia da Vitória, apenas o que o Pedro já me falou sobre anencefalia. E a forma como desafia a medicina, provando que sua garra em viver é um verdadeiro milagre. De longe admirei a

Babby, tão apaixonada pelo Marco e pela filha dele. Eles parecem que se completam e sabem a fórmula certa para viver felizes debaixo do mesmo teto.

Prestei atenção em cada foto apresentada da Vitória e quanto amor tinha à sua volta. Acho que, para todos os convidados emocionados, ali havia uma lição: não precisamos dizer que amamos alguém; apenas marcar presença, fazer parte da vida desse alguém.

Capítulo 18

Beatriz Eva

Se durante o dia eu me fortalecia tentando entendê-lo e compreendê-lo, à noite eu chorava de saudades dele. Os lençóis eram como um bálsamo acolhedor que se enrolavam na minha pele fria sentindo falta do seu corpo quente junto ao meu. Como é que uma única noite de amor poderia marcar todas as outras? Meu corpo clamou pelo seu como um dependente químico em seu tormento de abstinência.

Não foi fácil exorcizar o Pazuzu sexual impulsivo de dentro de mim, ao contrário da Regan MacNeil, no filme *O Exorcista*, que teve ajuda de algumas pessoas. Encontrei o modo mais fácil durante uma corrida no Parque Ibirapuera. Se queria fazer algo impensado quando estávamos sozinhos em casa, simplesmente continha meus palavrões e obscenidades e saía para me exercitar e extravasar todo o tesão recolhido. Os deuses gregos do Olimpo sentiram-se honrados pela minha determinação e comprometimento com o esporte.

Os cremes, que antes ficavam escondidos no meu *nécessaire*, passaram a ser utilizados diariamente no meu corpo. Detalhe bobo, mas que passou a ser inspirador para mim. A cada vez que me vejo na frente do espelho espalhando o hidratante pelos meus poros, sinto-me poderosa! É como se meu crescimento e meu autoconhecimento precisassem disso, como um alimento para minha Beatriz interior, capaz de enxergar algo bonito em mim, inusitado, que não tinha visto antes. O meu amor-próprio.

E esse amor tem me provado, dia após dia, que é o mais simples e verdadeiro. Que, na sua inocência, é capaz de despertar a cobiça e a admiração do homem a quem amo sem me impor.

Lembro-me como se fosse hoje da forma como o Pedro me olhou um dia sem querer, quando deixei aberta a porta do quarto.

Juro! Fui inocente. Aconteceu sem querer.

Ok.

Confesso que foi sem querer somente até perceber que estava sendo observada. Senti um calor subir do meu ventre para o coração ao deparar-me com o reflexo dele no espelho, observando-me quase nua espalhar creme pelo meu corpo. Fiquei surpresa e feliz, sentindo-me o cosmo para um astrônomo.

Isso, Pedro, pode olhar. Veja do que toda a sua hostilidade comigo está lhe privando. Assim pensei naquele momento, e me arrepio só de lembrar como tudo foi erótico sem que tenhamos nos tocado.

— Desculpe. — Totalmente desconcertado e sem jeito, não conseguia falar sem olhar o meu corpo. — Vi. A. Porta. Aberta.

— Viu? — Altiva, não parei o que estava fazendo, cuidando e estimulando minha pele, deslizando os dedos sobre ela.

— Vi. — Acompanhar seus olhos em meus movimentos provou vividamente que ele recordava sentir minha pele sob suas mãos. Confirmei isso ao notar o nó esbranquiçado dos seus dedos, evidenciando a força com que mantinha as mãos fechadas em punho ao lado do seu corpo.

— O que você quer? — Minha voz saiu enfraquecida.

— Trouxe sua correspondência. — Ele a estendeu para mim, e vejo a comprovação de que o afeto tanto quanto ele me afeta.

— Um pouco amassada, né? — Tremi e inspirei todo oxigênio do ar. Queria parecer indiferente e continuar hipnotizando-o.

— Deve ter amassado. — Ele deu de ombros. Foi mesmo esmagada, isso sim. A palavra "talvez" me veio à mente como um pisca-alerta, assim como seu indiferente movimentar de ombros. Nesse momento, meu amor-próprio falou mais alto. Não queria o seu desejo por mim despertado apenas pela luxúria. Precisava de mais. Precisava do seu amor, assim como o ar que respirava, e não seria com mais uma noite de sexo que eu conseguiria isso, e sim buscando o meu amadurecimento e provando a ele que para mim não aceitaria menos que o sim.

— Pode deixar na minha cômoda. Olho quando terminar de me hidratar. — Puxei a toalha que estava em cima da cama e me cobri.

Sorri para ele como se fosse uma mulher de gelo e ele retribuiu desgostoso, frustrado com a minha atitude. Mal sabia que, dentro de mim, havia um vulcão em erupção e que, se ele ousasse me tocar entre as pernas, minha lava o derreteria.

— Já separei suas contas e as deixei junto com as do escritório.

— Obrigada.

Ele saiu do quarto desconcertado, e eu desacreditada que fui capaz de praticamente expulsá-lo.

A Maria Moleque que habitava meu corpo e subia nas lajes sem enxergar o perigo e sem ouvir os avisos de advertência do Pedro deu lugar à Lady Circunspecta depois de um pequeno acidente. Mais uma lição aprendida.

Em visita a uma obra, fascinada pelo verde ao redor, e feliz por ser um dos projetos paisagísticos mais prazerosos que realizaria, não medi esforços na tentativa de subir na laje recém-construída. Sem dar a devida atenção ao perigo iminente da precária escada de madeira construída pelos pedreiros, só percebi o que estava acontecendo quando ouvi a bronca que o Pedro deu no mestre de obras, enquanto, preocupado, acolhia-me em seus braços. Por ironia do destino ou do acaso, os degraus se despregaram quando eu estava no meio do caminho, mas... Meu herói me salvou.

Assustada, com o coração acelerado, os olhos arregalados e as veias do pescoço dilatadas, consegui vislumbrar o estado emocional de Pedro, que desviou a mira laser diretamente para mim.

— Por que você nunca me escuta? Por que na sua cabeça só entra o que convém? Quantas vezes mais terei de avisar que não é por ser mulher que não existem perigos? Sua impulsividade e sua desatenção são os maiores riscos.

Tudo o que ele fala faz sentido. Se ele me botasse prostrada no seu colo e me desse umas boas palmadas por causa da minha negligência, doeria menos do que vê-lo emocionalmente abalado e decepcionado comigo.

— Você se machucou?

Eu o senti preocupado me apertar, e como, nos seus braços. Com os olhos escondidos, não consegui encará-lo, envergonhada. Somente então entendi que meu pouco-caso em relação ao perigo poderia ter sido fatal. Esse choque pela dor, mais uma vez, me ajudou a entender que eu precisava amadurecer até mesmo profissionalmente.

Naquele dia, guardei o choro dentro da caixinha da humildade e não tirei a razão dele.

— Está tudo bem. Você tem razão: fui muito estúpida.

— Não faz mais isso, por favor. Tenha cuidado, Beatriz!

Na profundidade da sua íris, vejo um pouco da sua alma cuidadosa, protetora, e nela noto traços de um passado.

Assim tornei-me prudente como uma lição didática explicada na prática. Hoje vejo sua admiração quando visitamos as obras. A primeira coisa que faço é vestir os equipamentos de segurança e certificar-me de onde posso pisar ou subir.

Aprendi a olhar para ele de verdade. Ainda sonho estar em seus braços, mas não de qualquer jeito ou a qualquer custo. Agora, com os pés no chão, curiosa e obstinada em conhecer mais o homem que nasci para amar. Já sei que nos traços do seu olhar marcante existem marcas de um passado e de uma batalha presente.

A perfeição que via antes não deixou de existir, porém suas manias e seus tiques são algo que ainda não entendo, pontos-chave para a minha perseverança desvendar com muita delicadeza no momento certo.

Sei que não virei nenhuma santa com esse pequeno amadurecimento. Ainda me incomoda muito não saber aonde ele vai em alguns horários riscados na sua agenda. Às vezes, sinto vontade de rodar a baiana, dar uma de curica investigativa e sumir com todas as suas canetas, só para ele ter de me pedir para riscar seus horários e eu ter brecha de perguntar qual o motivo. Porém, controlo-me. Com muita dificuldade, não minto. Mordo o dedo, a língua, e até mesmo grito quando estou sozinha, mas me controlo. Por que esse bichinho da insegurança não vai procurar outra pessoa para atormentar? Tem de ser justo eu?

Não vou dizer que nos fins de semana fico em casa amargando a solidão enquanto ele sai para se aventurar pelas estradas como Marlon Brandon em *O selvagem*. Saio mesmo, eu me divirto muito, meus amigos às vezes acabam me enchendo repetindo frases que, de tantas vezes dizer, viraram bordões de Elaine e Beggo.

"Está vendo aquele cara?"

"Acorda, Bya."

"O Ruhm-Ruhm viajou novamente?", era assim que o Beggo se referia a ele, com o som do motor da moto.

"Sai da garupa, Bya."

Eles não entendem que não estou procurando ninguém nem que sou obcecada por ele. Só não sinto vontade de estar com outra pessoa. Simples assim. Se um dia aparecer alguém que desperte minha atenção, serei a primeira a regar-me dela, só que ainda não rolou. Gosto de dançar, rir, ver pessoas, mas não tenho vontade de ficar flertando com todos à minha volta. Se eles pensam de outra forma, tudo bem. Só queria que me respeitassem igualmente.

Se o Pedro tem seus rabos de saia, deixa tudo muito camuflado. Durante a semana, ele fica todas as noites em casa, a não ser quando vai à academia, mas volta logo. Nem viaja todo fim de semana. Até hoje não sei de quem era a voz de pepino em conserva, mas descobri que não eram

Isabeis, surfistas siliconadas, Giseles ou qualquer outra mulher que ameaçava tirá-lo do meu lado. A maior ameaça sou eu mesma. Com toda a minha inexperiência e atitudes insanas.

Entender tudo isso não está sendo fácil: muitas lágrimas já foram derramadas. Vivo cada momento da saudade do seu toque e, em um desses momentos de carência, depois de passarmos o dia inteiro juntos visitando obras, onde praticamente ele me derreteu o tempo todo me secando com os olhos a cada movimento, não resisti. Afinal, a carne é fraca e caí na tentação de me reaproximar da forma errada, mas que acabou dando certo.

Ele me deixou em casa depois do expediente. Cronometrei o horário; sabia que estava na academia e não chegaria depois das 21h. Preparei confiante meu kit-sedução e sintonizei no canal de filmes eróticos. Tudo estava correndo dentro dos meus planos.

O trinco anunciou sua chegada. Fechei os olhos fingindo cochilar, deitada. Possua-me sem pensar no amanhã. O microshort cravava meus lábios partindo-os ao meio, a regata folgada branca, de alças finas, dava a liberdade certa de que meus seios precisavam para provocá-lo. Os alto-falantes ressoaram junto de uma música sedutora. Os gemidos da atriz soavam no exato momento em alto e bom som. O universo conspirava certinho.

— Beatriz? — Eu me assustei com o som da sua voz. — O que está acontecendo aqui?

Fiquei deitada. Se ele tinha se assustado com os gemidos da atriz, seria ainda pior quando me visse.

— Não precisa gritar mais do que a atriz, Pedrão, a Bya deve ter pegado no sono.

O quê? Meleca. A voz era do Marco?

Dei três piscadas para focalizar o Pedro desesperado procurando o controle remoto pelo cômodo. Ele estava embaixo do meu corpo; e eu não me mexia, não sabia o que fazer. Se eu me levantasse do sofá, o Marco iria me ver como uma dançarina de funk erótica.

Acho que o Marco ficou desconfiado pela minha falta de resposta e deu uma desculpa de que tinha esquecido o celular no carro. Liberei o ar preso nos pulmões e interrompi minha asfixia forçada pela vergonha até de respirar.

— Beatriz Eva! Cadê este controle? Pode abrir os olhos. Eu sei que você está acordada.

Grosso, ogro e insensível! — xinguei mentalmente. Se ele estava achando que podia gritar desse jeito depois de todo o meu esforço, teria uma prévia do que tinha perdido.

— Que gritaria é esta? — Espreguicei-me esticando todo o corpo, dobrando a perna direita próximo ao meu quadril.

— Cadê o controle, Beatriz? — De canto de olho, senti seu olhar.

— Está aqui.

— Aqui onde?

Consegui sua total atenção e agradeci a decisão do figurino. Cachorra!

— Aqui, sob os meus quadris. — Curvei-me no sofá, suspendendo meu ventre, deixando minha intimidade partida à mostra.

— Muda de canal ou desliga esta TV. — Ele viu o controle, mas não se mexeu para pegar. — Você ficou louca? Estamos com visita.

— Não vejo ninguém. Quem está aqui? — Fiz-me de boba.

— O Marco. Ele foi até o carro pegar o celular que esqueceu.

— Então deixa ver mais um pouquinho. Este filme parece muito excitante.

— Desliga essa porra, Beatriz Eva, ou não respondo por mim.

— Adoraria ver isso. — Resolvi desafiá-lo. — O filme parece muito baunilha, como dizem nos livros. Acho que uma cena protagonizada por nós, com você aquecendo meu prazer com belas palmadas, não seria nada mal. Você já ouviu falar nisso, Pedro? Palmadas no bumbum centralizam grandes fluxos de sangue na região íntima das mulheres, causando a elas uma grande sensibilidade.

— Onde ouviu isso?

— Não ouvi. Isso se chama improviso, meu querido. Não foi isso que você me ensinou na nossa primeira e única vez?

— Não acredito que se sentirá sensível caso leve palmadas, pois serão tão merecidas que você ficará uma semana sem se sentar. Agora, chega de brincadeira e desliga isso.

— Desliga você. — As 70 polegadas do aparelho são tomadas por uma posição conhecida e marcante; lembrei-me do seu delicioso churro! — Tão familiar! — Suspirei. — Que bela espanhola! — acrescentei assoviando.

De costas para a tela, precisava que ele pelo menos visse a cena, já que nem os gemidos escandalosos da atriz chamavam a sua atenção. Ok. Deveria ter agradecido por isso, já que ele estava centrado na minha intimidade, mas, como não tínhamos tempo para um joguinho de sedução, deslizei minha mão pelo ventre fazendo um pequeno trejeito e puxei o controle raspando por toda a minha intimidade, lentamente, até chegar aos meus seios duros e rijos, necessitados do seu toque.

Ele pegou o controle da minha mão e posso apostar que vi seu mindinho esticado propositalmente para me tocar.

Rapidamente, Pedro se virou para a TV e ficou parado olhando para a tela. Levantei-me rapidinho. Tinha certeza de que ele estava se lembrando de algo familiar tanto quanto eu.

— Não vai desligar, Pedro? Acho que ouvi o elevador chegar ao nosso andar — sussurrei baixinho, sensualmente, próximo do seu ouvido, dando ênfase às palavras, e me distanciei perdida como uma barata tonta, apagando as velas espalhadas pelo ambiente.

— Você premeditou tudo isso, Beatriz?

Não, idiota. As velas aromáticas acesas eram para espantar mau-olhado. E o champanhe no balde de gelo era para eu brindar com Exu pela minha ingenuidade de achar que este cenário todo poderia ser um bom plano para seduzi-lo.

— Talvez. — Engole essa.

— Desde quando começou a se interessar por filmes dessa natureza? — perguntou ele.

Desde que você me fez mulher e passei a ter de usar meus dedinhos brilhantes para matar a saudade de você.

— Que natureza? Erótico?

— É este o nome que você dá para filme pornô? — Eu me arrepio. É puramente indecente e lascivo ouvi-lo proferir "pornô".

— O nome que eles têm não influencia. — Dei de ombros. — Mas, respondendo à sua pergunta, assisto para alimentar as minhas fantasias e resolver meu problema sozinha! Se é que você me entende. — Pisquei para ele.

— Então tem assistido muito?

Supliquei compaixão fechando a perna para comprimir a minha intimidade, que quase inundou a sala ao ouvir aquele homem viril falando rouco, cheio de más intenções. Olhe o meu estado. Senti formigar até o Jardim do Éden, lugar enrugado por onde eu achava que deveriam sair certas coisas, mas que estava prontinho para receber sua serpente.

— Vezes incontáveis. — Mordi os lábios, encarando sua ereção evidente.

— Eles são muito educativos. — Sua cara de espanto foi impagável.

— E... Resolvem seus problemas?

— Muito. Claro que não é como se fosse alguém resolvendo por mim, mas meus dedos são disciplinados e estão se esforçando muito para me ajudar. — Abertamente, ele ajeitou sua ereção na calça. — E você, Pedro, costuma se tocar? — Comemorei meu atrevimento.

— Atrapalho?

Atrapalhou muito, Marco, mas o desculpo, pois seu amigo estava com uma ereção enorme dentro da cueca e desejei para ele uma enorme dor no saco para deixar de ser tão gostoso.

— Entre, Marco, desculpe pela cena que presenciou há pouco. — Envergonhada, desculpei-me. — Não costumo assistir a filmes dessa natureza. — Encarei o Pedro. — Estava vendo outra coisa, mas adormeci e devo ter mexido no sofá e esbarrado no controle, mudando o canal.

— Isso acontece, Bya. Às vezes o filme é tão parado que adormecemos. Principalmente quando são aqueles mais antigos, que nos despertam o desejo de vermos algo mais ativo.

Bingo! O Marco foi certeiro.

— Fiquem à vontade. Vou tomar um banho e dormir. O dia hoje foi muito quente. Acho que minha pressão caiu.

— Se for por mim, pode voltar a assistir seu filme. Só subi para me despedir. Recebi uma ligação e vou ter de sair.

O Pedro me fuzilou com os olhos. No fundo, ele estava se mordendo por me ver vestida daquele jeito. O Marco pouco olhou na minha direção; ele foi discreto e eu agradeci aos deuses. Não que eu não tenha abaixado um pouco a barra do short para deixar de ficar tão sexy, mas o danado era tão curto que mal cobria minhas partes íntimas.

— Não é por você, Marco. Eu realmente preciso de uma ducha e uma cama. Mande cheiros intermináveis à pequena Vitória.

— Obrigado, Bya.

Deixei a sala sem me despedir de Pedro.

Gostava muito do Marco, mas naquela noite ele pisou na bola. Foi um empecilho e tanto, mas ganhou pontos comigo por provocar o Pedro.

A ducha me acalmou por minutos, até ouvir a porta do banheiro se estalar na parede.

— Pedro? — Surpreendida, vi seu vulto pelo boxe embaçado.

— Supôs que eu não gostaria de partilhar da sua noite erótica, Beatriz? Desperdiçar champanhe seria um insulto.

— Veio até aqui para me dizer isso? — Maliciosa, faço a dancinha do acasalamento sem ele perceber.

— Não, vim aqui brindar por sua ousadia. — Viva o champanhe!

— Não podia esperar eu terminar o banho?

— Esperar por que, Beatriz?

— Porque estou nua.

— Incomoda eu vê-la sem centímetros de tecido? Acho que não, uma vez que é tão exibicionista que ficou seminua na frente do Marco.

— Ficou com ciúme, Pedro?

— Não. Só não gostei de vê-la se expondo. Agora abre a porta do boxe e me mostra, Beatriz, o quanto você se inspira com os filmes. Fiquei curioso.

Com as mãos ensaboadas, massageio e acaricio os seios com o sabonete, aliviando a dor. Seus olhos não piscam; ele morde a ponta da taça. Juro que sinto um tremelique lá embaixo; Pedro, impetuoso, me acaricia com os olhos. Ele é malditamente lindo. Seus ombros largos mexem com minha libido. Sua expressão dura e ao mesmo tempo marcante faz cócegas no meu ventre.

— Sabe, Pedro, quando as atrizes interpretam naqueles filmes, deixam os espectadores encantados com suas performances. Mas aposto que eles ficariam mais encantados se encontrassem uma mulher que fizesse aquilo tudo com eles. — Contorno com o dedo os bicos empinados e doloridos.

— Realmente é bem excitante. E quando elas imaginam a boca do espectador no seio? O que elas sentem?

— Acho que elas adoram. — Empalmo meus seios e os ofereço intencionalmente para ele.

— Você está me oferecendo seus seios, Beatriz? Ainda tenho um show inteiro pela frente para assistir antes de participar deste filme. Hoje, o set é seu.

— Acho que você também anda assistindo muito filme. Como é o nome que você falou? Lembrei-me. Pornô! — Faço bico deixando a água escorrer pelo meu rosto.

— Essa boquinha redondinha me excita, Beatriz. Um brinde a ela.

— Assim você me anima a fazer vários brindes.

— Aposto que serão todos merecedores. O que acha de mostrar a este espectador curioso a parte em que aquele short tarado estava rachando?

Dorme com essa, Pedro.

— Muito tarado mesmo. Ele chegou a me partir. — Desinibida, abro-me para ele e deslizo um dedo dentro de mim. Repito o movimento para dentro e para fora, circulo meu clitóris e introduzo o dedo novamente.

Sedento, ele vira a garrafa na boca e põe a taça na pia. Meu coração dispara. Ele tira a camisa em uma puxada, estourando os botões. Vem, meu homem das cavernas, vem fazer uga-uga em mim. Ele desafivela o cinto da calça e o puxa inteiro, segurando-o firme na mão. Olho atenta todos os seus movimentos e me toco alucinada. Dedinhos brilhantes. É muito melhor vivenciar um filme do que assistir. Malabarista, ele segura a garrafa e o cinto com uma das mãos, enquanto com a outra abre o botão da calça, descendo o zíper lentamente.

Desce a calça, por favor. Põe o gigante para fora. Ele ouve minhas preces e fica nu.

Uau! Não sabia que ele era canhoto. Sua mão trabalha toda a sua extensão ereta.

— Veja, Beatriz, na ponta do meu pênis, o quanto mal caibo dentro de mim, assistindo a esse filme indecente.

— Sinto-me honrada por isso. Também gosto muito de ver o seu prazer.

— Você queria emoção, Beatriz? O que foi mesmo que você me disse? Refresque a minha memória.

De jeito nenhum vou repetir. Sei muito bem que ele está com o cinto na mão.

— Eu disse que adoraria protagonizar um filme com você.

— Está com medo, Beatriz? Não quer mais comprovar suas teorias? — Ele para de se masturbar e chicoteia o cinto no ar. Meu corpo chega a estremecer, não gosto de dor e faço cara de pavor, mas ele ri sarcasticamente. — A sinopse mencionava um sexo mais ardente.

— Eu não mencionei cinto. Eu disse palmadas.

— Acredite em mim: o efeito no final é o mesmo. Todo o sangue a que você se referiu irá convergir para o mesmo lugar.

Uma grande linguaruda que eu sou. Sôfrega, esfrego meus dedos na minha intimidade tentando distraí-lo. Isso, Pedro, calminho, esquece essa tira de couro e foca só em mim.

— Bela atriz você está me saindo. Estou adorando ver como seus dedos trabalham gostoso em você. Eu os quero para mim. — Ele não pediu, exigiu, reivindicou. Estendeu a mão, puxou meu braço e levou meu dedo à boca.

— Deliciosa! — Satisfeito com meu suspiro lascivo, ele morde com força, quase tirando meu corpo do boxe. Ai, isso doeu. — Você deveria selecionar melhor os seus espectadores. — Ele alivia chupando meu dedo que lateja. — Brindemos à sua ousadia, Beatriz! Que tal chamar o filme de

Gostosa e ordinária!? — O gargalo da garrafa vira entre a minha boca e a dele, escorrendo o líquido borbulhante pelo meu corpo. — Esta é a melhor forma de beber o melhor dos champanhes. — Sua língua toma tudo, não deixa uma gota por nenhum ponto onde a bebida escorreu.

— Pedro!

— Contrate-me, Beatriz. Convide-me para protagonizar este filme com você.

Ele se agacha diante de mim. Nem o cinto, nem a garrafa estão em suas mãos. Só o que vejo são seus dedos abrindo a minha fenda e sua língua lisa e comprida lambendo o início da minha vulva. Que saudades dessa língua! Este homem é um lagarto. Tateando a mão ao lado, ele puxa do bolso da calça caída um pacotinho laminado.

Pretensioso. Se soubesse que ele tinha uma camisinha no bolso da calça, eu teria feito mais charme, para deixar de ser tão dono de si.

Até parece que eu faria charme. Meu corpo queimava como brasa em vê-lo rasgar entre os dentes, sem pressa, a embalagem, sem tirar os olhos dos meus. Foi sexy e excitante. Entre seus dedos lentamente ele posicionou o látex na ponta do membro e deslizou tranquilamente o anel da camisinha por todo seu comprimento. Ansiosa e desejosa virei-me para a parede de ladrilhos, abrindo tanto as mãos quanto as pernas, e deixei a água escorrer pelas costas e pelos quadris.

— Por favor, Pedro! Termine o roteiro desse filme.

— Eu disse a você, Beatriz, que sou quase um selvagem.

Ele posiciona a ponta do membro na minha abertura e me invade. Uma lágrima escorre pela minha face, pela dor de acomodá-lo dentro de mim e de felicidade. Suas mãos estalam nas minhas nádegas, segurando-as e ditando o seu ritmo perfeito, às vezes lento, às vezes rápido, sempre incessante.

— Ah, Pedro, você vai me partir! — grito, feliz e realizada, com o selvagem dentro de mim.

Ele desacelera e meu corpo reclama, alucinado pelo seu ritmo.

— Vou é partir a cabeça do meu pênis, que está doida para explodir dentro de você. Sinta, Beatriz, o roteiro, já que não pode ver como é lindo invadi-la. — Viro a cabeça e vejo-o inclinado com o tronco para trás, mordendo o lábio, olhando para mim. — Sinta como a cabeça dele entra em você sem pedir licença. — Ahammm! — Sinto exatamente como ele descreve, cada centímetro me invadir. — Esse roteiro está muito atrevido.

— Shhh! — sussurra ele, provocando-me. — Esqueci de dizer que se trata de um filme mudo.

Eu tento falar e ele estala a mão aberta na minha nádega. Mordo o lábio para não mandá-lo bater "na mãe que caiu da ponte", mas ele lê meus pensamentos e puxa meu cabelo.

— A próxima cena, Beatriz, vai ser uma sequência de palmadas, tal qual você descreveu na sinopse.

Sua mão puxa mais meu cabelo molhado, fazendo escorrer a água por seus dedos. Tento dizer que não estava escrito isso na minha sinopse, mas ele se antecipa.

— Quietinha, senão vou bater duro e forte para marcar meus dedos na sua anca. — Ele estala a mão mais uma vez, só que dessa vez apertando os dedos nas minhas nádegas.

Muito melhor que a sinopse, pensei comigo. Ele não foi cruel. Seus tapas foram ardidos, mas, ainda assim, excitantes. O que mais podia querer naquele momento? Aquele homem enorme me invadindo, segurando meu cabelo com força, me açoitando deliciosamente com suas mãos e ainda por cima sussurrando palavras sujas no meu ouvido.

Ensandecido, prensou-me no azulejo gelado. Para mim, foi mais que cinema mudo, surdo ou cego. Definitivamente, foi o melhor filme que imaginei estrelar.

— Isso, minha gostosa atriz pornográfica! Mexe essa anca e me engole inteiro.

Se era possível, não sei, mas o som do meu gemido se assemelhou ao de uma atriz como ele descreveu. Senti todas as paredes da minha intimidade se comprimirem. Ele me torturou, tirando sua extensão inteira de mim.

— Se vai gozar, Beatriz, olhe nos meus olhos, mostre quem é dono do seu orgasmo. — Girando meu corpo em 180 graus, ele me pôs em seu colo, sustentando minhas pernas em seu quadril, ao mesmo tempo em que me mantinha grudada na parede.

— A quem pertence o seu orgasmo, Beatriz?

— A você, d. Vito Andolini Corleone! — disse entre os dentes, torturada e irritada por ele prolongar meu orgasmo que estava por um fio.

— Péssima comparação. Se realmente quer tanto este orgasmo, Beatriz, citar um dos maiores gângsteres de todos os tempos vai prolongar mais ainda a chegada dele. — Ele empina meu corpo até que sua boca chegue aos meus seios, tomando cada um deles nos lábios, chupando, mordiscando, lambendo.

— Não mude a história. Ele também recompensava quem o agradava. E você está sendo pior do que ele, me levando assim à loucura.

— Bem lembrado. — Ele sorriu com as covinhas debochadas e levou-me ao delírio enterrando sua ereção inteira dentro de mim. — Então é assim que você me quer?

Firme e forte, voraz, viril e todos os adjetivos cabíveis ao homem mais gostoso da minha vida, ele me beija sofregamente e me leva à exaustão. Explodimos juntos no momento exato em que decidiu encerrar o filme.

— Adorei o filme, Beatriz. — Ainda abraçado a mim, com os lábios colados aos meus, ele suspira junto com suas palavras.

— Para a estreia, foi um bom começo.

— Está querendo outras sessões, Beatriz?

Não ia botar tudo a perder. Ao mesmo tempo em que precisava mostrar a ele que eu não era uma simples parceira para sexo casual, também não podia me declarar para não me decepcionar novamente. Eu já tinha ouvido um talvez; não queria explorar sentimentos enquanto ainda estávamos ofegantes e entorpecidos. Só queria que o filme tivesse um título como *Amor sem fim*.

— Outro dia, talvez.

Ele entendeu e não insistiu. Fiz-me de resolvida, à espera de uma decisão sua.

Não me aventurei mais e ele, por sua vez, não me procurou para tocar no assunto. Agi como se nada tivesse acontecido, ocupada com meu TCC.

E, nesse tempo, aprendi muita coisa, caí e levantei várias vezes. Sapos? Engoli diversos, sempre aguentando firme. Em retrospectiva, percebi que ele não é um príncipe encantado, muito menos o tão desejado ogro que projetei na minha cabeça. Ele é o Pedro, um homem com um passado, com marcas desconhecidas por mim. E por que desconhecidas por mim? Porque sempre estive em busca da sua atenção. Nunca me preocupei em saber quem era o homem que me despertava a paixão.

Agora, uma coisa não posso negar: o "talvez" ainda está entalado na minha garganta, e eu, Beatriz Eva, não sei me dar pela metade. Não sou meio amiga, nem meio amante. Tempo quem dá é relógio. Cansei de esperar. Entendi que fazia errado muitas coisas, aprendi e, na dor, me reinventei, decidida a querer ser melhor por mim.

Eu nasci para ser dele e somente me darei por vencida quando descobrir o significado do "talvez". Onde ele vai ser um sim ou um não.

Capítulo 19

Pedro Salvatore

Por que você não voltou para ver se a tinham enterrado? Deveria ter voltado.

— Que saco! Não me deixe mais aterrorizado do que estou com os últimos acontecimentos — ralho com meus pensamentos intrusivos. — Por favor, deixe-me em paz. — Estalo o pescoço tenso.

— Posso entrar? — Perdido em pensamentos, vejo seu rosto no vão da porta.

— Pode, estava descansando um pouco.

Sinto um grande alívio por ela estar aqui. Quando estou acompanhado, consigo dominar meus pensamentos. Os rituais, eu domino muito bem, esse sempre foi um grande exercício para minha compulsão. Por isso, meus pensamentos são tão repetitivos. Não costumo ceder a eles. Irritam-me, mas não cedo. Claro que, às vezes, sinto necessidade de arrancá-los de mim com a autoflagelação, como fiz há meses, porém a medicação me ajuda a estabilizar essa compulsão.

— Fiz um chá de camomila para você. — Agarro a xícara fumegante ao vê-la se aproximar da cama.

— Não consegui comer nada hoje. Acho que um chá me cairá bem.

— Sinto muito.

Eloquente, ela me olha com ternura, enquanto o chá quente desce pela minha garganta, espantando o frio que sinto por dentro.

— Obrigado. — De luto pela pequena Vitória, ela está sendo tudo o que eu precisava para me sentir confortado, desde o amanhecer até agora. Eu tinha aquela menina como minha afilhada. Amava-a como um anjo que veio para abençoar a todos. Aguentei firme ao lado do Marco. Quis passar a ele toda a força que não sei de onde tirei ao ver a nossa estrelinha se despedir.

— A Vitória teve sorte e foi amada por todos. Você foi um grande padrinho para ela.

— Ela foi muito amada mesmo. — Com olhar perdido, sinto mover-se o punhal fincado no meu peito, desde o momento em que recebi a notícia, e a dor lancinante espalhar-se, fazendo com que as lágrimas guardadas me ardam pela primeira vez. Recordo-me daqueles olhinhos expressivos que agora ficarão fechados eternamente.

— Pedro? — Ela me olha compreensiva. Tento disfarçar limpando os olhos. — Não é feio um homem chorar. Posso me sentar ao seu lado e abraçá-lo? — Carinhosamente, ela pega a xícara e a põe na cômoda.

Afasto meu corpo para o lado, e ela aproveita o espaço vazio. As emoções contidas, a dor encubada e um uivo dilacerante fogem ao meu controle e escapam do meu peito. Compreensiva, ela debruça seu corpo leve sobre meu tronco e afaga meu cabelo.

— Dói perder alguém que a gente ama.

— Faz bem chorar. Isso vai fazer você se sentir melhor.

Não digo nada. O bem-estar que ela me transmite vai me acalmando. Puxo seu corpo para perto do meu. Ela me faz tão bem e se molda perfeitamente ao meu corpo... Nosso contato não tem qualquer conotação erótica, é totalmente assexuado. Desde que ficamos juntos pela última vez, tenho desejado fazer coisas deliciosas com ela: lambê-la, chupá-la, vê-la me galopando, porém, por agora, o que meu coração deseja e meu corpo pede é abraçá-la juntinho de mim e agradecer por estar comigo.

— Você me faz bem — confesso em voz alta.

Ela é linda, simplesmente. Não é como modelo de capa de revista. Amável no seu jeito de confortar, seus olhos brilham quando diz algo consolador. Não sei nomear o que é mais lindo: seu interior ou seu exterior.

— Fico feliz em fazer bem para você.

Eu a ouço falar baixinho, encostada no meu peito.

— Queria ter forças para estar ao lado do Marco e apoiá-lo nesse momento.

Sua mão que me acaricia aperta meus músculos.

— Ele sabe que você está aqui torcendo por ele.

— Quando perdi minha mãe, fiquei sem chão, sem saber que caminho seguir.

— Você nunca me contou nada sobre você e sua mãe. — Não sei por que, mas, de repente, sinto a necessidade de falar.

— Minha mãe foi uma guerreira, uma mulher determinada a vencer os desafios que a vida lhe deu para me criar. — Ela pisca os olhos me incentivando a continuar. — Não foi fácil ficar sem ela. Nos seus últimos dias, senti-me inútil por não ser o oxigênio que ela precisava para poder respirar.

— Você deve ter sido o melhor filho!

Por alguma razão, acho libertador falar desses sentimentos para ela, principalmente porque não procurei ainda um terapeuta novo, assim indicado pela Daniela. Fiz apenas o tratamento com a medicação indicada pela dra. Isabel, e isso me tranquilizou. Claro que venho arriscando um pouco com a sorte, pois só a tomei por três meses e sei que precisava continuar. Porém, meu organismo rejeita qualquer tipo de susbtância, mesmo que elas sejam para o meu benefício.

— Fiz o que pude, dentro das minhas limitações.

— Como era ela?

— Linda! — Reflexivo, lembro-me de como era feliz com tão pouco. — Minha mãe tinha olhos claros como os meus e cabelo negro, um contraste perfeito. Para ela, tudo estava bom.

— Ela nunca se casou?

— Não... Amor, para ela, era uma vez só na vida — concluo, compelido. — Ela sonhou com o mesmo amor a vida toda e ele se bastou.

— Esse amor era seu pai.

— Meu progenitor. — *Um ser abjeto*, penso comigo.

— Não precisamos falar dele, se não quiser.

Seus dedos trilham um caminho de carinho pelo meu braço. Essa cabecinha inteligente e compreensiva tem me surpreendido.

— Adoraria ter conhecido sua mãe. Ela realmente lutou bravamente para criar você.

Ela sabe que minha mãe era cadeirante e que, como artista plástica, trabalhava dia e noite para cuidar de mim.

— Sim, bravamente, mas ela não quis continuar lutando por sua vida. Ela simplesmente se entregou, e o resto você já sabe.

Ela me olha dizendo que tem mais o que saber e mudo de assunto bruscamente.

— Imagino a dor que o Marco está sentindo por perder sua filha, que irradiava força de viver. Aquela menina também era uma guerreira. Eu queria poder mostrar para ele um caminho menos tortuoso para aliviar essa dor.

— Você não é o Mestre dos Magos, sabia?

Um leve espasmo singular se mistura com uma gargalhada.

— Mestre dos Magos?

— Isso mesmo. Você não pode querer achar a saída de tudo para todos. Como você pode pensar sempre nos que estão à sua volta e esquecer-se de você? Ele é seu amigo e tem sua família e a Bárbara. E você tem a mim.

— Tenho você? Mesmo me achando parecido com um velhinho baixinho careca?

— Velhinho às vezes. — Ela sorri. — Mas somente aqui. — Leva a mão à minha cabeça, indicando. — De resto, acho você um garotão.

— Não sei se tomo isso como um elogio ou uma ofensa, bonequinha pensante!

Entre risos, bagunço seu cabelo com um beijo na testa. Ela consegue ser amiga, uma excelente amante e uma animada distração. A mistura completa para uma mulher. Tenho vontade de dizer a ela muito mais, porém me contenho para não falar algo tão especial neste momento de vulnerabilidade.

— Essas gargalhadas não são por que bagunçou meu cabelo e me fez parecer uma bruxa, né? Porque, se foi, saiba que sou uma fada e sei encantar.

— Não, Bya, essas risadas são porque você é... — Paro e respiro fundo. — ...especial.

— Ufa, que alívio! Por segundos, pensei que iria falar palhaça. Você pode me achar impulsiva, às vezes, mas eu também sou sensível e paciente.

Abraço-a mais forte, levanto sua cabeça e capturo seu olhar, no qual vejo toda a empatia.

— O que faço com você?

— Tenho mil ideias, mas acho que, por agora, só me abraçar e me deixar ficar aqui confortando-o já é o bastante.

— Isso é o que mais quero.

Ela se ajeita melhor, e o silêncio aquece e abriga nossas carícias taciturnas.

— Espero que goste da mensagem que enviei para o Marco junto com as flores. Mandei uma cópia para o seu e-mail.

— Obrigado. Não tinha pensado nisso. Nem mesmo na coroa de flores com a Peppa. Você pensou em tudo.

— Você sabe rezar?

— Sei! Por que está perguntando isso?

— Porque faz tempo que não rezo e queria que você rezasse comigo. Para a Vitória, por sua mãe e meus pais.

O óbvio não deixa espaço no peito para eu duvidar de que a amo, de que vou sufocá-la com meu amor, de que vou arrepender-me por isso, mas arrumarei um jeito para ela me perdoar e me amar. Venho evitando este amor por ser demais, mas chega de ficar sozinho. Quero-a comigo assim. Na felicidade e na dor e juntos, sentindo o mais lindo sentimento.

O tempo não conta quando precisamos de um beijo, e nossas almas juntas se beijam primeiro. Assim rezamos baixinho de mãos dadas até o silêncio voltar.

— Pedro?

— Oi! — Quase adormecido respondo.

Ela demora a falar e, baixinho, pergunta, com a fala contida.

— Você acha que começamos do modo errado?

Como responder o que começamos se nos impedimos de iniciar? Minha pupila, você me deixa alucinado. Pergunto-me dia e noite: que amor louco é esse e você quer saber se começamos do modo errado? Não sei responder, a não ser que você não sai da minha pele, da minha mente. Seu cheiro está impregnado nas minhas narinas. Sinto o seu sabor na ponta da língua a cada vez que me lembro de você e quando estamos juntos. Ah, quando estamos juntos! Não sei o que fazer, não sei por onde começar, sinto-me bobo, inexperiente.

— Acho que sim! — Meus pensamentos intrusivos me mandam beijá-la. Senão, quando eu acordar, ela não estará mais ao meu lado.

Tento me concentrar apenas nas nossas carícias. Faço de tudo para não ouvir meus pensamentos. Este é um momento de carinho, não de namoro.

Beije-a, Pedro.

Os pensamentos insistem. Não quero perder o sono e rendo-me a eles.

— Beatriz?

— Oi! — Ela levanta o rosto para mim.

— Admitir que começamos do modo errado não significa que foi ruim. Só ainda não descobrimos como continuar.

— Então, isso significa mais um talvez entre nós.

— Não, minha pupila. Isso significa que não disse a você um talvez de propósito. Não quis feri-la. Só acho que precisamos saber tratar dos machucados para não deixar cicatrizes.

Ela abaixa o olhar, e eu levanto seu queixo com o dedo.

— Sabe o que minha cabeça está pedindo para eu fazer?

— O quê?

Estremeço com a expectativa. Meus braços a puxam, trazendo o rosto dela à altura do meu.

— Ela está pedindo para eu beijá-la.

— Então faça o que ela diz.

Passo meu rosto pelo dela, lentamente, da face ao queixo, reconhecendo o seu cheiro, sua forma, os fios de cabelo se misturam com a terna carícia e, delicadamente, sem pressa, aprecio o seu rosto, tirando as mechas que encobrem sua beleza.

— Bela! Bela como a luz da vida! — Meu polegar circula seus lábios. — Perfeitos! — falo próximo ao seu rosto, aproximando-me. — Não feche os olhos, Beatriz, olhe dentro de mim. Veja o que meus olhos dizem a você. — Sinto formigar minha nuca ao ver a intensidade no seu olhar. Nossos lábios se tocam como se estivessem se conhecendo, lentos, descompassados, acelerados. Somente nossos corações se conectam com o ar que sai dos nossos pulmões. — Você é muito especial para mim, Beatriz. — Seus dedos enlaçam os meus e as nossas palmas suadas e quentes se reconhecem, assim como nossas línguas absorvem o que cada um tem a dizer para o outro. Não precisamos do toque quando o beijo é um elo. Mesmo não sendo um beijo luxurioso, ele é lascivo de sentimentos. O magnetismo entre nós é crescente! Não há impressões possíveis em um amor por vestimenta, por porte físico ou por favorecimentos. Nosso amor é puro e cheio de promessas em busca de uma tormenta de paz.

Capítulo 20

Beatriz Eva

Acho que caí adormecida com os meus lábios colados ao dele.

— A culpa é sua.

Minha? O que é isso? Acordo com as palavras do Pedro, mas não abro os olhos. Recuso-me a encará-lo.

— Não quero você aqui.

Diacho de homem doido. Será que dá para ele decidir se eu faço bem para ele ou não?

— Vai embora.

Arregalo os olhos e me dou conta de que não é comigo que o Pedro fala. "Sonilóquio"?

— Você tinha de ter feito algo por ela enquanto estava viva. Vai embora.

— Pedro? — chamo-o, baixinho.

O relógio da mesinha de cabeceira marca 4h25.

— Você não tem direito a nada. Você foi o maior câncer na vida dela e a foi matando um pouquinho a cada dia, desde que a abandonou.

Quem matou quem? Não sei o que fazer. Assustada, olho para ele totalmente desamparado, perdido em seus espasmos e em uma luta interna.

O que faço? Temo sacudi-lo, pois sempre ouvi dizer que é perigoso acordar alguém de um pesadelo. O suor escorre por seu rosto e seu corpo está frio, quase congelado. Até sua expressão está diferente. Seja lá com o quê ou quem esteja tendo pesadelos, é insuportável vê-lo sofrendo.

— Já não basta o que você fez? Não quero nada seu. Quem tinha de receber algo não está mais aqui.

Sua voz é chorosa, movida pela dor. O que será que aconteceu no seu passado? Será que esse pesadelo é real ou fruto de sua imaginação?

— Pedro? — chamo-o novamente, deslizando a mão delicadamente por seu rosto.

— Você também, Beatriz, vai embora junto com eles. Não preciso do seu olhar de piedade.

Não sinto piedade por você, meu garoto grande e assustado. Não suporto vê-lo falar assim de mim. Dilacerada em ver seu estado, mantenho-me firme e gentil, fazendo carinho, e ponho as mãos na sua face.

— Está tudo bem, Pedro. Eu amo você e nunca vou olhá-lo com pena. Acorde, meu amor. — minhas palavras saem como um sussurro.

Ele não se mexe. Chega a ser angustiante.

— Relaxe, meu amor. — Parece que, no fundo, me ouve. — Amo você, como nunca imaginei amar alguém. Como é que posso, um dia, sentir pena de um homem que cuida de mim, que me faz perder o chão que piso... E se tornou o ar que respiro?

Seu semblante vai mudando, e ele para de se debater. Fico olhando para ele e afagando o seu cabelo até que ele parece relaxar e sair do pesadelo.

Sinto alguns espasmos do seu corpo e motivo-me a continuar acariciando-o.

— Você é único. Meu grande amor, entendeu? Seja lá o que tenha causado esse pesadelo, nunca duvide de mim. Amo você do fundo do meu coração.

A respiração que parecia estar presa nos seus pulmões sai com uma bufada de ar.

— Ei? Você não ronca também, né? Não vai querer me assustar na primeira noite em que dormirmos juntos. — Sorrio sozinha.

Mais uma bufada e percebo-o mais relaxado.

— Isso, ronque, meu amor. Se for para ter sonhos, prefiro assim. Pode apostar: é melhor vê-lo roncando e sonhando do que tendo "sonilóquios" durante um pesadelo.

Brincadeiras à parte, sou pega de surpresa quando a adrenalina diminui no meu corpo. De repente, sinto meus olhos encharcados de lágrimas.

— Você me assustou, viu, seu lindo? — Beijo sua testa e levanto de mansinho. O relógio marca 4h50. Está quase no meu horário.

Faço tudo de mansinho. Não quero acordá-lo. Ontem o dia não foi bom para ele e, pelo que vi, a noite também não.

Arrumo-me rápido. Quero preparar para ele um café da manhã especial. Não sei se serei tão eficiente quanto ele na arrumação da mesa, porém farei o meu melhor.

Fico a manhã inteira pensando em mandar uma mensagem para ele e desisto. Não quero parecer ansiosa nem fazer projeções sobre nosso beijo tão cheio de promessas da noite passada.

Desisto de ficar na palestra da professora Salete, a coordenadora da monografia. Não consigo me concentrar em nada e caminho em direção ao estacionamento para pegar o carro e dar uma volta. O pesadelo do Pedro parecia tão real...

— O que será que aconteceu no seu passado? — Abraço o volante sentindo-me interrogativa. — Será que ele sempre tem esses pesadelos?

Não consigo entender por que ele nunca fala do seu passado.

— Beatriz, você alguma vez perguntou? — ralho comigo.

Desorientada e perdida nas minhas dúvidas, pego a estrada para Itapecerica da Serra.

Pedro ainda não sabe, mas eu comprei um terreno em um loteamento fechado. Quando contei ao corretor minhas ideias sobre a urbanização e o paisagismo do local, que estava me formando naquele semestre e que seria uma honra usar o terreno como inspiração para meu trabalho final, ele ficou deslumbrado. Não só aceitou fazer parte da conclusão do curso, mas também me entregou todo o projeto do loteamento.

Passei o começo da tarde sentada em uma pedra no alto do vale que circundava o loteamento. Fiquei sonhando e fazendo anotações.

A natureza tem esse poder sobre mim. Seu som me acalma e organiza meus pensamentos. Não fui para o escritório. Pedro tinha deixado claro que ficaríamos dois dias de luto.

Já em casa, rascunhando toda a inspiração da manhã, perco a hora. E o perfume masculino misturado com o ar frio do ar-condicionado me dá a impressão de estar sendo observada. Ele tem esse poder sobre meu corpo.

Incapaz de parar os primeiros traços da planta baixa que comecei a desenhar sobre o papel, não percebi quando ele chegou, nem que horas eram. Até então, só havíamos trocado algumas poucas mensagens depois do almoço.

Bya: Acabei de chegar. Você está no escritório?

Pedro: Não. Estou com o pai do Marco cuidando de alguns papéis.

Bya: Estou em casa. Se precisar de alguma coisa, me avisa.

Pedro: Obrigado, Bya.

Bjs

PS

A tranquilidade da natureza foi uma chacoalhada meditativa, pela qual descobri não ser a minha mente que precisa descansar, mas meu corpo, que ainda ardia por ter dormido nos braços do Pedro sem que mais nada tivesse acontecido além do beijo. Foi confortante e muito romântico. Acho que era o beijo mais desejado da minha vida, porém, de tão ansiosa, me lambuzei toda com seu toque, e isso o impediu de seguir em frente. Meu Jesus Cristinho! Acho que virei uma ninfomaníaca. Também, o que posso fazer se ele me provoca essa devassidão de prazeres?

— Não vai comer nada?

— Você chegou? — Viro a cadeira giratória ao som de sua voz rouca e largo o lápis em cima da prancheta. Não sei se corro e me jogo nos seus braços ou se espero que venha até mim. Como é difícil esta situação, sem saber se é namoro ou amizade, se é só sexo ou atração física. Também, quem manda ser tão másculo, viril, e, ao mesmo tempo, parecer tão carente!

Decido por nós dois e pulo da cadeira.

— Ai! Que cadeira tarada! — reclamo ao perceber que me desequilibrei devido à minha saia enroscada nas rodinhas. Suas mãos ágeis me amparam e impedem minha queda.

— Será que preciso trocar o mobiliário ou você passou o dia estudando e se esqueceu de comer?

Propositalmente, ele puxa meu corpo para próximo a si, sem nenhuma intenção de se afastar.

— Não, bonitão, dessa vez sou inocente. Foram as malditas rodinhas que me *trollaram*.

— Hum, acho que vou espalhar cadeiras como esta pelo apartamento e pelo escritório.

Ele sorri sarcasticamente ao perceber junto comigo que o elástico preso às rodinhas faz com que minha saia fique a centímetros do meu corpo.

— Vejo que a cadeira não é a única tarada por aqui.

Seus dedos fortes e quentes sobre meus braços me esquentam até a alma e acordam meus sentidos, dominando-os.

— Confesse: hoje você colocou essa saia com segundas intenções.

Ele brinca. Céus! Como um simples contato de pele pode mexer tanto com a minha libido.

— Verdade! Minha mente é muito fértil! — Encaro-o e puxo o elástico da saia. Conclusão: nossos corpos colidem. O impacto é suficiente para eu sentir a muralha do seu peito e a dureza do seu abdômen bem definido. Faíscas saem dos nossos olhos.

— Agora é aquela hora do beijo?

Ele joga a cabeça para trás, rindo.

— É?

— Não sei na vida real, mas, nos livros e filmes, sempre tem uma cena dessas. Quando a mocinha é amparada pelo mocinho, eles se olham e se beijam.

— Mocinho? Pensei ter ouvido você me chamar de velhinho baixinho, ontem.

Estamos ambos descalços, e os seus pés brincam com os dedos dos meus. Ele é um psicanalista dos meus instintos e tem o dom de arrepiar até os pelos das minhas narinas.

— Mencionei o Mestre dos Magos por sua determinação em querer encontrar saída para todos, mas acredito que você se parece mais com Yoda. — Eu me aproximo mais do seu rosto. — Você é mais sábio e inteligente. Então, acho que sabe o que fazer. Se está me segurando até agora, é porque quer um beijo meu.

— Estou mal. — Ele ri e sussurra, retribuindo a minha provocação. — Você acaba definitivamente de me classificar como baixinho, só que verde e enrugado.

Movo meu corpo delicadamente. Ou beija ou sai de cima, mas ele ignora meus movimentos, atraindo-me mais perto, só que dessa vez passando os braços pela minha cintura. Boa! Isso significa beijo.

— Suponho que você não entendeu o que quis dizer. Quem sabe lendo a linguagem do meu corpo você entenda? — replico satisfeita, roçando meus lábios aos seus.

Não tenho forças para lutar contra seu corpo quente. Então me rendo às suas provocações e à sua virilha pressionada na minha pelve mostrando toda a sua virilidade. Classifico na minha mente o meu estado de espírito um pouco como diz um personagem de *Auto da Compadecida*: um está doido para beijar e o outro está doido para ser beijado. Então está tudo certinho. A ordem não é necessariamente essa no filme, mas na minha mente, agora, é tudo o que consigo pensar. Dou uma ajudinha e umedeço os lábios com a ponta da língua. Oh, céus, ele vai me beijar! Estou vendo isso no seu olhar felino e na sua expressão totalmente decifrável. Um dos seus braços que enlaça minha cintura sobe lentamente pela minha espinha, trilhando um calafrio dos céus, até parar no meu rabo de cavalo.

— O que está esperando, Beatriz?

Ele suga meu lábio inferior. Seus olhos intensos me hipnotizam. Aquela sensação estranha de que todos os nervos do meu corpo se contraem aparece, e, por mais que minha feminilidade se umedeça, estou decidida que só passarei para outro nível quando a iniciativa partir dele. Gosto dessa situação erótica e sensual estabelecida por nossos corpos, porém a pontinha de orgulho depois do nosso banho erótico e o desinteresse dele em me procurar depois para falar sobre qualquer coisa ainda martelam na minha cabeça.

— Um beijo! — Não só um beijo, claro, mas o que ele pode render depende de você.

Seus lábios esboçam um sorriso. Filho da mãe! Ele sabe exatamente o que causa em mim!

Ele estala os lábios na minha face.

— Assim é o beijo que você espera, Beatriz?

— Assim mesmo — sussurro frustrada e, ao mesmo tempo, estremecida com seu contato. *Bem pão com ovo*, penso comigo.

— Que pena! Estava pensando que pudesse ser assim!

Seu beijo mistura-se à nossa respiração e chega a eletrizar, como se a nossa conexão nos arrepiasse até a alma. *Assim é melhor*, penso comigo. Gemendo, ele me puxa voluptuosamente para mais perto, como se isso fosse possível, e todas as iniciativas partem dele: cada toque, cada carícia e cada carinho. Sou apenas a coadjuvante nesse desejo lascivo.

— O que acha de sairmos para jantar?

— Você está me cortejando, Pedro? — consigo falar, ofegante. No fundo, queria ser seu prato principal, mas, se ele quer me levar para jantar, ainda tenho a esperança de ser a sobremesa.

— Esta ideia a assusta?

— De jeito nenhum. — Ele tenta buscar meus lábios novamente, e eu levo a cabeça para trás. — Se esse é um encontro, estarei pronta em vinte minutos! — Dou um beijo casto.

— Não se atrase. Detesto ficar esperando.

— Você está falando sério?

— Muito sério!

Pisco para ele, feliz.

— É o meu primeiro encontro com um rapaz. Agora, se você não se importa, tenho de me arrumar.

 Capítulo 21

Beatriz Eva

Beatriz Morena Tropicana: Tenho um encontro e estou indecisa sobre qual roupa usar.

Mando uma mensagem para meu grupo com a Elaine e o Beggo. O nome do grupo é Anunciação, uma brincadeira com a música do Alceu Valença, de quem o Beggo é fã. Antes de o batizarmos assim, sempre que marcávamos alguma coisa, meia hora antes ele começava mandar mensagem: "Tu vens?". Quando não, ele mandava áudios com o refrão da música, e assim ficou sendo. Ele tem mania de usar as músicas do seu ídolo para tudo. Eu, por exemplo, sou a "morena tropicana". Já a Elaine ganhou o apelido de "vampira", porque um dia os dois saíram, ela bebeu todas e o infernizou a noite toda dizendo que daria um beijo em seu cangote.

Elaine Vampira: Conta tudo.
Beggo Bicho Maluco: Que progresso! Até que enfim desencantou do tiozão.
Beatriz Morena Tropicana: Quem disse? Estou cada vez mais encantada, só para o seu bico. Agora não posso falar muito. Entrando no banho. Ajudem-me a escolher algo apropriado. Vocês conhecem meus figurinos. Grande parte deles foram vocês que escolheram comigo.
Beggo Bicho Maluco: Mentira?
Elaine Vampira: O quê?

Eles ficam se provocando, e eu vou para o banho rapidinho. Confiro tudo esperançosa. É apenas um jantar, porém não sei se depois dele posso vir a ser a sobremesa. Então, verifico.

Pepeca depilada, ok.

Pernas depiladas, ok.

Axilas depiladas, ok.

Enquanto me enxugo, pego o celular para ver se eles já chegaram a um consenso do que usar. Caraca! Foram 157 mensagens em poucos minutos e a Elaine ainda não sacou.

Beggo Bicho Maluco: Acorda, querida, ela vai sair com o tiozão.

Elaine Vampira: Precisava ter enrolado até agora para dizer que ela vai sair com o Pedro? Nem acredito que não pensei nele.

Beatriz Morena Tropicana: Centenas de mensagens e nada de opinião. Vocês já foram melhores amigos.

Elaine Vampira: Estou tão surpresa que nem lembro qual roupa já compramos juntas. Quando você falou um encontro, era um encontro de verdade?

Beggo Bicho Maluco: Não, querida, é de mentirinha. Ela está toda regada na ansiedade com suas respostas, porque queria nos enganar.

Beatriz Morena Tropicana: Desisto de vocês. Meu coração parece que vai sair pela boca e vocês ficam nessa de discutir.

Beggo manda um áudio em que canta "Coração bobo".

Beggo Bicho Maluco:
Meu coração tá batendo
Como quem diz:
"Não tem jeito!"
Zabumba bumba esquisito
Batendo dentro do peito.

Beatriz Morena Tropicana: Engraçadinho. Vocês não ajudaram em nada.

Elaine Vampira: Você gosta de cantar? Está na hora de aprender, querido. Meu ouvido não é penico.

Beggo Bicho Maluco: É verdade, seu ouvido não é penico. Você está na classificação tanque de esperma.

Desisto deles. Não sei por que, mas acho que a paixão que a Elaine vem alimentando pelo Beggo está mais forte a cada dia. Jogo o celular na cama. Aquela discussão deles vai longe.

Beatriz Morena Tropicana: Amanhã nos falamos.

Com o estômago contorcendo em nós e o corpo em espasmos de excitação, pego-me escolhendo a lingerie mais sexy que tenho, na cor pitanga. De frente para o espelho, vejo o reflexo de uma mulher cujo humor tem o mesmo tom da peça: cítrico e adocicado. Sorrio. O que duas pequenas peças não fazem com a autoestima de uma mulher! Sinto-me bem e poderosa. Se tenho alguma imperfeição no meu corpo, nem dou bola. O que vale é o poder que aquela lingerie me dá.

Tudo dentro do meu armário é muito Beatriz. Não gosto de nada formal, mas também não vejo por que sair com algo esportivo demais. É difícil morar debaixo do mesmo teto que o homem que vai levá-la para jantar e ainda por cima conseguir surpreendê-lo. Passo cabide por cabide, e nada. Até que um vestido preto chama minha atenção. Não! Pretinho básico nunca falha, mas ainda não é isso que eu quero. Meu celular não para de apitar e, curiosa, pego para ver se os dois amigos desnaturados chegaram a alguma conclusão. Para minha surpresa, além de mais centenas de mensagens dos dois que não me atrevo a perder tempo para ler, há uma que me atrai e faz meu coração disparar.

Pedro Salvatore: Ansioso para nosso encontro.

Que fofo! Um dia, ele falou que não era romântico. Discordo totalmente dessa teoria.

Beatriz Morena Tropicana: Somos dois. Acho que vou atrasar dez minutos.
Pedro Salvatore: Logo no primeiro encontro? Rssss. 21h.

Realmente ele está muito compreensivo. Até passou para um horário mais adiante. Já que estou em vantagem, aproveito para provocar meus amigos. Envio a eles uma cópia da primeira mensagem do Pedro. Decidida e encorajada, puxo um tomara que caia vermelho do cabide e baixo as alças do sutiã.

— Pronto! Linda, porém ordinária.

Ansiosa e animada, ouço a campainha.

— Não atende, Pedro — suplico. Seja quem for, se ninguém atender, vai embora.

Outro toque. Justo no nosso primeiro encontro tem de aparecer uma visita.

Mais toques insistentes. Se o Pedro não atendeu, deve partilhar da mesma opinião. Uma sequência de sons se espalha. Meu celular, a campainha e as minhas lamentações, todas juntas ao mesmo tempo.

Entre tantas opções, escolho a mais simples: meu celular.

Pedro Salvatore: 21h02, estou esperando você.
Beatriz Morena Tropicana: Onde você está?

Pergunto assim que chego à sala, e a campainha não dá trégua.

Pedro Salvatore: Onde estou? Na sua porta. Pelo que me lembro, temos um encontro marcado.

Uau! Ele sabe fazer do primeiro encontro um verdadeiro acontecimento.

Trêmula, abro a porta e ele rouba meu fôlego. Com as mãos para trás, parece tão ansioso quanto eu. Veste uma calça cargo azul-marinho e uma camisa listrada no mesmo tom. Está simplesmente lindo.

— Oi.

Ele me cumprimenta, e seu lábio dá diversas fisgadas para a esquerda. Nunca vi esse tique, mas acho charmoso. Sua boca é fascinante e libidinosa. Sei que, agindo assim, ele quer me agradar fazendo tudo certo. Porém, não posso deixar de fantasiar sua boca percorrendo minha intimidade nos lugares secretos do meu corpo, que vibra tanto ao vê-lo.

— Não contava com você vindo me cortejar na porta.

— Achei mais respeitoso. Quero que seu primeiro encontro seja como você merece.

Suas íris esmeralda que se destacam nos seus olhos se movimentam da minha cabeça aos meus pés, como um scanner que vai de ponta a ponta do documento, imprimindo um arrepio no meu corpo. Noto suas pupilas dilatadas passarem de um verde translúcido para um tom mais escuro.

— Você está linda.

O som rouco da sua voz é diferente. Há uma mistura de carinho com desejo.

— Obrigada. Você também está perfeito.

Não sei o que dizer. Poxa! Este é meu primeiro encontro, e o Pedro está me deixando nervosa, desarmada. Luto com a agitação dos meus sentidos.

Quero parecer preparada para ele, mas simplesmente é impossível — Será que devo convidá-lo para entrar e beber alguma coisa antes de sairmos?

— Se você me convidar para entrar, não sei se seremos capazes de sair. Este vestido está me testando. Talvez seja mais interessante ficarmos em casa e jantarmos por aqui.

O homem me enlouquece, me deixa devassa, acende meus desejos mais libertinos, sem contar com a chama que incendeia meu corpo quando ele me olha daquele jeito, como um lobo faminto. Querido, isso é porque você ainda não viu o que tem embaixo dele. Sorrio por dentro, impaciente.

— Então acho melhor irmos.

Oh, céus! Como é possível resistir a esse homem e não desistir do encontro? O mar verde dos seus olhos me afoga de paixão.

— Não antes de entregar um presente de agradecimento por aceitar sair comigo.

Seus braços se movem em câmera lenta, e suas mãos me entregam um lindo *bonsai* todo florido com rosas-do-deserto.

— É lindo! Como você conseguiu isso? — pergunto, surpresa.

— Digamos que viver por algum tempo com a minha acompanhante do primeiro encontro ajudou na decisão do que melhor poderia agradá-la.

— Você ainda me diz que não se parece com o Mestre dos Magos. Você faz mágica? Não só se arrumou tão lindo, mas também conseguiu comprar um presente em tempo recorde.

— Minha mágica foi seu atraso.

— Agora entendi por que não ficou bravo. — Jogo a cabeça para trás, sorrindo. — Tem um cartão?

Ele acena positivo com o mesmo tique no lábio. Por que será que nunca o vi antes?

Recuo um passo. Preciso apoiar o *bonsai* em algum lugar para ler o cartão.

> *Beatriz,*
> *Nenhuma flor seria mais expressiva para representá-la do que a rosa-do-deserto.*
> *Tanto quanto ela, admiro você por ser tão resistente, receptiva e suportar as fortes temperaturas com que a vida a aquece.*
> *Tanto quanto ela é capaz de armazenar uma grande quantidade de água para sobreviver, você é capaz de armazenar muita ternura.*

É bela, exótica e rara, tem um formato único que eu admiro desde o dia em que a conheci.

Adapta-se perfeitamente aos ambientes e, mesmo cultivada em um vaso ou na imensidão de um grande deserto, é capaz de florir de forma majestosa por uma vida inteira.

Cultivá-la é uma tarefa complicada, mas bastante prazerosa e encantadora.

Da mesma forma que com esta árvore, desejo ter a sabedoria de vê-la florir por uma vida inteira. Sei que, para este vaso chegar aqui, ele passou por muitas intempéries, porém hoje ele se mantém firme e forte, assim como espero que ele floresça como você amanhã, depois de amanhã, depois e depois de amanhã e assim por diante por toda a sua vida.

Um surto de beijos, flor do deserto.

Pedro Salvatore.

Uau! Se isso não é um "eu amo você", não sei o que é. Ler seu cartão me emociona. Então sou uma rosa-do-deserto e ele deseja me ver florir, amanhã, depois de amanhã, depois e depois? Ouvir uma palavra romântica não chega a emocionar tanto quanto uma comparação. Desde que comecei a trabalhar como paisagista, fascinei-me pelas histórias e origens das plantas. Conhecia todas as curiosidades da rosa-do-deserto, porém ele conseguiu descrevê-la de forma tão poética e carinhosa que é como se eu fosse um espécime vivo da planta.

De costas para ele, sinto-o se aproximar de mim.

Capítulo 22

Pedro Salvatore

  É irônico, para não dizer broxante, lembrar-me do Marco justo agora, exatamente quando tenho à minha frente a imagem da mais bela e angelical fada Aguane, de formas humanas e aspecto sedutor. Enfeitiçado, não canso de olhar como é linda, mesmo de costas. Como um ímã, o seu corpo me atrai. Com riso de lado, pego-me apelidando-a em minha mente, como o Marco fazia em seu exagero galanteador, quando se referia à Bárbara como sereia. Seu cabelo negro solto, comprido, brilha cobrindo seu pescoço e arremata a sua silhueta perfeita.
  A ansiedade é a inimiga número um para quem tem TOC. Quando a chamei para jantar, não passava pela minha mente que tudo virasse um acontecimento. Na verdade, foi um convite despretensioso. Mas uma coisa foi chamando outra e, quando vi, estava totalmente envolvido na situação.
  Meu caso com a Beatriz acontece com a fúria de uma tormenta que me devasta de desejos e impulsos.
  Do momento em que saí do seu quarto até agora, senti repuxar o canto direito da minha boca como um tique nervoso. Tomei banho em tempo recorde, dei uma volta, enfim, tentei mil distrações para não ficar tão ansioso à sua espera. Tentei mil coisas para fazer isso parar, mas nada adiantou. Não entendo. Não sou nenhum moleque prestes a ter o seu primeiro encontro.
  Quando vi nos seus olhos a alegria por considerar meu convite como um encontro, eu quase a peguei no colo, tamanha minha felicidade.
  Ela me faz sentir querido, homem e viril. Nos seus olhos, vejo um sentimento que vai além da gratidão. Quando penso na imagem do cupido acertando uma flecha no coração, entendo perfeitamente o que isso representa, pois aquela diabinha não só acertou, mas também fincou a lança, varando-a do outro lado do meu músculo cardíaco.

Faz-me sentir essencial a ela, mostrando que pode, mas não quer, viver sem mim. Hoje sei que ela não precisa dizer que me ama, simplesmente porque a forma como demonstra tal sentimento é natural. Não sou bom para declarações do tipo "eu amo você". Se o que sinto por ela tem um nome, ela só descobrirá por minhas atitudes. Simplesmente não sei dizer estas três palavrinhas.

— São lindas.

— Quando o vi na floricultura, imaginei que fosse gostar. Fico feliz que gostou.

— Ele também é perfeito, mas eu me referia às palavras do cartão.

Respiro fundo próximo a ela. Inebriado, solto o ar lentamente, já com saudades do perfume do seu cabelo, um aroma cuja essência exótica chega a me comprimir os testículos, despertando meu sentido de querer cheirá-la mais.

— Seu perfume é um mistério. — Com o queixo, afasto seu cabelo que encobre o pescoço. — Delicioso! — Inalando, esfrego meu nariz por toda a extensão lateral da sua nuca, chegando à sua orelha. — Viciante!

— Toda mulher precisa ter um segredo.

Agrada-me ver o quanto está arrepiada.

— E todo homem sortudo precisa ser persistente e tentar descobrir todos eles — digo, baixinho, ainda explorando seu cheiro afrodisíaco. E, quando falo afrodisíaco, não exagero em uma só letra, como se mede pelo meu pênis dolorido dentro da cueca, gritando libertação.

— Acho que essa é a intenção.

— E se eu disser que essas intenções estão me deixando louco?

— Darão mais motivos para querer continuar o mistério.

Sorrio. A diabinha é tão verdadeira... Dá para sentir o sorriso nos seus lábios quando ela está sedutoramente provocante e deliciosa.

— Melhor eu não falar mais o que me enlouquece em você. — Mordisco de leve o lóbulo da sua orelha. — Não acha? — Transpassando o braço pela sua cintura, dobro a haste de uma rosa vermelha como o sangue que fervilha nas minhas veias e levo à sua orelha. — Perfeitas!

— Ah!

Ela suspira e vira-se de frente para mim, com os olhos fechados. Sei que espera um beijo. A minha vontade é tomá-la nos braços e esquecer tudo. Não sei se consigo ficar só no beijo e não quero ser injusto. Ela ficou muito excitada com este encontro. Então tento me conter, apenas aproximando meus lábios aos seus em um contato raso e inocente. E como amo esse toque macio! Que se dane esse negócio de fazer tudo certo. Torno-me novamente egoísta e, quando vejo, estou explorando cada espaço da sua boca com a minha língua intrometida sem pedir permissão para preenchê-la.

Afasto-me dela a contragosto. Vejo-a morder o canto do lábio inferior, tentando esconder o nervosismo. Esse beijo foi tão sôfrego e sem fôlego que mal conseguimos puxar o ar juntos. Sinto-me excitado, porém um pouco mais relaxado. Até o tique ansioso no meu lábio diminui de intensidade.

— Acho que precisamos ir.

— Aonde?

— Temos uma reserva.

— Como? Em tão pouco tempo, você conseguiu também fazer uma reserva em algum restaurante?

— Já disse que sou um sortudo, também por conhecer as preferências gastronômicas da minha acompanhante.

Eu a conduzo com os braços na sua cintura, saindo pelo corredor.

— E posso saber aonde vamos?

— Não!

Brincando, aperto seu queixo, dando nela um beijo casto.

— Não?

— Também sei manter segredos. Acredite: o restaurante irá agradá-la.

— Só porque eu disse que tenho segredos, você resolveu aguçar a minha curiosidade.

— Digamos que a sua curiosidade não será aguçada por tanto tempo, enquanto a minha será eternizada. Ou você vai me revelar o segredo do seu perfume?

— O que acha de algumas dicas?

Ela pergunta assim que a porta do elevador se abre, exibindo um interior cheio e barulhento. Moramos dois andares abaixo do salão de festas e, pelo grupo de rapazes dentro da cabine, imagino que estava rolando um churrasco de bigode, dado o ar recendendo álcool e fumaça. Os infelizes assobiam sem me ver; dou um passo à frente e me ponho ao lado dela.

Com uma pontinha de frustração e hesitação, não a deixo entrar, impedindo sua passagem com o braço.

— Opa! Está cheio. Podem descer — aviso aos garotos desnutridos.

— Somos só cinco. — Um deles aponta a plaquinha indicativa da capacidade do elevador. — Se estiverem com pressa, é melhor descerem com a gente. — A esponja raquítica cara de pau encara a Bya na minha frente. — Tem muita gente ainda para descer.

— E, ele se esqueceu de citar, mais bêbados também. — Outro rapaz acrescenta, apoiando no seu ombro um sujeito babão, e todos riem.

— Não temos pressa — digo sério, ficando na frente dela. — Podem descer. — De jeito nenhum vou entrar com a Bya nesse elevador. A porta se fecha e ele desce.

— Tudo isso foi medo de me jogar aos lobos? — Ela me abraça.

— Prevenção — digo, entre os dentes. Quase não acredito ao me sentir tremer por dentro, de ódio. A forma como os bastardos olhavam para ela me desconcentrou.

— Meu herói! — Orgulhosa, ela beija minha face. — Vamos pelo elevador de serviço. — Ela puxa minha mão, fazendo-me perceber que a fúria de segundos atrás me deixou totalmente estático e de punhos fechados. Que tipo de reação foi essa?

Nunca fui ciumento a ponto de encrencar com determinados tipos de roupas que minhas namoradas usavam, mas este vestido que ela pôs hoje, definitivamente... Darei um jeito de bani-lo do seu armário, ou restringir o uso apenas dentro de casa, de preferência no quarto, de portas fechadas. Só para mim. Olhando para ela, entendo perfeitamente por que os hormônios dos garotos berraram dentro do elevador. O vestido marca sua silhueta como uma segunda pele cobrindo seu corpo escultural. E os saltos? São simplesmente eróticos e perigosos. Deixam metade da sua perna torneada mais marcante.

Juro que meu instinto selvagem está tentando domar o lorde que decidi ser em nosso primeiro encontro como um casal, mas está impossível. Ela está malditamente gostosa. Incrível. Feliz. Brilha tanto que me ofusca! Na verdade, isso sempre acontece.

— É uma droga ter um salão de festas na cobertura. Ainda bem que não tem nenhuma assinatura do escritório de arquitetura mais bem conceituado da cidade no projeto deste edifício. Duvido de que a Salvatore concordasse com a ideia de bêbados ocupando os elevadores. — Ela brinca, e eu sorrio para ela.

— E, depois de hoje, dificilmente você verá algum projeto meu que inclua qualquer área de lazer no último andar.

O elevador se abre e ela entra na minha frente, toda charmosa. Fico dividido entre apenas apertar o botão do subsolo ou roçar meu braço no seu corpo e mostrar a ela que o que é meu ninguém tem o direito de desejar. Ela se posiciona propositalmente na frente do painel, impedindo que eu pressione qualquer tecla.

— Licença — digo divertido, roçando o braço propositalmente nos seus seios, enquanto aperto o botão no painel do elevador, indicando o subsolo. O canto do seu lábio se curva, transformando-se em um sorriso travesso.

— Você sempre pede licença depois de tocar em alguém?

— Não, só quando esse alguém fica no meio da passagem.

— Bom saber.

— Quer dizer que não estava esperando? — Dando mais um passo no espaço reduzido, apoio uma das mãos acima do seu ombro na parede. — Seu batom é fácil de sair?

— Preocupado?

— Nem um pouco.

— Então por que perguntou?

— Porque estou louco para testá-lo a noite toda.

— E creio que não pedirá licença?

— Não!

Escorrego a mão por seu corpo e a puxo ao meu encontro. Dentro de mim sinto a necessidade, como um homem das cavernas, em prová-la para saber que é minha, somente minha. O gesto costumeiro se repete: roço meus lábios nos seus, beijo-a sofregamente como um beijo de posse, marcando território, deixando-a sem fôlego e perdida nos meus braços.

Escolto-a até o carro sem dizer nada, abro a porta e delicadamente acomodo-a. No fundo, tento acalmar meus nervos ainda contraídos e a fera indomada que desabrochou dentro de mim. Não sei explicar o tamanho da fúria de que fui tomado. Ao seu lado, a cada dia que passa, sinto um sentimento novo despertar... E o maldito tique nervoso volta com tudo.

— Está tudo bem?

— Tudo bem!

Tento não afetar a voz, debruçando-me por cima dela para afivelar seu cinto de seguranças. Não sei por que esse gesto me conforta. Talvez porque, ao prendê-la no cinto, eu mostrasse ao mundo que ela é minha.

— Não conheço o restaurante em que vamos, mas li bons comentários sobre ele.

— Estou muito feliz por ser você o homem do meu primeiro encontro.

Dou um beijo casto em seus lábios. Ela sabe dizer a palavra certa no momento certo.

Sentado ao seu lado, dirijo pelas ruas de São Paulo, como uma primeira vez, dando um sentido diferente às paisagens. Ela é falante e vê brilho em tudo. Já estivemos centenas de vezes naquela situação, mas agora é diferente. Há um motivo especial.

— Por que tenho a impressão de nunca ter visto você repuxar os lábios?

Ela me pega de surpresa, totalmente desprevenido. Sua curiosidade é inocente; é um querer conhecer-me. O caminho para um relacionamento dar certo é a importância de se falar a verdade. Um caminho onde se desenvolve a amizade, a confiança e a entrega, sem amarras ou muralhas, e, por este motivo, sou espontâneo. Não sei ao certo como falar um pouco de mim, quando admitir para mim mesmo é tão difícil.

— Talvez porque esse tique só apareça quando estou muito ansioso.

— Eu deixo você ansioso?

— Acredite no que seus olhos veem. Estou muito ansioso! — Pisco para ela, desviando o olhar do trânsito por um segundo.

— Também estou. — Ela retribui a piscada carinhosamente. — Veja como as minhas mãos estão frias e suadas.

Ela toca minha mão que descansa na sua perna, tentando me acalmar, um toque frio e quente ao mesmo tempo. A diabinha tem conseguido passar como um trator por cima de cada muralha que ergui em torno de mim. Se ela soubesse como isso é confortante... E se soubesse que os meus rituais são reações naturais decorrentes do TOC.

— É algum tipo de TOC?

Isso não devia acontecer dessa forma. No que ela se transformou do dia para a noite? De fada com poderes paranormais a uma feiticeira que lê mentes?

— Sim, eu tenho. E este é um dos sintomas.

Hoje é moda dizer que todo mundo tem algum tipo de TOC. Qualquer mania as pessoas já rotulam, mas mal sabem elas como são os transtornos de quem convive com ele. Para uma primeira confissão, não me sinto mal, dizendo apenas o suficiente.

— Exagerado! — Ela sorri. — Conheço algumas manias que você tem. Como organizar tudo milimetricamente no escritório. Fora isso, nunca percebi nenhuma obsessão de nada.

Ela leva na esportiva, no bom humor, e eu prefiro deixar as coisas assim por enquanto.

O Tantra é um dos poucos restaurantes no Brasil especializado na culinária da Mongólia, além de incluir também pratos tailandeses no cardápio. Sempre é muito bem recomendado nas páginas de gastronomia. Escolhi para trazê-la em uma das suas filiais aqui na Vila Olímpia. Por ser uma sexta-feira, o trânsito estava caótico na região.

Quando me decidi sobre aonde levar Bya, levei em conta todas as suas preferências gastronômicas. Depois, lembrei-me do quanto ela gostou de conhecer a Patrícia, amiga da Babby, no aniversário da pequena Vitória, por causa das animadas conversas que tiveram sobre massagem tântrica. Confesso que até eu fiquei excitado com os detalhes que ela me contou, e jurei para mim que ainda lhe proporcionaria uma noite que incluísse a tal massagem. Curiosa como é, também pesquisou a respeito do restaurante. Assim, o que era um simples bate-papo sem compromisso acabou se tornando a porta de entrada para a aquisição de um pouco da cultura.

O nome do restaurante não saía da minha cabeça. Quando liguei para reservar uma mesa, o recepcionista mencionou que, além do jantar, o local ofereceria mais algumas atrações.

— É um restaurante de comida asiática? Tantra?

— Sim, o Mongolian Grill. — Com humor, conduzo-a para dentro. — Viu como não esqueço nada do que você me diz?

— Qual foi a parte que mais chamou sua atenção?

— Não foi a forma como eles meditam. Gostei mais da parte da agitação. — Eu a provoco, falando baixinho.

— Então ficou interessado pelos orgasmos múltiplos que a massagem tântrica é capaz de proporcionar?

Ela devolve a provocação sussurrando, e eu tento me concentrar no senhor à minha frente. Enquanto isso, contenho-me para não ser preso por atentado ao pudor, já que uma protuberância surge inesperadamente na frente da minha calça.

Puxo sua mão entrelaçada à minha e roço seus dedos na minha ereção.

— Tem coisas que não podem ser ditas a um homem publicamente.

Dando um passo mais largo à minha frente, ela se posiciona com o quadril na minha ereção e diz:

— Se é para preservar a sua integridade, saiba que meus quadris são largos o suficiente para privá-lo de um escândalo.

Ela para em uma pequena fila na entrada da recepção, e eu aproveito para roçá-la.

— Você é uma diabinha. — Apoio o queixo no seu ombro.

— E você é regador de caixinhas.

— Acho que errei de restaurante — brinco com ela. — Você está me fazendo mudar de planos.

— Nada disso. Aceito essa sugestão na hora da sobremesa.

Ela realmente sabe me provocar. Como é que vou jantar com tranquilidade sabendo que há uma sobremesa à minha espera bem melhor do que qualquer refeição? As pessoas vão entrando e ela as segue.

— Que arquitetura linda! — diz ela, com os olhos brilhando, assim que entramos no restaurante.

— Diferente. — Confesso que não esperava um lugar tão exótico e com tanto bom gosto. Nem me comportar como um adolescente louco para ir ao banheiro dar um alívio. A noite vai ser longa.

Ainda bem que fiz uma reserva. A recepção está cheia de clientes aguardando. Ofereço a ela o único lugar livre no sofá decorado com almofadas de tecidos em padronagem oriental, mas ela se recusa e pede que eu me sente, enquanto olha tudo com bastante atenção. Ela não dá desconto, me provoca e se remexe, faz algumas observações, sempre comprimindo minha ereção com o seu bumbum delicioso e impetuoso.

Levo meus dedos à sua face, trago seu rosto próximo do meu ombro e, duro, tento ser claro com ela.

— Até que eu consiga controlar a hidrofobia do meu pênis, ficaremos em pé, e você, comporte-se. Caso contrário... — Com a outra mão aperto sua cintura, firme. — ... cancelo o jantar e pulo direto para a sobremesa. — Recuo o quadril e ela obedece. — Agora afaste-se um pouco de mim. Mais um pouco e alguém vai achar que derramaram algum líquido na minha calça.

Capítulo 23

Beatriz Eva

É assim que ele me deixa: muda e excitada. Provocador de uma figa. Tudo nele soa erótico e sedutor. Eu deveria fazê-lo engolir suas palavras com um belo orgasmo em público, mas, como ele se afastou um pouco, acato... Prefiro chamar de pedido, e não de ordem.

Contemplo a decoração exótica do restaurante, no melhor estilo parque temático. A música ambiente é bem típica e transmite muita sensualidade, favorecendo o relaxamento. O salão é todo ornamentado com bambus, tecidos espalhados e narguilês, uma peça mais linda que a outra. Cada cantinho tem uma referência sensual, um ornamento exótico com suas particularidades. Sinto-me quase em um paraíso. Entre as mesas gigantes, vasos de barro com palmeiras conferem um tom paisagístico ambiente confortante, sem contar os vasos de orquídeas sobre as mesas, em plena sintonia *feng shui*.

— Este lugar é simplesmente excitante. — Junto as mãos empolgadas, radioativamente feliz.

— Agora todos no restaurante sabem o que você acha do ambiente. — Ele sorri e a *hostess* ao seu lado, também.

Em um gesto de cavalheirismo, ele puxa a minha cadeira na mesa indicada pela mulher.

— Devo lhe dizer que mal posso esperar pela sobremesa. Pela marca discreta da sua calcinha, ela deve ser minúscula.

Como uma rajada de ar congelante, suas palavras causam calafrios do meu cóccix à última vértebra cervical. Fico corada ao perceber que a *hostess* está estática, aguardando-nos sentar para oferecer os cardápios.

— Bom jantar, Beatriz!

Se ele não estivesse empurrando a cadeira para eu sentar, cairia no chão. Seu tom provocante e rouco me tira o ar.

— Você também, Pedro, tenha um excelente jantar! — Tento devolver no mesmo tom, mas minha voz afetada não ajuda.

— Aposto que será. — Ele se senta com um sorriso de escárnio.

Acomodados, não canso de olhar e ver cada detalhe. E, claro, muito consciente que dois pares de olhos verdes como esmeraldas, sustentados por um sorriso estampado, não param de me observar, encantados ao ver o quanto estou contente com a sua escolha. O maior atrativo do restaurante está no centro: uma grande chapa, sobre a qual alguns cozinheiros trabalham com mestria.

Um garçom se aproxima.

— Já escolheram as bebidas?

— Ainda estamos nos ambientando. Logo pediremos. — O garçom se afasta, e Pedro sorri para mim. — Não estou mais certo se fiz uma boa escolha.

— Não? Por quê? Você acertou em cheio. Este lugar é lindo.

— Tão rico em detalhes que minha presença ao seu lado se empobreceu. — Ele brinca. — Vamos escolher as bebidas?

Como ele pode pensar que sua presença ao meu lado pode tornar-se insignificante por algum segundo? Será que ele não imagina que no carro, só de estar ao seu lado, senti no meu ventre os mesmos repuxões que ele estava sentindo na boca? E posso jurar: a minha calcinha molhada não tem nada a ver com TOC! Para falar a verdade, o vértice das minhas pernas sentiu falta do toque, isso sim.

— Em primeiro lugar, sua presença ao meu lado é prioridade. — Pisco para ele. — E, sobre escolher as bebidas, ainda estou bem indecisa. Mas sugiro que não escolha piña colada. — No momento em que eu brinco, sinto-me mal. — Tenho tanta vergonha de me lembrar do que fiz! — confesso, em voz alta, totalmente arrependida.

Baixando o cardápio, ele me encara parecendo surpreso à minha confissão depois de tanto tempo.

— Verdade! Essa bebida não nos traz boas recordações. Nada de piña colada por hoje. — Ele faz uma ressalva. — Porém, hoje estou protegido. A responsável por aquela travessura está ao meu lado e não atrás do balcão.

Rindo animado, ele me tranquiliza ao ver minha cara de espanto, colocando sua mão sobre a minha causando um tsunâmi de arrepios.

— Você ainda me deve algumas palmadas.

Ele sorri.

— Pensei que isso fosse coisa do passado.

— O acontecimento, sim. Mas as palmadas ainda estão bem presentes e desejosas dentro de mim.

Se ele queria mexer com a minha libido, conseguiu. Acabo de fantasiar estar deitada sobre seu colo levando boas palmadas, e isso não é nada bom, tendo em vista que, se algo escorrer por entre minhas pernas outra vez, quem passará vexame ao levantar serei eu.

Sua companhia é fascinante. Chego a perder o fôlego rindo de algumas histórias de sua infância e de suas aventuras com o motoclube. Ouvi-lo falar com tanto entusiasmo me faz desejar ser sua garupa. O tempo todo fico admirando sua beleza marcante. Não encontro nenhum defeito em sua genética perfeita, e isso é como um colírio para os meus olhos.

Sobre o problema que ele mencionou no carro, não disse mais nada. Preferi deixá-lo o mais à vontade possível, mesmo querendo saber tudo de uma vez. Não tenho um passado que possa dividir com ele e, por isso, limito-me a ouvir.

— No único passeio que você me levou, adorei a aventura — friso.

— Nosso próximo passeio será mais familiar.

— E posso saber o que seria um passeio mais familiar? — Arrependo-me da pergunta assim que vejo sua expressão. Meleca! Acho que o encurralei e então tento remendar. — Meu papel será de sua garupa, é claro! E prometo acompanhá-lo nas curvas, inclinando meu corpo na direção certa.

— Então você ainda se lembra do que falei?

Sua voz séria tira meu fôlego. Será assim a noite toda? Só de ele me olhar e falar já sinto o ar faltar nos meus pulmões? Minha Nossa Senhora Desatadora dos Nós de Mulheres Destrambelhadas, ajude-me. Acho que passei dos limites, tentando consertar e cobrando dele novamente, como se tivesse ficado ressentida.

— Você foi perfeita. — Atônita, olho para ele. Eu ouvi isso mesmo?

— Mas... — Ele me silencia com a ponta dos dedos.

— Não existe um "mas". Eu fui um idiota e menti para você. — Ele me examina, colocando a minha franja atrás da minha orelha. — Seus movimentos foram precisos. Você acompanhou perfeitamente cada curva, como uma bailarina que se deixa levar pela música e sua melodia. Como pode ver, eu também tenho do que me envergonhar, principalmente por não ter sido honesto com você.

Sua confissão é como a cicatrização de uma ferida aberta. O garçom retorna e anota nossos pedidos de bebidas. Para falar a verdade, não estou raciocinando direito! Nem o cardápio eu consegui decifrar! Vi que havia bebidas afrodisíacas e exóticas, mas quem consegue pensar nisso se a pessoa ao meu lado é a soma de todas elas? Ele pede uma tônica com limão, e eu levanto a sobrancelha.

— O quê? Você nunca bebe quando sai? Veja quantos drinques exóticos.

— Não quando estou dirigindo, e principalmente, quando estou com uma bela pupila ao meu lado. Sem contar que deixei um delicioso frisante para mais tarde, guardado no freezer.

Sugestivo.

— Pensou em brindar alguma ocasião especial?

— Sim, ao sucesso do nosso encontro.

Para liberar o garçom que fica aguardando meu pedido, imito-o e, dessa vez, é ele quem levanta a sobrancelha.

— Por que não pediu nenhum drinque exótico? Você não está dirigindo.

— O garçom estava muito curioso e pedir uma tônica com limão pareceu-me uma boa ideia. — Pisco para ele. Até parece que vou ficar escolhendo uma bebida, enquanto o que me interessa é ficar vidrada no que ele fala. — Voltando ao assunto, você sabe que não deveria me revelar essas coisas, não é? De que mentiu para mim, fazendo-me pensar que sou uma pena na ponta do nariz de um equilibrista.

— Não? — Ele tem um ataque de riso e mal consegue falar. — Essa de pena na ponta do nariz de um equilibrista é a melhor.

Balanço a cabeça de um lado a outro.

— Não, Pedro, não deveria. Porque agora você me deve um passeio de moto em outra serra como aquela, e não aceitarei mais desculpas. Você traumatizou profundamente a minha coordenação motora. Como você pode ver, eu também sei puni-lo, mas é claro que não penso em palmadas.

— Eu o provoco. — Minha punição será mais prazerosa...

— E você não acha que umas palmadas nas suas nádegas serão prazerosas?

— Só se for para você — minto, muito empolgada. — Você não é um desses dominadores de livro, né?

— Não sei como são os dominadores de livro, mas posso trabalhar bem na região dos seus glúteos sem deixar marcas.

Inclino-me na sua direção.

— E como você pode garantir que será prazeroso?

O garçom volta com as bebidas enquanto ele me fita com o olhar intenso, mordendo o lábio. Acho que sei exatamente o que está passando pela sua cabeça, e isso me deixa mais quente. O garçom se afasta e ele ergue o copo.

— A nós! — Brindando, nossos dedos se tocam. O brinde parece sem graça, porém nada nunca é menor quando estamos juntos.

— A nós! — Tudo bem: eu admito! Poderíamos estar brindando com alguma bebida mais excitante. Mas com o Pedro é assim: o simples é mais arrebatador. Cruzar nosso olhar e beber um gole da tônica é como um acasalamento de sensações, no qual o único sabor que interessa é o da emoção.

Há um momento de silêncio e, então, ele puxa a minha cadeira para perto da sua.

— Sua expressão me diz que gosta da possibilidade de levar algumas palmadas e agora me sinto duplamente desafiado e intimado. O que vai fazer amanhã?

Bom, estou um pouco atrasada com a monografia e planejei um dia entre amigos, porque não contava que você fosse ficar em casa no fim de semana. Mas respondo sem pensar.

— Nada!

— E o que acha de fazer companhia para mim e para Steel Horse?

Sabe quando Stanley colocou a máscara e seu coração saiu do peito em *O Máskara*? Assim acontece comigo, só que ele não foge por um triz.

— Tentador! — Sorrio fazendo charme para não gritar e chamar a atenção de todos nas mesas ao lado.

— Tentador são seus lábios sorrindo! — Meus lábios latejam, a música tântrica ambiente é sedutora. — Se soubesse que eles ficariam tão lindos sorrindo assim, eu a teria convidado antes para nos fazer companhia.

— Perdeu a oportunidade. — Crepita dentro de mim a ansiedade de ouvir sua resposta.

— Ainda bem que sempre tenho tempo de corrigir.

Como em câmera lenta, nossos lábios vão se aproximando.

— Sempre!

O ambiente exótico e sensual, combinado ao som dos sinos, à água caindo na fonte, aos instrumentos e à música, atrai nosso beijo, despretensioso, tímido e contido por ser entre muitas pessoas. Tudo acontece naturalmente, na sintonia perfeita, como se fôssemos dois enamorados. O carinho vai se alongando, e posso dizer que nunca na minha vida beijei alguém dessa maneira. Sua mão é audaciosa: inicia uma carícia gentil na minha perna nua e vai subindo até o meu núcleo.

— Estamos em público — digo entre o ar e o espaço do beijo.

— A toalha é grande o suficiente para ninguém ver o quanto é delicioso tocá-la. Continue me beijando discretamente.

Alguém pode dizer quem apagou a luz? Minha sanidade entra em blecaute quando seu dedo põe a calcinha de lado e escorrega lentamente na minha abertura de um lado ao outro.

— Molhada e deliciosa como seus lábios.

— Você não pode fazer isso aqui.

— Não? — Impetuoso, ele desliza o dedo dentro de mim. — Acho que posso.

O beijo muda da língua para os lábios colididos, enquanto alguns gemidos silenciosos escapam pela minha boca.

— Que poção mágica você colocou no seu perfume hoje?

— Nem sob essa tortura eu digo.

— Não? — Ele afasta um pouco sua face e tira o dedo de dentro de mim. — Então, acho que tenho de descobrir sozinho. — Ele o leva à boca. Não acredito nisso! — O sabor já sei distinguir: é doce. — Crepita a excitação em todas as células do meu corpo. Como se não bastasse a tortura, arregalo os olhos quando vejo o que ele faz: enfia o dedo no copo e puxa um cubo de gelo. — Também sei o quanto está quente. Acho que, se refrescá-la um pouco, vai conseguir me responder. — Ele rola o gelo até formar um corpo oval e me mostra. — Vamos ver, minha pupila, até quando consegue guardar este segredo.

— Você não vai fazer o que estou pensando, vai?

— O quê? Isso? — Ele levanta a sobrancelha, e seu dedo volta para a minha base quente e intumescida. — Posso sentir o quanto está quente. — Um gemido de angústia e formigamento escapa da minha boca. — Shhh! Não vamos chamar a atenção — Ele volta a mordiscar meu lábio.

— Fala isso porque não é em você que alguém está introduzindo um pedaço de gelo.

— É melhor relaxar. Você está muito tensa. Isso! Dilate essa musculatura.

Uma labareda clareia ao nosso lado. Assustados, viramo-nos para admirar o show de pirofagia, simplesmente fantástico. Seu dedo ainda se move dentro de mim e o gelo derrete como atingido pelo aquecimento global. Não sei o que lança mais chamas: o cuspidor de fogo ou o meu ventre que pensa em entrar em erupção.

O artista se aproxima da nossa mesa e me convida para participar do show. Se alguma coisa pode ficar pior, ela fica.

— Dê-me a honra.

— Você quer que eu participe? — Ofegante, tento falar e o Pedro afunda mais o dedo dentro de mim.

Nossa Senhora das Despudoradas, o restaurante inteiro está nos olhando. Será que é pela minha expressão de quem está sendo penetrada ou pelo artista estar me tirando para participar?

— Sim, se o cavalheiro permitir.

Dentro de mim, seu dedo se move em sinal de não.

Ah! Desmancho-me em tesão. Não sei onde seu dedo me tocou que senti fisgadas por todo o corpo. Sinto-me excitada pela certeza de estar sendo observada. Cara de pau! Ele me paga. Estou subindo pelas paredes. A sensação de estar dando um show particular é ao mesmo tempo intimidadora e excitante.

Por sorte, nossa mesa está encostada na parede. Assim, não há ninguém para nos ver por trás. Não entendo como ele consegue mover o dedo habilmente dentro de mim sem mexer os braços. O que sei é que sua mão está praticando um verdadeiro contorcionismo entre as minhas pernas.

Em súplica, olho para ele.

— Não tem perigo, senhor. Cuidarei da segurança de sua dama.

Mais uma vez, ele move o dedo e isso me leva à loucura. As pessoas me observam, assim como o artista, que aguarda uma resposta. Tenho de dar um basta, ou vou gozar aos olhos de todos que me encaram.

— Agora é minha vez de dar um show, Pedro. — Beijo sua face. — Estamos empatados. Observe como uma mulher excitada e acuada faz para se vingar — sussurro, curvando-me para seu lado.

— Poderia ser menos exibicionista e se fartar com o prazer. — Ele retribui, sussurrando.

Exibicionista, eu? Ele que abusou de mim perante todo mundo, e a exibida sou eu?

Tiro sua mão do meu colo, junto com o guardanapo, o qual, disfarçadamente, passo entre minhas pernas molhadas. Com a calcinha de lado, consigo apenas ajeitar o vestido. É uma situação desconfortável.

O artista me põe em posição e me pede para segurar uma tocha de haste comprida. Sinto-me como aquelas ajudantes de palco. Olho para o Pedro, aterrorizado, e tento distraí-lo, fazendo caras e bocas de quem está excitada. Ele fica vermelho e me fulmina com o olhar, mas não abandona a expressão preocupada. Ok. No fundo, também estou apavorada, e úmida entre as pernas, mas acho a situação divertida.

— Preparada?

— Pode cuspir, homem do fogo! — Por cima, porque eu estou quase cuspindo por baixo.

Ele mostra os dedos, e os fregueses do restaurante contam em voz alta. A cada número, meus olhos se apertam mais.

Acho que quero desistir.

Como fui aceitar fazer isso?

Foi. Simples assim.

Ovacionado, o artista me dá a mão e agradece a todos.

— Que emoção! — digo, eufórica.

— Não sei se fiquei mais apreensivo com o perigo iminente ou a possibilidade de perder uma estagiária.

— Olha, pela intensidade das palmas, fiquei tentada a me candidatar para o cargo. Duvido de que meu novo chefe faria comigo o que você fez há pouco.

— Se tivesse me deixado terminar o que comecei, garanto que haveria mais palmas quando o público se deparasse com o prazer estampado nos seus olhos.

— Você ainda diz que eu sou a exibicionista? Além de tudo, você é muito confiante.

— Não duvide de mim, Beatriz!

— De jeito nenhum.

— Vamos comer? — Ele sorri.

— Estou faminta.

Ando pela área do bufê e leio a referência e o significado das cumbucas:

> A tradição do Mongolian Grill originou-se na lenda do grande guerreiro Genghis Khan, que organizava e alimentava seus soldados sobre os escudos tornados chapas de ferro, nos quais se grelhava qualquer alimento, a qualquer hora. E os capacetes eram os pratos. As cumbucas eram ideais para receber a comida servida a fio de espadas pelo mestre cozinheiro.

Pedro acertou em cheio. Tudo ali é fascinante! Entrego ao cozinheiro a minha cumbuca, contendo *carpaccio* de tubarão, vegetais e fatias de manga, e ele mexe e remexe os ingredientes no fogo, finalizando o prato com flores comestíveis, molho e temperos que dão um toque especial. Tudo é bem afrodisíaco.

— É prazeroso vê-la sempre comendo.

— Adoro flertar com a comida e não posso deixar de dizer que tudo está delicioso.

Nossos olhares voltam a se encontrar. Ele é sagaz e me fascina, como o sorriso lhe curva os lábios, tornando-o ainda mais viril.

— Por que você sempre está só? — Na verdade, gostaria de saber se ele tem outras mulheres. Não sei por que sinto a necessidade de saber isso.

— Porque, há algum tempo, apenas uma mulher habita minha mente.

Idiota! É isso que sou. Agora estou me torturando, querendo saber mais sobre ela, quando podia estar falando de outros assuntos, ou descobrindo mais sobre ele.

— Ela deve ser bem interessante. — Tento encerrar a conversa.

— Pena que, no meio de toda esta linda decoração, não haja um espelho, para você ver o quanto ela é interessante.

Desmancho-me. Isso é um "eu te amo"? Não sei o que significa.

— Você parece surpresa.

— Estou.

— Será que sou tão difícil de ser lido? — Ele segura minha mão trêmula e rodeia o polegar sobre ela.

— Tanto que nunca sei como interpretá-lo.

— Assim você machuca o meu coração. Não é possível que ler a minha alma e meu coração seja tão difícil assim.

A temperatura do ambiente sobe. Hoje tudo parece um sonho. Só não me belisco para saber se estou acordada porque não sou boba.

— Você está querendo que eu me apaixone mais por você?

— Se conseguir ler a minha alma e meu coração, e der a você razões para isso, me sentirei o homem mais feliz do mundo. Dança comigo?

Ainda concentrada em suas palavras, só então percebi que a música havia aumentado de volume.

De pé, ele estende a mão.

— O quê?

— Pedi para dançar comigo.

— Mas aqui não tem nenhuma pista de dança.

— Também não tem nenhuma placa dizendo que não se pode dançar.

— Seremos os únicos.

— Não me importo. Quero ser único para você.

— Não sei dançar música tântrica.

Tento enrolar. Na verdade, estou morrendo de vergonha de me levantar. Ainda sinto minhas pernas trêmulas por saber que estou nos seus pensamentos. Será que também estou no seu coração, como ele está no meu?

— Vamos?

Com você vou ao fim do mundo! Levanto-me inibida e vejo um espaço vazio em um canto do restaurante, próximo à caixa de som, onde um DJ trabalha em sua mesa com o sistema de áudio.

Parados, ele nada diz, apenas enlaça a minha cintura. Sua coxa rígida se interpõe levemente entre as minhas, e me deixo levar pela sensualidade da melodia. A música é calma, relaxante, assim como seu ritmo conduzindo o meu. A leveza do seu toque acompanha os passos ritmados, com muito sentimento e expressão corporal.

Entendemos um ao outro. Nossa sintonia é segura, cheia de contato físico. Muito sensual, confesso, mas, ainda assim, puro.

Seu gingado delicioso me causa um estado de aconchego tanto físico quanto emocional.

— Você dança muito bem, minha pupila. Parece que nasceu balançando.

— Essa é uma parte da minha vida que queria poder lembrar. Não sei como foi a minha infância.

— Imagino uma pequenina de bumbum arrebitado, fazendo passinhos de balé.

— Será que eu fazia balé? Ou era aquela menina que preferia judô?

Ele me roda e me encara.

— Seja lá o que você fazia, tenho certeza de que se saía muito bem. Você é muito determinada a tudo que se propõe a fazer.

— Você é muito romântico.

Ele torce a boca.

— Sou apenas realista.

— Você nunca vai admitir, né?

— Nunca é muito tempo. O que sei é que, com você, sou diferente do que fui até hoje. Sinto necessidade de querer ser melhor.

Ele puxa meu corpo para junto ao seu, encarando-me, enquanto acompanhamos o ritmo do dois pra lá, dois pra cá. A música acaba e, antes de nos separarmos, tecidos começam a se desenrolar do teto. Acrobatas apresentam um show que mistura circo com teatro. Há outras pessoas por ali que admiram o espetáculo e vibram a cada movimento. Sorrindo e encantada, abraço o Pedro, agradecida pela noite linda.

Capítulo 24

Beatriz Eva

Enquanto estamos parados no meio-fio, esperando o manobrista trazer o carro, Pedro se posiciona atrás de mim e me enlaça pela cintura. Eu descanso a cabeça no seu peito, sentindo o calor do seu corpo vigoroso e autossuficiente atravessar a camisa fina. Sinto-me amparada. É muito bom ficar assim, e agradeço aos céus pelo engarrafamento que atrasa a chegada do manobrista, já que posso ficar me deliciando naquele corpo esculpido.

Ele diz palavras carinhosas e que o jantar foi bem agradável antes de fazer um convite irresistível: a eletricidade dos nossos corpos começa a exigir mais proximidade.

— O que acha de prolongar nossa noite?

Basta um sopro para que minhas pernas tremam e meu coração salte do peito. Ouvir um convite desses de uma voz incrivelmente sedutora próxima a mim é me sentir desmanchar em pó e arrepiar até o céu da boca.

— Pensei ter ouvido mais cedo que você quisesse uma sobremesa especial.

— Não estou dispensando a sobremesa. Só quero levá-la a um lugar diferente e apreciá-la à minha maneira. — Seu rosto afasta meu cabelo caído pelo ombro e seu maxilar se encaixa ali. Sinto um grande desejo de beijá-lo e capturo seus lábios com um leve roçar.

— Lugar diferente, é? Acho que gosto da ideia de ser apreciada à sua maneira.

— Sim, acredito que ainda não foi a esse lugar. — Sua respiração próxima do meu pescoço faz com que arrepios eclodam por todas as células do meu corpo. — Está com frio, minha pupila? — Um sorriso vitorioso estampa seus lábios. — Hoje eu quero tudo. Quero você perdida nos meus braços e ainda molhada em volta de mim. — Ouvir tudo isso compromete minha sanidade. — Adoro ver seu corpo arrepiado me chamando para aquecê-lo. Amo a sua boca sôfrega sobre a minha.

— Está tentando me convencer?

— Não! Quero levá-la apenas por curiosidade.

Sua masculinidade rija roça nas minhas nádegas sobre o vestido, arrepiando meu Jardim do Éden. Incentivada por sua ousadia, pressiono sua ereção. Também sei provocar, gostosão! Viro-me de frente para ele, que me encara. Seus dedos impetuosos movimentam-se pela extensão da minha espinha, param próximos do meu pescoço e enfiam-se por baixo do meu cabelo. Ele pressiona ali, fazendo minhas pernas amolecerem. Gosto dessa sensação de ser dominada e dos seus lábios úmidos trabalhando no meu pescoço, deslizando com leveza.

— Quero que vá porque deseja e porque seu sexo pulsante me quer. Quero ouvi-la gritando no meu ouvido que me quer duro e fundo dentro de você. Quero você toda minha.

— Pela propaganda, estou quase convencida.

— Confia em mim? — Como se tivesse todo o tempo do mundo, sua língua trabalha a extensão da minha orelha e eu me entrego à sensação, enfraquecida e amparada pela muralha do seu corpo.

— Confiança é algo que você vem conquistando dia após dia, desde que chegou à minha vida.

— Posso ser um lobo disfarçado em pele de cordeiro.

— E eu posso ser a Chapeuzinho Vermelho moderna, que adora o Lobo Mau, em vez do Caçador.

— Então prepare-se, porque, até o fim da noite, vou ouvi-la perguntar para que um pênis tão grande!

Sua voz alterada me faz imaginar o quanto ele pode ser voraz aos meus sentidos.

— Este Lobo Mau é bonzinho, então? Estou começando achar que a Chapeuzinho é que é má nessa versão. Acho que também vou perguntar para que olhos tão grandes. — Provoco-o.

— Se não percebeu, quando estão em você, meus olhos sempre são grandes.

Mal consigo processar as palavras pela euforia de saber que passarei a noite nos seus braços. A noite em que ele vai saciar cada parte intumescida e desejosa por seu toque no meu corpo. Sinto latejar cada célula.

Envolta nos seus braços em um delicioso dispêndio de tempo, beijamo-nos como dois apaixonados, sem nenhuma pretensão de separar a química radioativa lasciva que nossos corpos despertam. Seu celular insiste em tocar e ele insiste em não atendê-lo. A textura dos seus lábios macios entorpece os meus. Ainda sinto o sabor do licor de cassis que provamos ao fecharmos a conta. O doce e o melado impregnados na sua língua me fazem absorver prazerosamente o seu sabor.

Naquele momento, não existe nada ao redor. O toque é contínuo até nossos olhos adormecidos e embebedados pelo beijo se abrirem e se encontrarem. Por mais difícil que seja, compreensiva, pisco para ele sinalizando que atenda a ligação.

Ele mantém a mão direita na minha cintura, enquanto com a esquerda pega o celular no bolso e aproveita para esbarrar propositalmente no meu seio intumescido.

— Fala, meu velho.

Ele é curto e grosso com o seu ouvinte.

— Não vai dar. Esta semana não vou com vocês.

Mal dá atenção ao seu interlocutor. Sua mão não me solta, e seu queixo circula meu rosto como um leopardo cuidando da sua cria.

— O que é isso? Está querendo pagar minhas contas? Desde quando tenho de dizer por que não vou com vocês?

Provoco-o mordendo o lóbulo da sua orelha livre.

— Sei que planejamos há semanas, mas houve um imprevisto e não vou poder ir.

É muito bom saber que ele está deixando de ir a um compromisso para ficar comigo. Parabéns, Pedro! Você merece um carinho extra. Sussurro.

— Minha calcinha está encharcada e não há nada de imprevisto. Se tocá-la, verá que está previsto um orgasmo a qualquer momento.

— Se falar uma coisa dessas outra vez, rasgo sua saia aqui no meio da rua, sem me importar de estarmos em público.

Ele afasta o celular da orelha e devolve a provocação. Suas palavras fazem com que minha calcinha fique empapada com o líquido viscoso que escorre entre as minhas pernas.

— Rabo de saia?

A pessoa ouve do outro lado da linha e ele se atrapalha com a resposta. Sorrindo, tiro meus braços do seu pescoço e enlaço meus dedos aos seus, fazendo-os deslizar pelo meu quadril, para simular que minha saia está subindo. Uma atitude nada decente, mas o que é ser decente quando, dentro das veias, corre um sangue quente e luxurioso?

— Não, nada disso. Prefiro sem a saia.

Seu sorriso se alarga e eu respondo baixinho.

— Mal posso esperar para ficar sem ela.

Atento a mim, mal presta atenção ao que o interlocutor está dizendo.

— É alguém que estou conhecendo.

Virei uma desconhecida?

— Ele está mentindo. Acredite: ele conhece até o sabor do líquido que está entre as minhas pernas.

— Cara, você está parecendo aqueles moleques de colegial, querendo investigar quem o amigo está pegando. Você não a conhece. — O amigo continua falando. — É uma amiga, Otávio!

O quê? Então quer dizer que o Otávio não me conhece, agora? Meleca! O cara frequenta nossa casa desde sempre, já foi ao escritório milhares de vezes e diz para ele que não me conhece? Uma dor dilacera minhas vísceras e um gosto amargo sobe à minha garganta.

— Sim! Claro. Fica para próxima.

No fundo da minha alma, sinto ter recebido uma descarga elétrica poderosa. Não consigo processar ser apenas uma amiga na vida dele, e de repente se torna difícil mensurar o quanto forte ou fraco foi esse choque. Tenho consciência de que esse choque se deve ao fato de querer ser algo a mais e querer ser dele, só dele. As correntes elétricas circulam de ponto a ponto no meu corpo, causando um curto-circuito.

— Boa aventura para vocês.

— Tenho certeza de que será. Falando nisso, manda o telefone do Brotas Eco Resort. Estou pensando em um fim de semana ao meu estilo.

— Beleza.

Como uma simples ligação pode transformar um momento especial em uma decepção, e o príncipe... Ah! Em um sapo. Quer dizer, de sapo ele não tem nada. Porém, por medo de errar e não estragar tudo, acabo engolindo mais um sapo. Que eu amo, mas não sei como lidar com a situação.

Até então, nossa noite foi um sonho regado de carinho, excitação, bem-estar, aconchego. Um conhecer diferente cheio de promessas não ditas, sugerindo um amanhã feliz. Mas tudo saiu do eixo e eu, completamente perdida, não sei o que nem como fazer. Tento não demonstrar como fiquei frustrada por ele não me mencionar para o Otávio. Foi como se um balde de gelo fosse despejado em cima de uma brasa aquecida pelo fogo da paixão.

Como é difícil me conter, quando, dentro de mim, há uma fera enjaulada pronta para atacar.

Pedro Salvatore

Dentro do carro, reina um silêncio. Depois que atendi àquela ligação, algo mudou no seu humor. Mas não consigo entender o que pode ter acontecido e isso funde a minha cuca.

Desmarquei o compromisso agendado com os Águias para ficar com ela e levá-la a viver um fim de semana no meu mundo forasteiro. Respeitei e a privei de detalhes para o Otávio. Não achei necessário dizer para ele que estávamos juntos. Primeiro porque não devo satisfação a ninguém, segundo porque ele a conhece e terceiro porque não quero ninguém insinuando nada sobre ela. Tudo ainda está no começo. Tenho muita vontade de viver o que estou sentindo, mas isso só diz respeito a nós.

Até sua cor está diferente. A pele corada de minutos atrás se tornou pálida. Os olhos parecem perdidos em pensamentos. A respiração é seguida de pequenas bufadas de quem parece travar uma briga interna. A pulsação acelerada na lateral do seu pescoço me dá a certeza de que algo não está bem. Ver o desgosto estampado na sua face me assombra, e algo dentro de mim grita que eu não posso fazer para ela o que foi feito para minha mãe.

— Esta ruguinha entre seus olhos é de preocupação ou medo do Lobo Mau? — Brinco para desfazer o clima tenso.

— Já disse que não tenho medo.

— Posso saber onde foi que você escondeu a minha pupila?

— Não sei do que você está falando — responde ela, com a voz fraca.

— Pois eu sei. Você estava empolgada, bem-humorada e, de repente, fechou a cara. Parece distante.

— Está tudo bem. — Ela sorri para tentar tranquilizar, mas, pela preguiça dos lábios, sei o quanto está sendo forçado.

— Não, Beatriz, não está tudo bem. Serei franco: se vamos seguir além, precisa me dizer o que está acontecendo.

— Desculpe.

Que se dane o que combinamos ou o que acontecerá depois. Entro em uma rua morta e estaciono.

— Posso saber o que tenho de desculpar?

Ela me lança olhos lacrimejantes.

— Não sei dizer sem parecer infantil. — Eles baixam carentes, como se ela fosse um bichinho prestes a ser adotado.

— Olhe para mim, Beatriz. Não tenha medo de me dizer nada. Se algum dia a chamei de infantil, foi pela sua impulsividade e por suas atitudes impensadas. Não por dizer o que não me agrada.

— Por que você não disse para o Otávio que estava comigo?

Sinto meu estômago revirar e um gosto amargo na boca. Quis protegê-la e acabei magoando-a.

Agora entendo tudo o que aconteceu. Sua sinceridade desperta em mim admiração pela coragem em admitir o que a aflige. Mas, se vamos começar algo direito, tenho de deixar as coisas claras. Não quero esconder de ninguém uma possível relação que viermos a ter, mas ainda há muito a conhecer um do outro. Não quero que outras pessoas façam projeções a nosso respeito. Já vi muitos casais se separando por sentirem a pressão de adotarem certas posições que ainda não estavam preparados para assumir.

— Porque não interessa a ele com quem estou. Você ficou magoada por isso?

Ela acena a cabeça de forma afirmativa. Parece ter vergonha de confessar seus sentimentos. Meu coração se aperta e, dentro de mim, tudo o que mais quero é apagar do seu rosto a expressão de tristeza. Ergo seu maxilar com o polegar; faço-a encontrar meus olhos e ver a sinceridade contida neles.

— Dizer o que estamos sentindo não nos diminui. Quero você ao meu lado, pronta para viver o que o futuro tem para nos dar, mas isso é entre mim e você. Não acho que sair dizendo para todo mundo que a estou conhecendo vai nos acrescentar algo. Eu estou aqui, não estou?

— Sim! — responde ela, trêmula, e uma lágrima escorre por sua face. Seguro seu rosto entre as minhas mãos, perto o suficiente para beijá-lo naquele exato ponto.

— Bya, eu quero que você seja minha, não sei em que posição social ou status de relacionamento. Só o que sei é que quero você. Não vamos antecipar as coisas.

— Também desejo muito você.

— Linda! — Contorno sua face com o polegar. — Não estou me referindo a você apenas como um desejo carnal. É muito mais do que isso. Quero sua entrega de corpo, mas principalmente de alma. Então vamos viver somente nós dois, sem interferências externas? Pode ser?

— Eu.

— Eu? — pergunto de forma sucinta.

— Eu quero que dê certo entre nós.

— Beatriz, sou um homem cheio de manias e rituais. Sempre detestei cobranças. Tenho o meu modo de vida fechado. Não sou de dividir meus problemas, nem suporto a ideia de alguém se intrometer na minha vida. Mas nada disso significa que não podemos trabalhar o que sentimos juntos. Só não dá para incluir mais alguém nessa equação, entende? Será que, por enquanto, podemos restringir essa relação a apenas nós dois?

Fico observando-a me olhar. Sei que ela não está convencida dos meus argumentos. Deixo-a raciocinar em cima do que acabo de pedir, ainda acarinhando seu rosto delicado.

— Claro que podemos.

— Você não está sendo apenas conciliatória ao meu pedido e antagonista aos seus desejos, está?

— Ainda não entendo por que não podemos dizer aos nossos amigos que estamos começando algo, mas sinto que devo confiar em você. — Ela dá de ombros.

— Sua sinceridade me encanta.

— É exatamente assim que quero que você seja comigo.

Perfeita. Movo meus lábios contra os seus.

— Não confunda as coisas. Estou sendo sincero com você como nunca fui com ninguém.

Sinceridade e transparência são o que mais quero entre nós! Tenho vontade de dizer isso para ela, mas não é o local nem o momento.

— Você tem razão. Acho que foi um capricho ou até mesmo insegurança.

Pela maneira como fala, percebo o quanto é difícil para ela admitir tudo isso em voz alta, porém, para mim, tem o peso de uma declaração que enche meu coração de paz.

— Não seja dura consigo. Conte-me sempre tudo o que esteja sentindo.

— Sou capaz de tudo para estar ao seu lado.

— Não a quero se degradando em nenhum momento. Você tem a mim de corpo e alma, e não é preciso fazer nada que não lhe agrade. Entendeu?

— Eu amo tanto você que chego a ficar cega.

Sinto vontade de dizer o mesmo, mas não consigo. Minha garganta trava. Caralho! Sou um merda de um quebrado! Limpo a garganta para tentar responder, mas nada sai. Consigo dizer e fazer apenas o que meu coração manda, desobedecendo aos meus pensamentos.

— Você é a coisa mais linda que aconteceu na minha vida!

Desafivelo os cintos de segurança e a puxo para meu colo, beijando-a brandamente e deixando-a explorar minha boca, entre língua e dentes, como se não houvesse amanhã, feliz e realizado por saber que sou amado por ela. Minhas mãos parecem maiores ao explorar todo o seu corpo.

— Leva-me para onde você ia me levar, Pedro.

— Levo, minha linda pupila. — Ofegante, não paro de beijá-la.

Considerando a nova legislação municipal, que determina a máxima de 50 km por hora nas ruas da cidade, suponho que meu coração está mais acelerado do que o carro.

De início, fiquei temeroso se deveria seguir com os planos de prolongar nossa noite. Entendi seus anseios e espero que ela também tenha entendido o meu ponto de vista a respeito do início de um relacionamento. É como um bebê prematuro, que em seu nascimento precisa ser cuidado e alimentado em uma incubadora, para só depois, mais forte, ser apresentado ao mundo. Quando planejei esta noite, minha intenção era sair da rotina e viver com ela uma experiência comum de casal. Porém, os acontecimentos me deixaram em dúvidas. E possuí-la no banco de trás seria bem inusitado. Sorte que resolvi manter o esquema original. Para isso, ajudou-me que tirássemos certas dúvidas que pairavam entre nós. Tomei a direção da Via Anchieta.

Não consigo manter minhas mãos longe dela. Os pensamentos intrusivos tentam destruir meus planos, mas não permito que nada nos atrapalhe. Ela merece e é justamente isso que quero lhe dar: uma noite especial. Antes de sair da casa, tomei quase o dobro da dosagem medicamentosa, mas agora penso que o pequeno cálice de licor deu efeito rebote.

O ritual de colocar e tirar a mão na sua perna repetiu-se algumas vezes. E acabou sendo engraçado quando, parado no último farol, ela segurou minha palma em sua pele sedosa. Aquela pequena atitude de dominação fez com que meus testículos se contorcessem dentro da calça.

— Os documentos, por favor.

Ela me olha surpresa e sorridente. Minha pupila travessa está de volta.

— Um motel egípcio?

— Decepcionada?

— Não!

— Isso é bom, certo?

— Espere para ver o quanto.

— Estou feliz por ver novamente o sorriso no seu rosto. É como quero vê-la sempre.

— Você será meu faraó?

— Desde que seja minha rainha... Sim, serei seu faraó.

— Você não cansa de me surpreender?

Já estive aqui antes para horas de prazer ao lado de uma bela companhia. Mas hoje o Motel Farao's tem um significado especial, já que tenho ao meu lado a mulher que mexe com a minha fantasia e com a minha vida. Pretendo levá-la para conhecer todos os lugares inusitados nos quais sinto prazer em foder sem sentido.

— A intenção é surpreendê-la sempre. Se isso significa que consegui, fico feliz.

— Sou capaz de cair de joelhos, de tão feliz.

— Não seria má ideia — digo, estremecido, com o pensamento lascivo de tê-la me recebendo na sua boca.

— Você parece bem seduzido com a opção. — Sua mão audaciosa desliza pela braguilha da minha calça. Meus nervos rígidos sentem que precisam ser libertados. Não vejo a hora de fazer amor com ela, com sua boca, com seus seios, com sua mão. Sentir-me dentro dela até o ponto máximo.

— Se abrir meu zíper, não seremos capazes de sair do carro.

— É uma ameaça, Pedro?

— Não, minha pupila, é uma premonição.

— Adoro premonições.

Suspirando profundamente, ela acaricia toda a extensão do meu pênis com sua mão pequena, desde a base até a cabeça, que, naturalmente excitada, baba dentro da minha cueca, irradiando um calor por todo meu corpo, quase me fazendo esquecer que ainda estamos dentro da garagem.

— Está querendo ser possuída aqui mesmo, Beatriz? Se não, é melhor parar.

— Você gosta de ditar regras, não é?

— E você gosta de segui-las.

Capturo seus lábios e não consigo mais me afastar. Adoro a textura da sua pele macia, seu cheiro e a forma como seu corpo responde ao meu.

Capítulo 25

Beatriz Eva

    Do momento em que o portão da garagem da suíte se fecha até a entrada no quarto, não sei dizer quem é quem. Nossos corpos se unem em um só. Arrepios correm por minha pele, em cada centímetro do meu corpo. O desejo de me entregar a ele é tão grande e verdadeiro que chego a ficar deslumbrada pelo prazer, seduzida pelos efeitos químicos de nós dois juntos. Sua língua malevolente instiga a minha, excitando-me cada vez mais.

— Uau! Uma suíte duplex? — Tentando recuperar o fôlego, inspiro o ar afastando um pouco meus lábios do seu.

    A decoração é toda em estilo egípcio. A iluminação é sedutora em tons dourados e alaranjados e reflete nossas sombras na parede.

— Inteirinha para nós dois.

    Seus lábios vorazes reivindicam os meus novamente; sua boca pressiona a minha, e sua língua mergulha no calor dos meus lábios. Suas mãos não descansam, deixando-me consciente da sensibilidade do toque. Meus mamilos endurecidos raspam o tecido, carentes e desejosos por liberdade e por sua boca.

    Apesar da urgência das nossas mãos, a lentidão dos nossos passos ainda não nos permitiu subir o segundo andar da suíte. Não lembro se em algum dia toquei o corpo de um homem, devido à minha memória, porém, depois de tocar o Pedro, não posso mais me imaginar ficar sem tocá-lo. Fisicamente, ele é imponente e poderoso. E me fascina apenas com um olhar.

— Tenho algo para você.

    Fico paralisada, quase sem forças até para imaginar o que ele tem para mim. Não consigo ver nada além do seu belo rosto, com o maxilar trincado, observando-me. Como ele é lindo! Seus ombros largos e o peito esguio, porém musculoso, são como bálsamo para os meus olhos. Suas feições já estão marcadas na minha memória para o resto da vida.

— Claro que você tem. Você! — falo, ainda ofegante, depois do beijo quente e avassalador.

— Digo um presente. — A forma como ele diz isso é tão suave que parece até uma carícia.

— Mais um? Assim você vai me deixar mal-acostumada.

— Tenho todas as más intenções também.

Ele mantém a suavidade no tom de voz, separa nossos corpos e tira um pacotinho do bolso.

— O presente é simples, mas tem um grande significado. Quero que você o receba como um atestado de confiança. A ideia inicial era entregá-lo junto com a flor, antes de sair de casa, mas esqueci. Pensei em entregá-lo no restaurante, mas, afinal, decidi esperar o fim da nossa noite. Agora, depois da nossa conversa, acho que o destino acabou conspirando a meu favor, pois, a princípio, ele serviria como um símbolo de proteção e acabou ganhando um significado completamente novo.

Sim, nossa conversa. Lembro-me nitidamente dela. Ainda não me convenci sobre os motivos pelos quais ele prefere nos ocultar do mundo, mas preferi dar um voto de confiança e fazer o que ele aconselhou.

Não que eu seja fácil de convencer, ou acredite que ele é a última bolacha do pacote, mas de fato tudo está muito recente, e cobranças agora sobre um status de relacionamento poderiam fazer uma pressão sobre nós que talvez ainda não saibamos suportar. Sinto ter de enganar a Babby e meus amigos sobre o que estamos vivendo. Mas, pensando bem, não vou enganar ninguém. Só vou omitir e tentar não dizer mais nada.

Ansiosa, solto o laço do pacote; o que será que pode ter um duplo sentido? Olho: é uma máscara de dormir, preta com uma corrente dourada. Simplesmente linda. Fico comovida pela lembrança dele, já que sempre reclamo por não conseguir dormir com claridade. Tão fofo!

— Adorei, Pedro!

— Como você pode ver, não é uma joia, mas é algo muito valioso para mim. — Ele pega a máscara das minhas mãos e, delicadamente, a põe sobre meus olhos, ajeitando meu cabelo. — Pronto, Beatriz Eva! — No blecaute, sinto seu corpo a menos de um palmo. Não é uma sensação confortável, mas meu corpo gosta desta aproximação. — É assim que a quero, entendeu?

— Cega?

Ouço uma risada convencida.

— Um bom ponto de vista, mas não é cega que a quero. — Seu tom de voz é quase sedoso. — O que preciso de você é confiança. Uma confiança em nós dois.

A escuridão parece despertar meus sentidos, e tudo o que se refere a ele próximo de mim desencadeia uma sensação diferente. Seu toque parece mais quente, e até sua respiração, mais forte.

— Já disse que confio em você.

Não me movo. Minhas pernas não são capazes de carregar meu peso. Meu coração bate forte, dentro do eclipse em que ele me deixou. Tudo parece mais intenso.

— Sim, você confia no Pedro tutor, no Pedro que vive com você diariamente. Porém, eu quero que confie no homem a quem você está entregando os seus sentimentos e que a respeita acima de tudo.

Fico tonta só de senti-lo rodear meu corpo lentamente enquanto fala. Entendo o que ele pede. Só não sei se consigo. Sou daquelas mulheres vesgas que tem um olho no peixe e outro no gato.

— Vou tentar. — Sua voz intimidadora encoraja-me a ser sincera.

— Resposta errada — replica ele, aproximando a boca no meu ouvido. — Você consegue mais do que isso. — Soprando junto com as palavras, sinto seu hálito mentolado quente. Fico imóvel, pois a pequena rajada de ar se transforma em um tornado girando fortemente dentro de mim como um redemoinho de excitação, fazendo meu corpo todo estremecer ao sentir a devastação que ele provoca aos meus sentidos.

Ele se afasta de mim e sou obrigada a buscar forças para manter as pernas bambas em equilíbrio.

— Tire a roupa, Beatriz. — Sua voz aguda me tira o ar. Como assim, "tire a roupa"? Mal consigo ficar de pé.

— Sem ao menos eu conhecer toda a suíte? — respondo no mesmo tom de voz.

— Você terá muito tempo para isso. Agora tire a roupa. Caso contrário, vou amordaçá-la, para entender que não aceito resistência. Quero que consiga confiar em mim.

Em vez de me amordaçar, adorável faraó, você deveria me calar com a sua serpente. Tenho certeza que seria mais prazeroso para nós dois. Engulo em seco, travando essas palavras. Mas não deixo barato. Lembro que, no antigo Egito, as mulheres também podiam ser faraós. Começo a tirar os saltos, sensualizando.

— Eu disse a roupa. Deixe os sapatos.

Ah! Como resistir a esta voz soberana de chefe supremo! Sei que a autoridade de um faraó era inquestionável, mas, se ele falar sedutoramente assim outra vez, juro que tiro os saltos e acerto a cabeça dele, mesmo de olhos vendados. Será que ele imagina que é fácil me equilibrar sobre um salto de 10cm com as pernas tremendo desse jeito, só por ouvir sua voz?

— Como quiser — respondo e entro no jogo. Ponho a mão para trás, fingindo que vou abrir o zíper. Se vou ter de confiar, ele vai ter de me ajudar a ter confiança. Ele é bipolar: em alguns momentos, é gentil; em outros, é autoritário. Ainda não descobri de qual das suas facetas gosto mais. — Vou precisar da sua ajuda.

— Está fazendo de propósito, minha pupila?

Minha Nossa Senhora das Mulheres sem Opções! Quando o homem amado conhece todas as suas artimanhas, nos falta a luz!

— Claro que não! Você acha que pediria sua ajuda se não estivesse emperrado?

Um passo, dois passos, e novamente atrás de mim, como uma entidade de prazer sinto sua presença, antes mesmo de ele me tocar. O calor do seu corpo faz formigar a minha feminilidade.

A ponta do seu dedo raspa pela minha pele conforme ele puxa o zíper com facilidade das costas até o meu quadril. Inspiro, consciente da sua proximidade, e o vestido solto desliza pelo meu corpo, causando calafrios na pele nua, e para nos meus pés.

— Estava muito emperrado? — Dentro de mim, dou um sorrisinho intrépido, consciente da sua ironia e do trovão da sua voz que me atingem como raios.

— Acho que destravou. — O estremecimento de estar parcialmente nua na sua frente, sem saber se ele está me observando, queima minha pele. Dentro do meu ventre, sinto se formar uma avalanche pronta para me deixar pingando de prazer.

Se ele me jogasse na parede e transasse comigo dura, rápida e profundamente, prometeria sem pensar, confiaria nele até a morte. Mas não me atrevo a falar quando o seu silêncio me deixa em dúvidas sobre o que ele está pensando e fazendo.

Ele diz, rouco:

— Quente. Adoro sentir o seu calor. — Dou um pulo. Por essa não esperava. Como um ladrão ele consegue roubar meu ar ao tocar-me o núcleo sobre a minha calcinha. — Gosto do seu calor úmido. — Ele suspira pressionando os dedos na minha área mais sensível. Não aguento e solto um gemido. — Também gosto muito disso. — Prendo a respiração, esperando-o tirar o tecido que separa seus dedos da minha pele. — Sabe, Beatriz, estou aqui pensando em mil formas para lhe provar que pode confiar em mim. — Acariciando-me sobre o tecido úmido e rendado, ele suspira e eu o imito. — Agora mesmo estou aqui, como você descreveu, com os olhos grandes, admirando cada partícula do seu corpo arrepiado e analisando como é que posso fazer para a confiança penetrar em cada poro do seu corpo.

Continue assim que logo você vai encontrar como.

Ele funga.

— Adoro o seu cheiro faminto. É tão doce...

Faça-me sua sobremesa e chupe até se fartar do meu doce. Tenho certeza de que no final, quando eu estiver explodindo de prazer, gritarei aos quatro cantos do mundo que confio em você.

Rodeando novamente meu corpo, sinto-o parar na minha frente, inclinar o rosto para perto do meu, e algo liso, macio e molhado me lamber.

— Ah! — Escapa como um suspiro, um gemido que vem de dentro. Sem dizer uma palavra, ele me faz sentir adorada e divina.

— Não sei qual parte do seu corpo aprecio mais. Será que são seus lábios? — Com um puxão, ele suga meus lábios até dar nós no meu ventre, enquanto suas mãos fortes puxam meu quadril para seu corpo. — Deliciosos! — Ele se afasta, e eu abocanho o ar. — Não, Beatriz, você ainda não pode ter meus lábios. Não quando ainda não tem certeza, se pode confiar em mim.

— Ah! — Arrepio-me e suspiro de prazer. Parece que esse som virou um hino na minha boca.

— Você está tremendo, Beatriz? Será que é a temperatura do ar--condicionado?

— Pedro, você gosta de testar meus limites.

— Sim, gosto de ver como você responde a mim. Mas isso ainda não é nada, Beatriz. Mal comecei a testar todos eles.

Sinto-me à beira de um precipício, prestes a cair em queda livre, pela forma como minhas pernas tremem por antecipação.

— Seus seios ficam tão lindos emoldurados por essa renda... Sem dúvida, eles foram esculpidos pelos deuses. — Uh-lá-lá! Ele sabe como agradar uma mulher. A minha mente se converge na zona mais erógena, resultado da excitação que irradia por todo o meu corpo calafrios de prazer.

Apenas a proximidade de suas mãos nos meus seios sobre a renda do sutiã faz com que o bico raspe o tecido, sentindo a necessidade da libertação. Meu peito sobe e desce buscando o ar que fica rarefeito. Não preciso ver o que acontece para sentir o calor e a energia que seu corpo irradia sobre o meu. Ele é magnético. Dou um breve passo à frente.

— Você tem pressa do meu toque, Beatriz?

Engulo um suspiro, trincando a mandíbula.

— Tenho! — admito.

— Então me diga o que preciso fazer para que confie em mim sem pensar. — Seus dentes travam sobre a renda, aprisionando meu bico intumescido.

Lobo Mau! Que dentes são estes? Como eu era bobinha quando pequena. Nunca poderia imaginar que a Chapeuzinho sofresse tanto assim.

Em uma fabulação de personagens na minha mente, não sei o que é mais erótico: o domínio da sua voz como um faraó ou o seu toque como o Lobo Mau.

— Ah! Isso é tão bom! — Mordo o lábio inferior, gemendo, suavemente suplicando. — Não me torture, Pedro. Eu prometo que vou confiar em você.

Não minto. Eu disse que vou confiar nele. Não sei é se consigo confiar na minha insegurança. Eu preciso mais do que você está propondo me dar, mas isso eu sei que podemos conseguir juntos. Choramingo como uma mendiga por dentro. Eu quero um relacionamento. Quero o seu amor, um compromisso.

— Não! Eu ainda não sei se confio na sua promessa. — Seus dentes mordem com mais força, aliviando quando ele conclui seu pensamento. — Ela me pareceu mais sexual do que real, e essa lingerie que você pôs foi para me tirar do eixo.

Ele me provoca, até que afasta o lado esquerdo do tecido e libera meu seio túmido. Sua mão tateia e seus dedos torcem meu bico dolorido. Seus lábios encontram os meus novamente, e o beijo é leve, suave. A pressão dos seus lábios é suficiente para me deixar mais desejosa por ele, fazendo percorrer um calafrio por toda a minha espinha até última vértebra da coluna.

O Pedro aprofunda o beijo; sua língua passa rapidamente pelos meus lábios e desce pelo meu pescoço. Uma das suas mãos desliza pelos meus ombros até a base da minha cintura, puxando meu corpo, travando-o sobre o seu. Faíscas acendem um incêndio dentro de mim. Cravo as unhas por cima da sua camisa e mostro a ele a felina que ele desperta em mim.

— Pedro! — chamo seu nome.

Ele finge não me ouvir, e suas mãos seguem por toda parte do meu corpo, ora beliscando meu mamilo, ora me provocando com o dedo por cima da renda na minha feminilidade.

— Eu preciso de você dentro de mim, agora!

— Você terá. — Apoiando a mão sob meu seio, seus dedos o ajudam enfiar todo o globo redondo na boca e ele chupa com uma compressão de tirar o oxigênio do ar. A dor é aliviada com sua língua que circula por toda a pele intumescida. Sua outra mão desce pelo meu ventre.

— Maldição, Beatriz! Isso é o que mais preciso agora, e quer saber? — pergunta ele quando seu dedo encontra meu núcleo túrgido.

— O quê?

— Que se dane a confiança, por enquanto. Temos um tempo enorme para conquistá-la juntos, não é mesmo?

— Sim!

Sua boca cobre a minha rapidamente, sua urgência se torna palpável e, antes de descobrir o que ele quer dizer com isso, suas mãos assaltam meu corpo com fúria, excitando todo meu lado emocional. Tento puxar a máscara dos olhos, mas ele impede. Sorrio pela minha ousadia.

— Não! Deixe.

Suspensa do chão e tomada em seus braços, sinto seu peito nu queimar meu corpo e me entrego leve e feliz. Não imagino quando ele tirou a camisa, mas o atrito de pele com pele é delicioso.

Subindo a escada, sinto segurança na firmeza de seus braços que me dão a certeza de que ele não pretende me soltar nunca mais. A pressão erótica dos seus lábios chupando os meus me leva à loucura.

— Meu Deus, Beatriz! Como desejo você! — Ele desliza meu corpo pelo dele, deixando-me de pé à sua frente. — O que você está fazendo comigo? — Suas palavras formam um redemoinho no meu ventre. — Só consigo pensar em estar enterrado dentro de você.

Sua língua volta a trabalhar entreabrindo meus lábios que o recebem. Um gemido lascivo escapa das minhas entranhas quando ele aprofunda o beijo.

Sem dizer mais uma palavra, sentindo as mãos dele encaixadas nas minhas nádegas, arqueio o corpo ao seu encontro e um calor líquido escorre entre minhas pernas, despertando em mim um desejo maior que apenas os de seus beijos lascivos.

Seus dedos trabalham habilmente no fecho do meu sutiã.

— O meia-taça é lindo, a cor é vibrante, mas eu prefiro ver seus mamilos desenhados livres para mim.

A peça, minha aliada há instantes, vira uma armadilha. Ele puxa meus braços para cima, usando a renda vermelha da qual me orgulhei em usar como algemas nos meus pulsos, que ele eleva sobre minha cabeça, presos.

— Você vai rasgar meu sutiã? Ele custou caro, sabia?

— Compro uma dúzia deles para você.

Sinto a eutanásia das minhas forças quando ele aperta o nó e mordisca meu antebraço, repetindo o gestual até o lado interno do meu seio.

— Ah! — Um gemido de protesto, alto, escapa dos meus lábios.

— Você consegue ser a coisa mais deliciosa que já experimentei. — Ele crava mais ainda seus dentes e chupa a minha pele. Eu suspiro junto com um gemido. — Geme alto. Adoro o som do seu grito sem pudor. Sabe o que isso me causa, Beatriz? Uma dor dilacerante nos meus testículos. Meu pênis pulsa a cada gemido seu.

— Você é o maior torturador de todos os tempos.

— Não tanto quanto esta minúscula peça de roupa que encobre o seu triângulo.

Não tenho mais forças para manter de pé o meu corpo enfraquecido. Ele percebe meu vacilo e assim me guia até me deitar de costas na cama, as pernas pendentes para fora. Com vigor e potência, morde a pequena renda que resta no meu corpo, puxando o tecido a fim de me penetrar.

— Rosada como um suflê! — Uma ânsia dolorosa arde entre minhas pernas, quente e úmida. Torço para que ele continue, e assim ele faz, explorando e trilhando lambidas, voltando para minha pelve, e, quando parece que vai chegar ao meu núcleo, para e recomeça tudo outra vez. Solto um gemido de frustração, levantando meu quadril para chegar à sua boca, onde necessito ter sua língua. — O que acontece, minha pupila? — Posso ouvir o riso travesso em sua voz.

— Você está dificultando as coisas.

— Quer que eu facilite?

Sim, mil vezes sim! Contraio-me ao sentir seu dente puxar minha calcinha para o lado e sua língua me invadir. Gemo, grito e levanto meu quadril para que sua língua se afunde cada vez mais dentro de mim. Ele a curva dentro de mim, fazendo estremecer cada terminação nervosa minha. Tudo o que eu preciso... Até a maldita campainha tocar. Agora não! Por favor, não atenda. Antes de entrarmos na suíte, ele pediu o cardápio para a recepcionista e indicou um número, sem mencionar o que era, apenas acrescentando que exigia que fosse separado, esclarecendo que cuidaria do preparo por conta própria. Ela não entendeu direito. É óbvio que fiquei curiosa, porém a ansiedade de estar em um motel pela primeira vez dispersou qualquer interesse maior da minha parte.

— Não era sem tempo.

Antes de se afastar, ele lambe toda a extensão da minha feminilidade e meu corpo chora. Impetuoso, provoca-me.

— Isso a manterá aquecida e entretida.

— Por favor, estou tão perto... Não me abandone agora.

— Shhh! Não vou deixá-la por muito tempo.

Volte aqui, tenho vontade de gritar, ao sentir a renda estimular meu clitóris dolorido.

Meleca. Era só o que me faltava. Amarrada com o próprio sutiã, vendada e ainda por cima estimulada pela calcinha. Pronto: ele acaba de me mostrar que posso ser autodidata em orgasmo com as minhas próprias peças íntimas.

Eu o ouço voltar a passos lentos. Meu corpo estremece.

— O que foi que você pediu?

— Eu cumpro as minhas promessas. O que foi que prometi a você para depois do jantar?

— Uma sobremesa?

Ouço algo ser depositado na mesinha de cabeceira e uma música vibrante ressoa pelo quarto, junto ao som de uma cascata deslizando em algum ponto ali dentro.

— Isso, minha pupila: uma deliciosa sobremesa.

— Pensei que eu fosse a sobremesa. — Provoco. Ele retribui a provocação descendo lentamente o zíper da calça, fazendo-me ouvir seus movimentos.

— A mais gostosa, pode apostar. Mas vamos recheá-la.

— Adoro doces recheados.

— Então vamos preparar nossa sobremesa. Sabe onde foi que decidi preparar o doce, Beatriz?

— Em mim?

— Esta é a minha pupila. Inteligente e supergostosa. Sinto o colchão afundar ao meu lado e o som de utensílios se estalarem.

— Você pode me despir? Prefiro sentir você roçando em mim, não minha calcinha.

— Não era minha intenção, mas aceitarei seu pedido. — Sua voz fica rouca quando me ajeito na cama para afastar a calcinha de dentro de mim. Suspendo o corpo. — Beatriz!

Sua boca desce para a barra da minha calcinha.

— Você prometeu tirá-la.

— Vou fazer isso, mas antes preciso apreciá-la mais um pouco no seu corpo. Você fica tremendamente gostosa com ela.

Remexo-me e ele, ousado, esfrega o nariz pela minha feminilidade.

— Seu perfume me embriaga e me vicia. — Sua língua impetuosa desliza em círculos, pressionando meu ponto mais intumescido. Ele chupa a renda junto com o meu clitóris. — Você é uma bela distração, minha pupila, mas temos uma sobremesa nos aguardando.

Ele puxa minha calcinha para baixo e sinto um alívio, uma liberdade indescritível.

Engatinhando sobre mim, ele se aproxima do meu rosto, beijando cada parte do meu corpo, arrepiando até a minha alma. Rompe o contato. Sua respiração afaga meu ouvido.

— Vamos partir para nossa sobremesa?

Um recipiente gelado encosta na minha parte íntima.

— Aqui é um ótimo lugar para começar a apreciar essa iguaria. Mas não sou egoísta de privá-la da experiência.

Ele me provoca deslizando o recipiente pela minha barriga até o meio do colo dos meus seios, nos quais derrama algo congelante. Lambuza-me toda, contrastando o frio do sorvete de papaia, que leva aos meus lábios, com o calor da sua língua.

— Sei o quanto gosta de papaia com cassis. Então, para fechar a noite, achei pertinente provarmos uma sobremesa adequada.

Assim começa a nossa degustação. O desejo é intenso. Ele me alimenta com um beijo gelado que esquenta todo o meu corpo. Tento soltar minhas mãos, e ele percebe.

— Não está gostando da sobremesa, Beatriz?

— Adorando, mas queria poder tocar em você, também.

Que química é essa que sempre quero mais dele? Droga de homem maravilhoso! Ele é tão intenso, tão físico, tão sensual!

— Já abri concessões demais para você hoje. Um lobo mau não solta sua presa, mas posso ser um faraó solidário e deixá-la ver o quanto adoro devorá-la. Ele tira minha venda e agradeço pelo quarto estar iluminado à meia-luz. Ele me encara e eu me sinto extraordinária, desejável, sexy e valiosa, deitada sobre a cama, com dossel e tecidos amarrados nas suas armações, Pedro vê meu olhar entusiasmado e solta os tecidos, presos ao dossel, para apimentar o clima. Na penumbra, vejo em sua mão uma garrafa com cassis. — O doce precisa ser completo.

Ele deposita o sorvete e por cima despeja o líquido viscoso por todo o meu corpo, formando uma trilha incrível. Entre uma chupada e uma lambida, ele me leva próxima ao prazer. Estimula meu corpo como se fosse o diário de suas confissões. Sabe onde tocar e o que causa em mim. Sinto-me em desvantagem. Meus seios parecem que vão explodir. Acredito até que tenham dobrado de tamanho, e acontece o que nunca imaginei que pudesse acontecer. Tomada por um fogo incontrolável, perco a razão absorvida por ele que, perversamente, se posiciona entre minhas pernas e enfia a língua dentro de mim. Como um alcoólatra, ele vira a pequena garrafa sobre meu clitóris e lambe até a última gota.

— Beatriz, você é tão perversamente deliciosa...

Descobridor das minhas necessidades e do meu corpo que arqueia necessitando mais, ele me penetra com dois dedos em forma de gancho, cada vez mais fundo. Encontra meu ponto sensível e me estimula, enquanto sua língua massageia meu núcleo intumescido dolorido. Meu corpo implora para liberar toda a explosão que se forma em cada célula lasciva, causando mil calafrios por segundo.

Todos os músculos do meu corpo se contraem, assim como meu canal.

— Goze para mim, minha pupila. Liberte esse mel e me lambuze com seu doce! — Seu pedido se torna uma ordem ao meu corpo, levando-me ao êxtase no mais profundo clímax.

— Você funde os meus miolos. Não sei dizer o que é mais prazeroso: fazer você gozar ou sentir e ver você gozando.

Retomo a consciência e o vejo me encarando com intensidade. Seu membro viril brilha a ponto de explodir. Eu o quero, preciso dele, mas mal consigo falar.

— Veja, Beatriz, como você me deixa. Quase me fez perder o controle.

— Se não posso tocar em você, conceda-me mais um pedido. Deixe a Chapeuzinho ser maldosa e provar do doce em você também.

— Como você prefere o doce? — Ele pega a garrafa. — Assim?

Segurando toda a extensão do seu membro, ele derrama o licor em zigue-zague, e ainda lambuza a ponta com um pouco do sorvete. Ajuda-me a sentar na cama e fica de joelhos na minha frente. Eu o tomo nos lábios como um bastão de doce, sugando forte e sentindo suas veias saltarem e pulsarem. Dessa vez, são dos seus lábios que saem as palavras e gemidos de prazer.

— Sua boca é muito gostosa. Toma tudo o que é seu, minha pupila.

Estimulada, continuo e engulo mais fundo, sentindo uma ânsia prazerosa por saber que ele está transando com a minha garganta, como se estivesse dentro de mim. Seu joelho roça minha vulva, e ele percebe que estou molhada novamente, só por senti-lo nos meus lábios. Mal percebendo, ele solta meus pulsos e inverte nossas posições. Agora estou por cima dele, sentindo-o me invadir a língua, proporcionando-me sensações incríveis, enquanto seu membro ocupa minha boca. Ele me deixa controlar a velocidade e a profundidade. Este é o sexo oral duplo mais lascivo e erótico que já imaginei na vida. Contraio-me novamente e seu membro pulsa na mesma intensidade.

— Bya, eu preciso estar dentro de você.

Ouvir isso é quente, sexy e emocionante e, em um passe de mágica, lá estamos nós, absortos em nossas bocas, nosso sabor, unidos em um só corpo. Ele se põe entre minhas coxas, deslizando seu membro rígido do jeito que eu gosto na minha entrada túrgida, esfregando a ponta para cima e para baixo.

Sinto-o me preencher. Seu encaixe é perfeito, com estocadas fundas e, quando o prazer se aproxima, ele retarda os movimentos. Um gemido gutural e rouco escapa dos nossos lábios.

Eu quero mais pressão. Assim, arqueio meu corpo ao encontro do seu, esperando-o aumentar o ritmo, amando o atrito dos meus seios no seu peito duro. Ele toma o controle, enchendo-me até onde seu membro aguenta ir, inchando dentro de mim, fazendo-me pulsar e contrair. Meu corpo formiga com uma sensação deliciosa. Ele é grande, duro, viril, quente e aproveita o quanto pode para me provocar. Surpreendentemente, ele não se limita apenas a uma posição: criativo, procura movimentar nossos corpos de maneiras diferentes, mas sempre me deixando confortável.

Sou como uma marionete de prazer em seus braços. Ele estimula meu clítóris o tempo todo. Uma onda de prazer surge na região do meu ponto mais sensível e no meu interior, pulsando diretamente no meu ventre, espalhando-se rapidamente por todo meu corpo. A sensação me faz perder o controle.

— Pedro! — grito seu nome, enquanto ele acelera seus movimentos.

— Isso, gostosa, me aperta, me lambuza com o seu mel.

Suas palavras são o terremoto que faz explodir o prazer do meu corpo em um turbilhão intenso. Finco minhas mãos no seu ombro, convulsionando, precisando de mais.

Ele suga o ar pelos dentes; no mesmo instante, sinto seu corpo enrijecer; e a liberdade do meu orgasmo o instiga a pressionar mais. Junto com o suspiro de alívio, ele se esvazia todo dentro de mim.

Nosso peito desce e sobe em ritmo acelerado, buscando ar e, como se houvesse um ímã muito poderoso ali, não rompemos a ligação.

— Minha pupila, não consigo me afastar de você. — Com o membro nadando na piscina de prazer, ele mergulha lentamente, novamente, como se nossos membros precisassem dessa sensação. — Não há nada melhor do que estar dentro de você.

Meus músculos internos o recebem preguiçosamente, sendo despertados pelos seus movimentos.

— Você não cansa? — Deixa o Beggo saber do fôlego do Pedro. Quero ver se vai chamá-lo de tiozão novamente. Sorrio por dentro, vingativa. Na verdade, prometi não contar sobre nosso relacionamento, mas tripudiar do Beggo... Ah, isso eu posso!

— Eu mal comecei, minha pupila.

Sentado de pernas cruzadas, ele me põe no seu colo, deixando-me sentada sobre ele, minhas pernas em volta da sua cintura.

Minha vagina fica elevada e ele faz questão que sua pelve a estimule. Cavalgo sobre ele. Seus beijos e olhares me fazem sentir querida, desejada, e até mesmo amada. Vou à loucura. Ele apoia suas mãos nos meus quadris fazendo cada vez mais pressão. Sinto outro orgasmo se aproximar.

— Adoro senti-la me comprimir, me receber dentro de você.

Seus olhos encaram os meus. Ele se deita para trás e leva meu tronco junto, beijando-me e ditando o mesmo ritmo de sua língua e seu membro, que me invadem. Não sei como ele consegue o atrito intenso da sua pelve, que não abandona o meu clitóris túrgido. Em um ritmo alucinante, ele vira meu corpo e passa a me penetrar alucinadamente, até que desembocamos juntos em um orgasmo intenso, entregando-nos ao êxtase do prazer. Talvez seja difícil encontrar um meio de estabelecer total confiança dentro das minhas inseguranças, porém, nos seus braços e ao seu lado, sei que tudo posso.

Pedro Salvatore

Chegar ao orgasmo enquanto ela alcança seu auge é delirante. Ouvir seus sentimentos aflorados é a melhor sensação do mundo.

— Eu te amo, Pedro!

Enquanto derramo a última gota dentro dela, percebo que não usamos camisinha. Um choque me remete a uma história do passado, muito conhecida. Fico estático enquanto absorvo toda a situação. Tratou-se de uma mistura de responsabilidades: a que me moveu, como amante, e a que soneguei, como seu tutor. Simplesmente, tê-la ao meu lado torna-me insano, e o sentimento se desdobra dentro da minha alma.

— Você é a coisa mais linda que aconteceu na minha vida.

Passo o tempo todo com ela nos braços, querendo compensá-la com carinho. Cada carícia é como um sentimento não verbalizado.

— Vamos viajar amanhã? — Sua voz é preguiçosa. Sentir seu maxilar se movimentando no meu peito, enquanto ela fala, aquece meu coração.

— Vamos, minha pupila. Descanse agora. Amanhã teremos um dia bem agitado.

Não sei ao certo quando se iniciou o sentimento profundo que tenho por ela. Não o escolhi. Simplesmente sinto esse bem-estar e esse bem-querer.

Ela adormece, exausta, e eu choro por dentro com a punição da minha consciência, por ser incapaz de dizer a ela o que mais quero dizer.

Capítulo 26

Pedro Salvatore

Cuidadoso para não acordá-la, eu ajeito seu corpo próximo ao meu, beijando sua testa.

— Minha pupila, o tempo vai se encarregar de dizer a você o que sinto.

Conformado com este pensamento, junto-me mais a ela, repousando meu rosto no mesmo travesseiro que o seu, admirando-a e abraçando-a pela cintura.

Respiro seu perfume, com a certeza de que ela já é o meu oxigênio. Sim, não posso mais viver sem ela. Acompanhando a cadência de sua respiração e do seu sono, não sei se durmo ou se tenho um pesadelo acordado.

A confusão embaralha meu raciocínio. Há instantes, eu estava pensando nos sentimentos dela, e como era bom ouvi-los da sua boca: "Eu te amo". E me reprimindo por não ser capaz de devolver as mesmas palavras. Já no momento seguinte, tudo o que vejo diante de mim é a impressão de um sorriso irônico me observando e a efígie do homem que afetou meus valores e comprometeu minha capacidade de amar.

Meus nervos se contraem ao me lembrar dele. Acho que já nasci odiando-o.

Não consigo me concentrar direito. As imagens não se formam com nitidez.

Vejo-me parado entre duas linhas desconexas sem nenhuma ligação. De um lado, vejo o mal-estar, e do outro, o bem-querer, um contorno esmaecido da minha mãe, linda, como se estivesse ali só para me mostrar que não estou sozinho.

Quando ouço falar que os anjos fazem parte da nossa vida, acompanham-nos desde sempre, não duvido. Ainda sinto e acredito que todo o desgosto que minha mãe viveu, eu absorvi durante a minha gestação. Não foi preciso ouvi-la dizer palavras ou verbalizar seu passado para eu trazer dentro de mim a certeza de que o amor podia destruir as pessoas.

Esses pensamentos vêm junto como se eu estivesse acordado e dormindo ao mesmo tempo. Não sei o que estou sentindo. É estranho dizer; praticamente não tenho domínio da realidade.

Uma confusa mescla entre passado e presente me agita. Ao mesmo tempo em que vejo aquele homem me observando com o olhar de desdém, vejo-o também morto, o nariz tampado com algodão, sem me causar qualquer incômodo quando no seu velório. Parece monstruoso dizer que não senti dor alguma, mas foi assim mesmo que reagi ao ver ali deitado inerte o homem que biologicamente era meu progenitor.

Encará-lo ali, sério, imponente e impotente, naquele momento me soou como uma vingança, por saber que o seu destino foi o mesmo da minha mãe, a quem indiretamente ele matou. Diante daquele corpo estendido, rígido como foram seus atos em vida, pensei em dar meia-volta e ignorar aquele homem sem coração, porém resolvi encará-lo, com um sorriso satisfeito.

Tenho certeza de que, se a alma dele estava ali me observando, ela naquele momento estava querendo revirar o corpo dentro do caixão.

Concentrado, olho para suas mãos entrelaçadas acima do seu peito. Então, vingativo, pensei que eu podia mover meus dedos, e ele não. O garotinho magoado dentro de mim, a quem ele assoberbou tantas vezes, sentiu-se aliviado. Tantos puxões de orelha que levei daquele homem obtuso que insistia em ignorar seus transtornos e deu as costas para minha mãe, dizendo que a loucura dela o estava contagiando. O terço preso em suas mãos chegava a ser de uma hipocrisia ímpar, considerando que abominava a fé e a ideia de minha mãe ser católica. Quem o pôs ali imaginando que isso o aliviaria dos seus pecados se enganou. Sua passagem direta para o inferno foi comprada na primeira ação diabólica que ele cometeu.

Seu sorriso de desdém se amplia e eu teimo em buscar sua imagem da forma como quero lembrar. *Seu sorriso irônico não representa nada para mim*, penso, enquanto vejo um rascunho de sua forma querendo dizer algo.

Nunca tivemos tréguas ou aproximação. E como seria possível? Dentro de mim, não existia o perdão para ele. Como pôde abandonar uma mulher inocente e linda, com quem cresceu junto, a quem prometeu amor eterno, no momento mais difícil que ela enfrentou?

Porque foi exatamente isso o que aconteceu. Sempre foram próximos desde a adolescência. Quando o corpo de mulher começou a aparecer, ele resolveu conquistá-la. Minha mãe resistiu o quanto pôde, mas ele insistiu e, enfim, alcançou o objetivo, fingindo juras de amor. Incansáveis vezes a ouvi dizer que não o culpava por ter cedido a ele a entrada no seu coração.

Claro que ela não o culpava. Morreu ainda o amando. Mas eu, neutro nessa história, nunca engoli saber que quando ela ficou doente pela primeira vez, ele iniciou a destruição da sua vida, juntamente com a avó da Beatriz.

Sinto meu peito se apertar. A avó da Beatriz!

Não! Não pode ser! Sou um homem amadurecido e sei que minha recusa em dizer a Beatriz o que sinto é mais covardia da minha parte do que simples vingança de passado. Ela é inocente. Não tem culpa do que sua avó fez. Dela só guardo pesares.

Quero puxá-la mais para meus braços e sentir seu corpo nu conectado a mim, mas meu estado de dormência não permite. Este é o sonho mais confuso que tenho na minha vida.

E a história da minha mãe foi mais ou menos assim. A avó da Beatriz era prima da minha mãe e sofria maus-tratos do marido. Por isso, decidiu fugir da cidade onde morava, levando junto a filha de três anos. Por garantia, trocaram de nome, mas, sem ter para onde ir, pediu asilo para minha mãe, que, dona de um coração gigante, não mediu esforços para acolhê-las, mesmo estando doente, grávida e atrelada eternamente a uma cadeira de rodas. Durante meses ela ajudou a prima a se restabelecer e se ajeitar com a filha pequena. Porém, mal sabia que o homem que amava já havia perdido o interesse nela e passava a se concentrar na prima. E, enquanto ela saía com toda sua bagagem solitária para vender suas obras de artes em feiras, os dois se esbaldavam debaixo do seu teto.

Um dia, a prima simplesmente foi embora sem dizer ao menos obrigada, e o homem a acompanhou, deixando minha mãe com um filho no ventre. Juntando os fatos, minha mãe descobriu ter sido duplamente abandonada e que os dois a traíram e viviam felizes em suas costas.

Acho que ainda no seu ventre ouvi todas as crises de choro, e foi justamente quando nasceu dentro de mim o ódio que sinto por esse verme e que corre nas minhas veias até hoje. Não se contentando com tudo o que fez para ela, ainda tentou afastá-la de mim todos os dias da sua vida, até descobrir que eu não era aquele garotinho perfeito que ele imaginava. Então, novamente ele descarregou um caminhão de culpas sobre a minha mãe, pelos meus rituais e manias. Vejo-me com ele no shopping, em um dia em que meus transtornos estavam à flor da pele, por estar ansioso para voltar logo para casa, pois eu odiava ficar com ele.

Flashes estalam nos meus olhos, e volto a ser o garotinho assustado.

Os pensamentos intrusivos me pedem para avançar dez passos e retroceder um, ameaçando-me de que, se não fizer isso, algo ruim pode acontecer. Fico com medo, pois não é uma voz que me dá ordens; são meus próprios pensamentos! É estranho sentir isso, mas, conforme eles vão se manifestando na minha cabeça, assustado, resolvo obedecer.

Um, dois, três... dez, e um para trás. Percebo meu pai me olhar de lado. *Isso, bom menino! Faça novamente. Senão, algo ruim vai acontecer a você.* Assim repito e, quando termino, levo um tapa forte na cabeça.

— O que é isso, moleque, está louco?

Sentido e amedrontado, quero explicar que é minha cabeça quem me manda fazer isso.

Não liga para ele. Vamos novamente. Não se preocupe! Nada pode ser pior, caso não repita o que estou pedindo para fazer, meus pensamentos insistem e eu cedo, repetindo.

Um, dois, três, quatro... dez, e um para trás.

Outro tapa. Dessa vez mais forte.

— Está me desafiando, moleque? Não sou a doida da sua mãe que aceita tudo o que você faz. Ela não me deixou educá-lo como tinha de ser, mas ainda sou seu pai e posso consertá-lo agora. Quer ver?

Os pensamentos se estenderam do estacionamento do shopping até seus corredores cheios de gente, cercados de lojas. Impaciente, meu pai me deu vários solavancos na cabeça, como se minhas ações fossem algum tipo de molecagem da minha parte.

Além da ameaça dos meus pensamentos e da fúria do homem ao meu lado, a multidão de pessoas nos corredores me deixa claustrofóbico. Meus olhos viram para todos os lados; quero chorar, espernear, me morder e puxar meu cabelo. Começo a entrar em pânico e, para aliviar, passo a me machucar, para a dor ser mais forte do que tudo isso que estou sentindo e não parecer uma menininha.

Paro incerto.

— Vai ficar parado? Vamos, moleque. Tem uma praça de diversão toda para você.

— Eu não quero brincar — digo, com a voz embargada.

— Claro que você quer brincar. Deixa de ser teimoso.

— Eu quero ir embora. — Não quero ficar ali. Ele me faz mal. Só fui porque minha mãe insistiu que eu precisava ter um momento com ele.

— Não vamos embora! — grita ele. — Eu sei que sua mãe encheu sua cabeça de besteiras, mas você vai aprender comigo que a vida não gira em torno das suas manhas.

Meus pensamentos mudam as ordens e me mandam tocar nas pessoas. Teimoso e envergonhado, inicialmente cometo o ato sem chamar muito atenção. Toco disfarçadamente nas pessoas que passam por nós, porém os pensamentos intrusivos se tornam impetuosos. Quando um senhor passa por mim e esbarra em meu braço acidentalmente, sinto-me obrigado a persegui-lo até repetir o esbarrão, mas com o outro lado do meu corpo.

— O que foi, menino? — Espantado, ele fica me olhando enquanto bato na sua cintura.

Meus olhos assustados se arregalam, mas, dentro da minha cabeça, os pensamentos dizem que agi certo.

É enlouquecedor. Não consigo controlar direito minhas ações.

— Pedro, seu moleque imbecil, peça desculpas para o homem.

— Desculpa — digo, com os olhos lacrimejantes.

— Senhor, peço desculpas pelo menino, ele é criado com a mãe e ela não é capaz de lhe dar bons modos.

— Está tudo bem? — Com piedade, agachando-se para encarar meus olhos, o homem segura meus braços, carinhosamente, tentando me confortar.

É torturante. A piedade que vejo nos seus olhos, oposta às reclamações do meu pai, somada com os pensamentos que ouço e me julgam, forma uma sinfonia do horror, cuja melodia me fez ter cada vez mais vontade de chorar.

— Vamos, moleque, sua diversão acabou. Se você não sabe se comportar em sociedade, acho melhor continuar na gaiola em que sua mãe insiste em aprisionar você.

Naquele dia, tive vontade de gritar que eu preferia uma gaiola de amor à liberdade da incompreensão.

— O que o senhor é dele?

— Sou o pai. E, se me dá licença, estamos indo embora.

Puxado pelos braços frágeis, arrastado pelo shopping como um garoto birrento, sinto toda a humilhação de ver as pessoas me olhando, enquanto dentro de mim as lágrimas escorrem com o gosto amargo do sangue pela minha garganta, já que mordi minhas bochechas para me conter e evitar que ele me visse chorando.

Volto ao meu corpo adulto ainda dentro desse pesadelo, e tento gritar e me desvencilhar das mãos que me arrastam.

A impotência é devastadora, mas algo dentro de mim diz que vai passar. Que logo estarei novamente com a minha mãe.

Enquanto ela procurava soluções para aliviar meus transtornos, eu sofria o que hoje seria chamado de bullying dos meus colegas de escola, ao mesmo tempo em que aquele homem me fazia sentir como um louco.

Mais lembranças do passado espocam como flashes no meu pesadelo, e volto a ser o garotinho novamente.

Meus rituais sempre fizeram parte da minha rotina. Eu não dormia sem ouvir histórias, nem ia deitar sem organizar meus carrinhos em fileiras simétricas perfeitas. Eu contava todas as árvores quando passeava pela rua. E assim minhas manias passaram a ser cada vez mais frequentes. Algumas delas começaram a interferir no meu dia a dia e geravam as repressões dos que me rodeavam.

Lembro-me de ficar atrás da porta e ouvir a reunião da minha mãe na escola. Isso me vem como uma historinha, e eu desperto olhando para o teto, paralisado entre o sono e a realidade.

Minha mãe havia sido chamada para uma reunião com a psicopedagoga da escola, que a informou que eu era portador do TOC precoce. Também foi notificada de que, quanto mais cedo os sintomas eram diagnosticados, melhor seria para um tratamento. Caso contrário, o quadro só pioraria pelo resto da minha vida. Ela tentou debater o assunto com meu pai, que se recusou a aceitar a situação, além de, mais uma vez, deixar por conta dela a resolução de tudo.

Então, ela procurou um psiquiatra, que traduziu meu sofrimento e recomendou que eu encontrasse uma zona de conforto, a partir de um tratamento. Ela se recusou a ir por esses meios e tentou me curar apenas na fé. Ao invés de me fazer tomar um coquetel de remédios diariamente, decidiu me encher de muito amor, compreensão e carinho. Eu não a culpo. Para tomar um antitérmico quando tinha febre, eu fazia um escândalo. A vizinhança devia pensar que eu estava sendo torturado. Acho que sua decisão acabou sendo o resultado dessas perturbações.

O sorriso repugnante volta, e dessa vez com um som. Os flashes do passado se vão.

— Então agora você entende o que é o amor. Será que você é capaz de retribuí-lo, Pedro? Ou será que você é como eu?

Tento responder, mas sinto como se minhas cordas vocais estivessem trancadas com cadeado.

— Não foi isso que você me disse quando sua mãe morreu. Como foram mesmo as suas palavras?

Ele me olha, e eu tento me movimentar. Ele sempre me dominou assim quando eu era criança, mas agora, depois de adulto, tento lutar de igual para igual, mas meu corpo não se mexe.

— Lembrei! Você não é digno de receber o amor. Você mata quem ama você. Bela ironia do destino, não é mesmo? Você sabe que uma mulher o ama e você não consegue dizer o mesmo para ela. E sabe por que você não consegue? Porque é igual a mim.

Luto para dizer que não, que não tenho nada dele. E, quando acho que vou conseguir, ele some covardemente.

Então era isso que ele queria me dizer.

Suado, ainda sem ter qualquer domínio sobre mim, pego-me tentando sair desse pesadelo, e o pânico invade meu subconsciente. Fecho os olhos para encontrá-lo novamente e gritar que não sou como ele. Mas a resposta fica entalada na minha garganta. Ele sumiu.

Pela primeira vez, depois de um tempo interminável na tentativa de doutrinar meu corpo, consigo, com força, fechar minhas mãos em punho e cravar as unhas nas palmas, para, com a dor, conseguir trazer minha consciência de volta.

Desperto, vejo Beatriz ao meu lado dormindo como anjo, e de repente meus pensamentos repetem insistentemente as palavras daquele homem. O ambiente aconchegante parece apequenar-se; as paredes parecem que vão se fechando, tirando meu ar.

Esforço-me para respirar. Meu coração bate descompassadamente. Só consigo ouvir meus pensamentos e a respiração ofegante. Tento tocar na Bya para me sentir protegido, mas seu calor parece me queimar.

Uma cachoeira de suor escorre pelas minhas costas. Tento recuperar o fôlego e pedir socorro, mas a vontade de escapar é a mesma daquele dia em que fui arrastado.

Como um sonâmbulo, inconsciente, não domino meus sentidos. Tudo ocorre mecanicamente: vertigens vêm à tona quando levanto, deixando-me enjoado. Arrasto-me, procurando na dor, como sempre, o alívio para recuperar a minha sanidade.

Submerso no fundo do mar das minhas dores, começo a imergir quando sinto a primeira chicotada da toalha molhada.

O uivo de dor é música para meus ouvidos, como um alívio por sentir meu corpo de volta. As lágrimas contidas há muito tempo vêm junto com um soluço que escapa com a minha libertação.

Nu, ajoelhado no chão, com a toalha caída ao lado do meu corpo, saio do meu devaneio. Mas abro os olhos e vejo à minha frente, ajoelhada na mesma posição, Beatriz.

— Pedro, meu amor, o que está acontecendo?

Capítulo 27

Beatriz Eva

Desperto de um sonho lindo e me espreguiço nos lençóis macios de braços abertos. Sinto-me carente, e, já de olhos abertos, vejo que estou só na cama, ainda tentando entender que lugar é aquele e com quem passei a noite.

No teto, há um espelho enorme, e é por ele que vejo o quanto estou descabelada, com os lábios inchados e a maquiagem borrada. Apesar disso, tenho uma aparência de que fui bem cuidada.

— Uau! Acho que fui devorada pelo lobo faraó.

Acordar e sentir que passamos a noite com a pessoa que amamos é a melhor maneira de despertar e, pela minha mobilidade e pelo reflexo no espelho, sei que não fui mumificada.

Rolo na cama, pego meu celular e vejo que não passam das 5h. A ausência do Pedro não me adverte em nada. Sei que ele gosta de acordar cedo.

Estranho apenas meu corpo todo dolorido pecaminosamente.

Fazendo um inventário da suíte egípcia, sinto-me a própria Cleópatra, louca para encontrar meu faraó e tocar novamente a sua flauta. Noto suas roupas espalhadas por todo o local. É tão tórrido e libidinoso que chego a suspirar de satisfação travessa.

Caminho para ir ao encontro dele. Consigo vislumbrar pelo vão da porta entreaberta do banheiro algo que gela meu coração.

Não sei explicar as milhares de possibilidades que passam pela minha cabeça. Não é uma cena normal de se ver. O ar-condicionado do quarto parece congelar o ambiente. Abraço meu corpo, esperando algum movimento dele.

Imóvel, solto todo o ar do meu peito quando ouço um som angustiante escapar dele. Meu coração aperta ainda mais, ao contrário do que eu pensava ser possível. Pedro parece estar chorando.

Beatriz, não seja covarde. Encare a situação de frente e vá ver o que é que está acontecendo.

Abro a porta lentamente e me aproximo dele.

Vejo vergões vermelhos na sua pele, que brilham em um misto de suor e sofrimento.

O que será que ele fez? Por que fez?

Não há tempo para perguntas. Ele precisa do meu carinho e é isso que preciso lhe dar. O porquê de tudo isso descubro depois. Na verdade, pareço uma barata tonta sem saber o que fazer. Meu coração parece que vai sair pela boca. Talvez emitir algum som o faça se virar para mim.

Olho para a banheira e nela aposto minhas fichas. Acredito que talvez o som da água escorrendo possa chamar sua atenção. Mas não... Ele parece estar em outra dimensão. Como não sei me comunicar com um extraterrestre, sigo o que meu coração manda.

Ajoelho-me diante dele. Quando ele escapar desse mar de angústia, quero que me veja na mesma posição, nua e de corpo e alma aberta, para lhe dar o conforto que precisa.

Seu rosto apresenta linhas de expressão de dor e terror. Suas pálpebras fechadas transmitem inquietude e pavor. Sua mandíbula parece travada e sua respiração dá indícios de que está cansado e destroçado por dentro. Meu Deus! O que ele fez? Se eu não tivesse presenciado o pesadelo que teve quando dormimos juntos, estaria mais assustada. Como posso amar tanto um homem que mal conheço? Como posso morar sob o mesmo teto que ele e nunca perceber os demônios que o assombram?

Será que sou eu, a tutelada assanhada, que causo essa repulsa nele? Ou será que ele faz parte de alguma seita religiosa?

A adrenalina de salvar uma pessoa sobre a qual você nada sabe é angustiante. Minha vontade de querer ler seu passado, decifrar seu presente e desmitificar seu futuro é um incentivo para tocá-lo no braço repousado em sua perna. Torço para ele não repelir minha atitude.

Seus olhos se abrem e o verde-esmeralda de sua íris está encoberto pela dilatação da pupila, um tom mais escuro, o medo refletido neles. Vejo a vulnerabilidade nas pálpebras pesadas que tentam sustentá-los abertos, e propositalmente o toco com mais força.

— Pedro, meu amor, o que está acontecendo? — falo baixinho, passando o polegar sobre sua mão trêmula de forma uniforme, não querendo assustá-lo.

Ele nada diz, mas vejo seu pomo de adão se mover, mostrando que ele engole as palavras em seco e silenciosamente. Meu peito se aperta pela sua reação à minha pergunta. Ele parece estar em estado de choque.

Pense, Beatriz! Pense em alguma coisa.

Por mais que eu tenha plena certeza do que devo fazer na minha vida, nada me prepara nem me responde como agir em uma situação como essa.

Afasto um pouco mais meus joelhos e os pressiono levemente entre os dele. Preciso pensar em uma forma de fazê-lo sair daquela prisão invisível. Traço uma trilha de carinho superficial com as costas das mãos em seus braços, procurando um meio de poder abraçá-lo.

Seus olhos não se desconectam dos meus, e comemoro por ele não me afastar. Paciente, volto com os dedos por todo o comprimento dos seus braços, até chegar às suas mãos geladas, às quais envolvo nas minhas, a fim de lhe passar calor humano.

De frente para ele, não digo nada. Ousada, aproximo-me mais, puxando o seu tronco pelos braços para junto de mim. Em câmera lenta, ele cede, ainda parecendo um pouco temeroso.

A cor esmeralda da sua íris começa a clarear em seus olhos e uma pontinha de esperança alivia meu peito, sobre o qual ele tomba a cabeça. Meu coração toca uma sinfonia interminável de batidas. Ele parece um garotinho assustado. Conforto-o acariciando meus dedos habilidosos no seu cabelo e na sua nuca.

Nem imagino de onde vem tanta força que encontro para tranquilizá-lo e passar segurança para ele a cada toque. Ontem eu me vi protegida nos seus braços e hoje é a minha vez de retribuir.

— Não sei o que aconteceu — fala ele, e meu coração dispara. Uma infinidade de emoções sai junto com suas palavras carregadas de constrangimento, vergonha e incerteza. Seus olhos parecem estar apagados e sem esperanças. Gelados. Sem brilho.

— Está tudo bem. — O que está tudo bem? Uma ova que está tudo bem, Beatriz! Você acaba de encontrar o homem que ama ajoelhado no chão do banheiro, cheio de vergões nas costas, e diz que está tudo bem? Que diabos é isso? Seja lá o que for, preciso ser forte agora, engolir minha curiosidade e não afastá-lo.

Ainda afagando-o no cabelo, sinto os espasmos do seu corpo. Foi no momento da minha dor que o conheci. Sempre o tive como meu porto seguro e acho que, no fundo, é isso que me apavora tanto por vê-lo assim tão vulnerável.

— Seja lá o que está acontecendo, quero que você saiba, meu amor, que estou aqui. E daqui só sairei se você quiser. Tudo vai ficar bem.

Agora seja bonzinho e me conta tudo.

— Não está tudo bem, Beatriz.

O pânico vem à minha mente. Será que ele está arrependido do que aconteceu? Será que foi tudo empolgação? Meu Jesus Cristinho, e se ele se arrependeu? Será que ele acha que perdeu o juízo ficando comigo e a culpa o fez agir assim? Não! Isso eu não suportaria. Ele não é tão cruel assim. Não foi algo de momento, vem acontecendo já há um bom tempo. É muito mais fácil eu querer acreditar em rejeição quando o problema parece ser bem maior. Sufoco a vontade de querer gritar com ele pedindo explicações e tento manter a calma, antes de enlouquecer.

— Mas vai ficar. Tenho certeza de que vai. — Não sei se digo isso mais para confortá-lo ou para convencer a mim. — Eu te amo tanto, meu amor...

— Eu não mereço você, Beatriz! — Ele levanta o rosto do meu colo, leva as mãos ao cabelo, e posso garantir que, dessa vez, seu rosto tem cor, algo inexistente instantes atrás. Vejo a timidez nos seus olhos.

— Talvez eu também não mereça você. — Levanto os ombros.

O vapor da água que começa a encher a banheira não é suficiente para nos fazer desaparecer da visão um do outro. Assim, nos encaramos.

— Como você pode dizer isso, quando é tão perfeita! — Recupero o foco nos seus olhos, a tensão ainda presente.

— Posso dizer do mesmo jeito que você me diz.

— Sou horrível, Beatriz! Você merece muito mais.

— Acho que quem precisa decidir isso sou eu. Concorda? — Quase soletro as palavras para ele entender.

Ele cerra os dentes; seus ombros eretos mostram o quanto está tenso, seus olhos se estreitam em minhas mãos cujos dedos estalam. Quando percebo o rumo que a conversa está tomando, fico aflita.

— Beatriz? Eu... — O músculo do seu maxilar pulsa e ele mexe o pescoço, aliviando a tensão.

Não. Se ele me disser que nosso caso foi um erro, acho que não serei capaz de aguentar. Não que ele seja o oxigênio que eu preciso para respirar, mas...

— Shhh! — Meus dedos trêmulos seguem para seus lábios. — Pedro, agora não é o momento de falar nada. Você está muito vulnerável e não tem certeza do que vai dizer. Não sei o que aconteceu e, definitivamente, não diga nada agora de que você possa se arrepender depois.

— Você não entende, Beatriz. — Ele levanta o quadril que está apoiado na panturrilha e fica com o corpo reto à minha frente.

Não me deixo intimidar e repito o seu movimento, ficando pela primeira vez com o corpo paralelo ao seu em menos de um palmo de distância. Posso sentir que ele não está mais gelado. Muito pelo contrário: queima, e meus seios tocam seu peito pela proximidade. O medo nos seus olhos é substituído pelo desafio.

O termostato deste homem deve estar desajustado para mudar sua temperatura tão radicalmente. Ufa! Do frio dos Alpes Suíços, em segundos, ele me teletransporta para as montanhas vulcânicas do Havaí.

— Realmente não entendo, mas só o que preciso saber agora é se você está arrependido.

— Como é? — Eu o ouço perguntar baixinho. — Arrependido? Isso nunca. Não me arrependo de nenhum toque, de nada que diz respeito a você.

Era só o que eu precisava ouvir. Inclinando meu tronco mais próximo do seu, o tempo para, e nossos olhos se congelam momentaneamente. Seus olhos verdes brilham intensamente e me hipnotizam. A dúvida do próximo passo é palpável e sufoca o ar entre nós. Os olhos que me encaram agora são do mesmo Pedro que estava comigo à noite: vivos e providos de sentimentos.

— Pedro!

Ele fecha os olhos ao sentir que toco seu corpo e minha boca aproxima da sua.

— Beatriz! — Ele diz meu nome, como se precisasse afirmar que nosso contato é real. — Tenho tanto medo de decepcionar você.

— Você só vai me decepcionar se me afastar... — murmuro próxima do seu ouvido, e ganho a permissão de ditar os próximos movimentos sem se mexer. Solto meus braços e os pouso no comprimento das suas coxas; vou serpenteando uma trilha com meus dedos na sua musculatura rija, arranhando lentamente cada parte do seu corpo.

— Não sou um homem perfeito. — Ele imposta toda a sinceridade em sua voz.

— Eu não estou procurando a perfeição. — Encontrando a saliência na pele das suas costas, delicadamente traço as linhas, mostrando que, seja lá o que o aterroriza, estarei junto dele para ajudá-lo a cicatrizar cada ferida. Mas o que deveria ser carinhoso gera um efeito contrário e sinto sua protuberância me cutucar na pelve. Acho graça e olho para ele — O que pode ser mais perfeito do que ter um homem tão remotamente preparado?

— Você está brincando com fogo.

— Ainda não percebeu que adoro me queimar? — Cruelmente cravo minhas unhas na lateral das suas omoplatas, onde já tateei e não senti marcas. — Desde que este fogo não se apague, quero ser a pólvora que o incentiva a continuar incendiando para manter a chama.

— Como eu preciso de você! — As palavras saem preguiçosamente dos seus lábios em forma de gemido, acompanhando os braços que tomam as rédeas e enlaçam minha cintura, agarrando-me.

Uau! Não me pega assim que fico "facinha"!

Busco um contato maior para provar a ele e a mim que, juntos, podemos vencer qualquer obstáculo e domar qualquer monstro. Encosto meus lábios nos seus de olhos abertos, e deixo meu coração falar.

— Você tem a mim, de corpo e alma. Eu só sei amar assim. Aceite meu amor, Pedro! Seja lá o que tem dentro de você, estou aqui disposta a ajudá-lo a superar isso.

Ele parece entender e aceitar, despertando em mim todos os sentidos vitais, no instante em que sua língua experiente me invade, beijando-me de olhos abertos, querendo tomar tudo o que posso dar a ele. Do medo à autoconfiança, ele me pega nos seus braços e me senta na pia gelada. Um tremor violento percorre cada célula do meu corpo, em uma intensa excitação. Em um gesto instintivo, dou a ele tudo o que precisa para afogar em mim sua incerteza. Os movimentos da sua língua no interior da minha boca, além de incontestavelmente deliciosos, são uma confirmação de que estamos conectados para superarmos o que vier pela frente.

Um redemoinho de emoções transforma a ânsia e a urgência do nosso beijo em uma promessa de algo com que nós ainda não sabemos como lidar.

Sua mão sobe pela minha coluna com um toque ardente, até envolver minha nuca e enlaçar meu cabelo longo, forçando-me a olhar para ele, como se me dissesse para fugir enquanto é tempo.

— Você é minha salvação e minha perdição! — Em um gemido gutural e com as narinas dilatadas, ele percorre meu rosto com sua barba por fazer, trilhando beijos por toda a extensão. — Diga que estou enganado, que não posso buscar minha salvação em você. Afaste-se de mim.

Ah, por favor, tenho vontade de mandá-lo calar a boca!

Travando minhas pernas nos seus quadris, trago sua ereção próxima da minha intimidade feminina.

— Não posso, Pedro. Não posso me afastar de alguém que me faz tão bem.

— Dessa vez, não vou esquecer a camisinha. — Ele interrompe o clima de entrega.

Será que foi isso? Será que ele ficou com medo de me engravidar? Ou de se contaminar com alguma doença?

— Pedro, eu estou protegida. — Ele rasga o envelope laminado que não sei onde encontrou tão rápido. Seus olhos, aliviados, encontram os meus.

— Mais cedo, fui um irresponsável. Proteção nunca é demais.

Entre minhas pernas abertas e espaçadas, ele introduz seu quadril, apartando-as de forma autoritária. Segurando sua ereção grande e rija, ele me penetra sem preliminares, sem palavras doces e sem pedir licença, consumindo-me até onde meu corpo pode chegar, lasciva e totalmente entregue a ele. Dessa vez, seus movimentos de vaivém são como uma invasão reivindicando tudo que prometi lhe dar.

— Está disposta, Beatriz, a ter um homem ao seu lado, cheio de manias e rituais?

— Totalmente disposta.

Pedro Salvatore

Com o cabelo longo solto por seus ombros, aberta e totalmente receptiva, ela parece uma diabinha, muito maior e mais sagaz que todos os demônios que carrego comigo. Fim para o medo. Fim para a incerteza. Possuo-a fazendo sentir todo o meu comprimento dentro dela, e ela aceita toda a dor que lhe causo, determinada, olhando-me desafiante, mostrando que nada a intimida.

Excitada, úmida, ela me acolhe da forma mais bruta e rude que sabe, joga a cabeça para trás, mostrando-me que, neste jogo, ela é capaz de suportar tudo por mim, e meu coração acelera cada vez mais. Saber que ela me deseja fisicamente é excitante, mas saber que ela acolhe a minha dor é reconfortante.

Ouvi-la gritar de prazer quando a penetro soa como um pedido de socorro, é alucinante. Nada do que acontece agora tem a ver com a minha performance de amante; é mais um teste para ver até onde ela suporta me receber cheio de amarras e dor.

Prendo o lóbulo da sua orelha com os dentes e insisto.

— Você vai se arrepender por ter me aceitado.

Sem piedade, sinto bater no colo do seu útero.

— Eu só me arrependo daquilo que não faço.

Suas coxas pressionam meus quadris, incentivando-me a seguir acolhendo-a e abrigando-a com as minhas voluptuosas arremetidas, assim como suas palavras entram em mim apertando meu peito com uma pontada incomum, mostrando que sou o bastardo mais sortudo deste mundo.

— Não sei se sou capaz de dizer o que significa o que você viu hoje. Eu.

— Não tenho medo de não ouvir. — Ela me interrompe com uma chave de pernas, prendendo-me dentro de si, determinada. Diabinha desafiante, como amo a sua audácia. — Tenho medo é que você me afaste e eu não ser capaz de conseguir fazê-lo falar. — Suas paredes molhadas me expulsam para a borda e, sem aviso nenhum, ela me suga novamente pressionando sua pelve a bater na minha. — Ou será que meu poder de persuasão pode ser eficaz?

— Estou achando que faremos uma boa dupla.

— Na cama e fora dela!? — Não me pareceu apenas uma pergunta. Foi um misto de exclamação e inquérito.

— Acho que isso funcionará bem dos dois jeitos.

Saboreando o contato íntimo, cru, selamos um pacto e nossas bocas voltam a se unir, no mesmo ritmo voraz, enquanto sugo a pontinha da sua língua e ela suga toda a extensão do meu pênis, que abre caminho preenchendo-a.

— Mais — implora ela. Eu a entendo como se fosse uma terapeuta dos meus desejos.

— Não quero machucar você.

— Você nunca vai me machucar.

Suspirando juntos, acelero o ritmo; ela arfa e se contorce, contraindo e apertando toda a base do meu pênis.

— Pedro! — grita meu nome. — Eu sou sua.

Ela chega ao êxtase e me encara; nos seus olhos, vejo e percebo toda a verdade dos seus sentimentos. As seguidas convulsões facilitam a minha penetração, cada vez mais funda. Ouço um grito gutural escapar quando esvazio tudo ainda dentro dela.

Abraçados, sinto-me bem.

— Obrigado, minha pupila, por estar aqui.

— Não agradeça ainda. Não esqueça que me deve um fim de semana completo.

— Quer dizer que ainda posso me surpreender mais?

— Muito mais. Espera até eu estar sentada na sua garupa.

Soltando uma risadinha, ela me dá um beijo casto e apoia a cabeça no meu ombro olhando para trás.

— Se quiser nos manter vivos e não nos afogar, vamos ter de nos soltar. Está vazando água dessa banheira por todos os lados.

Olho em volta.

— Quando foi que ligamos a banheira?

— Não ligamos. — Ela dá um pulo. — Eu fiz isso sozinha, para dar um banho em você, quando o vi.

Ela para de falar, e um pequeno constrangimento invade meu peito.

— Estava pensando em me dar um banho? — Brinco para dissipar a tensão. — Então terá de ser completo.

— Ai! — Ela reclama, balançando a mão no ar. — Acho que me esqueci de abrir a água gelada.

— Estava pensando em me fazer de ensopado?

— Você ainda me pergunta se pode me fazer mal? Eu deveria vir com uma tarja: "O Ministério da Saúde adverte: Beatriz faz mal à saúde de seus pretendentes".

— Pretendentes? — Levanto a sobrancelha, com uma pontada de dor no peito.

— Eu poderia ser um perigo para qualquer pretendente. — Ela pula no meu pescoço. — Mas eu só quero um. Você.

Ainda que seja implacável, persistente, dura, a dor pode ser uma ilusão. Se eu ficar preso no passado e não sair dele, será difícil almejar um futuro diferente e, olhando para ela, tão linda e disposta a querer estar comigo, vejo que um presente sem amarras depende única e exclusivamente de mim.

Capítulo 28

Beatriz Eva

— Pronta para um fim de semana cheio de aventuras? — Eu lhe entrego o capacete, ganhando um beijo na face em troca.

Pronta? Meu querido, eu nasci pronta para estar colada em você.

— Prontíssima!

— Então vamos andando, porque a senhorita demorou uma eternidade para arrumar suas coisas.

Como assim? Cumpri o tempo que ele determinou, enquanto voltávamos do motel para casa. Por várias vezes mencionou que só precisava de algumas mudas de roupa. Claro que disse também que preferia me ver nua todo tempo, mas, como tínhamos muitos planos, bastariam algumas peças.

— Acha que 25 minutos é uma eternidade?

— Quando se quer aproveitar cada segundo do dia, sim!

Ele põe o capacete e eu posso jurar que vê-lo vestido com uma jaqueta igual a minha — de couro preto com um filete branco — mexe com minha libido. Ainda estou surpresa por ele ter me dado antes de ir arrumar a minha pequena mochila. Nossos capacetes também são da mesma cor. Parecemos um par de vasos, e isso enche meu coração de ternura.

— Que sorriso largo é este?

— De felicidade! — confesso.

Ele sorri também.

— E o seu sorriso largo é de felicidade também?

— Não, é de surpresa pelo que você é. Por contemplar sua beleza. — Ele me encara e eu me atrapalho toda para fechar o capacete. — Rindo da sua espiritualidade espontânea e por me deixar louco e fazer tudo o que nunca imaginei fazer.

— Nossa! Tudo isso, sim, é motivo para rir! — Tento disfarçar para não mostrar o quanto ele me distrai com suas palavras e para fugir da forma como ele me olha intensamente.

— Deixa que eu feche para você.

— Não precisa pedir duas vezes. — Levanto as mãos em rendição, e meus olhos não deixam escapar nenhum movimento seu. Ele é cuidadoso, megacharmoso, e sentir seu perfume faz com que eu me contraia lá embaixo, com movimentos secretos de dança do ventre.

Geralmente, quando está fazendo alguma coisa que exige concentração ou força, ele tem o hábito de morder a língua. É simplesmente a cena mais sexy que já vi, e intensifica a coreografia da minha intimidade, que insiste em se contrair.

— Prontinho! Já sabe o que tem de fazer, mocinha. Por isso, não pense em me soltar um só segundo enquanto a moto estiver em movimento. Entendido?

— Sim, comandante! — Bato continência. Ficar grudada nele é a coisa que mais desejo.

Ele passa a perna sobre a Steel Horse, montando, e, como um cavaleiro romântico, estende a mão para eu subir na moto. Vejo pela viseira do capacete uma covinha charmosa se formar no seu maxilar, prova da alegria de me ver na sua garupa, quando eu me acomodo e o abraço. Pelo retrovisor, observo-o abaixar a viseira e soltar uma piscada de tirar o fôlego.

Um brilho reverbera nos seus olhos quando ele dá a partida e acelera a moto. Dou um pequeno pulo, sentindo meu coração acelerar no mesmo giro das cilindradas da máquina. Com a outra mão, ele aperta meu joelho e desliza os dedos pela minha panturrilha revestida pelo jeans justo. Posso apostar que nenhum pelo do meu corpo fica imune sem se arrepiar.

Sair da penumbra da garagem para a claridade da rua acende a esperança de um fim de semana promissor. Entre as avenidas da cidade, ele manobra a moto com mestria e, a cada farol em que para, encaramo-nos pelo retrovisor com um sorriso de dois aventureiros sem destino.

Os raios de sol desenham e realçam as cores da paisagem em volta na estrada.

Sinto-me mais feliz e brilhante do que uma atriz de Hollywood que tem um tapete vermelho de vários metros estendido diante de si para desfilar. Eu tenho um tapete cinza revestido de asfalto ao longo de uma estrada com quilômetros de extensão, e ainda por cima, o privilégio de estar abraçada ao homem que eu amo, rumo a um final de semana de aventura.

No fundo, algo me diz que nossa relação nunca mais será igual. Desde aquela vez no banheiro, nossos olhos passam um novo sentido quando se encontram. É uma conexão diferente. Parece que nossas almas se uniram de forma inseparável.

Steel Horse, brilhantemente, nos proporciona um verdadeiro show de equilíbrio sobre duas rodas. Confesso que é excitante sentir o corpo do Pedro dominando seu cavalo de aço por toda a estrada.

O vento parece ser agressivo em contato com nossos corpos, mas acaricia nossa alma e dá a sensação de liberdade, além de refrescar o calor escaldante que o sol transmite. É fácil entender a paixão tão grande que o Pedro tem por essa máquina.

Ver sua mão controlando o acelerador me deixa hipnotizada. Ele tem esse poder sobre mim, é seguro e sabe avançar em cada situação. Sinto um formigamento na minha intimidade, instintivamente, comprimo minhas pernas.

Vislumbro-o sorrir pela viseira no retrovisor. Ele parece ter ouvido meus pensamentos e sentido meu desatino lascivo.

Não faz isso comigo, homem de Deus, que eu me desequilibro na sua garupa.

Esse homem é lindo. Seu sorriso é de matar qualquer uma. Devolvo o sorriso.

Acelerando cada vez mais a potência do Steel, ganhamos velocidade suficiente para fazer meu corpo estremecer de pura adrenalina. Não preciso olhar para o retrovisor para saber que ele está gostando de sentir meus braços apertados contra o seu corpo. Ele acelera cada vez mais e eu aproveito para agarrá-lo na mesma intensidade.

Uau! Adoro quando ele agiliza tudo o que faz. Resolvo aproveitar o máximo de tempo que passamos juntos. De vez em quando deslizo a mão, sem querer querendo, até o seu membro, que parece enrijecer a cada minuto. Flerto com ele de tempo em tempo, quando consegue me olhar por segundos sem tirar a atenção da estrada. Ele é impetuoso e desliza pelo asfalto me fazendo sentir cada vez mais a adrenalina desta emoção.

Provocamo-nos a cada quilômetro rodado, cada um com a possibilidade que tem. Forço o contato da minha intimidade túrgida que umedece meu âmago quando a pressiono no seu quadril; ele me recebe disposto a deixar que eu me masturbe, e prenso meu seio intumescido à sua muralha de músculo que me encaixa nas suas costas. A sensação é deliciosa. Seu membro pulsa sob minha mão. A moto acelera e desacelera, fazendo meu corpo dançar ao ritmo que ele determina para me excitar cada vez mais: o efeito é delirante.

A viagem foi mais rápida do que imaginava. Meu corpo parece ter experimentado uma simulação sexual, sem penetração nem orgasmo, mas, ainda assim, sentindo-se totalmente extasiado e satisfeito. Pedro tem pressa em nos acomodar no pitoresco Brotas Eco Resort. Faz com que a recepcionista se apresse em explicar tudo rapidamente; eu fico só observando a moça se engraçar e por dentro comemoro, por ele não perceber nada, ou fingir que as indiretas e caras e bocas da assanhada não surtem efeito. E ainda, talvez para desfazer minha cara de poucos amigos, ele me puxa pela cintura, dizendo que adorou a companhia.

A atrevida recolhe nossos cadastros preenchidos e nos entrega uma pulseira de acesso ao resort. Eu ponho a minha, enquanto ela se prontifica a colocar no braço do Pedro.

— Obrigada, querida, mas pode deixar que eu prendo para ele. — Toma essa, lacraia lourinha. No meu homem, você não põe seus dedos.

Pedro segura o riso, entende meu recado e estende o pulso para mim. Fuzilo-o com os olhos. Com as chaves na mão, acompanhamos o mensageiro que leva nossa pequena bagagem e nos auxilia no caminho para o quarto.

— Ufa! Finalmente a recepcionista nos liberou. Achei que ela ia querer saber até a cor da sua cueca.

— Esta resposta só você poderia dar, já que foi a última que viu. — Ele brinca, puxando-me e laçando meu pescoço para andarmos abraçados.

— Sou inocente mesmo ou você só se fez de lerdo?

— O que foi?

— Pensei que só eu estava percebendo o entusiasmo da recepcionista. Seu olhar safado o entrega.

— Jura que ela estava entusiasmada?

Epa! Epa! Epa! Na noite anterior, me pediu para eu confiar em você, certo? Então, vamos colocar logo os pingos nos is. Posso até parecer uma mulher insegura, mas e daí? Não vou engolir sapos com medo de ser julgada pelos meus atos, e sim deixar que eles fiquem claros, que eu tenho uma personalidade forte. Se eu errar, ele que me perdoe. Nesses anos de convivência mútua, aprendi que conversas contidas não nos levaram a nada. Então, peito estufado, palavras e sentimentos para fora. Neste fim de semana, vamos deixá-los fluir livremente.

— Você acredita mesmo que a lourinha de olhos azuis não estava entusiasmada? Ou está dizendo isso para eu não parecer uma dessas mulheres inseguras?

Ele aperta o braço no meu ombro e fala sério a ponto de me fazer morder a língua por ter sido tão impulsiva.

— Estou falando isso para que você entenda de uma vez por todas que, enquanto estivermos descobrindo o significado do que há entre nós, não existirão roupinhas chamativas, bumbuns grandes ou seios siliconados que desviem o meu olhar, a não ser que tudo parta de você mesma. Entendido? — Seus dedos beliscam meu ombro.

Ele mina minhas dúvidas. Chega a ser flutuante ver este Pedro encantador, com um canudinho na boca assoprando e enchendo cada vez mais minha bolhinha de sabão de felicidade. Sei que já mencionei isso para mim mesma hoje, mas o que posso fazer se é exatamente assim que me sinto? Uma bolhinha de sabão com a superfície frágil, mas, ainda assim, firme o suficiente para poder voar ao seu lado. Ele me faz flutuar. Pareço ir ao encontro das nuvens. E seus olhos chegam a brilhar como uma criança satisfeita pela pequena bolha subindo, subindo...

Pedro está mais jovial, parece mais leve, depois de se livrar da carga gigante que trazia nas costas até outro dia. Agora entendo quando ele diz que a estrada é uma grande terapia. Não desmancha o lindo sorriso no rosto, olha para todos os lados encantado, mesmo que eu fique um pouco enciumada com isso.

O caminho para o quarto é charmoso e arborizado. Os quartos são chalés distribuídos entre a vegetação por todo o resort. A arquitetura é simples e aconchegante ao mesmo tempo.

Processando a imensidão do lugar, habilmente ele muda o rumo da história.

— Gostosuras ou travessuras, primeiro?

— O café reforçado que você me fez tomar, no motel — digo, baixinho, sabendo que temos companhia — me dará energia para pular todas as outras refeições.

— Tirolesa ou *rafting*?

— O que acha de irmos ao menos perigoso?

— Às vezes, até respirar pode ser perigoso. Vamos lá, Bya, coragem, não vou deixar nada de mal acontecer a você. Onde foi parar aquela moleca que subia em lajes?

— Foi parar no seu colo, na última vez que ela foi inconsequente — confesso em voz alta. — E você, hein? Reprimia tanto minhas molecagens e adora viver perigosamente também, não é, Pedro?

— Boa teoria, essa! — Ele sorri e me encara, brincalhão. — Na verdade, acho que sim. Olha só como gosto de viver perigosamente. Conheço uma mulher que já me envenenou, que quase me fez perder metade das minhas clientes femininas, que é uma bomba-relógio prestes a explodir a qualquer minuto, e, mesmo assim, estou com ela, que mexe com o meu corpo como nenhuma outra mulher foi capaz.

Dou uma gargalhada. Por essa eu não esperava. Diante da porta com o número do nosso quarto, até o mensageiro sorri.

— Você tem razão. E essa sua resposta acaba de armar esta bomba--relógio que estava desativada.

Abrindo um sorriso, entramos no quarto confortável, cuja decoração de lua de mel implica uma cama enorme no centro. Assim que o mensageiro vai embora, o Pedro me agarra por trás e me enche de beijos. Estabeleço um novo recorde de tempo para vestir uma roupa confortável e aproveitar o dia ao seu lado.

Desinibida, tiro o jeans justo, armando um pequeno show de costas para ele, mostrando que já estou usando uma nova roupa íntima, que por sinal se esconde entre minhas nádegas, deixando aparente apenas um triângulo negro na altura no meu cóccix.

Sem olhar para trás, sinto-o se aproximar. Suas mãos deslizam por toda a curvatura das minhas nádegas, como se estivessem em missão de reconhecimento.

— Você é uma grande distração, sabia?

— Cuidado! Em um campo minado, qualquer passo em falso pode levá--lo pelos ares. — Brinco com o duplo sentido.

— E eu não sei disso? Basta estar perto de você e meus hormônios explodem, causando verdadeiras erupções em mim.

Semiagachada para tirar a calça pelos pés, curvo um pouco mais o quadril para tocar sua virilha. Olho para trás e me dou conta de que ele está lindo, parece um garotão, de camiseta branca esportiva e uma bermuda de tactel preta, estilo surfista, com um boné todo colorido. Arrumando a aba, ele morde o lábio; eu puxo a calça pelo calcanhar e roço nele.

— Pronta para uma aventura nos ares ou na água? — Ele espalma sua outra mão na minha lombar.

— Quase pronta. — Provoco, esperando que ele exploda também o orgasmo iminente preso no meu ventre por toda a extensão da estrada. — Gostei desse boné. Aliás, você fica bem de capacete, também. Mas assim parece mais jovial, mais viril. Acho que tenho uma queda por garotões.

Estico o corpo, pronta para pegar minha legging na cama.

— Será que terei de mudar meu visual para sempre? — Ele segura meu braço, impedindo-me de pegar a peça de roupa, ficando assim próxima ao seu corpo praticamente nua da cintura para baixo.

— Acho que não será preciso. Adoro as suas mil facetas.

— Como pode dizer isso, se essa minha faceta você ainda não provou?

— Nem preciso. Meu corpo já tem uma leve noção dela.

— Ah, Beatriz... — Ele me ameaça com os olhos. — Não me faça mostrar como desejo que cada faceta minha marque seu corpo.

Meu Jesus Cristinho! Como esse homem pode imaginar marcar mais algum espaço no meu corpo já todo preenchido por ele? Eu acordo todos os dias já o amando, assim como no dia anterior, quando adormeci. E se esse amor já existia mesmo quando eu via somente a sua beleza exterior, depois que permitiu se entregar a mim no seu momento de surto, ficou ainda mais forte.

Meu coração não escolheu, simplesmente aconteceu sem avisar, e o que mais me enche de esperança é que seus olhos me dizem que ele me quer, assim como eu o quero.

— Não deseje, meu amor, me marque.

— Você me deixa insaciável. Nunca tenho o suficiente de você. — Praticamente me empurrando com o peito, minhas pernas arriam e eu me sento na cama.

— Não estávamos com pressa?

— Sim, estávamos, no passado — diz ele, tirando o boné. — Você é meu atraso gostoso.

Pedro Salvatore

Claro que eu deveria saber que nada sairia como planejado. Tinha em mente levá-la para praticar algum esporte de aventura ao final da manhã, mas ela foi mais convincente e me fez mudar a atividade para algo mais lascivo, a fim de aproveitar cada curva do seu corpo. Seu efeito sobre mim é tão intenso quanto um exercício de alto impacto. O brilho dos seus olhos me deixa perdido e vivo ao mesmo tempo por me querer profanar o seu corpo sagrado aos meus desejos mais sórdidos.

Ainda estou meio assustado por ela ter me surpreendido em um momento de extrema vulnerabilidade, e tento disfarçar e me controlar. Juro que não esperava receber tanto aconchego na sua acolhida. Intimamente, eu estava tão certo de ser o homem errado para ela que tudo acabou sendo mais fácil do que eu imaginava.

Ela me mostrou que posso ter forças para levantar com maior glória e vencer tudo o que me vem pela frente. Parte de mim aguardava um revés, um grande questionamento. Mas ela tem sido paciente; não me perguntou nada. Está me deixando livre para falar qualquer coisa. Assim como em uma terapia, em que o terapeuta tem todo o tempo do mundo para lhe ouvir no momento certo.

Há anos parei de fumar, mas juro que hoje adoraria ter a nicotina entre meus dedos para tentar me tranquilizar e poder dizer para ela quem eu sou e o que sou.

Já na rua principal, há dezenas de agências de ecoturismo ladeando o quarteirão. Mas, por já conhecer a cidade, vou direto à EcoAção.

Enquanto ouvimos a programação de todos os esportes praticados na cidade, vejo os olhos da Bya brilharem com a possível adrenalina que cada um possa lhe causar. Ela enche a atendente de perguntas sobre a segurança.

— O que você quer fazer primeiro?

— Como está muito quente, acho que o rafting vai ser refrescante.

— Pensei justamente isso. — Pisco para ela, feliz por sua decisão. — Você vai amar a descida pelo rio. Então somos dois que gostamos de adrenalina, não é? — Provoco-a, dando um leve empurrão de quadril no seu.

— Acho que sim.

Decidimos o que iremos praticar à tarde e recebemos um frasco de óleo de citronela para usarmos como repelente.

Enquanto acerto o pagamento, vejo um rapaz se aproximar da Bya que, toda simpática, estende a mão e o cumprimenta.

Meu sexto sentido me deixa alerta. Para uma simples saudação, o infeliz demora tempo demais segurando a mão dela.

Os olhos dela encontram os meus e ela parece dizer ao rapaz que está acompanhada. O peso na minha consciência parece descer e chutar a boca do meu estômago quando imagino de que forma ela deve ter me apresentado ao infeliz.

Como um namorado? Um amigo? Ou seu tutor?

Eu me aproximo, medindo o cidadão.

— Pedro! Este é o Bruno, o instrutor. Ele foi campeão mundial de rafting na temporada passada e vai nos acompanhar.

E estes são meus dedos! Fecho minha mão em punho, sem vontade de cumprimentá-lo. É amigo da Fada do Dente.

Sem jeito, ele me acena e segue em direção a outro grupo.

— Qualificado, o rapaz. — Desdenho assim que ele nos deixa. — Acho que ele gostou de contar dos seus troféus para você.

— Ah! Sim, ele me contou por alto — diz ela, inocente.

— Caras assim costumam querer ganhar troféus com seus troféus.

— Você me acha um troféu? — Ela me encara e dá um passo à frente. — Não responda. — Seus braços laçam meu pescoço. — Posso ser o seu troféu. Mas não passo de um prêmio de consolação para qualquer outro homem.

Esqueço onde estamos e a encurralo em um canto, beijando-a para mostrar que, troféu ou prêmio de consolação, ela é minha. Não sou exibicionista, detesto dar show em público, porém, com ela ao meu lado frisando sempre o que sente por mim, é difícil conseguir me controlar.

Um ônibus antigo nos leva para fora da cidade, para a área de rafting. Ela está linda de colete salva-vidas e capacete, equipamentos de segurança cedidos pela agência. Eu tirei os meus assim que entrei no ônibus, mas ela está tão envolvida a ser simpática com os demais praticantes que nem percebeu que se manteve equipada.

— Acostumou tanto com a ideia de usar capacete que não o tirou nem dentro do ônibus?

Ela leva a mão à cabeça, rindo junto comigo.

— Nossa! Nem me dei conta. — Ela abre a fivela do capacete e bagunça o cabelo, jogando-o para os lados. Meu instinto neandertal tem vontade de puxá-los entre os dedos e trazê-la para mim. — Você já veio muitas vezes para cá?

— Umas duas vezes com o pessoal do motoclube.

— Essas viagens de vocês parecem tão solitárias...

Dou de ombros.

— Não. Os rapazes são animados.

— Ah! Isso, são mesmo. Adorei viajar com eles.

A vegetação aberta indica termos chegado ao ponto de partida. Os instrutores retiram os botes de dentro do ônibus.

Ela se mostra entusiasmada e amiga de todos, chega a desafiar dois garotinhos apostando quem terá mais medo do que eles, e ainda diz para um senhor por volta dos setenta anos que ele é muito ousado para a idade. Admiro sua desenvoltura e a forma como sorri feliz e despreocupada.

Mal montam as equipes com seis participantes em cada bote, todos já sabem seu nome. Os instrutores explicam todo o trajeto e como teremos que usar os remos.

O tal Bruno faz questão de ser excessivamente atencioso com ela, e eu o encaro deixando claro que vá remar por outros rios que aquele ali é meu.

Pedem que cada equipe crie um grito de guerra. Na nossa vez, ainda indecisos, ela decide por todos gritando.

— Adrenalina, lá vamos nós!

Um homem pode se acostumar com uma mulher que nem ela. Quem diria que a pirralha mimada se transformaria na mulher brilhante e compressiva que vem mostrando ser a cada dia. Um pouco insegura, mas ainda assim encantadora. Esse último pensamento me faz rir. Acho que tenho estado mais inseguro do que ela.

Na fila dos botes, aguardando nossa vez, ajeito seu colete, e ela sorri.

— O que foi?

Olhando na direção das minhas mãos, ela me surpreende com uma pergunta.

— Desde quando você tem TOC?

Aqui? Por que ela quer falar sobre isso justo agora, quando estamos prestes a nos aventurar?

— Por que você está me perguntando sobre isso?

— Porque percebi que você afivelou meu colete no mínimo umas dez vezes em cinco minutos. — Ela põe a mão sobre a minha e leva aos seus lábios, beijando com carinho. — Não precisa falar sobre isso, se não quiser.

É tão instintivo que, às vezes, nem percebo meus rituais e manias. Ela me olha despretensiosa. Não parece esperar um grande drama. Qualquer bom senso ou preocupação sobre o assunto ou no ambiente que estamos desaparece quando seus olhos me passam toda a confiança de que preciso naturalmente. Tento deixar de lado qualquer constrangimento em falar sobre isso.

— Eu era bem garotinho quando tive minhas primeiras manias — falo em voz alta.

A pressão delicada das suas mãos sobre as minhas me faz sentir bem em revelar-me um pouco para ela. Nossos olhos se conectam, enquanto cada um de nós se apropria da informação de maneira particular. Eu porque é a primeira vez que conto isso sem estar deitado em um divã, e ela porque a recebe sem ser em tom confessional.

— Engraçado, mas nunca percebi nada que ligasse você ao TOC.

— E o que você sabe sobre o TOC?

Devolvo a pergunta, para me acostumar com a ideia de falar sobre isso com ela e saber o quanto consigo continuar me expondo.

— Pouca coisa. Mas tenho certeza de que você me explicará tudo sobre ele, não é? — Ela pisca para mim.

— Não sei se saberei explicar.

— Talvez demore um pouco. Eu terei de me esforçar mais em persuadi-lo.

Um lindo sorriso ilumina seu rosto. Tenho certeza de que não precisará de muito esforço, pois falar sobre isso com ela alivia um pouco meu coração. Sorrio pela forma espontânea como encara a situação e só percebo soltar o ar preso no meu peito quando a fila anda e ela se vira para ver os botes entrarem na água.

— Está chegando a nossa vez!

Ainda temos que esperar mais duas equipes. Apoiando os braços nos seus ombros, minhas mãos conectam as dela. *Minha pupila!*, suspiro para mim. Tão pequena no seu tamanho e tão grande nas suas virtudes. Tenho diante de mim uma caixinha de surpresas.

— Quem foi a primeira pessoa com quem você falou sobre o que sentia? — A pergunta é tão natural que não me sinto coagido e respondo no mesmo tom.

— Você sabe que não venho de uma família muito tradicional. Era só eu e minha mãe, então foi ela que percebeu minhas manias, ainda criança.

— Gosto de ouvir quando você fala dela, sabia? Sua voz fica mais leve e transmite admiração.

— Também gosto de falar dela. Ela foi uma guerreira.

— Mas você nunca diz muita coisa.

— Acho que é porque passamos grande parte da nossa convivência nos provocando mais do que nos conhecendo.

Brincando com os meus dedos, sinto que ela quer saber mais sobre a minha vida.

— E como era na escola?

Cada músculo da minha face se contrai, e fecho os olhos momentaneamente para saber se consigo falar sobre o assunto. Sustento meus dedos juntos aos seus, parecendo criar um elo entre nós, e só então percebo que estou fazendo um resumo breve, omitindo um pouco sobre as perseguições que sofri quando criança, época em que ainda não sabia disfarçar meus rituais, para não deixá-la tocada demais. Pulo a minha adolescência, em que mais sofri, passando direto à minha formação na faculdade. Deixo claro que meus amigos não souberam de nada, e é como prefiro até hoje.

— Você nunca falou sobre o assunto nem com o Marco, seu melhor amigo? — Sua voz é de espanto.

Na verdade, só falei com a Bruna, que é uma amiga que acabou me indicando sua prima como terapeuta.

— Não é um assunto sobre o qual eu me sinta à vontade para falar com alguém. Ele é meu melhor amigo, e um bom amigo precisa compartilhar apenas o que cada um sente à vontade de se abrir.

Não preciso olhá-la para saber que deve estar revirando seus olhos de forma acolhedora. Ela aperta minhas mãos, como se estivesse aflita, puxando-me mais próximo.

Estou prestes a virá-la na minha direção, para encarar seus olhos e ver o que achou sobre meu pequeno resumo, quando a fila avança um pouco mais.

— Agora é nossa vez. — Vibrante, ela bate as mãos em palmas novamente.

O guia nos orienta a entrar no bote e eu automaticamente me antecipo. Para minha infelicidade, nosso instrutor é o campeão.

— Estou me sentindo a mulher mais feliz do mundo por estar aqui com você.

Sei o duplo sentido do que ela acaba de dizer.

— Diga isso novamente quando cruzarmos a linha de chegada. — Brinco, estendendo a mão para ajudá-la a se sentar ao meu lado e beijando seu cabelo.

— Ei, casal, vocês vão precisar dos remos!

O instrutor nos entrega os remos, e ela bate o seu no meu.

— Juntos seremos uma excelente equipe.

— Sim, seremos — respondo feliz, refletindo o que acabo de conseguir dizer para ela.

Sorrio de um jeito leve. Meu coração deseja sempre mais quando estou ao seu lado. Sua pureza parece limpar o gosto amargo de todo meu drama.

Capítulo 29

Beatriz Eva

Por muitas vezes, eu o toquei esperançosa em senti-lo de verdade. Porém, nunca o senti tão próximo como hoje sem ao menos tocá-lo.

Chega ser irônico lembrar-me de todos os seus sorrisos marcados, sem saber o que havia por trás deles.

O ambiente descontraído e pouco convencional está nos proporcionando sentimentos intensos, os sorrisos estão mais largos, mais felizes, livres. A paisagem é linda, o verde margeia o rio de águas turvas, parece o verdadeiro paraíso. Mas, algo dentro de mim parece não se adequar direito a este cenário. É estranho dizer.

Envolvo-me no clima amistoso do esporte para tentar livrar-me desta angústia que aperta meu peito sem que eu entenda o motivo.

— Adrenalina! — grito, assim que descemos a primeira queda d'água. Animados, todos me acompanham na euforia.

Rindo da minha coragem de levantar empolgada o remo na mão, Pedro me encara divertido.

— Eu poderia ficar o resto da vida aqui olhando você, tão líder e tão linda.

— Acho que gosto da ideia de querer ser sua líder? — Provoco.

— Se é para ver este sorriso lindo e essa euforia toda, eu finjo deixar você ser minha líder.

— Fingir não vale, eu quero. — Faço bico.

— Só pense em querer, pequena, se puder me dar tudo de você.

— Acho que encontrei meu esporte predileto, já que aqui posso me sentir um pouquinho sua líder.

— Perfeita! — Ouço soletrar cada sílaba com uma piscada. — Também acho que você combina com o rafting.

— Está me cantando, Pedro?

— Sempre.

Seus olhos que miram minha boca fazem com que eu sinta um calor intenso e uma vontade louca de me jogar no seu colo.

— Você vai ficar sentado aí, sem remar, somente me encarando?

— Mandona você, hein? Basicamente, a ideia inicial era essa, mas vou me juntar a você. Caso contrário, não chegaremos à reta final.

— Cara de pau! — Com ajuda do remo, jogo água nele.

A cada queda d›água ele me olha e, como um guardião, confere para ver se estou segura. Ele consegue dissipar qualquer possibilidade de medo que eu venha a sentir, tornando tudo muito prazeroso.

Durante todo o percurso o homem que vejo ao meu lado é diferente, jovial e despreocupado com os problemas do mundo. Ele sorri levemente, me abraça e me beija sem se importar se há mais alguém no bote conosco, e eu sinto vontade de gritar para o mundo que sou dele.

Na pressa de amar esse homem lindo ao meu lado, esqueci-me de prestar atenção na direção a tomar, deixei de observar o quanto ele também precisa de mim.

Em uma região calma do rio, o guia para o bote.

— Pessoal, vamos fazer uma pausa. Aqui vocês podem mergulhar. Vocês têm alguns minutos para retomarmos nossa aventura.

Prontamente todos levantam para um mergulho. Pela primeira vez desde que acordei desmemoriada naquela manhã, sinto uma fobia que nunca imaginei sentir: minhas pernas paralisam, minha boca seca, minhas mãos congelam. A água turva e barrenta forma um nó na minha garganta. Alguns flashes indecifráveis vêm à minha mente; não consigo nitidamente saber o que é.

— Vamos? — Ele me olha questionador, observando minha reação.

— Vai você. Eu gosto de ter meus pés no chão — falo a custo. Pelo menos a minha língua não parece sentir o mal-estar.

— Está quente demais: a água deve estar ótima.

Permaneço trêmula e sem entender a reação do meu corpo. Pedro toca minha mão fria.

— Você está bem?

— Estou. — Tento tranquilizá-lo. — Só prefiro ficar aqui admirando meu peixe nadar.

— Em águas doces não tem tubarão. — Ele brinca.

— Tubarão não, mas um boto sedutor, isso com certeza tem.

— Estou em dúvida do quanto este boto é sedutor. Acho que para isso ele tem de usar mais seu poder de persuasão, uma vez que você está recusando o convite para um mergulho.

Meu amor, não é seu convite que estou recusando. Na verdade, estou sendo vítima de um medo que eu não sabia que existia.

— Não me olhe como se eu fosse o Cascão.

Ele ri e joga a cabeça para trás.

— Você está mais para uma gatinha com medo de água do que para Cascão.

— Pessoal, se vão mergulhar, vocês têm pouco tempo — diz o guia, percebendo nosso impasse. — Pedro, ficarei no bote. A Beatriz estará segura.

— Não vamos pular. — Decidido, ele segura minha mão, e eu sinto meus olhos se arregalarem.

— Por que você não vai?

— Porque prefiro ficar com você.

Sua resposta não me convence, visto que ele encara o guia. Apertando os lábios, dou um sorriso secreto observando-os como se cada qual empunhasse um sabre de luz. O que é isso? Certo, o guia explica tudo sobre a aventura, sempre menciona meu nome, é verdade também que ele tem sido simpático além da conta, mas não querer dar um mergulho com receio de nos deixar sozinhos já é demais.

— A água deve estar perfeita — fala o guia comigo, ainda encarando Pedro, sem romper o contato visual. — Aqui não é muito fundo, Beatriz, e você está de colete.

— Imagino. — O Pedro se limita a responder por nós dois.

O medo repentino que me dominou há instantes dá lugar a um receio por vê-lo tão possessivo. Seus olhos parecem querer engolir o pobre rapaz! Para evitar que aconteça um mal-estar nos próximos quilômetros, rendo-me ao desafio, mesmo com o coração acelerado. Se há um monstro no fundo do rio que me impede de querer pular, eu que seja corajosa e o enfrente.

— Vocês me convenceram.

— Nós?

— Sim. Você e seu jeito sedutor de me convencer.

— Você não precisa mergulhar se não está com vontade.

— Mudei de ideia.

Algo me diz que, para darmos certo, é preciso estarmos sintonizados na mesma frequência. E, nessa radionovela, eu quero muito um final feliz.

Pedro me pega no colo sem esperar.

— O que você vai fazer?

— Vamos pular juntos, antes que mude de ideia.

— Pedro! — grito no ar, presa nos seus braços, ao encontro da água gelada. Um homem gosta quando participamos das suas aventuras, isso os enlouquece.

Submersos, ele não me solta.

— Você é louco?

— É você que me faz ser assim.

A água realmente está deliciosa. Não tive tempo de sentir ansiedade nem tensão. Ele agiu tão rápido que não me permitiu sequer pensar em nada. Agradeço por curtir este momento junto com ele, presa nos seus braços.

— Definitivamente, o guia gostou de você.

— Eu acho que você está vendo coisas onde elas não existem.

— Que seja! Jamais eu deixaria vocês dois sozinhos no bote.

Ele me beija com firmeza. Minhas pernas enlaçam sua cintura, e a correnteza arrasta nossos corpos colados. Pedro não é gentil, me aperta de forma poderosa, como se eu fosse uma preciosidade, e isso faz meu coração palpitar. Insistente, tento me soltar para recuperar o fôlego.

— Aonde você pensa que vai?

— Puxar o ar que você está sugando do meu corpo.

— Se está com falta de ar, aqui está. — Sua boca se cola novamente à minha, acompanhada de um sopro, e sua língua investe me provocando.

— Não é assim que se faz respiração boca a boca.

— Mas é exatamente assim que uma boca macia como a sua me excita. — Sua mão desliza pela minha perna que o enlaça, levando às minhas nádegas seus dedos longos que prontamente me apalpam, deixando-me louca para me esfregar nele, o que os coletes salva-vidas que usamos não permitem. — Procurando algo, minha gatinha fujona de água? — ronrona ele nos meus lábios.

— Sempre! — respondo ousada.

— Acho que tenho algo que pode lhe ajudar.

— É?

Ele sorri de lado e circula seu dedo atrevido por cima do tecido que encobre minha intimidade.

— Não estamos sozinhos. — Tento lembrá-lo.

— Em primeiro lugar, a água está turva. — Seus dedos impetuosos beliscam a carne intumescida e eu mordo os lábios, para não gemer. — E, se o abelhudo está olhando para onde não deve. Problema dele se vir sua expressão de mulher satisfeita.

— Você está querendo punir a ele ou a mim?

— Ele. Só quero deixar claro que ele não deve olhar para a mulher dos outros. A você, só quero mostrar o quanto é prazeroso estar comigo.

Seu dedo pressiona minha abertura.

— Tinha de estar de calça? — Ele chupa meu lábio inferior lentamente até estalar, sem aliviar.

— Tinha de me manter ignorante da sua intenção de querer trepar no rio?

— Bya, olha a boca! — Seu dedo força mais a entrada, chegando a causar uma dor prazerosa no meu ventre. Minha cabeça cai para trás em rendição. — Você gosta de ser o centro das atenções, né, Beatriz?

Aceno uma resposta negativa. Já é difícil controlar minha respiração ofegante, que dirá responder a ele alguma coisa enquanto seus dedos ocupam-se habilmente da minha intimidade.

Com uma entonação erótica, ele diz coisas que arrepiam até minha alma. O desejo marca as linhas do meu rosto. — Seu aceno negativo não anula sua preferência por ser exibicionista.

— Digamos que não me importo com o que os outros vão pensar quando estou tendo uma diversão a curto prazo.

— Agora sou uma diversão a curto prazo?

Seu olhar ameaçador e um dos seus braços não me dão nem chances de recuar.

— De jeito nenhum. Curto prazo é só o showzinho que estamos dando a todos.

Meu corpo responde prontamente a ele, mas em minha mente tocam sirenes: há algo me incomodando. Inicialmente, imaginei ser a forma como estamos expostos diante das outras pessoas, mas, lá no fundo, sei que não é isso. Ainda ofegante, ele respira fundo.

— Vou mergulhar, ou seremos presos por atentado ao pudor.

Ele afunda nas águas, sorrindo. Fico sozinha, boiando, e sinto um desespero repentino ao me perceber carregada pela correnteza. O ar parece me faltar nos pulmões, ao mesmo tempo em que câimbras em todas as partes do meu corpo reforçam o medo que me invade.

Tento nadar até a margem e me agarro em um galho de uma árvore na esperança de me salvar. Tudo acontece em segundos, tempo que dura o mergulho dele, mas que para mim parece a eternidade.

— Bya! — grita ele me procurando.

— Aqui! — respondo rouca, com a voz fraca.

Ele luta contra a correnteza, vindo ao meu encontro.

É muito bom estar nos seus braços. O pânico me deixou trêmula. Não consigo me conter, e uma lágrima escorre pela minha face, embrenhando-se no meio das nossas bocas unidas.

Ele interrompe o beijo.

— Você está chorando? O que aconteceu?

Não consigo responder, pois um rio de lágrimas se junta à água que escorre pelo meu rosto até meu cabelo.

— Desculpe se assustei você, minha pupila! — Ele me abraça mais forte, e eu encosto meu rosto no seu ombro, sem entender por que não contenho as lágrimas, e deixo escapar um pequeno soluço. — Perdoe-me.

Não tenho do que perdoá-lo. Ele não faz nada, e seus olhos arrependidos partem meu coração.

— Você não tem culpa. Acho que entrei em pânico à toa.

O bote chega até nós.

— Está tudo bem? — interroga o guia.

— Ajude-me a subi-la para o bote.

Seu instinto de proteção me deixa em alerta. Não, mil vezes não. Definitivamente, não o quero cuidando de mim como se eu fosse uma pupila desprotegida, justo agora que conquistei ser mais do que apenas sua responsabilidade. Assim, puxo de dentro do meu baú ordinário uma solução imediata.

— Estou bem. Foi só uma câimbra no tornozelo.

Ele me olha sério. Sei que não engole a resposta, mas aceita, para evitar o constrangimento geral.

Meu querido Pedro, pode esquecer. Não vou falar sobre os meus fantasmas. Pelo menos, não por agora. Continue sendo meu lobo mau, pois a história de cuidar da netinha ficou no passado.

Pedro Salvatore

Burro! É isso que sou.

Deveria ter me lembrado do acidente da Bya com seus pais. Será que ela rememorou alguma coisa? Pelo que sei, o carro capotou diversas vezes em um barranco antes de cair parcialmente no rio Tietê. Não sei se vem daí a sua aversão à água, mas isso agora é o menos importante. Preciso confortá-la.

Sei muito bem que está mentindo sobre a câimbra. Ela demonstra ter dotes de atriz, fingindo que o tornozelo está doendo. Arma uma encenação para todos no bote, que a tratam com carinho. O projeto de homem até tenta ver seu tornozelo, e é claro que dou um corte nele.

Se alguém do nosso grupo fica apreensivo depois do que aconteceu, ela logo muda o clima espontaneamente e estimula todos a curtirem a emoção que existe em cada queda d'água.

Enquanto a natureza nos proporciona fortes sensações, ela me fornece admiração. Firme e forte, volta a ser a menina sorridente. Claro que não é mais aquele sorriso de orelha a orelha, mas sou capaz de ouvir a traquinagem dos seus pensamentos trabalhando.

— Uau! Minha gente, para que montanha-russa? Essas quedas são mais desafiadoras do que descer sobre aqueles trilhos.

Sem sombra de dúvida, a emoção provocada pelo esporte praticado na natureza é diferente daquela que sentimos nos parques urbanos com alta tecnologia. Aqui, a cada quilômetro percorrido temos uma surpresa, por causa das mudanças que o trajeto naturalmente apresenta.

— Eu gosto de montanha-russa — rebate o garotinho que se tornou o melhor amigo dela na expedição.

— E quem te disse que eu também não gosto? Na verdade, eu adoro.

— Jura?

— Juro, mas acho que prefiro o rafting agora.

— Eu ainda não decidi.

— Decida depois de descer aquela queda. — Ela aponta para o garotinho e faz careta de terror.

Entre beijos e brincadeiras, eu a observei sempre atento pelo resto do passeio. No fundo, fico preocupado por ter falado um pouco sobre mim e desencadeado alguma emoção guardada na sua memória.

Depois do dia cheio de revelações e emoções, fico admirando-a adormecida na cama, com o cabelo ainda úmido espalhado por todo o travesseiro depois de fazermos amor. Será que eu disse amor? Sim, eu disse! A pupila me arrebatou.

Ela apareceu na minha vida como uma obrigação, uma responsabilidade sem tamanho. E, espaçosa, foi jogando toda a minha razão para escanteio e agora vem deixando apenas a emoção falar por mim.

Sorrio, lembrando o quanto ela é perspicaz: percebeu que iria abordá-la sobre o que aconteceu no rio e se antecipou, antes que eu conseguisse fazer qualquer pergunta.

Perdido na minha dúvida sobre como iniciar o assunto, fico observando-a enxugar cada parte do seu corpo. Provocadora, ela não disfarça o quanto está ciente da direção dos meus olhos.

— Bya, o que aconteceu hoje me... — Ela não me deixa concluir e completa o diálogo por mim.

— Lembrei-me de que você gosta de me observar.

Que drástica mudança de assunto!

— Não me lembro de ter mencionado isso.

— Você não falou. Descobri isso naquele dia em que eu estava passando hidratante e o surpreendi me observando.

— Não me lembro disso — minto; já que ela prefere jogar em vez de conversar, entro no jogo. Se minha intenção era puramente investigativa, o clima erótico que ela instala conduz o assunto para outro lado.

— Não? — Sorrindo, ela me espeta. — Tem certeza? Não faz tanto tempo assim, mas vou refrescar sua memória.

Há um frasco de creme ao seu lado, que ela usa para simular os movimentos feitos naquele dia. Meus testículos se contorcem pela minha lembrança.

— Sabe, Pedro, eu me preocupo com sua memória.

— Eu me preocupo com você.

Sorrateira, ela sobe as mãos pelas pernas e para na região do quadril. Fecho os dedos conforme meus olhos a acompanham desenhar a curvatura do bumbum, aquela forma arredondada que me excita tanto. Tudo nela é quente e erótico.

— Não sei se você está recordando de algo, mas seu membro diz que gosta do que vê.

— Na minha vaga lembrança, você estava mais comportada aquele dia.

— Está insinuando que virei uma sem-vergonha, Pedro? — Totalmente sem vergonha, na verdade descarada, ela massageia os seios redondos.

— Você sabe que, se tivesse feito essas caras e bocas aquele dia, eu teria mandado meu senso de responsabilidade para o espaço. — Ameaçador feito um animal selvagem, caminho em sua direção. A declaração não é totalmente verdadeira. Eu atacaria a inocente ou a nova Bya de qualquer jeito, porém hoje não sou mais doutrinador dos meus desejos.

— Não acredito que esqueci a performance das minhas caras e bocas aquele dia.

— Você estava ótima.

— Então você me desejou aquele dia?

— Muito! — confesso puxando-a nos meus braços, encarando-a. — Você sabe que precisamos conversar, não sabe?

— Pedro!

— Oi?

— Faz amor comigo?

Que argumento eu teria diante de um pedido que era exatamente o que eu queria naquele momento?

Agitada no seu sono, com alguns espasmos, tento identificar se é o reflexo do dia movimentado ou se ela está tendo algum pesadelo.

Não consigo conter meu espírito protetor e a abraço para tranquilizá-la. Acabo adormecendo junto.

Capítulo 30

Beatriz Eva

A mistura do cheiro do campo com o perfume do homem que amo me faz despertar de um sono pesado e indecifrável. Sinto-me diferente de quando adormeci. Na mente estou mais leve, mas sinto um peso sobre meu corpo.

Não consigo me espreguiçar. Levo alguns minutos para abrir os olhos e entender o motivo de estar imobilizada. Pedro está com o rosto alinhado entre meu ombro e minha cabeça, sua perna está sobre as minhas e seu tronco, sobre meu braço e peito. Fico feliz por estar no seu aconchego pesado.

Tento entender como nosso dia de felicidade virou uma jornada interminável de angústia. Penso, analiso e nada sai. Até meditação tento fazer, porém nem mesmo o mestre Goenka conseguiria se concentrar com aquele peso todo sobre o corpo.

Arrasto um pouco o corpo para o lado na esperança de aliviar o formigamento que começa a aparecer, mas uma massa muscular obstrui meu progresso.

— Estava pensando em ir a algum lugar?
— Você é pesado, sabia?
— Um lindo dia para você também. É muito confortável acordar com uma declaração tão quente como esta, insinuando que sou gordo.

Puxando meu corpo sobre o seu, ele enfia os dedos nas minhas costelas, arrancando-me gargalhadas histéricas. E o formigamento que há instantes eu sentia do lado esquerdo do corpo desce e se concentra no meu vértice.

Meu coração dispara e abafa qualquer risada que eu tente dar, bem como os arfares que se insinuam, quando ele me encara de repente.

— Seu bom-dia não está sendo melhor do que o meu.

Bruscamente, ele rola meu corpo na cama.

— Então preciso me redimir.

E ele consegue isso em grande estilo, dando-me um bom-dia oral delicioso e simplesmente orgástico.

— Este seria um bom despertador para todas as manhãs — digo, preguiçosa, olhando sua mão estendida.

— Vamos lá, sua sem-vergonha. Este despertador pode fazer parte da sua agenda diária, se você merecer.

Mais do que depressa me levanto da cama.

— Se isso é uma promessa, serei a mais dedicada e educada... — Não sei dizer o que sou dele.

— Namorada — completa ele.

— Você está me pedindo em namoro?

— Como seu tutor, quebraria a cara do bastardo que acordasse você com uma bela lambida e a chamasse apenas de amiga com benefícios.

— Você é tão romântico! — Pulo de cavalinho nele sem esperar.

— E você tão deliciosamente quente e molhada...

Acho que fico vermelha quando sinto minha intimidade colada nas suas costas.

— Vou dizer ao meu tutor que você tem mesmo de ser meu namorado, pois ele detestaria saber que você só me diz palavras obscenas e só pensa em trepar.

Ele abre o chuveiro e impulsiona meu corpo para baixo do jato frio.

— Ai! Esta água está congelando.

— Isso é para você aprender a não falar palavras obscenas também.

Para variar, o banho esquenta e nossos corpos acabam na cama, molhados e saciados.

— Está com fome?

— Faminta. — Levo a mão ao seu membro, brincando.

— Que apetite o seu!

— Não me farto nunca de você, mas tem razão: precisamos recuperar a energia.

Dou graças a Deus por ele não tocar no assunto sobre o que aconteceu ontem e o fantasma do velho tutor vai embora, dando lugar para o novo, quente e bem-humorado tutor.

Caminhamos até o restaurante do resort, que, diga-se, serve um dos melhores cafés que já tomei. Admiramos a beleza do local; a neblina no vale vai se dissipando conforme o sol esquenta.

Quebrando o clima de calmaria, ele volta a rodear o assunto sobre o que nos aconteceu no rio. Ao mesmo tempo, porém, fica girando a maçaneta várias vezes antes de abrir a porta. Eu me aproveito desse ritual e desvio o foco da conversa, perguntando se aquilo é um reflexo do TOC.

Assumidamente, não quero falar sobre o que houve. Algo no meu íntimo me impede de abordar a questão e, como ainda não sei por qual motivo, prefiro manter as coisas como estão.

— Não é um ritual diário, mas sim, é um ato que meus pensamentos me obrigaram a fazer. É mais forte do que eu.

— Isso incomoda você?

— Sempre!

Pela resposta breve, eu decido perguntar sobre como ele lida com tudo isso, se já fez algum tipo de tratamento. Ele diz que sim, e chega a rir de mim, já que, no seu último tratamento, tirei conclusões precipitadas, feito um inspetor Clouseau, quando achava que estava bancando Sherlock Holmes.

Acho que nessa relação precisamos cuidar um pouco de cada um. Muitos fantasmas juntos podem provocar um vendaval de assombrações.

— Pedro?

Ele me olha ainda rindo. Como pode me contar tudo isso com tanto bom humor enquanto eu me sinto o pior dos seres? Aproximando-se de mim, ele vê o arrependimento em meus olhos.

— Você me desculpa?

— Só se você me beijar, para recuperar o tempo que perdemos afastados por sua teimosia.

— Se eu pudesse voltar no tempo...

Seu lado predador age rápido. Suas mãos vão ao meu cabelo puxando daquele jeito que me desmonta, deixando minhas pernas moles.

— Se tivéssemos o poder de voltar no tempo, nunca aprenderíamos a seguir em frente tentando não errar novamente.

Seus lábios tomam os meus, calando-me ainda mais. Ele me ensina uma lição por dia. Como não amar esse homem?

— Estamos atrasados para a tirolesa. — Ele me encara, ofegante e divertido.

— Você jura que quer ir?

— Não vai dizer que acordou com medo de menininha, ou será que algo que aconteceu ontem a faz impedir de querer ir?

— Medo de menininha? — Finjo não ter prestado atenção na segunda parte do seu questionamento. — Esqueceu que adoro altura?

— Não duvido disso. — Sarcástico, ele pisca para mim, de uma forma que eu deveria batizar como "A Piscada que me Causa Frisson nas Partes Baixas".

A agradável brisa da manhã salpica a estrada de terra que leva ao parque em que está localizada a tirolesa. Por mais que eu encontre emoção naquele brinquedo, duvido de que seja maior do que a que sinto abraçada ao homem gostoso que pilota a moto com a qual vencemos o trajeto.

Quando chegamos ao começo da tirolesa, tento não me concentrar na altura. Pedro me observa com olhos de lince enquanto um rapaz coloca o equipamento em mim. Adoro esse modo macho alfa.

Depois das explicações, não titubeio e, corajosamente, ofereço-me para ser a primeira.

A descida na cadeirinha é rápida. Sinto-me livre, uma emoção imensa. É um descontrole sob controle, aliado à velocidade e à altura. Simplesmente uma aventura marcante, em que meus gritos saem como uma libertação de algo preso no meu peito.

Aproximo-me vibrando do ponto de chegada, rindo e feliz, esperando o Pedro descer preso somente pelas costas e gritando no tom de brincadeira, arrancando risadas de todos que o aguardam:

— Para o alto e avante.

Este é o meu Super-homem!

Pedro Salvatore

Desde que voltamos de viagem, algo mudou entre nós. Talvez a incerteza de ambos sobre como lidar com o fim de semana perfeito tenha feito com que cada um seguisse para seu canto.

Inicialmente, imaginei que ela apenas deixaria a mochila ali e passaria a noite comigo, mas, depois de quase uma hora à sua espera, fui ao seu quarto e a encontrei adormecida apenas enrolada na toalha.

Pelo rastro cristalino marcado na lateral dos seus olhos, imaginei que ela tivesse chorado. Meu coração se partiu e por horas velei seu sono. Enquanto afagava carinhosamente seu cabelo, tentei até confessar o que houve no dia do seu acidente, mas até adormecida ela pareceu se recusar a ouvir sobre o assunto. Naquele momento, senti que algo dentro dela rejeitava a situação, não sei se por medo de sentir a dor, ou se por não querer lembrar os motivos dessa dor.

Resolvi dar a ela uma prova de confiança e deixei que marcasse minhas consultas com a terapeuta e com a médica, na esperança de que ela também procurasse um profissional para falar sobre o que aconteceu. Claro que nunca sugeri isso com palavras. Apenas deixei claro para ela o quanto tudo isso estava me fazendo bem.

No fundo, acho que também tive uma parcela de culpa e medo. Primeiro, por ter novos pesadelos ao seu lado. E, depois, por não forçar a barra para vivermos como um casal.

As semanas se passaram... Fomos ao cinema, a restaurantes; dormimos muitas noites juntos e até saímos com o Marco e a Bárbara, fingindo sermos apenas amigos. Achamos pertinente que a nossa relação ficasse no anonimato, mas a danada me torturou a noite toda movimentando sua mão sobre minha braguilha, deixando-me sem jeito diante do outro casal.

Bárbara se levantou para ir ao toalete e, antes de a Bya fazer o mesmo, Marco se antecipou para imitá-la.

— Pensei que havíamos combinado deixar nossa relação no anonimato, por enquanto.

— Não vejo como o que falei possa revelar o que temos.

— Você é impossível.

— Por quê? O que eu fiz? — Sua mão aperta meu pênis com mais força, e eu jogo a cabeça para trás para não me contorcer. — Está tudo bem, Pedro?

Não tive tempo de responder. Nossos amigos voltaram para a mesa e, quando achei que ela ia aliviar, ela intensificou.

Tentei focar na conversa do Marco, mas minha pigmentação vermelha chamou a atenção da Bárbara.

— Está tudo bem, Pedro? Será que comeu algo que não fez bem?

Pensei em esganar a dona daquela mão atrevida, por me fazer passar aquele constrangimento.

— Tudo bem! Acho que é o ar-condicionado do restaurante que está fraco.

— Para mim, ele está perfeito. Acho que está fresco até demais.

Jurei para mim que suas nádegas implorariam por ar fresco depois das palmadas que iria lhe dar.

Não sabia o que fazer. Se eu me mexesse para tirar sua mão, eles perceberiam o que estava acontecendo; se pedisse licença para ir ao toalete, a protuberância na minha calça me denunciaria. O jeito foi aproveitar. E, quando achei que as coisas não podiam ficar piores, ela foi além e sussurrou no meu ouvido que por baixo de seu vestido curto não usava nenhuma peça de roupa.

Isso serviu para que eu inventasse uma história qualquer para sairmos dali. Caso contrário, não só nossos amigos, mas também o restaurante todo testemunhariam um atentado ao pudor e saberia que nosso relacionamento não era só de tutor e pupila. Éramos, sobretudo, um casal desavergonhado que não conseguia ficar longe um do outro.

Caminhando pelo estacionamento deserto, decidi aproveitar a oportunidade. Dei ao vigia uma graninha extra para nos permitir uns instantes de privacidade. Precisava mostrar a ela que sua provocação havia acordado o selvagem dentro de mim. Minha intenção era levantar seu vestido até a cintura e penetrá-la até os miolos ouvindo-a gritar desculpas por ter sido tão ousada.

— Gostou de me bolinar à noite toda? Será que criei um monstro? — digo apressado, pressionando-a sobre o primeiro capô que encontrei fora do campo de visão da guarita do vigia.

— Você acha que sou uma boa aprendiz?

— Uma indecente a classificaria melhor.

Gemendo, ela levanta o joelho nu e roça na minha ereção protegida pelo jeans.

— Devo entender isso como um elogio ou uma crítica?

Muito mais que tudo isso, ela é uma sedutora irresistível.

— Nem um, nem outro. Beije-me. Você fala muito.

— Mandão! — resmunga ela.

Eu a deito sobre o capô e invado sua boca, penetrando minha língua até sua garganta. Suas mãos agarram meu cabelo pedindo mais. Ofegante, a prenso com força; que se dane se a porra do carro amassar, eu pago o prejuízo. Só no que penso agora é em recompensá-la por me deixar tão sedento. Distraio-a assaltando seu corpo, enchendo minhas mãos com sua carne macia, levantando seu vestido até a cintura e roçando minha ereção na sua pelve nua para provocá-la. Finjo não ouvir seus falsos protestos e, sem preparação, viro seu corpo, expondo seu traseiro redondo nu e vulnerável na posição que me deixa mais excitado, e congelo. Meu Deus! Ela consegue ficar mais gostosa a cada dia. Ela percebe minha avaliação e vira o rosto de lado com um sorriso malicioso.

— Eu posso gritar por socorro. Estou sendo atacada por um tarado.

Droga! Ela conseguiu me deixar mais excitado e me fez sorrir.

Plaft. Desço a mão com vontade na maçã do seu traseiro, para deixar de ser tão falastrona.

— Você vai gritar o quando quiser, mas será de prazer. — Mordo os lábios sem conter meu desejo lascivo, abro o zíper da calça e exponho meu pênis latejante, com vontade de ser abrigado. Sem esperar pela decisão dela, penetro-a com vontade.

— Isso é tão profano! — geme ela, alto, enquanto a penetro até o fundo.

— Não, minha pupila, isso é tão urgente. Desejo fodê-la toda como castigo por você ter sido ousada daquela forma.

Não estou brincando, e adoraria poder eternizar este momento vendo o brilho do luar se refletir na sua pele. Incessante, vou à loucura quando ela pede por mais gritando meu nome, e assim o faço, indo fundo e rápido com a minha mão descendo no seu traseiro, os sons da penetração se confundindo com seus gemidos. Sinto-a se contrair toda, me lambuzando. Minhas veias latejantes são estimuladas por seus gritos de prazer e jorro meu líquido dentro dela.

Ainda não nos acertamos no nosso mundo racional, mas sei que estamos caminhando para encontrar a melhor forma de nos entendermos. Isso está acontecendo naturalmente, pois, sempre que chego de uma consulta, ela está diante do material de estudo me esperando, nem que seja para dar um recado breve sobre o resultado de mais uma terapia.

Descobri que estava sendo uma distração para ela, já que, depois de nossas saídas, ela passava praticamente a noite toda focada no seu TCC, embora ela tenha negado isso no começo, para me agradar. Buscando não atrapalhar, tento ocupar meu tempo indo mais vezes ao motoclube, mesmo contrariado. Uma noite dessas, depois de passar horas jogando conversa fora e ouvindo o ronco dos motores, acabei me distraindo mesmo e só quando voltei para casa foi que vi no celular as diversas ligações perdidas da Beatriz.

Eu a procurei pelo apartamento e, quando a encontrei no quarto, ouvi um som que fez meu coração congelar. Ela chorava copiosamente. Na hora, imaginei ser mais um dos seus chiliques por não ter atendido suas ligações, se bem que, depois da nossa última discussão sem sentido, ela não tinha cometido mais nenhum ato insano.

Hesitei em me anunciar, mas, quando ela me viu, correu para meus braços, contando que a mãe da Elaine tinha morrido. Com um nó na garganta, angustiado, chutei-me mentalmente, por ser um bastardo infeliz, pois, quando ela precisou, eu não estava lá para consolá-la.

O peso na consciência me torturou. Tive vontade de me punir, mas, naquele momento, não poderia ser egoísta. Precisava saber quais os danos tudo aquilo poderia acarretar.

Foi difícil acompanhá-la no enterro. Sabia o turbilhão de sentimentos que a atormentava. Ela havia perdido seus pais e teria de compartilhar com sua amiga a dor de velar a mãe. Acho que aquele momento não foi fácil para nenhum de nós, principalmente por saber que havia uma lembrança na sua memória, mesmo inconsciente, que a tinha feito sofrer em um passado tão próximo.

Estendi a mão para ela e não a soltei mais, nem quando prestou suas condolências a Elaine. Foi como construir um elo de cumplicidade e apoio.

Mas, ao correr dos dias, não vi voltar o brilho dos seus olhos.

Ela realmente ficou muito abalada. De minha parte, cancelei todos os meus compromissos semanais. Chegávamos juntos em casa, e um dia resolvi perguntar o que estava acontecendo. Tudo aquilo estava me aniquilando, eu sentia falta da Beatriz falante.

— Era a Elaine ao telefone?

— Era — monossilábica respondeu, com o olhar perdido.

— Como ela está?

— Trancou a matrícula.

— No último semestre? — perguntei indignado. — Mas por quê?

Bya me contou a história toda. Elaine havia gastado o que podia e não podia com as despesas causadas pela doença da mãe, e depois com o velório e os trâmites do translado para enterrá-la na sua cidade natal. Nós estivemos somente no velório. Bya até se ofereceu para acompanhá-la, mas Elaine não aceitou. Entre palavras e lágrimas, naquele momento, mais uma vez vi o quanto minha pirralha era especial.

Prontifiquei-me para cobrir todas as despesas, visando a amenizar sua dor, mas fui informado de que ela mesma já havia proposto isso a Elaine, que recusou. — E se eu oferecer a ela um trabalho no escritório? Indiretamente, ela nos ajudaria e continuaria a estudar.

— Você faria isso por ela?

Por ela e por você, pensei comigo na hora. Porém, percebi que aquelas lágrimas que teimavam em escorrer pela sua face escondiam algo a mais.

Então, agi como o homem apaixonado que eu queria ser: abri meus braços, comovido por vê-la tão triste. Sem pensar, ela aceitou meu gesto de carinho.

— O que mais está tirando o sorriso deste rosto lindo? — Limpei suas lágrimas com o polegar e levei à boca o líquido salgado, matando minha sede e molhando minha garganta seca.

— Sinto-me oca.

— Por que, minha pequena?

— Porque sinto inveja da dor e do luto da Elaine. Você consegue entender, Pedro? — grita ela, com dor e mais lágrimas inundando seus olhos. — Eu sou oca! Não senti nada disso na morte dos meus pais. A amnésia me tirou a dor de chorar por eles.

Abraçando-a forte, consolo-a como se uma parte de mim se quebrasse ao vê-la naquele estado de sofrimento.

— Bya! Você não é oca. Tem muito sentimento aqui. — Levo a mão no seu coração. — E muita memória aqui. — Beijo sua testa. — Acho que está na hora de você tentar falar sobre o seu passado. Há dias venho tentando tocar no assunto, mas você não me permite chegar perto. O que aconteceu naquele rio tem algo a ver com o seu acidente.

Seus olhos se abrem, assustados. Agora que comecei, tenho de terminar de falar. Ela precisa começar a sentir o seu luto.

— O que você sabe sobre o acidente?

— Não sei o que o causou, mas soube pela seguradora que o carro capotou várias vezes, até ficar preso nos arbustos e parcialmente dentro do rio Tietê.

Frio como uma pedra de gelo, seu olhar se perde no nada, a cor desbota do seu rosto e ela empalidece. Percebo que ela briga com a memória para tentar se lembrar de algo. Puxa o cabelo entre as pernas e grita.

— Não consigo me lembrar de nada.

Resolvo não insistir. Puxo-a em silêncio novamente para o calor dos meus braços sem que ela esboce qualquer reação. Ela aceita a acolhida e eu a aqueço com carinho, ternura e amor, como sempre fiz.

Sem intenções perversas, retribuo o amor que ela me entregou quando mais precisei me sentir vivo e a dispo, repetindo o gesto em mim, amando-a para que se sinta amada.

Nossos corpos não têm necessidade de buscar o orgasmo, apenas se entrelaçam formando um só, dizendo no silêncio que um tem o outro.

Os dias seguintes foram melhores. Ela, por fim, aceitou a minha sugestão de iniciar uma terapia de regressão. Já a Elaine agradeceu a proposta e prometeu pensar.

— A Elaine acabou se arrependendo de ter trancado a matrícula, mas acho que foi melhor assim. Ela está mais determinada a vencer.

— Vamos dar tempo a ela.

Eu me vi um pouco na pele da Elaine, com a diferença de que minha mãe me deixou uma herança. Nada que me fizesse milionário, apenas o suficiente para eu custear meus estudos e conseguir me virar. Graças ao seu trabalho de artesã, ela conseguiu nos sustentar, sem muito luxo, mas sempre com comida no prato e um teto para morar.

Havia também a pensão alimentícia, que eu recebia daquele homem por direito, e na qual ela nunca mexeu. Eu só o movimentei até conseguir um emprego em uma construtora. Naquela época, eu me bastava apenas com a metade do que recebia, e logo tratei de economizar tostão por tostão para devolver a ele o que gastei.

Infelizmente, ele morreu antes que a dívida estivesse inteiramente quitada. Foi daí que surgiu a minha ideia de contribuir mensalmente para as instituições voltadas a pessoas com qualquer tipo de necessidades especiais.

— Nossas histórias são tão diferentes e tão parecidas ao mesmo tempo!

— Muito!

Eu a abraço enquanto esperamos na fila do caixa. Até esse progresso ela conseguiu alcançar. Odiava ir ao mercado, e hoje, junto com ela, essa tarefa tornou-se um grande prazer. Mesmo que ela brigue quando vê valores diferentes na gôndola e no visor da registradora. Eu jamais faria isso. Preferia ficar no prejuízo e me ver logo livre.

Brava e orgulhosamente, ela conta os dias para sua formatura e me enche de orgulho. Apesar do turbilhão de acontecimentos que poderiam tê-la desviado do rumo, minha pequena pupila seguiu em frente.

Capítulo 31

Pedro Salvatore

 Ao parafusar a última prateleira, sinto o suor escorrer, começando a me cegar. Instintivamente passo o braço pela testa, realizado, e ao mesmo tempo, esgotado. O remédio causa tais reações, mas, considerando a forma como me alivia, não ligo para elas.
 A danadinha se mostrou bastante responsável em seu último semestre. Por vezes quis me aproximar dela e confortá-la nas noites em claro que passou trabalhando para apresentar o melhor TCC. Porém, achei prudente ficar apenas ali ao seu lado sem chamar sua atenção.
 — Sr. Pedro, a pintura já acabou. Está tudo certo?
 — Sim, ficou perfeito, Pila. Obrigado, vocês foram rápidos.
 Pila é um pintor que conheço há anos. Já fez diversos trabalhos para mim. Quando disse que tinha uma surpresa para a Beatriz que era uma missão impossível, ele não mediu esforços. Não há nenhum profissional do setor de obras imune aos feitiços daquela bruxinha. Ela causa um verdadeiro tsunâmi nos meus nervos, mexe com o que tenho de pior que, no caso, é o ciúme que tenho dela.
 — O senhor vai precisar de mais alguma coisa ainda hoje? Se não, estou indo.
 — Não. Já estou terminando aqui também. Obrigado por tudo, Pila. Manda-me a nota para acertarmos.
 — Imagina, homem de Deus. Depois de tudo o que d. Beatriz fez pela minha esposa, isso é só um presentinho de agradecimento para ela. — Pila se referia às vezes em que a Bya levou a esposa dele para fazer hemodiálise no Hospital das Clínicas, já que estava sem condução própria. — Ela é uma mulher de ouro. — Obrigado, Pila. Ela vai ficar muito feliz pelo presente.
 — Sim, ela é sim uma mina de ouro a ser explorada. Exausto, sento e viajo na transformação do espaço.

Ah, minha pupila! Você me surpreende a cada dia com sua determinação e garra. O resultado me anima. Dou os retoques finais e coloco na porta o brasão da sua família.

Inicialmente, foi uma ideia que tive para fazê-la se lembrar do passado, mas que acabou se tornando um problema sério. Descobri que a família da Bya não era feliz e que esse podia ser o motivo para que sua mente bloqueasse qualquer lembrança, impedindo-a de querer saber do seu passado.

Abri o laptop e busquei em vários sites alguma informação sobre a família Torres Machado. Acabei encontrando não só o brasão do sobrenome, mas também notícias de um passado distante.

Ejecutivo brasileño es engañado por su esposa hermosa y caliente, también brasileña, y su jardinero español. Uno de los mayores escándalos del mercado de siderurgia multinacional. La pareja de amantes después de capturada por su hija y su marido estaba expues por los comentarios de sus vecinos y familiares. Tras el escándalo, va a volver a Brasil.

Perplexo, traduzi cada linha com o tamanho da responsabilidade das informações que lia:

"Executivo brasileiro é traído por sua bela e quente esposa, também brasileira, com seu jardineiro espanhol. Um dos maiores escândalos do mercado da siderurgia multinacional. Os amantes foram pegos por sua filha e seu marido e ficaram expostos aos comentários de seus vizinhos e parentes. Após o escândalo, vão voltar ao Brasil."

Em um instante de insanidade, pensei ligar para a redação do tabloide e pedir que tirassem a matéria do site. Queria privar Bya de um dia encontrar essa matéria na internet.

Algumas dúvidas me vêm à mente. Como é que ela nunca viu nada sobre isso?

Primeiro, a falta de interesse dela em descobrir seu passado. Segundo, ela nunca ter pesquisado nada sobre o que aconteceu e, terceiro, desapego pelos seus bens que venho administrando, sem mexer em um só centavo. Quer dizer, algumas rendas vão para sua conta pessoal, à qual não tenho acesso.

A fortuna que lhe foi deixada de herança lhe garante uma boa vida e também para seus filhos, caso os tenha. Esse assunto, porém, é intocável. Eu sempre entrego seus demonstrativos e, ao que parece, nos meses seguintes, eles estão do mesmo jeito. Desde que percebi isso, venho vivendo um inferno interior, e tenho evitado questioná-la, para deixá-la descobrir sozinha essa parte do seu passado. Por mais covarde que possa parecer, não tenho coragem de ser o arauto de sua vida pregressa, para lembrá-la de um assunto que ela prefere ignorar.

No fundo, imagino que ela sabe de tudo, mas construiu uma barreira imaginária para evitar a dor que isso causa. Eu faço o que posso; Bya sabe que tem o meu apoio para o que precisar. Mantenho-me de braços abertos para quando ela necessita de um colo e chamo sua atenção quando faz jus a um puxão de orelha. Porém, minha responsabilidade só vai até aí: fazer mais do que isso seria querer viver e decidir por ela. Por mais que eu queira ter superpoderes, não posso aliviá-la de suas dores; no máximo, posso tentar senti-las, cúmplice.

Não vi a hora passar. Vou ter de tomar um banho aqui mesmo no escritório. Ainda bem que trouxe a roupa comigo.

Meus banhos nunca mais foram os mesmos. Basta ficar debaixo de um chuveiro e a imagem dela simulando ser uma atriz pornô me deixa duro. Hoje, contudo, em virtude do meu atraso, só tenho tempo para uma ducha rápida, nada de fantasias.

Dirijo feito louco pelas ruas de São Paulo. Os segundos parecem ganhar velocidade no relógio.

Estou 25 minutos atrasado e irritado por saber que sentarei ao lado dos seus amigos. Mas me sinto orgulhoso ao vê-la se aproximar do púlpito, inquietante, linda e brilhante. Apresso-me para encontrar o meu lugar. Ela, como a oradora da turma, logo começará a falar.

Para falar a verdade, fiquei surpreso ao saber que o moleque topetudo não se formaria com ela. A Elaine eu já sabia, mas ele? Que imbecil! Tomou bomba logo no último semestre?

Avisto Elaine e Beggo sentados ao lado de Cida. Essa pupila é valiosa, não vê diferença entre religião, cor ou classe social. Trata todos como amigos. Peço licença para me sentar e cumprimento-os.

— Chegou a hora de nossa morena tropicana falar. — O topetudo comemora e eu aproveito a ocasião para mostrar que "nossa" é só na cabeça dele. — Ai! — Ele chacoalha a mão. — O que você tem no lugar dos dedos, alguma espécie de prensa?

— Shhh! — repreendo-o assim que ela diz: "Boa noite a todos."

— Ai, que emoção! Linda! — grita o infeliz.

Ela está linda mesmo. Seus olhos brilham.

— Não saia dançando rumba, para querer chamar mais a atenção que a Bya. — Elaine também o repreende.

— De jeito algum. Vou poupar cada passo de dança para arrasar na festa de formatura. Vou cansar os pés da morena tropicana.

— Se não ficar calado, conhecerá minha morsa na sua língua também — falo entre os dentes cerrados.

— Cruzes! Agressivo você, hein?

— Shhh! Vamos ouvir a Bya — fala Cida, apalpando a face com o lenço. O afeto que uma tem pela outra é contagiante.

Ela faz os agradecimentos e cumprimentos a todos da bancada, formandos, paraninfos, parentes e amigos, e um adendo que enche meu coração de orgulho.

Nos últimos meses antes de concluir o TCC, Bya se esforçou como nunca e finalizou o trabalho com excelência. Sei que, no fundo, ela queria que eu participasse mais do seu projeto, mas, quando me contou qual era o foco, senti que ela possuía muita capacidade para desenvolvê-lo sozinha. Apenas a alertei sobre a possibilidade de simplificá-lo, sem que isso comprometesse a qualidade do resultado final. Ela, porém, não aceitou a sugestão. Tudo bem: o TCC era dela e, se acreditava nele como era, não poderia considerar as minhas opiniões.

Sua ousadia mesclada de sonho e viabilidade técnica fez do projeto um dos mais arrojados que vi. Por este e outros motivos, fiquei de longe apenas observando o quanto ela era capaz.

Bya precisava sentir que aquele projeto era dela, somente dela, criado por ela. Precisava desse momento particular. Vi Bya virar noites acordada e, no seu momento de estresse maior, a poucos dias de concluí-lo, com seu tempo quase estourado, ela praticamente surtou e, mais uma vez, eu estava lá, por ela.

— Mais uma noite em claro? — Puxo assunto enquanto ela anda de um lado para outro, puxando o cabelo.

— Não sei se vou conseguir. O tempo está se esgotando, e falta tanto ainda...

— Claro que vai conseguir.

— Eu deveria ter ouvido você, quando disse que o projeto podia ser mais simplista. Por que você não me impediu?

— Não deveria ter ouvido, não. Seu projeto está ficando espetacular.

— É muito complicado.

— Para um criador não existe limites, Bya.

— Você faz parecer tão simples...

— Sei que não é. E justamente por isso estou dizendo que você é uma exímia criadora. Está correndo tudo certo. Pare de se cobrar. Tenha calma.

Seus longos cílios negros se abaixaram junto com seu olhar. Ela pareceu refletir e, a partir desse dia, tornou-se serena, mais confiante e determinada.

Volto a atenção à voz que seduz meus ouvidos. Adoro olhar para ela, conversar com ela e estar com ela. Seu sorriso ilumina meu dia. Sempre fui muito rancoroso, com tendência a acreditar que as coisas não dariam certo, e mudou isso. Simplesmente trouxe vida para minha vida.

— Sinto-me muito honrada e feliz por estar representando o curso de Arquitetura e Urbanismo. Sei que cada formando hoje tem uma história para contar sobre a conclusão deste sonho. Ao longo do meu trajeto, vi alguns amigos desistindo; outros, por motivos de força maior, tendo que trancar suas matrículas; e para os privilegiados, como eu, o fim da jornada. Quero agradecer ao meu incentivador, que no meio dos seus desafios propostos, me mostrou que eu conseguiria e venceria os meus limites. Obrigada, Pedro por me mostrar que, para um criador, não existem limites.

Ela continua seu discurso brilhantemente e me pego de boca aberta, como um apaixonado babão. Cada palavra emociona a todos que a ouvem. Um filme se passa na minha cabeça.

Amo o mundo da criação, amo ser arquiteto, tenho orgulho de todos os meus projetos, mas chega a ser bizarro quando penso que falho sistematicamente em estruturar a minha vida. Simplesmente não consigo desenhar a forma correta do meu amanhã.

Ela deixa o púlpito ovacionada. Seu olhar me procura e eu correspondo, piscando. Ela acena timidamente para mim com o sorriso de lado a lado.

— Esplêndida! — O infeliz aplaude freneticamente.   Amo você, morena tropicana! — Moleque ousado. Acho que ele está desafiando demais a Fada do Dente.

— Ama?

— Amo! — Ele repete me desafiando.

— Ama como?

— Amo amando. — Dá de ombros. — Ela é minha amiga, confidente, é engraçada e, mesmo sendo minha concorrente, não me ameaça. — Faz cara de exibido.

— Concorrente? — O que esse moleque está querendo dizer?

— Tiozão.

— Tiozão? Que diabo é isso?

— Shhh! — Cida nos adverte.

— Eu e a Bya gostamos de um esquadro.

— Todo arquiteto tem de se simpatizar com um esquadro.

— Pedro, não cai na pilha dessa libélula. — Elaine sorri, entre palmas, enquanto a observo repreendendo seu amigo. — O esquadro a que ele se refere é outro, nada a ver com o equipamento de trabalho.

Ele é gay? Ah, não! Isso não é possível! Não sou cego. Vejo bem como ele olha para a minha pupila. E ela não iria me deixar pensar que ele é hétero, para me fazer ciúme. Ou será que ia? Não. Acho que entendi errado.

Não presto mais atenção em nada. Bya sentou-se fora do meu alcance de visão. A ideia de que ela e o amiguinho gostam de usar o mesmo tipo de esquadro não me sai da cabeça.

E não é que ele se porta como uma libélula, mesmo? Filho de insetinho alegre, você me enganou direitinho! Aliás, a Bya também. Acho que essa mocinha está precisando de boas lições.

A colação de grau termina e começa o alvoroço pelos cumprimentos. Levanto o pescoço para encontrá-la, ansioso, e novamente vejo o topetudo alegre aos beijos e abraços com ela.

O suco biliar sobe à minha garganta e o monstro primitivo ruge dentro de mim. Não importa se ele tem a mesma preferência sexual que ela. Enquanto ele tiver um apêndice no meio das pernas, continua sendo uma ameaça.

— Posso parabenizar a formanda e oradora mais linda e brilhante da noite? — Como um rolo compressor, praticamente, passo por cima dele.

— Ai! — geme ele. — Sr. Morsa, ela é toda sua. — E se afasta com o aperto das minhas mãos em seu ombro. — O que pensa conseguir com toda essa força? Cuidado, querido, para não esmagar o ganso, algum dia. De minha parte, confesso que prefiro afogar o ganso a esmagá-lo.

O que foi que ele falou? Mas que garoto atrevido!

— Não tenha medo. Você não corre o risco de eu chegar perto do seu algum dia. E, do meu, sei cuidar muito bem.

— A formanda mais linda sou eu? — Bya corta o clima de hostilidade.

— A mais linda que já vi. — Meus olhos se voltam para ela.

— Calúnia é crime.

— Vai dizer que tem uma equipe de advogados prontos para me processar por dizer a verdade?

— De jeito nenhum.

302

Aproximo-me dela, orgulhoso por ver a vitória e a felicidade estampadas nos seus olhos molhados. Noto como sua respiração fica profunda e suas pupilas, dilatadas.

Não importa o barulho em volta: para mim, só existe ela na minha frente. Como queria poder tomá-la nos meus braços e ir muito além de um simples abraço de congratulação.

— É assim que você queria cumprimentar a formanda? Parado como uma estátua na frente dela?

Chato dos diabos! Vai trocar essas fraldas! Meus dedos se fecham em punho.

— Beggo, ouvi alguém chamando você ali na frente — responde Bya, sem tirar os olhos dos meus.

— Falou muito bem. — Orgulhoso.

— Às vezes ele é muito chato.

— Não me referi ao seu amigo. Gostei da forma como se expressou. Parecia uma brilhante arquiteta e oradora.

Franzindo o nariz, ela sorri.

— Obrigada. — Dá de ombros. — É a conclusão de um grande curso, mas ainda prefiro continuar como paisagista e unir meus projetos à natureza.

Dou um passo à frente. Meus braços a puxam para perto de mim.

— Adoro a nossa parceria.

— Nossa parceria? — Sua voz baixa repete as minhas palavras questionando-me, junto com um suspiro, e eu sinto que, tanto quanto eu, ela precisa dessa aproximação.

— Agora que se formou, não está pensando em me deixar, está?

— Esta decisão, definitivamente, não faz parte dos meus planos. Meu chefe é duro, mas ainda assim é ótimo. Aliás, quanto mais duro, mais eu amo.

Ela me causa tantas emoções que jamais imaginei sentir por alguém! Ergo-a do chão e a rodopio no ar.

— Parabéns, Beatriz Eva Torres Machado, você é a mais nova contratada da Salvatore Arquitetura. — Acho que esta é a primeira vez que falo seu nome completo e adoro como ele soou bem nos meus lábios.

— Não serei mais estagiária? — Ela ri enquanto a giro no ar. Já tive oportunidade de estar muito mais íntimo dela do que agora, mas, para mim, é mais que erótico ver sua felicidade.

— Isso mesmo! E, de quebra, teremos uma nova estagiária.

— Não podia ser um estagiário? — Ela brinca enquanto sorri.

— Não. A menos que você já tenha desistido de ajudar sua amiga.

Ela pula do meu pescoço. Irrito-me por dar uma notícia que a afasta de mim.

— Isso é o que estou pensando?

Balanço a cabeça afirmativamente.

— Amo você, Pedro! — Ela faz uma pausa, vejo que sua espontaneidade a constrangeu perante todos. — Você é demais! Este é o melhor presente de formatura que eu poderia receber. — Ela se joga novamente nos meus braços e eu abro um largo sorriso.

Não sei mesmo se este é o melhor presente. Tenho grandes expectativas de ver se ela gostará também dos outros.

— Ei, vocês dois! Todos aqui sabem que de uma árvore se faz milhares de palitos de fósforo, mas dá para se afastarem um pouco? Aqui não é lugar para apenas um palito incendiar uma mata inteira.

Mesmo querendo quebrar seus dentes, consigo rir junto com todos ao nosso lado.

 Capítulo 32

Beatriz Eva

Tivemos uma noite para lá de animada, em que nos divertimos muito, apesar da guerra declarada entre Beggo e Pedro para ver quem chamava mais a minha atenção.

Comemoramos bastante a minha colação de grau, com brindes, palavras de orgulho do Pedro, beijinhos de namorados na frente de todos e lágrimas de emoção dos meus amigos, além de uma alegria extra pela contratação da Elaine para trabalhar no nosso escritório.

Para mim, foi uma novidade ele me tratar como namorada na frente de todos. Não que tenha sido como um pedido de namoro aos meus pais, se estivessem vivos, mas foi assim que me senti: como se fosse meu primeiro namorado que apresento à família.

Pedro me leva ao limite, testa minha sanidade o tempo todo. Eu queria convidar o Marco e a Bárbara para a colação de grau, mas ele disse que preferia deixá-los de fora porque ainda não se sentia à vontade de me assumir na frente dos seus amigos. Também contou que Marco o havia convidado para ser seu padrinho no casamento dele, que seria alguns dias depois da minha formatura, desde que eu não fosse também convidada como madrinha.

Que direito ele tinha para decidir isso? Naquele dia senti meu coração partir em dois. Queria sumir da vida dele, mas aguentei firme, seguindo as orientações da minha terapeuta. Pedro não sabe que estive em consulta com ela para falar sobre o TOC e nossa relação.

Eu estava perdida. Aquela noite no motel ficou marcada em mim. Não tirava da cabeça a sua imagem de extrema vulnerabilidade no chão do banheiro.

Sentia-me incapaz de poder ajudá-lo, e a consulta com ela foi esclarecedora neste sentido. Ela disse que apenas a terapia e os remédios não eram eficazes para fazer um paciente se sentir bem e superar seus problemas: ele precisa ser amado e ter o apoio de todos ao seu lado, sem cobranças, dando-lhe o tempo necessário. Que uma pessoa portadora do TOC é muito intensa.

Por um momento, pensei até em ir embora, para dar uma chacoalhada nele, mas seria ingratidão da minha parte, depois de tudo o que ele fez por mim nos últimos anos. E havia mais. Ele também vinha me cercando para tentar me ajudar a descobrir os motivos do meu ataque de pânico em Brotas. Por vezes tentou entrar no assunto, eu rebati, e, mesmo decepcionado, ele permaneceu do meu lado.

Algumas lembranças estão aparecendo vagamente na minha memória, nada muito claro, como se fosse um apagão no fundo do qual pisca uma luz incerta. Por já ter errado muito com ele, não quero falar por enquanto de nada sem ter certeza do que se trata. O que sei é que há uma relação entre sentimentos e dores do passado, mas a qual ainda não decifrei.

Certa noite, fomos ao jantar de preparativos para o casamento do Marco. Na volta, eu estava calada e decidi ir direto para o meu quarto, mas ele me impediu de fechar a porta, escorando-a com o pé. Sabia que eu estava magoada, destroçada e não precisei dizer uma palavra, nada; ele sabia só de ver. Pediu perdão e conseguiu me convencer de que ainda haveria muitos fantasmas com os quais precisaríamos lidar. Somente então ele estava começando a responder aos medicamentos e, naquele momento, aturar cobranças e brincadeiras de outras pessoas iria atrapalhá-lo.

Claro que eu entendi. Eu amo esse homem. O que eu poderia dizer? Pedro, se você não me assumir, vou embora, pois eu mereço um título de namorada? Não! Não era assim que conseguiríamos seguir juntos. Não é um título que representa alguma coisa, e sim os sentimentos que estamos começando a vivenciar. Ele me respeita, e valorizo muito isso.

Há alguns dias, ele se afastou de mim outra vez. Nunca deixou de ser atencioso, mas sei que no fundo estava escondendo alguma coisa. Sempre que eu buscava respostas, ele saía pela tangente, com a desculpa de que meu foco precisava ser a conclusão do meu TCC e que parasse de procurar problemas onde eles não existiam. Hoje, contudo, parece outro homem. Leve, brincalhão, achando engraçadas as provocações do Beggo, sem deixar de ser atencioso com todos.

Na saída do restaurante, dividimos os grupos que iriam nos carros. Acabei escolhida para levar os que estavam a pé, o que deixou o Pedro frustrado, já que ele iria para casa sem mim. Tentei racionalizar.

— Pedro, você leva a d. Cida, e eu, o Beggo e a Elaine. Daqui a pouco a gente se encontra em casa. Pode ser?

Pisquei com segundas intenções, sugerindo uma comemoração particular mais tarde. Ele retribui a piscada, mas me surpreendeu, pegando a chave da minha mão.

— Você não vai levar ninguém.

Beggo interrompe.

— Que deselegante! Quer que a gente vá embora de ônibus?

Pedro bufa e desvia seus olhos para ele.

— Como pretende acabar a noite, consciente ou inconsciente?

— Progressos! — Beggo aplaude, provocando. — Quer dizer que tenho o direito de escolha?

— Aprenda, moleque. É preciso ser muito homem para honrar o que se tem no meio das pernas. Não é por que suas preferências sexuais são fora do comum que você vai diminuir o seu senso de proteção com as mulheres. — Ele joga a chave nas mãos do Beggo e conclui. — Leva a Cida e a Elaine para casa. Bya vem comigo. Pegamos o carro com você amanhã.

Tento protestar que o carro é meu, e sou eu quem decido se vou dirigi-lo ou não. Nessa hora, outra vez o debochado e enxerido do Beggo se antecipa, impostando uma voz forte como a do Pedro, para provocá-lo.

— Para ser homem tem de falar com esta voz autoritária também?

Fecho os olhos. A mão do Pedro aperta a minha. Faço uma oração breve, para o meu trator não passar por cima do Beggo.

— Pensei que estava lhe fazendo um favor quando dei a opção de chegar em casa ileso. Mas acho que vai acabar pegando carona com uma ambulância.

Cida vê os ânimos exaltados e intervém para o bem de todos. Ela parece conhecer bem os motivos para o Pedro querer me levar. Ficaram de meias-palavras a noite toda.

— Vamos, menino, não deve ser tão ruim assim levar para casa uma senhora cansada e uma princesa como a Elaine.

Puxo o Pedro pelo braço, para não lhe dar chance de contestar. Cúmplice, ela pisca para ele, desejando um bom fim de semana a nós dois.

— Ei? — Chamo sua atenção, ao vê-lo repuxando o lado esquerdo dos lábios diversas vezes. Não sei o que aconteceu com Beggo aquela noite. Ele infernizou a vida do Pedro o tempo todo. — Não liga para ele. Sempre dá um jeito de aparecer quando não é o foco.

— Ele gosta de você?

Sondagem típica de homem desconfiado. Direta e investigativa. Será que preciso desenhar que o Beggo é homossexual? Caso contrário, a Elaine já o teria conquistado, pois é apaixonada por ele. Ela nunca me disse, mas também não precisa dizer. Nos últimos tempos, quando não suspira à toa por ele, simplesmente o desdenha, atitudes próprias de quem está apaixonado.

— Gosta, mas como amiga. — Dou um beijo nele. — Hoje, quando viu você me beijando, acho que quis ser um amigo macho alfa, para mostrar ao garanhão que eu tenho amigos, mas acho que não se saiu muito bem nesse papel.

— Ele teve sorte!

— Sorte tenho eu, por ter você. Mas não se engane: não gostei de dar a chave do meu carro para ele levar as meninas. Eu vim sozinha e poderia muito bem voltar sozinha.

Enfiando a mão no bolso dele, para desmanchar o clima tenso, puxo sua chave, mas não antes de provocá-lo, acariciando seu membro adormecido. Que comece a noite!

— Vamos? — Balanço as chaves seguindo em direção ao seu carro.

— Se a sua intenção não é testar meus limites, devolva a chave, Beatriz — diz ele, sério, e posso apostar que está olhando o meu requebrado.

Finjo indiferença à sua voz autoritária, que mexe com meus hormônios rebeldes, e o provoco.

— Vem pegar.

— Eu não. Você vai me entregar.

— Se eu não devolver... Vai me castigar?

— Tinha outros planos. Mas, se prefere terminar a noite assim...

Abro a porta do carro, paro e o vejo caminhar despretensiosamente em minha direção.

— Outros? Quais, por exemplo?

Estendo a mão, ele não responde.

— Diz! — Quase suplico, imaginando mil coisas.

— Se me devolver a chave, mantenho os planos originais para esta noite. Mas, caso não a devolva, serei obrigado a tomá-la de você e, quando chegarmos em casa... Bom, terei de pensar em um bom corretivo para você deixar de ser tão teimosa.

Seus braços se apoiam nas extremidades da porta aberta, deixando-me presa entre eles. Esse homem exala virilidade e autoconfiança. Deveria ser ilícito ter um olhar penetrante como o seu. Minhas mãos ficam frias, em contraste com o calor que sobe do meu ventre.

— Não sei qual opção me atrai mais — digo, lentamente.

Sua expressão facial torna-se naturalmente sarcástica.

— Estou me superando — afirma ele, seguro. — Esta noite estou concedendo o benefício da dúvida a todos.

O tique charmoso continua lá, do mesmo jeitinho. Gosto de constatar que amo até suas manias. Sua proximidade é suficiente para que seu cheiro invada minhas narinas e me entorpeça.

— Vamos, Beatriz! Estou esperando.

Puxo todo o ar que preciso para abafar o gemido de prazer por estar perto dele. Sinto meu corpo tremer e o encaro, incerta.

— Onde você esteve hoje à tarde?

As comissuras dos seus lábios se contraem em um gesto que parece segurar o sorriso.

— Então é isso? — Seus lábios acompanham seu hálito vicioso aos meus ouvidos. — Está fazendo pirraça para descontar a minha ausência?

— Você pensa muito mal de mim. — Estico o pescoço de lado, curtindo-o roubar minhas defesas.

— Seu problema é que você duvida das minhas boas ações.

— Bom, eu não tenho dúvida nenhuma do que desejo de você. E admito que o quero muito. — Mordo o lábio inferior, pensativa. — Selvagem ou romântico.

Ele joga a cabeça para trás, rindo.

— O que a faz pensar que só tem essas duas opções? Posso ser indiferente a você.

— Claro que sim! — Desencosto do carro e me aproximo do seu corpo. — Mas, para isso, terá de me superar.

Minhas mãos, que há segundos tremiam junto ao meu corpo, movem-se por suas costas, deslizando as unhas.

— Posso ser uma gatinha muito manhosa também, querendo atenção do seu dono. — Ele fecha os olhos quando o lambo atrás da orelha. Falo baixinho, repetindo, sem medo de pecar. Afinal, ladrão que rouba ladrão, no meu ditado, tem uma noite de prazer. — Ou posso ser uma leoa e cravar minhas garras quando estiver gritando o seu nome, enquanto está dentro de mim.

Sem devolver a chave, abaixo-me e passo por baixo dos seus braços. Entro, acomodo-me no banco do carona e, antes que ele entre, acrescento.

— Prontinho, já posso afirmar que estava só querendo ser gentil com você quando peguei a chave. Você também sempre duvida das minhas boas ações. — Sorrio feliz, esperando que ele tome seu lugar diante do volante.

— Então, eu o surpreendi também? — pergunto, esperando ele dizer algo.

Seu olhar pelo rabo de olho me deixa ansiosa. Ele estende o braço longo, e as veias evidenciam o esforço que faz para não me tocar. Seu gesto me hipnotiza e gera em mim a expectativa de sentir aquelas mãos no meu corpo. Mas ele se contém; abre o porta-luvas, pega algo e me entrega.

— Isso é seu. Quando lhe dei de presente, quis simbolizar que você sempre poderá confiar em mim, mesmo que esteja no escuro, também. Mesmo que haja escuridão ao meu lado. E você passou no teste com louvor. Parabéns, minha pupila. Meu próximo presente para você começa aqui.

A máscara de dormir repousa no meu colo. Meu coração dispara.

— Você a pegou nas minhas coisas?

— Em uma noite dessas em que dormimos juntos, você a esqueceu no meu quarto. Então, não fucei nas suas coisas. Ela foi deixada lá.

— Devo colocá-la?

— Só se quiser. Como disse, ela é apenas um símbolo de que, mesmo na escuridão, pode confiar em mim! — Ele sorri e completa, com olhar despretensioso. — Estou bonzinho hoje, dando opções a todos. Mas acho que, se usá-la, será mais emocionante e será como eu planejei.

— Manipulador! — digo sorrindo.

— Linda! — retribui ele, tocando meus lábios com um beijo casto, mas, ainda assim, cheio de promessas. — Pronta?

— Prontíssima.

No som do carro, explode "Mirrors", de Justin Timberlake.

— Você sabe a importância de um espelho, Beatriz? Escolhi esta música para nós.

Conheço perfeitamente a letra. Porém, ouvi-la agora, sabendo que possui um recado tão íntimo e tão especial, tão ligado a nós dois, me arrepia e faz meus olhos lacrimejarem.

Aren't you somethin' to admire
Cause your shine is somethin' like a mirror
And I can't help but notice
You reflect in this heart of mine
If you ever feel alone and
The glare makes me hard to find
Just know that I'm always
Parallel on the other side

Eu o ouço cantando enquanto dirige. Em outra ocasião, retiraria a máscara para admirá-lo. Sua mão encobre meu joelho, e seus dedos pressionam a cada estrofe.

— Pedro! — Tento dizer que várias vezes ouvi esta música pensando nele.

— Ouça, minha pupila, o que meu coração diz.

> *Cause I don't wanna lose you now*
> *I'm lookin' right at the other half of me*
> *The vacancy that sat in my heart*
> *Is a space that now you hold*
> *Show me how to fight for now*
> *And I'll tell you, baby, it was easy*
> *Comin' back into you once I figured it out*
> *You were right here all along*
> *It's like you're my mirror*
> *My mirror staring back at me*
> *I couldn't get any bigger*
> *With anyone else beside me*
> *And now it's clear as this promise*
> *That we're making*
> *Two reflections into one*
> *Cause it's like you're my mirror*
> *My mirror staring back at me*
> *Staring back at me*

Não há dúvida de que se trata de uma declaração de amor. Sei que é mais fácil emprestar atributos a ele do que defini-lo, mas a alegria de ouvi-lo em forma de canção, saber que é assim que ele me vê, faz com que meu coração chore de plena felicidade, assim como cada parte do meu corpo.

Sinto-o estacionar o carro.

— Já chegamos? — pergunto mais como um protesto. Não queria que este momento acabasse, ouvindo-o cantar o quanto sou importante para ele.

— Digamos que o universo e o trânsito de São Paulo conspiraram a nosso favor. Preparada para uma longa madrugada de presentes?

— Está me deixando nervosa. Onde estamos?

Sinto sua presença próxima pelo calor que seu corpo me transmite. O mesmo que sai de dentro do meu coração para minha face. Mas posso garantir que agora não é por timidez. É a paixão que ele me faz sentir.

— Logo verá. Não tire a máscara. — Ele beija meus lábios.

— Pensei tê-lo ouvido dizer que eu tinha opção.

— Isso foi até às 23h59. Já passa da meia-noite. Portanto, hoje decidi não fazer concessões.

Ele abre a porta do carro sem esperar minha resposta.

— Trapaceiro.

Sensível, sigo a orientação do seu braço que me conduz.

— Esta rampa parece familiar!

Sensível a cada passo, sei que estou pisando em algum projeto executado por ele. Conheço suas preocupações com a questão da acessibilidade. Permitir que pessoas com necessidades especiais ou mobilidade reduzida possam ter o direito de ir e vir sem barreiras é uma marca do seu trabalho.

— Ainda não sei onde estamos, mas sei que esta rampa foi ideia sua.

— Sinto-me honrado. — Sua voz denota orgulho.

— Não foi difícil descobrir. Este é um reflexo diário que vejo no seu espelho: sensibilidade e respeito com o próximo.

Uma alavanca de braços me puxa de surpresa e perco o ar. Esse homem pode me deixar de olhos vendados pelo resto da vida, que mesmo assim distinguirei tudo o que vem dele. Seu cheiro, seu sabor, seu toque...

Não posso enxergar, mas sinto o vermelho do fogo que me incendeia, vivo e quente. Isso me incentiva ousadamente a descer as mãos pelo seu corpo, encontrando atrevida seu membro grosso por baixo do tecido. Percebo o sangue todo ali, pulsando e desejando-me. Seu suspiro de satisfação me diz para continuar, embora privada de ver aquele olhar sacana de quando o toco.

— Você é uma caixinha de surpresa, não é mesmo? Quando é que vai parar de me surpreender?

— Nunca seria muito tempo?

Ele desce a mão sobre a minha, e dedilhamos seu membro de cima a baixo, como se buscássemos libertá-lo.

— Perfeito.

Tomada por seus lábios, não o noto abrir a porta. Em segundos, ele prende minhas mãos acima da cabeça e me imprensa entre seu corpo e uma parede gelada; um desejo imenso de tê-lo dentro de mim.

— Se continuar me provocando assim, não chegaremos até seu presente — sussurra ele entre meus lábios. — Hoje, a homenageada é você. — Tento me soltar enquanto ele, com a outra mão livre, saqueia cada parte de mim.

— Devem ter implantado um ímã em você naquele hospital, porque minhas mãos não param de se atrair para o seu corpo.

— Seja lá o que tenha sido, nunca vou retirar.

Languidamente, ele gira meu corpo na parede e sinto um cheiro familiar. Bingo! Agora sei onde estamos.

— Está tentando fazer o teste do sofá para eu ter direito a uma promoção? Isso pode render um processo por assédio, sabia?

— Desminto até a morte! — Ele levanta meu vestido até a cintura e enfia a mão livre entre minhas pernas. — E se o juiz insistir... — sussurra no meu ouvido, deslizando o dedo sobre a renda que encobre minha intimidade intumescida. — ... digo a ele que foi impossível manter-me afastado de você.

Seu dedo me invade sem carícias inocentes, simplesmente bruto e fundo.

— Mas, se quiser ser boazinha com seu chefe, posso lhe dar uma gratificação junto com a promoção.

— Onde assino o contrato?

Seu riso de satisfação o anima. Ele tira o dedo de dentro de mim.

Ele me conduz um passo ao lado direito, para a mesa da recepção. Eu a conheço, e a devassa dentro de mim dá pulos comemorando a oportunidade de realizar uma das várias fantasias que sonhei ter com o Pedro.

— Mal posso esperar para sacramentar esse contrato.

Ele deita meu tronco no tampo de granito gelado, minha bochecha espremida contra a base fria, mas não reclamo, pois o calor que emana dele é capaz de esquentá-la rapidamente. Ouço abrir-se o zíper da calça. Como o anseio dentro de mim! Ouvi-lo cantar que sou seu reflexo me fez querer ser sua para sempre.

Puxando minha calcinha de lado e ajeitando meu quadril na altura ideal, ele se perde com urgência dentro de mim, preenchendo-me lascivamente.

— Creio que haja um novo código de vestimenta na empresa.

Possessivo, sinto-o agarrar e puxar meu cabelo com força, fazendo-me levantar o tronco e aproximando meu rosto do seu.

— O novo código de vestimenta da empresa só lhe permite ficar sem calcinha quando for entrar na minha sala, entendeu?

— Sim. — Atrevida, forço-o com meu quadril a ir mais fundo, sentindo uma dor aguda e prazerosa.

— Isso, Beatriz, boa menina, venha ao meu encontro. Prove ao juiz que aqui jamais existirá assédio sexual! O que há é o desejo puro, simples e consensual.

Obediente, acato suas ordens, sentindo que é impossível não ir ao encontro de cada estocada entre as carnes úmidas que se preenchem a cada golpe. Acho que bati todos os recordes essa noite, já que me sinto contrair desde que ele me tocou pela primeira vez mais cedo. Os movimentos frenéticos e libidinosos de vaivém se intensificam, cada vez mais fundo.

— Terei de incluir um adendo no contrato: você fica deliciosa sobre uma mesa de escritório.

Sinto que vou explodir e implodir ao mesmo tempo.

— Posso não dar conta de todas as atribuições do meu novo cargo.

— Sou seu chefe, Beatriz. Darei um jeitinho de fazê-la conseguir gozar das suas atribuições.

Eu o aperto e sugo de forma cada vez mais intensa, como se meus músculos internos fossem devorá-lo. Uma cócega misturada a uma preguiça prazerosa começa a subir pela minha panturrilha, indo direto para meu ventre.

— E como deverei chamá-lo quando estiver próxima do gozo das minhas atribuições? — pergunto suplicante, quase sussurrando, prestes a gritar de prazer.

— Como quiser, minha arquiteta linda.

Agonizando em êxtase, grito seu nome e, junto com ele, nossos fluidos se misturam, enquanto ele se deita sobre mim.

— Você é o que tenho de melhor na minha vida.

— Você também!

Respirando com dificuldade, selamos um beijo preguiçoso. Não sei quanto tempo ficamos abraçados, envolvidos de carinho.

— Vem! Quero mostrar seu presente.

— Ainda tenho mais presente?

— Digamos que acabamos de nos presentear. Agora, o presente será só seu.

Ele me leva pela mão, explicando que, de fato, estamos no escritório.

Paramos em um ponto. Ele ergue minha mão até uma superfície em alto-relevo.

— O que é isso? Um desenho?

— Diria melhor: um símbolo.

— Acho que meus reflexos têm estado distorcidos por todos esses anos. Você ainda não percebeu que sou péssima em deduções?

— Vamos lá: mais duas chances.

Sua mão cobre a minha juntando meus dedos e deslizando-os por letras logo abaixo do desenho. Circulando-as junto às sílabas, meu coração chora de felicidade e emoção.

Beatriz Eva Torres Machado
Arquiteta

Repito o nome e a função, em meio a um mar de lágrimas que ensopa a venda.

— Parabéns, Beatriz Eva Torres Machado.

A venda é removida. Ainda não consigo decifrar nem entender toda a emoção que sinto. Minhas mãos tremem como se eu sofresse de mal de Parkinson.

Paralisada, admiro tanto a placa com meu nome e minha profissão quanto o símbolo da arquitetura, que, a mim, sempre me sugeriu uma figura erótica exalando uma mensagem sexual subliminar. Ele é composto de dois instrumentos que simbolizam o céu e a terra: um compasso, posicionado de modo a representar o seu traçado circular, remetendo à abóbada celeste, na parte de cima, e um esquadro, como metáfora dos elementos fixos terrestres, na parte de baixo. Da forma como estão dispostos, contudo, parecem representar também dois corpos de frente um para o outro, com pernas abertas.

Para ficar mais erótica, a figura tem no centro um G que remete à geometria, mas, na minha cabeça pornográfica, é como se fosse um homem e uma mulher procurando o seu ponto G.

A sucessão de gargalhadas, entremeadas por lágrimas breves, me cobra um minuto para que eu me recomponha. Pedro se junta a mim, balançando a cabeça e lendo meus pensamentos.

— Cabecinha fértil.

— Desculpe, mas acho que foi muita emoção junta. Obrigada, meu amor, por tudo o que você me faz ser.

— Fazemos. — Ele retribui meu abraço. — Como disse mais cedo no carro, você é meu espelho.

Eu preferia ouvi-lo dizer que me ama, mas, se é assim que ele traduz o que sente, tudo bem.

Ele põe na minha mão uma chave com o laço vermelho.

— Ela é toda sua. Aproveite cada espaço.

Considerando que ficou ausente o dia inteiro e fez um tremendo mistério sobre o tal presente, tenho certeza de que encontrarei atrás da porta muito mais do que um "eu te amo". Por mais que eu esteja ansiosa, não consigo parar de abraçá-lo e enchê-lo de beijos, repetindo que o amo muito.

— A menos que não queira estrear sua nova sala, sugiro que abra logo.

A ideia é ótima, e percebo que ele está mais ansioso do que eu. Outro reflexo que consigo enxergar nele. Seu modo perfeccionista de querer agradar de todos com seus projetos.

Giro a chave e abro a porta. O cheiro de tinta é forte. Todas as paredes pintadas em tom de marfim. No centro da sala, há uma mesa e cadeiras em estilo colonial, combinando com uma estante do chão ao teto e armários de pátina e cerejeira, e, acima da mesa, um lindo arranjo com rosas colombianas vermelhas.

Deslumbrada, ando pelo ambiente passando os dedos pelos móveis, curtindo cada espaço do meu cantinho.

— Uau! Ela ficou linda.

Abraço as mais lindas rosas vermelhas, aspiro a sua fragrância e procuro um cartão ou bilhete.

Uma massa de calor se forma atrás de mim. Meu coração acelera e meu corpo treme.

— Dessa vez, não tem cartão. Preferi dizer olhando nos seus olhos, para que você eternize meus sentimentos.

Giro o corpo para ele. Encontro um homem marcante, com o olhar penetrante.

— Beatriz Eva Torres Machado. — Lânguida e carinhosamente, ele passa seus dedos pela minha face, fazendo-me inclinar o rosto em suas mãos, que se acomodam delicadamente entre meu cabelo. — Você chegou invadindo minha vida, sem pedir licença, devastou qualquer barreira de proteção, como um tornado. Conheceu o melhor e o pior de mim, e hoje não consigo mais me ver sem estar ao seu lado. — Depois de inspirar meu cabelo, fala baixinho. — Seu cheiro é quase como o oxigênio que preciso para viver.

Acho que meu coração para de bater por segundos. Descanso as flores na mesa atrás de mim, jogando meus braços nos seus ombros.

Seus lábios tocam os meus de um jeito casto e delicado.

— Seu sabor é meu desjejum predileto, e você, minha pirralha mimada, transformou-se na mulher mais linda que já vi. É o amor da minha vida.

— Você está dizendo que me ama, Pedro?

— Eu amo você, Beatriz. Com você me sinto forte, sinto ser capaz de vencer qualquer barreira que a vida já me impôs.

— Amo tanto você, Pedro!

— Eu sei disso, meu amor, e é por isso que lhe peço para ter paciência. Ainda temos uma história para vivermos juntos. Nosso amor é capaz de superar todos os problemas e fantasmas que possam aparecer, mas, para isso, precisamos confiar um no outro e dizer sempre tudo o que nossos corações sentem. Não quero viver um amor de mentira. Quero seguir daqui dizendo tudo a você, quem sou, quem fui e onde quero ir. Tenha em mente também que, nesse plano futuro, está incluída a mulher em que você se transformou e que roubou meu coração. Tenha em mim seu porto seguro, sua fonte de desabafo, alguém com possa dividir sua dor mais profunda. Juntos descobriremos a forma para convivermos com cada problema sem transformá-los em dramas irreversíveis.

— Vai incluir isso como um adendo no contrato? — Brinco, feliz e irradiante.

— Não. Este será o desafio de se amar. Aprenderemos a conviver juntos. Não há subordinados nessa relação. Há apenas dois corações apaixonados em busca de um amor sem fim.

— Já disse que nasci para amar você? — digo, violentando seus lábios em um beijo cheio de promessas de amor.

Capítulo 33

Pedro Salvatore

Esticar as pernas e tocar sua pele macia pela manhã acabou se tornando um desafio contra a vontade de ficar na cama.

Ela dorme como um anjo. Fico velando seu sono, ainda querendo buscar dentro de mim um novo jeito de fazê-la escapar do labirinto em que a vida a fez se perder.

Depois das demonstrações de gratidão e felicidade, enquanto explorava sua nova sala, ela se deparou com o brasão do seu sobrenome. Juro que vi em seus olhos a busca pela lembrança do seu passado. Busquei forças no fundo da minha alma para parecer indiferente e não dizer o que descobri nas pesquisas que realizei.

Estava claro que ela teve uma história envolvendo sua família. A notícia não deixava dúvidas. Ela e o pai haviam flagrado a mãe com o amante. Era isso que me intrigava. Será que ela havia preferido bloquear inconscientemente seu passado?

Ela me fez querer pegá-la no colo.

Tão linda!

Mas era injusto acordá-la para satisfazer meus desejos lascivos, depois da noite que tivemos, regada a um ótimo prosecco Donnatella, que abrimos para comemorar sua graduação.

Vou sorrindo para a minha corrida matinal. Aquela moleca me leva a um precipício de emoções. Ela me torna indulgente aos seus encantos, sempre incitando algo em troca. A sem-vergonha me levou no papo quando chegamos em casa. E a culpa de tudo isso foi minha, claro.

Há tempos eu tinha ganhado uma caixa de prosecco de um cliente, proprietário da Vinícola Góes. Eu a estava guardando para uma ocasião especial, e finalmente resolvi abri-la. Era um ótimo momento para um brinde.

Eu sabia do meu limite, os remédios me proibiam de ir além do primeiro gole, mas a Bya... Bom, ela tomou até a última gota da garrafa.

— Chega, Beatriz! Você já bebeu três taças. Está ótimo! — Tentei distraí-la com um beijo para puxar a garrafa da sua mão, que ainda busca se servir de mais uma dose.

— Pedro, você não vai cortar minha comemoração. — Diabolicamente, ela retirou a última peça de roupa, encarou-me e circulou o dedo pelo ventre, estendendo-se lentamente até um dos seios, contornando a aréola rosada. — Eu poderia beber uma adega inteira que nem assim perderia a consciência do dia mais especial da minha vida.

— Especial!?— Curioso, quero agarrá-la e jogar a garrafa no chão.

— Muito especial! Hoje, eu ouvi o homem da minha vida dizer que me ama. Vamos lá, meu amor, deixe-me bebemorar este dia ao seu lado. — Ela abre os braços e roda de felicidade, nua. Seus saltinhos quebram minhas defesas.

Aquele desprendimento em se embriagar, aliado ao meu desejo de agradá-la, torna-me insano.

— Quer comemorar, Beatriz?

Ela sacode a cabeça como uma mendiga de prazer e eu, como um usurpador dos seus desejos, encho a taça novamente, olhando para ela sem perder nenhum movimento seu.

Sua língua contorna languidamente os lábios, sedenta, e, sem soltar a taça, puxo-a pelo braço, trazendo-a até mim.

Vislumbrar o pulsar latejante das artérias do seu pescoço, evidenciando sua ansiedade, e sentir os bicos dos seus seios tocarem meu peito nu e quente como brasa, fez com que meus testículos se atassem em um nó de desejo.

— Então beba com moderação, minha pupila.

Minha ação foi instintiva. Se ela queria beber, que o fizesse sorvendo o líquido borbulhante no meu corpo.

Virei o copo nos meus lábios fechados, e o vinho escorreu pela extensão do meu corpo. Com mestria e gula insana, ela me lambeu e chupou em doses homeopáticas de prazer, saboreando e me enlouquecendo com seu apetite, até a última gota que escorreu sobre meu pênis.

Foi alucinante olhá-la no fundo dos olhos enquanto ela me sugava, apertando-o uniformemente entre seus lábios, tão despudorada e inocente ao mesmo tempo.

Que noite!, penso comigo, ajeitando manualmente a enorme ereção que se forma com meus pensamentos, enquanto corro. Como é difícil tentar amansar um desejo assim quando sua mente manipula tão ardentemente seu corpo.

Ultimamente, pensar nela tem me ajudado a combater as vozes intrusivas, que são como praga; nunca morrem. Tanto que já se manifestam, dizendo-me que devo ir buscar o carro na casa daquele moleque ainda indefinido.

As ameaças dos meus pensamentos se repetem enfadonhamente:

Se você não buscar o carro, não vai ficar bem.

Se você não buscar o carro, não terá forças para voltar caminhando.

Se você não buscar o carro, pode acontecer alguma coisa.

Assim sigo, como sempre cedendo a eles.

No caminho de volta, a música "The Mummer's Dance", da Loreena McKennitt começa a tocar no rádio e eu fico prestando atenção na letra, percebendo como se encaixa ao nosso momento.

Como na letra, em que diz que a vida é um grande baile de máscara, eu vivi dentro do meu silêncio ensurdecedor no qual meus pensamentos me doutrinaram por anos, ditaram regras e instruíram-me a uma razão sem espaço para o amor. Lá conheci o amargo da vida, e agora estou conhecendo o doce.

Essa espécie de dupla identidade com que sou obrigado a conviver fez com que eu criasse barreiras ao que a vida me presenteava de graça, mas, agora, um grito de libertação chamado amor vem se espalhando e aniquilando tudo de mal que me dominou até hoje.

No balanço da vida, aos quais os pesos chegam ao ponto de decisão do futuro, dou graças a Deus ao destino por colocar um anjo na minha vida.

Um anjo em forma de luz que me faz querer bailar na sinfonia do amor.

Um anjo que chegou para dominar e excluir o lado feio da vida.

Um anjo que não se importa com o que carrego de problemático.

Um anjo que me faz sentir diferente e que me faz querer viver e ser feliz.

Meu celular toca anunciando uma mensagem do WhatsApp. Tenho certeza de que é a resposta dela, já que lhe escrevi antes de sair.

Pego o celular e vejo que ela escreveu uma bíblia. Ansioso, ligo a seta para a esquerda, estaciono e leio.

Bom dia! Mesmo sentindo sua falta na cama, adorei acordar com a mensagem dizendo que sou sua dama-da-noite. Só espero que minha fragrância não embriague você somente após às 18h, tendo em vista que é assim o ecossistema de uma dama-da-noite.

A bruxinha tem de colocar uma piada sempre. Respondo.

Já estou chegando. Espere-me. Estou com uma ereção gigantesca e só a atrevida é capaz de fazê-la sentir-se melhor.

Rindo, aperto enviar.

Estou saindo. A atrevida tem manicure marcada.

Xingo-me mentalmente por tê-la deixado de manhã. Se soubesse desse compromisso, teria curtido acordar ao seu lado.

Pedro: Que pena! Estou levando guloseimas que você adora para o café da manhã.
Bya: Não demoro.

Ela pode demorar uma eternidade, que sei que a ereção vai continuar do mesmo jeito. A noite que passamos juntos está muito presente no meu pensamento e na minha alma.

Pedro: O que importa? Ficarei sozinho, mesmo. Eu, minha mão e a enorme ereção que você me faz sentir.

Apelo para a chantagem emocional, sexual.

Bya: Gostei de saber que sou dona da sua ereção.
Pedro: Queria conseguir chegar a tempo de encontrá-la em casa e mostrar o quanto ela a deseja.

Sinto-me um adolescente, adorando provocá-la.

Bya: Onde você está?
Pedro: A caminho de casa, fui buscar seu carro.
Bya: Isso é um mau sinal. Acho que vou ter de desmarcar a manicure. Só me diga: hospital ou cremação?

Como assim? E sorrio quando a ficha cai.

Pedro: Ele teve juízo. Deixou a chave na portaria.
Bya: Não fica bravo com ele. É um menino legal.

Pedro: Menino ou menina?

Bya: Uma menina em um corpo de menino.

Irrita-me ver o quanto ela acredita que naquele jeito dele espontâneo existe um cara atraído por ela. Sou homem e sei muito bem como um homem olha para uma mulher.

Pedro: Não sei se ele já se convenceu disso quando olha para você.

Bya: Para de enrolar. Estou entrando no banho nua e louca para dividir este boxe com você.

Ela tem razão. O que estou fazendo parado aqui, quando ela está nua me esperando?

Pedro: Não ouse sair dele antes de eu chegar. Remarca a hora com a sua manicure porque seu homem está a caminho.

Beatriz Eva

Em meio à bruma do entardecer, sentada em uma pedra no alto da colina localizada no terreno do qual sou proprietária, posso apostar que há mais gotículas de água no ambiente, considerando quantas lágrimas escorrem pela minha face. Choro por não querer sentir a memória dolorida de meu passado se aproximando e muito claramente sinto que não o quero atrapalhando no meu futuro.

Na noite passada, Pedro chegou em casa empolgado depois de uma das suas sessões de terapia. Disse que começava a entender o mecanismo de todos os acontecimentos que nos envolviam. Não poderia julgar as ações do seu pai no passado, quanto aos sentimentos dele por sua mãe. E algo dentro de mim se rompeu quando ouvi a história toda; descobri que minha família o tinha feito sofrer por anos, mesmo que ele me provasse naquele momento que aceitava desculpá-la.

Com sua cabeça no meu colo, assistindo a um filme sem importância, ele se abriu e me confidenciou tudo, coisas que ele nunca tinha mencionado direito, e revelou-se bastante feliz com os progressos feitos na terapia.

— Agora entendo que lutar contra o amor é uma batalha perdida.

— Por que você fala isso?

— Porque cresci odiando meu pai por ele ter abandonado minha mãe. Acho que hoje compreendo melhor, pois o amor que sinto por você me mostra que seria capaz de roubá-la de mim mesmo.

— Para ficar com a minha avó — disse, pesarosa. — Imagino como deve ter sido duro para sua mãe ser traída pelo namorado e a prima que ela acolheu. — Um rancor brotou no meu peito.

— Poderia ter sido qualquer outra mulher. O fato de ela ser sua avó não muda os sentimentos deles. — Ele prende uma mecha do meu cabelo atrás da minha orelha, em um gesto de consolo. — Isso nunca foi relevante para mim. — Reflexivo, ele me encara, silencioso. — Se não fosse sua avó, eu não teria você aqui comigo.

— Que fardo o seu, não é? — Brinco com ele.

— Um fardo muito pesado, porque nele estão contidas as melhores coisas da vida.

Ele levanta a cabeça, enquanto raciocino sobre o que ele diz. Recebo um beijo casto cheio de carinho.

— Como foi sua relação com a minha mãe?

Ele sorri.

— Ela era uma garotinha como eu. Estávamos perdidos no meio de uma confusão. Sempre tentou se aproximar de mim, mas nunca deixei que chegasse muito perto do meu coração. Tinha uma espécie de mantra, de que não era como eles. Meu pai a tratava como uma bonequinha de porcelana, intocável. Mas, comigo, fazia coisas terríveis. Eu via a diferença de tratamento, e me afastava mais ainda. Você sabia que fui eu quem apresentou seu pai a ela?

Ouço contar que meu pai se apaixonou à primeira vista pela minha mãe, mas que lavou as mãos, porque sabia que ela não se prendia a ninguém e vivia trocando de namorado. Nessa hora, dei um beliscão nele, que levantou os braços em rendição, dizendo que só estava contando o que ele sabia. Também gostei de ouvi-lo falar que meu pai foi um amigo especial, que sempre o respeitou por viver calado no seu mundo. E, principalmente, que meu pai era cinco anos mais velho que ele. Assim, não fazia qualquer referência, nem por brincadeira, que tinha idade para ser meu pai. Afinal, só temos quinze anos de diferença.

Também me contou, com lágrimas nos olhos, como seu pai lidava com os seus transtornos, e eu me contive para não chorar e atrapalhar aquele momento de desabafo.

— Então foi justo ser o cupido. Eles arrasaram na produção da mulher da sua vida, hein?

Ele sorri, me chama de modesta e me cobre de beijos e carinhos sensuais.

Agora estou aqui, depois de dois dias tendo sonhos enigmáticos, confusos, indecifráveis, chorando sem sentido, tentando descobrir lembranças do meu passado, esperando por ele, para mostrar a minha surpresa.

Passo a manga do casaco nos olhos e respiro fundo, decidida que não sofrerei mais pela perda da minha memória.

Chega! Eu mereço a felicidade plena. Seguirei a indicação da minha terapeuta e procurarei um colega de trabalho dela que faz tratamento de *brainspotting*, uma área da psicologia. Vagamente ela mencionou conhecer essa nova técnica e está muito encantada. Disse também que ela pode ser eficaz não só para mim, mas também para o Pedro, já que eles tratam do paciente indo direto na causa dos seus traumas.

Sei esperar. E sei que minha missão é resgatar o meu ser e seja lá o que existe por trás de toda essa lembrança. Serei forte e capaz para seguir adiante lidando com o que a vida me deu.

— Quero ver se vocês, neurônios conflitantes, vão desafiar esse tal de *brainspotting*. O nome dá medo, não é? Então, comecem a se preparar para cooperar.

— Hum! — Sou abraçada por trás. — Pelo visto, alguém não está cooperando em alguma coisa.

Viro-me e fico de frente para ele, sorrindo.

— Estava só alertando. Não era uma bronca.

— E posso saber quem é que precisa ser alertado?

— Decidi que vou fazer um tratamento específico para encontrar respostas.

— Isso é muito bom.

— Muito bom! — Insinuante, o beijo. — Muito bom.

— Delicioso! — Ele retribui.

O ar fresco faz com que nos aqueçamos um nos braços do outro. Eu tinha deixado um bilhete para o Pedro, dizendo que uma cliente amiga queria encontrá-lo ali. Acho que mantive a surpresa.

— Que lugar lindo! Amei ver o andamento do seu projeto na portaria.

— Está ficando lindo, mesmo — digo, orgulhosa.

— Pensei que estivesse atrasado, mas vejo que a cliente também está.

Sorri, soltando-me dele.

— Não, Pedro, ela está adiantada.

— A menos que meu amor por você tenha me cegado, já que só tenho olhos para você, o caso é bem sério, porque não há mais ninguém aqui além de nós.

— Alegra-me muito saber que só tem olhos para mim. Também me alegra dizer que seu caso não é tão sério.

Ele me olha, confuso e interrogativo.

— Sr. Pedro Salvatore, apresento a você sua mais nova cliente e fã dos seus projetos: Beatriz Eva Torres Machado, proprietária deste lote de mil metros quadrados.

Estendo a mão para cumprimentá-lo e sou puxada por ele.

— Parabéns! E obrigado por ser fã dos meus projetos.

Empolgada, começo a falar sobre meus planos, sobre o projeto de paisagismo, e, quando levanto a cabeça, vejo que o brilho existente nos seus olhos havia se ofuscado.

— O que aconteceu?

— Nada! — responde ele, mirando o vale escondido sob a bruma.

— Pedro?

— Ficará uma bela casa sobre a colina.

— Aconteceu alguma coisa? Você não ficou feliz.

— Claro que estou feliz por você.

Meu Deus! A ficha caiu. Ele pensa que vou me mudar e viver sozinha.

— Você não tem de ficar feliz por mim. Quero que fique feliz por nós. Quando comprei o lote, estava pensando em nós. Pensando em um cantinho de fuga nosso, para os fins de semana.

— Você não estava pensando em se mudar para longe de mim?

Pulo nas suas costas, sorrindo e enlaçando-o pela cintura.

— Vamos, jumento xucro. Cavalga! — Bato no seu bumbum.

— Olha a boca, Beatriz.

— Não retiro o que disse. Quando se trata das minhas boas ações, você sempre é xucro.

— Ah, é? — Languidamente, ele deita meu corpo sobre a grama úmida e se ajeita entre minhas pernas. Rimos juntos como dois adolescentes largados no chão.

— Gosto mais da comparação com o membro do animal, que é grande como o seu.

— Mula atrevida!

— Você me chamou de mula? — Desvio o rosto quando ele tenta me beijar.

— É teimosa como uma, quando cisma com alguma coisa.

— Deve ser porque o campo nos faz sentir como animais.

Espera aí! Eu conheço essa expressão despudorada.

— Acho que sim. — Sinto seu membro pressionar minha abertura. — Você sabe que animais copulam no meio da natureza, não sabe?

— Para, Pedro! — Tento fugir, fingindo vergonha. — E se passar alguém por aqui?

— Com esse nevoeiro, não sou capaz de enxergar nem onde se esconde o zíper da sua calça, quanto mais alguém nos vir aqui.

— Não é o que está parecendo! — Eu me remexo e dou passe livre para ele abaixar minha calça.

— Animais no cio são perigosos.

— Acho que já sei onde quero construir nosso cantinho de amor.

— O freguês tem sempre razão.

Ele fala isso me beijando e me ama de modo selvagem no nosso cantinho de fuga.

Capítulo 34

Beatriz Eva

Depois de abotoar a tira da sandália que fica encoberta pelo vestido Tiffany verde frente única rabo de peixe, ergo os olhos ao sentir um calafrio na espinha que faz minha pele arrepiar. Sinto que sou observada por Pedro na suíte que ele nos reservou, próximo à praia da Riviera de São Lourenço, onde vai ser o casamento.

— Impossível ficar mais linda! — Ele levanta uma taça e brinda com o ar, uma espécie de admiração orgulhosa e resoluta nos olhos, enquanto ecoa dentro de mim um tremor de excitação. — Eu deixaria todos os seus figurinos com esta cor, se não ficasse linda com todas as outras.

— Tentando me encantar, meu querido e respeitável tutor?

Não deixo de espezinhá-lo sabendo que, dentro de alguns minutos, terei de me comportar apenas como sua pupila.

Pretensiosamente, ele leva a taça até a boca e saboreia a beirada, como faz com meus lábios. Age como se o que acabo de falar não mudasse nada entre nós. Não muda, mas incomoda saber que só poderemos oficializar nosso amor, perante todos, depois do casamento. Ele sabe me manipular, mas se engana se está pensando que não me vingarei dessa besteira de regra que ele estabeleceu.

Embora sejam da mesma cor do meu vestido, seus olhos brilham mais do que o crepe Georgette que visto. Eu entendo a sua posição, e tento reprimir o arrepio que ele me causa. Mas sou traída porque os bicos dos meus seios se intumescem. Cruzo os braços, em uma tentativa de disfarçar; ele sorri ao me ver desconcertada.

— Controle-se, corpo indisciplinado! — reajo, pensativa.

Parece que ele tem o poder de ouvir até meus pensamentos. Eu odeio saber que ele me conhece tanto assim.

— Se está com frio, Beatriz, deveria levar um casaco leve. — Ele pousa a taça sobre uma mesinha e caminha até mim.

— O ar-condicionado está muito forte!

Em meu estado normal, poderia dar mil justificativas. Mas estou longe disso. Sinto-me triste por não chegar de braços dados com ele, sorrindo para todos como uma mulher bem-amada.

Se eu conseguisse doutrinar meu corpo agora, ficaria feliz, porque ele se aproxima de mim cada vez mais.

— Se Marco não fosse meu irmão de coração, não sairíamos deste quarto hoje. E juro que não me interessaria saber o quanto pagou por este vestido, pois eu iria rasgá-lo inteiro e trepar com você até nossos miolos estourarem. E ainda faria muito amor com você até entender e enfiar nessa cabecinha que não estou oficializando nossa relação hoje apenas para preservá-la.

— Faz alguma diferença, hoje ou amanhã? O que isso mudará na vida deles?

— Hoje é o casamento do Marco e da Babby. Não quero transformá-lo em uma arena de luta. Se algum amigo insinuar um A desrespeitoso a você, sou capaz de quebrar o infeliz em dois. Mas isso você já sabe. Agora desmanche este bico, enfie-o entre meus lábios e sinta o quanto estou maravilhado com a sua beleza.

Pedro usa uma bata branca e calça marfim. Um visual que achei bem diferente para a cerimônia, mas, considerando o local, ele parece o caiçara mais lindo de todos os tempos. O amor é engraçado. Sorrio por dentro, pensando que, se ele estivesse apenas de sunga, ainda assim estaria elegante. Sem dizer uma palavra, faço o que ele me ordena. É assim que respondo a ele: dominada por seu amor.

É impressionante ver todo aquele cenário montando na areia da praia. Por onde se olha tem riqueza de detalhes. É tudo muito romântico e moderno. A cerimônia vai ser realizada de frente para o mar, um verdadeiro sonho.

Há duas tendas gigantes montadas abertas, toda decorada com arranjos verdes e flores. Tecidos leves, em meio a bambus e madeira e as folhagens que caem entre eles, encantam a todos, que olham admirados. Os organizadores pensaram em tudo, pelo que me parece. O mar, o vento e a maresia completam o clima romântico, como decoração natural. Mesmo simples, Pedro é quem parece ser o noivo no altar aos meus olhos sonhadores, brilham ao vê-lo parado como sentinela, ao som de "Can You Fell the Love Tonight", de Elton John. Por instantes, permito-me viver a utopia, a fantasia, ou até o devaneio, de que ele está ali, como se me esperando para ser sua para sempre. Sinto meu coração acelerar, e uma lágrima de emoção escorre pela minha face.

Eu odeio esse negócio de fantasia.

Fixamos nossos olhares e consigo ler seus lábios dizerem que sou a mulher mais linda.

A cerimônia emociona todos os convidados. Os padrinhos, a postos no altar representativo erguido na areia, aguardam a noiva. Mais uma novidade, fora dos padrões convencionais e quebrando todos os protocolos, quem entra primeiro é a noiva com seu pai, acompanhados pela música "Can You Free Love". Bárbara sorri para todos, demonstrando que é a mulher mais feliz. Não canso de me maravilhar com cada detalhe do casamento mais lindo que já vi.

Um silêncio celestial parece se abater sobre a praia quando o piano começa a ressoar "Ave-maria" de Gounod, acompanhado de violinos, anunciando a entrada da dama de honra. Que nesse caso é representado por um telão que desce ao lado do altar, apresentando a imagem da Vitória. Sinto um arrepio até o fundo da alma ao ver a imagem dela sorrindo e abençoando a cerimônia. No acorde mais grave da melodia, dois holofotes iluminam uma estrela dourada que surge ao encontro do céu do entardecer.

Só de olhar para o Pedro, sei que ele está muito emocionado. Vejo as lágrimas descerem pela sua face, da mesma forma como em cada convidado. Marco não economizou na emoção e provou que aquele momento estava sendo importante para ele.

Quando parece que mais nada no casamento pode surpreender quem quer que seja, eis que surge o som de guitarras e violões, acompanhado pelo ronco de motores das motocicletas. Tendo à frente dos motociclistas, o noivo, que chega escoltado pelos membros do Motoclube Águias do Asfalto. As motocicletas ficam em silêncio e "Wish You Were Here", do Pink Floyd, começa a tocar para cortejar o noivo até o altar. Lá está Marco, um noivo lindo, na ponta do tapete vermelho, olhando para Bárbara que chora e ri ao mesmo tempo no altar sem acreditar no tamanho daquele amor.

O casal no altar é só sorrisos e lágrimas de felicidade. É contagiante o romance que eles passam a todos. A declaração de ambos é tudo o que um casal — que deseja ter uma vida de companheirismo — deseja ouvir. O Juiz de Paz sacramenta o matrimônio do casal, e os convidados vão às palmas.

Ao final da cerimônia, os toaletes improvisados à beira da grande tenda que leva à recepção são invadidos por bandos de mulheres desesperadas para retocar a maquiagem desfeita pelas inúmeras lágrimas derramadas.

Em uma das saídas, encontro Pedro com o pescoço esticado, olhando para os lados.

— Está procurando alguém? — Chego de mansinho.

— Sim, uma donzela perdida.

Diacho de homem! Ele quer que eu me porte como uma moça direita, mas não para de me encarar e se aproximar de mim! Parece buscar um meio de me fazer jogar em seus braços e beijá-lo.

— Não vi nenhuma donzela em apuros lá dentro. — Tento ser indiferente.

Seu sorriso torto mostra que minha respiração ofegante ao seu lado é tão falsa quanto a minha indiferença.

— Engraçado, porque ela usava um vestido igual ao seu.

— Que estranho... Este modelo é exclusivo. Não creio que ela possa ter a mesma ideia para indumentária. Certamente, nossas personalidades são muito diferentes.

O sorriso debochado aparece novamente.

— Deve ter sido impressão minha, então. Até porque, duvido que uma donzela seja tão orgulhosa quanto você.

— Não gosta de exclusividade, cavalheiro? — Provoco.

— Se eu gosto? — Ele permanece no mesmo lugar, sem desfazer o sorriso do rosto. — Eu exijo exclusividade.

— Cuidado, cavalheiro! Às vezes você pode estar dando armas a uma pessoa vingativa, que certamente saberá usá-las.

— Tente usá-las. — Não sei por que, mas vejo na sua atitude algo diferente do que inicialmente era a distância.

Ele me oferece o braço e põe a mão na cintura. Já imóvel ele me fazia sentir como gelatina. Quando se movimenta de forma sexy, fica ainda mais irresistível. É letal para meus hormônios vê-lo tão perto como está.

— Dá-me a honra de conduzi-la até a recepção? — Sua outra mão se sobrepõe à minha.

A parte mais insana de tudo isso é que a preocupação parece ter mudado de lado: agora sou eu quem fico nervosa de entrar com ele de braços dados.

Meu Jesus Cristinho! Será que a maresia soprou na cabeça deste homem que esse temor de querer me apresentar como namorada para os amigos não passa de uma bobagem?

— A honra é minha! — digo feliz, enlaçando meu braço ao seu.

Pedro Salvatore

Entrar de braços dados com ela na recepção chama a atenção de todos, e posso assegurar que não é por estarmos juntos, mas sim pela linda mulher em que ela se transformou.

Dentro de mim, crepita o ciúme eminente devido à cobiça estampada nos olhos dos homens que se viram para nos encarar.

Várias pessoas nos cumprimentam. Patrícia, amiga da Bárbara, chama a atenção da Bya e pede sua ajuda com alguma coisa que não me atentei ouvir, pois meus olhos, como um falcão, analisam a cada um que a encara.

Mal consigo chegar perto dela na festa, mas meus olhos não deixam de segui-la por onde quer que vá.

Horas antes, eu estava disposto a privá-la de um possível constrangimento quanto aos fanfarrões do motoclube, assumindo-a como namorada. Porém, fui desagradavelmente surpreendido quando, ao entrar com ela, fui chamado de sogro pelos solteiros que aqui estão, além de outras insinuações e brincadeiras.

Foi como um murro na cara.

Nunca fui o pai dela. Se um dia deixei transparecer isso, banquei o idiota.

Quem eu queria enganar quando decidi estabelecer padrões de convivência e aparência diante de todos? Naquele momento, ficou claro o quanto a dignidade de um homem poderia ser alterada a partir da atração que ele sente por alguma mulher.

Fiz ouvidos moucos. Para mim, só me interessava gritar ao mundo que aquela linda mulher de olhar marcante dentro de um vestido Tiffany verde era minha. Somente minha.

Tentei me aproximar dela, mas a noite passou e mal nos encostamos, até que chegou a hora do brinde aos noivos. Para meu desgosto, foi meu momento de pagar mico, em nome da amizade que tenho com Marco. O cara me fez ensaiar com ele, seu sogro, seu pai e seu primo um showzinho para animar a noiva. Ao menos a palhaçada rendeu boas risadas. A falta de coordenação motora do quinteto foi a melhor parte: todos desconjuntados!

Nós, os machões, até aquele momento, tínhamos prometido fazer bonito na apresentação da dança para a noiva. Mas, na hora do vamos ver, ficamos nos entreolhando, querendo desistir, o que só não aconteceu porque o pai da noiva não deixou.

— Que raios de machos são vocês? Enquanto o Marco dança para a noiva, nós vamos atravessar este biombo e seduzir nossas fêmeas. O que estão esperando?

É isso aí!, penso comigo. Vou dançar para minha mulher e, ao final, mostrarei a ela que ninguém no mundo ficará sem saber que ela é minha. E que se danem meus repuxões nos lábios; que vão aparecer porque estou bem ansioso.

Marco é o primeiro a entrar. Eu me encorajo, e os outros só nos seguem. Meus pensamentos me mandam trocar de lado duas vezes.

— Pedrão, seu lugar é do outro lado.

— Eu sei! — respondo para o Rogério, disfarçando o ritual de seguir ouvindo os meus pensamentos intrusivos.

Aguenta aí, amigão. Agora não é hora de se manifestar, ralho com os pensamentos.

"Cryin'", do Aerosmith, invade o ambiente. Bya, linda e com os olhos brilhando, me encara. Sorrio por dentro, pois sei o esforço que ela está fazendo para não gritar como tiete. Principalmente quando meu corpo balança no refrão, no passo que ensaiamos, e meu olhar está como meus lábios cantando a estrofe somente para ela.

> *It's down on me*
> *Yeah, I got to tell you one thing*
> *It's been on my mind*
> *Girl I gotta say*
> *We're partners in crime*
> *You got that certain something*
> *What you give to me*
> *Takes my breath away*
> *Now the word out on the street*
> *Is the devil's in your kiss*
> *If our love goes up in flames*
> *It's a fire I can't resist.*

A música termina, bem como nossa obrigação de continuar o show; todos aplaudem, mas mal consigo ouvir as ovações. Só desejo agarrá-la e beijar aquela boca que ficou mordendo os lábios durante toda a canção. Quando vou descer do pequeno palco, o pai do Marco me puxa para um abraço, rompendo a sintonia. Vejo a expressão de desgosto que ela faz, por eu não ter ido até ela antes, mas que culpa eu tive? Quando eu e Marco estávamos na faculdade e éramos parceiros inseparáveis, mesmo fazendo cursos distintos, o velho foi um amigão para mim.

— Pedrão! Você e o Marco são um orgulho para mim.

— O senhor que foi como um tio para mim. Nem sei como agradecer as barras que segurou para me ajudar.

De um assunto, ele puxa outro. As pessoas, quando bebem, tendem a se soltar mais e, por algum motivo, grudam em nós como cola. Acho que o sr. Jordano está em um desses dias. Sua alegria por casar o filho que já passou por maus bocados é evidente.

Controlo minha ansiedade e acabo perdendo-a de vista. Depois, vasculho o ambiente com os olhos e a vejo dançando no meio de um emaranhado de homens, que babam como lobos. Sinto-me perder a cor por um momento. Patrícia e Bárbara me olham cúmplices, levantando a taça em um brinde, parecendo se divertir com a situação. Quando essas mulheres se juntam, parecem formar um exército de provocações.

— Porra! — xingo, exaurido de ter paciência com as "vingancinhas" daquela moleca. Tenho certeza de que está entregue ao deleite da cobiça dos amigos da noiva só para me provocar. Uma vontade imensa de puxá-la pelo cabelo e arrastá-la pelo salão faz arder o fogo dentro de mim.

— Disse alguma coisa?

— Nada, sr. Jordano. Apenas pensei alto.

Seu olhar segue o meu.

— Vai lá, Pedrão! A menina está quase laçando você para se juntar a ela.

— Imagina! Ela parece estar se divertindo.

— Se não estou precisando mudar o grau dos meus óculos, acho que estou vendo o contrário.

Com um tapinha nas costas, ele se afasta.

Minhas têmporas latejam e minha boca se enche de um gosto amargo ao vê-la tão lindamente fazer um rio com a baba dos bobões aos seus pés.

— Calhordas! Vão procurar mocinhas se afogando em outro mar. Essa pequena já tem salva-vidas.

Saio abrindo caminho de qualquer jeito até ela, sem pedir licença e sem enxergar mais nada à minha frente.

Sem hesitar ou pedir, seguro a mão que ela tem estendida enquanto dança e a puxo. Giro-a nos meus braços, até que fique com o corpo colado ao meu.

— Cuidado com a proximidade, meu querido tutor! As pessoas podem achar que você está com segundas intenções.

Eu a travo mais forte no braço e inclino a cabeça para falar diretamente ao seu ouvido.

— Andou bebendo, Beatriz?

— Pelo que sei, sou maior de idade. Posso decidir sobre meus atos e sou responsável por eles. E você, Pedro, é responsável pelos seus?

Minha voz ainda é calma se comparada ao turbilhão de sentimentos que essa pequena provocadora desperta em mim.

— Você verá o quanto sou responsável por eles. — Eu a solto dos meus braços e a deixo de frente para mim.

Outra música começa a tocar e eu a puxo novamente, só que, dessa vez, prendo sua cintura no meu braço.

Sinto-a tremer sob a pele e, pela sua respiração, sei que a peguei de surpresa. Vamos falar sério agora, minha pupila, chega de provocações.

A melodia nos envolve, e nossos corpos seguem o embalo, juntos e colados, sem regras, apenas concisos no vaivém do balanço sugerido pelo ritmo latino.

— Já dançou bachata, Beatriz?

— Nunca, mas sou uma boa menina. Aprendo rápido.

— Não se preocupe com a coreografia. — Minha virilidade evapora pelos poros. — Apenas sinta a música e deixe meu corpo bailar com o seu.

Desço as mãos pelas laterais do seu corpo e a conduzo, fazendo-a rebolar o quadril, esfregando languidamente nossas pelves. Um passo à esquerda e a tenho como desejo grudado a mim. Ela responde esplendorosamente.

— Acho que você está me enganando.

Ela requebra perfeitamente, como uma latina. Parece que nasceu dançando bachata e destinada a me seduzir com seu corpo que se encaixa ao meu.

— De jeito nenhum. Você que é um excelente professor.

— Na dança da vida, não existe professor. — Circulando os quadris unidos, ela acompanha o ritmo. — O que existe são dois parceiros na mesma sintonia.

— Então estamos na mesma sintonia?

— Foi o que pensei, até ver o show particular que estava dando para alguns espectadores.

Por um instante ela tenta se afastar para me provocar, mas desiste assim que percebe a óbvia futilidade da sua tentativa com meu aperto. Arredia, curva a cabeça pelo meu braço como um passo coreografado e consegue desvencilhar-se com o corpo, ainda segurando minha mão. Provocante, acompanha a batida da música e requebra os quadris movimentando seu ventre, como uma dançarina árabe na tentativa de seduzir seu sheik.

Minha!, repito mentalmente inúmeras vezes. Adoro seu gingado.

Ela vacila por um momento e consigo rodopiá-la trazendo-a para perto de mim. O duelo dos nossos corpos que se provocam me leva a nocaute, transbordando sensualidade. Quero seu traseiro roçando em mim e não hesito em virá-la nos meus braços novamente como uma boneca, brincando com a música.

Selvagem, sinto-me dentro de um oásis paradisíaco de um conto erótico, no qual apenas o instinto animal fala por mim, e que se dane a plateia que nos observa.

Amparo-a pelos quadris, segredando no seu ouvido.

— Ouça-me, Beatriz, nunca mais se afaste de mim! — profiro as palavras como um desejo. Mas ela é teimosa e as interpreta como uma ordem.

— Mandão! Foi você mesmo quem não me quis por perto.

Brincalhona em seus movimentos, ela rodopia na minha vacilada de braço e aproveita o tom alto da música para abusar da sua flexibilidade, curvando-se para trás em um *cambré*. Adoro quando ela é ousada.

Se ela quer assim, não hesito e relaxo um pouco meu braço que a sustenta, flexionando-a um pouco mais.

— Vai enjoar, Beatriz, ou se arrepender por me permitir ser seu?

Forço o braço que a ampara trazendo-a lentamente até ficarmos cara a cara. Enquanto isso, minha mão disponível trilha um caminho que vai do seu ventre até a garganta, a qual empalmo levemente para que ela ouça o refrão da música, olhando nos meus olhos.

Pois preciso de uma garota que sempre esteja ao meu lado!

Posso sentir seu corpo se incendiar. Sorrio satisfeito por ela responder tão desejosamente a mim. Essa mulher é dona de todos os meus "talvez".

Respondendo no bailar como se fosse um duelo, ela entreabre as pernas e encaixa a minha perna entre as suas, esfregando inocentemente aos olhos dos que nos assistem, mas queimando minha coxa que sente o calor da sua abertura.

— Nasci para ser sua, Pedro! E não aceito menos.

A palavra que define a beira do colapso luxuriante ao qual ela me leva é sequestro.

É isso que tenho vontade de fazer: sequestrá-la e deixá-la no meu cárcere privado, nua e disponível para mim, pelo resto da vida.

— Na dança, nossos corpos podem improvisar para onde querem ir, mas na vida, não. Então, tenha em mente: eu não improviso. Eu decido que quero você!

A vontade de penetrar meus olhos nos seus é um golpe para minha mente, desde quando a vi pela primeira vez. E esse foi o primeiro indício que a vida me deu de que estarei enlaçado a esta mulher.

Os acordes musicais vão silenciando e nossos corpos bailam na mesma frequência, igualmente desacelerando, mas mantemos os rostos colados e o passinho lado a lado.

— E o que acontece quando a dança termina? — Ela vasculha uma resposta com seus olhos negros, encarando-me por instantes.

Com a mão atrás de sua cabeça, puxo-a para perto dos meus lábios, quase sorrindo de satisfação com o seu olhar de espanto.

— Quando termina e você entende que nada é mais importante na vida que sua parceira, você pressiona a tecla "dane-se o mundo" e a beija.

Inclino a cabeça e a devoro vigorosamente, com um rugido alto no peito, apresentando-a a todos como a mulher da minha vida. Aplausos gerais nos envolvem, mas não me importo, porque ela corresponde a mim. Faz-me querer mais.

Puxando o fôlego, ela ri.

— Por um instante, pensei que as palmas eram para nós.

Olho para o lado e vejo todos voltados para os noivos que cortam o bolo.

Capítulo 35

Beatriz Eva

Estou indo para a minha terceira sessão de *brainspotting*.

Quando fui à primeira consulta, estava convencida de que visitar um profissional novo nem mudaria a minha impressão, nem resgataria a memória aprisionada no meu labirinto cerebral, no qual os neurônios se divertiam com o meu esquecimento.

Logo no início o dr. Daniel explicou que o *brainspotting* era um tratamento que dependia muito de mim. A base do tratamento seria ajudar o meu cérebro a se autorregular de uma forma mais adaptativa. O foco era a identificação e o processamento das redes de memória que dão base às dores físicas e emocionais.

Na hora, pensei: *mal sabe ele que sou uma desmemoriada.*

— Este é o problema. Estou aqui porque perdi a memória depois de um acidente.

— Quando falo de rede de memória, Beatriz, quero dizer que trabalharemos as memórias pré-verbais que, de alguma forma, interferem na sua forma de lidar com o presente. Vamos estimular seu sistema nervoso, sua autorregulação, e, com isso, fazer se expressarem nas suas reações fisiológicas. Buscaremos ativar as estruturas do cérebro reptiliano nas respostas instintivas. Assim poderemos conectar com essas redes de que estou falando.

Algo dentro de mim queria provar que ele estava errado. E assim foi.

Sem pausa para ponto e vírgula, resumi meu presente derramando sobre ele tudo.

— Beatriz! Eu entendo que você traz um sofrimento grande. Você já falou desse sofrimento diversas vezes. Pelo que contou, isso ajudou bem pouco. Então eu quero ajudá-la de outra forma, por outro caminho.

Eu não sabia que caminho era aquele, mas, da forma que ele falava, parecia fácil.

— Queria que você percebesse mais o seu corpo quando se lembrar das coisas, sem precisar falar tanto e entrar em detalhes. Esse caminho você já buscou, e neste momento, acho que você pode ir além.

Naquele momento, pensei: *o que meu corpo tinha a ver com aquilo?*

Fiz como ele orientou. Quer dizer, até tentei. Mas era difícil pensar e prestar atenção no meu corpo ao mesmo tempo.

Tudo era muito novo.

O *brainspotting* era novo.

Cada vez que seguia suas orientações, eu me desconcentrava com vontade de rir. Sentia um nervosismo como se eu não quisesse encontrar uma resposta. E acho que minhas respostas fisiológicas, conforme ele citou, acabaram me entregando.

— Entendo que, por ora, o que estamos fazendo não tem sentido, mas tente se conectar mais com o seu corpo, Beatriz.

Juro! Estava começando a entrar em sintonia com a sessão.

— Beatriz, hoje nós demos um grande passo. — Ele abriu a agenda e me encarou. — O que acha de nos vermos na quinta-feira, às 17h?

Terminou a sessão? O que era aquilo? O homem não tinha falado nada! Só me pediu para perceber as respostas do meu corpo. Que indicação era aquela que a minha terapeuta havia passado? Meus pensamentos uivavam de raiva por eu ter pagado uma consulta na qual o profissional nada disse de útil. Algum poder ele devia ter, mesmo, porque pareceu escutar essa ideia que ecoava dentro da minha cabeça. Então, resolveu explicar.

— Quando você chegou aqui hoje, percebi que precisava se apresentar. Seus olhos e sua linguagem corporal estavam frenéticos, não se aquietavam em momento algum. Por isso, Beatriz, daqui para diante, nossas sessões serão orientadas por mim, se você preferir. Como disse, imagino o peso que carrega, mas no *brainspotting* trabalhamos de uma forma diferente. Você me parece armada e eu acredito que esse comportamento já deve tê-la protegido diversas vezes. Mas, ao mesmo tempo, há um outro lado seu, que acredita na mudança. Então, podemos pedir a ajuda dessa sua esperança para validar a importância de seguir esse caminho com segurança e cuidado.

Sem chance de me defender, confirmei a próxima consulta.

Cheguei em casa contando para o Pedro que não estava muito segura do *brainspotting*, mas que tinha aceitado o desafio de continuar por mais uma sessão.

E a próxima consulta chegou.

Eu me aconcheguei na cadeira e o doutor tratou de logo inverter os papéis.

— Bom, Beatriz, na nossa primeira sessão ouvi o que você estava me trazendo. Hoje vamos entrar de forma mais direta no *brainspotting*. Por gentileza, ponha estes fones de ouvido. Você vai escutar uma música bilateralizada. E tente se concentrar nesta varinha à sua frente.

Ele estendeu o objeto diante de mim. Fiz uma análise mental.

Ameaçador!, sorrio por dentro.

Comporte-se, Beatriz, e obedeça ao psicoterapeuta, ou esta varinha vai cantar na sua língua.

— Todo trauma, Beatriz, é uma retraumatização. Quando falo de trauma, refiro-me a uma rede de memória de funcionamento traumático. — Tento argumentar, mas ele continua. — Nas nossas sessões, vamos trabalhar essas redes incluindo seus aspectos pré-verbais, o que eles causam no seu sistema nervoso e como isso se expressa no seu corpo.

Lá vinha ele falar de memória novamente.

— Imagine que você é uma bola de neve descendo junto com uma imensa avalanche e, para se salvar, precisa encontrar o núcleo mais profundo desse processo.

Pronto! Agora eu era uma bola de neve? Já tinha sido comparada a muitas coisas, mas a uma bola de neve, nunca. Como mulher, aquela comparação poderia acabar com a minha autoestima.

— Entendo que você já fez muita terapia verbal. Só que aqui tudo será diferente.

Rancoroso! Ele se lembrou de que eu disse não acreditar muito em terapia.

— Aqui você não vai falar nem imaginar que eu tenho a obrigação de entendê-la. Vamos usar a fala, sim, mas como uma forma de autocura do seu cérebro, e é por meio dela que vamos trabalhar suas sensações.

Quer dizer que vou pagar para ele não me entender, e ainda serei obrigada a me ajudar sozinha? Muito fácil para ele, não é?

— Pode me explicar um pouco melhor? Fiquei um pouco confusa.

— Nossas sessões serão potencializadas por meio de sua autopercepção e sua auto-observação a partir de uma posição ocular relevante que vai estimular seu cérebro a buscar uma nova autorregulação. Entendido?

— Entendi! — menti. Não tinha entendido direito, aliás, quase nada, mas estava gostando de saber que não precisaria me esforçar para lembrar algo que eu não conseguia.

Houve alguns minutos de silêncio arrastado, até que ele interrompeu.

— Na sessão anterior, você disse que estava em um passeio com seu namorado quando sentiu algo próximo ao pânico. Pode me descrever como foi isso?

Novamente, não entendi aonde ele queria chegar, mas tentei me desarmar e, por um minuto, relatei o que pude. Claro que pulei as partes eróticas.

De repente, tive uma espécie de epifania.

Percebi que eu estava em um ambiente completamente seguro, sendo tratada por um profissional sério, que buscava me ajudar a encontrar soluções para o meu problema. Por isso, eu poderia me permitir falar de peito aberto. Resolvi ir mais a fundo e me vi dentro d'água novamente, sentindo todo o pânico, com um tremor pelo corpo, um medo apertando meu peito me fazendo faltar o ar, como estivesse tendo um colapso. Neste instante, ouvi a voz do dr. Daniel. Ele me dizia para entender tudo o que meu corpo trazia e que o deixasse externar o que aquilo representava.

— Beatriz? De zero a dez, quanto você se sente ativada por esta lembrança?

— Dez.

— Onde você sente esta ativação mais presente no seu corpo?

— Na garganta e no peito.

— Concentre-se onde você sente esta ativação.

Minha garganta pareceu se fechar cada vez mais, incapaz de deixar sair qualquer som ou entrar qualquer resquício de ar.

Sem forças para gritar, sentindo uma bolha travando minhas cordas vocais, surgiu na minha mente a imagem de um carro.

— Socorro! — Consegui emitir, como um pedido de ajuda.

— Isso, Beatriz! Permita a seu corpo se expressar.

Eu queria sair dali, mas a tranquilidade com que ele falou me transmitiu segurança para continuar sentindo tudo aquilo.

Era uma sessão diferente. Posso dizer que, no meio do caos, algo estava me libertando e dando passagem para começar a perfurar a bola de neve.

Junto com o carro prata, apareceu outra imagem.

— Eu também consigo ouvir o som de água corrente.

— Continue se permitindo ouvir. Tampe seu ouvido esquerdo e depois o direito. Veja em qual dos dois o som parece ser mais forte.

Fiz o que ele me pediu, e a sensação de ouvir mais nitidamente concentrou-se no ouvido direito. Deduzi que a imagem seria talvez de um carro caído dentro de um rio, mas era tudo muito confuso.

— O que você percebe agora?

— Muita confusão de pensamentos e imagens.

— De zero a dez, como está sua ativação?

— Três ou quatro.

— Qual parte do seu corpo você sente mais tranquila ou segura? Entre em contato com esta sensação, feche seus olhos por um minuto e foque sua atenção nessa sensação positiva.

Dr. Daniel conseguiu me tranquilizar e, antes de eu me dar por mim, a sessão terminou.

— Quando podemos nos ver novamente?

Olhando para a agenda, o dr. Daniel curvou levemente a boca, mostrando que havia ficado satisfeito com a sessão, tanto quanto eu. Saí esperançosa da consulta, mesmo sentindo a agonia daquele dia.

Otimista com o progresso da lembrança, mesmo sem saber o que significava, dividi a experiência com Pedro, que me esperava do lado de fora do consultório.

Jantamos juntos. Eu estava feliz, radiante, mas, mesmo no meu momento de êxtase, não deixei de reparar que ele estava muito preocupado comigo. Parecia querer me contar algo, mas se mantinha sempre hesitante.

Na manhã seguinte, depois de acordarmos enlaçados em nosso melhor bom-dia sensual, enquanto estava deitada no seu peito, recebendo um afago no cabelo, ele disse algo que não sai da minha cabeça.

— Minha pupila, estou feliz por vê-la empolgada para mais um *brainspotting*. Os progressos desse tratamento têm feito muito bem a você.

— Muito mesmo — concordo com ele.

— Espero que não se afaste de mim, independentemente do que aconteça.

— Não vou me afastar. — Levanto a cabeça e viro os olhos para ele.

— Eu sou o seu presente, Beatriz, e não me interessa qual foi o seu passado. Entendeu?

Respiro fundo e ouço a secretária do dr. Daniel me chamar.

— Então, Beatriz, como foi a sua semana?

— Animadora para vir aqui.

Vejo surgir um sorriso satisfeito no dr. Daniel.

— O que acha de voltarmos a ativar as lembranças da última sessão?

— Acho perfeito!

— Quero que se sinta segura. Saiba que está em um ambiente seguro. Estou aqui sintonizado com você, e vamos buscar um ponto ocular para ajudar seu cérebro. Isso é o que chamamos de sintonia dual, ou seja, relacional e neurobiológica para potencializar sua experiência interna.

Presto atenção em tudo o que ele diz, e cada vez mais me sinto segura para a nova sessão.

— Hoje vamos ativar sua posição ocular relevante por meio da varinha. A ideia da autorregulação é o ponto-chave da terapia para sua autocura. Tudo bem?

Concentro-me na música bilateral que motiva minha aura na melodia da paz que ela transmite.

— Tudo bem!

— Sente-se ativada para começar?

— Sim.

— Beatriz, você consegue se lembrar da água batendo no carro?

— Desde que essa memória voltou, não esqueci um só segundo.

— De zero a dez, quanto está presente agora?

— Cinco — respondo honesta; lembro da imagem, mas, diferentemente da última sessão, não sou invadida por um turbilhão de sentidos.

O processo de ativação se repete e, a partir daí, começo a sentir tudo presente outra vez, intensificando-se a cada ativação. Sinto o lado esquerdo mais vivo e mais claro, mais perceptível aos olhos.

— Ótimo, Beatriz. Então vamos começar com o olho de maior ativação? Ponha estes óculos.

Ele me entrega um par de óculos transparentes, no qual há um tampão no lado direito. Assim, o olho esquerdo fica livre para acompanhar a ponta da varinha.

— Beatriz, conecte-se com a lembrança que surgiu. Preste atenção em como seu corpo responde a isso e siga com os olhos o movimento da varinha.

O objeto se move lentamente da direita para a esquerda; eu o acompanho atentamente com o olho livre e, conforme ele vai chegando ao lado esquerdo, começo a experimentar uma sensação de estranheza e mal-estar. Penso em desviar daquele ponto de desconforto irracional, mas o terapeuta me chama a atenção.

— Fale-me, Beatriz: qual é o ponto que mais incomoda você?

— O esquerdo — digo prontamente, tentando me livrar da sensação de angústia.

— Veja onde incomoda. Mais para cima ou mais para baixo? — Ele movimenta a varinha.

Sem dúvida, incomoda-me olhar aquele ponto para baixo, mas não sei por quê.

— Este ponto é muito desconfortável.

— Centralize este ponto, Beatriz. Sinta seu corpo e veja aonde ele vai levá-la. Não esqueça que estou aqui. Permita que seu corpo se expresse.

Com o olhar fixo no ponto e perdida no meio do nada, sinto lágrimas brotarem. A dor no peito vem forte e inesperada como uma pancada; por um instante, a água some.

Meu coração acelera.

Inicialmente penso ouvir vozes na música ao fundo, mas elas se desvirtuam. Então, percebo que é apenas um efeito acústico.

— Não entendo. Estou ouvindo vozes distorcidas, mas, dentro de mim, elas parecem familiares.

— Deixe que surjam, Beatriz. Perceba-as; é o que seu cérebro quer expressar.

— Elas parecem familiares. Tenho a impressão de já tê-las ouvido.

— Siga mais um pouquinho. Veja aonde isso leva.

Minhas mãos tremem tanto e temo que possam me desconcentrar. Sinto a boca seca e lágrimas instintivas descem pela minha face. É uma espécie de *déjà-vu*.

A paisagem de uma estrada passa como um flash.

— Parece que estou em um carro em movimento — traduzo a imagem em palavras.

— Concentre-se nessa imagem. As vozes pararam? — pergunta o doutor.

— Não! — respondo. — Elas estão ficando mais audíveis.

— Permita-se ouvi-las nitidamente. Deixe acontecer.

E elas vêm.

Eu não o mandei vir atrás de mim. Já disse que o que aconteceu na Espanha foi passado.

A tremedeira das minhas mãos se estende pelo meu corpo. É como se um nascimento fraternal me envolvesse, junto com a saudade. São as vozes dos meus pais.

Não mandou? Você quer me enganar! Esse jardineiro, que não tem nem casa para morar, conseguiu dinheiro, sozinho, para vir atrás da amante no Brasil?

Não sei como ele conseguiu nos encontrar. Nunca mais falei com ele.

Você mente como sua mãe. Você trai as pessoas à sua volta, que nem ela. O que podia esperar de você?

Pare de gritar comigo! Falamos sobre isso no hotel! Beatriz não precisa saber dos nossos problemas.

Então agora você tem respeito pela sua filha? Tarde demais, não acha? Esqueceu que todos nós a flagramos engalfinhada com o jardineiro?

Eu já pedi perdão a ela.

A imagem da minha mãe chorando vem à minha mente.

Apavorada, não consigo dizer nada a ela. Meu pai dirige em alta velocidade.

Você não sabe o que é ser perdoada. Você é egoísta! O perdão não tem o poder de acabar com o seu egocentrismo. A sua vaidade não sabe o valor do perdão.

Na minha memória, vejo meu pai gritando com minha mãe, seu braço se inclinando no banco enquanto fala.

Ouço meu pai chorar enquanto dirige desgovernado.

Fico tonta.

Tudo começa a girar.

Não quero me lembrar. É forte, dolorido.

— Vejo a dor. Sinto a dor.

Um clarão de dois faróis gigantes vem à minha mente.

"Pai!", grito, alertando-o.

Ouço nitidamente o estrondo do metal sendo raspado no asfalto e vejo meu corpo sacudido para todos os lados. Essa é a última imagem que consigo resgatar na minha memória.

— Não! — grito, quando a realidade cai por terra e percebo que não estou vivendo um pesadelo. Pois a realidade é dura e crua e me aniquila com a dor do luto.

— Eles estão mortos. Mortos! Eu perdi meus pais.

Sinto-me destroçada. Deixo-me possuir por uma tristeza profunda. A amargura e o desgosto trancados no meu peito se libertam junto com as lágrimas. Minutos se passam.

— Beatriz? — Ouço a voz distante do dr. Daniel. — Estou aqui com você. Deixe as coisas surgirem. Posso ajudá-la a continuar a experiência com um pouco mais de distanciamento, de leveza.

Inerte, não consigo responder.

— Dê-me um sinal se pudermos continuar dessa forma ou se eu puder ajudá-la a se distanciar um pouco. Tente se concentrar na parte mais relaxada do seu corpo.

Essa viagem para resgatar a memória me desgastou completamente. Como posso me concentrar em alguma parte do meu corpo, quando, em cada terminação nervosa, sinto tensão e dor?

Não sei quão longe estive, e muito menos o quanto minha memória conseguiu resgatar.

Por enquanto.

Só sinto a dor.

Pedi tanto aos céus para me lembrar dos meus pais. E agora?

Sinto que fui atendida, mas, junto, veio um lembrete informando-me de que não será fácil encarar a realidade.

— Beatriz! Quando eu contar até três, você vai respirar fundo e se concentrar na sua respiração.

Faço como ele diz, limpando os olhos com um lenço de papel que não sei como veio parar na minha mão.

— Como você está?

— Vou sobreviver.

— De zero a dez, qual é a sua ativação?

— Cinco.

Não convencido, ele faz mais alguns testes para ver o meu distanciamento. Vejo-o afastar a varinha, e eu praticamente saio da zona de ativação.

Falamos um pouquinho, agradeço seu auxílio e marco a próxima sessão.

Mecanicamente, pressiono o botão do térreo no elevador, ainda sem compreender como toda aquela informação vai mudar minha vida.

A caixa de metal vai descendo os andares, e dentro de mim sinto um vazio, uma carência. Preciso de um abraço forte a cada segundo em que a realidade vai se aproximando. Xingo-me mentalmente por ter dito para Pedro que não precisava me acompanhar.

Como não?

Ele é do que mais preciso agora.

O elevador sinaliza ter chegado ao térreo. As portas se abrem, e lá está o homem da minha vida, sentado na recepção do prédio, atento à minha chegada. Os braços escancaram-se para me receber, e é para eles que corro com toda a minha bagagem de dor nas costas. Sinto o calor, a segurança, o carinho. Ele me abraça transmitindo conforto, bem-estar e proteção.

O aperto é tão forte que literalmente me sinto mais segura para enfrentar o que vier daqui para frente.

As lágrimas que derramo têm a dor da saudade, por saber que os abraços paternais que muitas vezes recebi quando criança, quando me machucava, me esfolava, ou me magoava, nunca mais existirão.

Sei que já vivo sem eles há alguns anos, mas, para mim, é como se somente hoje a ficha tivesse caído, com a recuperação das minhas lembranças.

— Vai ficar tudo bem. — Os lábios dele beijam minha cabeça.

Seu abraço é terapêutico.

Cientificamente, não sei se foi comprovado ter o abraço algum poder de cura, mas é junto ao Pedro que, eu sei, conseguirei suportar a dor que me dilacera.

— Eu sou o seu presente — ouço-o dizer enquanto inspiro o seu cheiro.

O cheiro do meu porto seguro.

Capítulo 36

Pedro Salvatore

Seu silêncio me dilacerou. Porém, mesmo sem palavras, segui o destino que me pediu.

Tinha a impressão de que ela havia conseguido recuperar ou resgatar algo na memória.

Eu queria comemorar, girá-la no ar. Mas sua postura angustiante não me motivou a seguir em frente. Muito pelo contrário: eu estava ali sem saber o que dizer.

Quando ela realizou aquele ritual de despedida para os pais no Parque do Ibirapuera, consolei-a porque sabia o tamanho da sua dor. Era um luto enrustido, mascarado pela sua falta de memória. Seus olhos estavam perdidos no vazio, diferente de hoje, que vejo, entre lágrimas, fixados em um ponto.

Ao seu lado, sentados na grama que envolve um dos lagos do parque, seguro minhas mãos para não abraçá-la, e mordo meus lábios para não beijá-la, tentando sugar toda a sua dor. Cerceio seus braços com as pernas dobradas. Não é fácil vê-la assim, tão vulnerável, mas entendo que precisa viver essa experiência para poder seguir em frente.

Minutos.

Horas.

Não sei o tempo exato. Só sei que estarei ao seu lado o tempo que for necessário para que ela se sinta melhor.

— Você viu o acidente?

Sinto meu coração sair pela boca. Sua memória voltou?

— Não. E não conheço os detalhes, minha pupila. Só sei o que foi descrito pela seguradora.

— Você não esteve no local? — Estranho sua voz em dúvida.

Que pergunta é essa? Já contei a história toda para ela.

— Não, minha pupila. Só fiquei sabendo do acidente no hospital. — O apelido carinhoso sai naturalmente, tento abraçá-la para confortá-la e ela reage, dura feito pedra.

— Como você chegou até lá? Nunca soube direito toda a história.

— Se não soube de nenhum detalhe, foi porque não quis ouvir. Eu já contei tudo, mas posso repetir. Estava em uma festa de *réveillon*.

Ela me interrompe. Olho para ela e vejo seu rosto inclinado encoberto pelo cabelo.

— Isso eu sei. Quero saber como você entrou na história.

— Beatriz, não sei exatamente o que quer saber. Você pode ser mais clara?

Tiro as mechas que encobrem seu rosto. Ponho-as atrás da orelha. A seguir, viro-o com o polegar para o meu. Quero enxergar sua dúvida dentro dos seus incríveis olhos negros. Nunca fugi das respostas e não será hoje que farei isso, sabendo que ela necessita ouvi-las.

Chorando copiosamente, ela debruça seu corpo nas minhas pernas esticadas.

Meu Deus, o que está acontecendo com essa mulher?

— Lembrei-me do acidente e como aconteceu. Por que Deus os tirou de mim?

— Eles cumpriram sua missão aqui. Agora estão em outro plano.

Bruscamente, ela se levanta do meu colo, e seus olhos se voltam para mim.

— O quê? Você acha que uma vida na Terra pode ser marcada por uma traição, por causa de uma missão?

Lembro-me da matéria que li na internet. Pelo jeito, sua memória voltou com todas as forças. Levanto os ombros, bancando o indiferente, tentando não fazer dessa lembrança algo mais duro para ela.

— Não sei, Bya. A vida tem seus mistérios.

Ela enrubesce. Parece que algo a incomoda.

— Se você soubesse que minha mãe traía meu pai, sabendo que minha avó traiu sua mãe, você ficaria comigo mesmo assim?

Ela pergunta como se fosse uma doença contagiosa.

— Estou com você, não estou?

— Está por que não sabia que carrego a traição no meu DNA.

— Beatriz, olhe nos meus olhos. — Ela me evita, e então uso meu jeito de ser. Seguro seus braços firmemente e a ponho de frente para mim. — Há poucos dias, quando estava procurando na internet o brasão da sua família, acabei descobrindo uma matéria sobre seus pais. — Não entro em detalhes. — Por isso, não venha me questionar se o seu passado influenciaria algo sobre o que sinto por você. Já disse que sou seu presente.

— Por que não me mostrou a matéria?

— Porque você nunca se interessou em procurar. Ela sempre esteve lá. Você vive nas redes sociais, navega por todos os sites, mas não teve curiosidade de descobrir nada sobre a sua família. Eu é que não seria o enxerido a dizer.

— Então a culpa é minha por você omitir que sabia do meu passado? — Suas palavras são acusatórias e seu semblante revela indignação.

— Não estou dizendo que a culpa é sua. Só não venha querer mascarar sua dor descontando em mim. Tenha em mente que serei forte como um bárbaro para protegê-la. Não medirei esforços e não terei remorso em derrubar qualquer problema que venha aparecer na sua vida. — Seus olhos se arregalam com o meu tom seco. — Meu amor que nasceu por você é valente, e não há passado temeroso que o acovarde.

Tinhosa, ela não reage à minha declaração.

— Como eu ia imaginar que haveria uma matéria sobre a minha família na internet?

— Talvez você não tenha se interessado em saber. — Baixo o tom de voz em uma sutil acusação.

— Dói tanto saber quem sou. Você tem razão: acho que eu não quis descobrir sobre o meu passado.

Meu coração se aperta por um momento, mas me mantenho firme. Beatriz precisa de apoio e alguém forte ao seu lado agora, não alguém que lamente junto seus problemas do passado.

— Se você não aceita quem é, então é só o sofrimento que conseguirá.

— Sempre fui tão omissa com as minhas opiniões... Teve uma época em que me trancava no quarto para não ouvir as discussões intermináveis dos meus pais e, hoje, sou tão expansiva, digo tudo o que sinto e penso.

— Tente achar o equilíbrio sendo as duas coisas. — Tento brincar para quebrar o clima. Não quero que se lembre do que fazia mal para ela como seu pior. Acho que consigo o objetivo, pois nos seus lábios enrugados pela dor aparece um leve sorriso.

— Engraçado. — Ela deixa cair os ombros. — Muitas vezes, pensei em fugir deles e hoje eu queria que estivessem aqui para abraçá-los.

— Todo jovem tem seu momento de rebeldia. Não deixe as feridas oprimirem a saudade que você está sentindo. Para vencer suas hesitações do passado, corte o que lhe faz mal, e o resto sairá junto.

— Você faz tudo parecer tão simples...

— Nada é simples. Há coisas que me fazem mal, também. Mas, depois que conheci você, ao longo desse tempo em que estamos juntos, tenho me dado um minuto para tentar ser melhor, horas para me superar e uma vida para querer ser incrível para você.

— Desculpe-me! Hoje na terapia, foi tudo tão real... As palavras do meu pai não saem da minha cabeça. — Ela passa os dedos pelo cabelo. — Não quero que aconteça o mesmo comigo. Jamais vou trair você, Pedro! Jamais.

Ela me abraça forte, duro.

— As pessoas não são iguais. — Sinto que ela é sincera ao falar. — Tente não pensar nisso.

— Como não, quando é só isso que tenho na minha mente? Minha última lembrança deles, brigando no carro porque minha mãe trouxe o amante para o Brasil. Meu pai sempre foi um homem incrível. Trabalhava muito, passava dias viajando, mas sempre dedicado à família. Não entendo por que ela o traiu. Era uma mãe maravilhosa.

— Só ela poderia responder isso. Não a julgue. Não agora, que seu coração está dilacerado.

— Não entendo por que ela não ficou na Espanha com ele. Meu pai lhe deu essa opção. — Percebo que ela tem a necessidade de repetir em voz alta a recuperação das suas lembranças. — Meu pai organizou uma festa sur-presa para ela quando completaram 18 anos. Ele estava tão feliz! Convidou todos os amigos. Havia um jardim imenso na minha casa. Lá era o primeiro lugar onde parecia que estávamos criando raízes. Pela primeira vez, em anos morávamos em um país por mais de um ano. Não consigo lembrar exatamente por quanto tempo, mas acho que durou quase dois anos.

— Não se cobre tanto — digo, percebendo seu enorme esforço.

— Não ficávamos mais do que um verão em cada país, e esse era um dos motivos de brigas dos meus pais. Enfim, a festa estava linda. Posso dizer que mais linda que a minha de quinze anos, que teve somente meus pais e alguns poucos convidados. — Ela ri. — Minha mãe convidou pessoas que mal conhecíamos, porque só estávamos na Turquia há dois meses! Conse-gue imaginar? Parecia uma festa de conto de fadas animada por figurantes que desfilavam pelo evento. Mas, para mim, tudo era lindo.

Ela mistura as histórias, e eu a deixo no seu tempo. Sei que o processo está sendo importante.

— Diferente da minha, a festa que o meu pai preparou era romântica. Havia biombos espalhados pelo jardim nos quais ele montou painéis de recordações deles. Na entrada da festa, tinha um manequim com o vestido que minha mãe usou no primeiro encontro.

"Ele guardou o vestido e nunca mostrou para ela, que teve uma surpresa, claro. Havia fotógrafos espalhados por todo lugar. Meu pai queria registrar tudo. No telão da festa, passava um filme em tempo real sobre o evento. Ele queria guardar as imagens dos convidados, mas não sei como, de repente, no meio da filmagem... Apareceu minha mãe atrás de um biombo. — Ela respira e conclui. — Aos beijos com o jardineiro que trabalhava para nós. Aquilo foi um escândalo. Em menos de 24 horas estava estampado em todos os jornais."

— Imagino como deve ter sido pela matéria que li.

— Meu pai afastou-se do trabalho durante dias, enclausurou-se no escritório e decidiu voltar para o Brasil. Eu não tinha dúvida: queria voltar com ele, e foi aí que minha mãe pediu perdão. Queria voltar também e passar uma borracha no passado. Acho que chegamos aqui duas semanas antes do Natal. Foi o Natal mais estranho da minha vida. Eles pareciam desconhecidos um para o outro e, de repente, fizeram as pazes. Naquela noite, havia um espaço em um clube que a empresa reservou para os executivos e suas famílias. Lá, meu pai viu uma mensagem do amante da minha mãe dizendo que a esperava para um encontro no seu hotel aqui no Brasil. Então, acabou a festa e a vida deles, pois meu pai, transtornado com a situação, acabou perdendo o controle do carro, e o resto da história você já sabe.

— Lamento muito por tudo o que aconteceu. Teremos uma vida inteira para sabermos do seu passado. Mas agora vamos para casa, ou o monstro que está roncando na sua barriga vai sair para me torturar por não alimentá-la.

O carro está estacionado a alguns metros de onde estamos sentados. Calculo mentalmente a distância que terei de carregá-la. Não hesito em jogá-la nos meus ombros. Ela contesta dizendo que não está com fome, mas finjo não ouvi-la. Não digo nada, nenhuma palavra até o carro.

Abro a porta e a deixo sentada no assento.

— Deixa-me cuidar de você, minha pupila, como você merece ser cuidada.

Antes de fechar a porta, dou um beijo casto nos seus lábios. Conheço-a um pouco para saber que minha missão não vai ser fácil. Ela vai tentar me afastar com medo de me magoar, mas não vou lhe dar a mínima chance de sonhar com essa possibilidade.

Beatriz Eva

Há dois dias que reflito, e a cada minuto, uma lembrança nova vem à minha mente.

Na manhã anterior, Cida me entregou um pacote.

— Sr. Pedro saiu mais cedo dizendo que você estava com dor de cabeça. Não quis acordá-la, mas deixou algo para você.

— Ele tem sido o meu chão — confesso em voz alta.

— Esse rapaz vale ouro. Por quatro vezes, tratou de organizar a entrega do seu presente. Primeiro, ele deixou em cima da mesa junto com um bilhete; depois, voltou e pediu para eu entregar. Insatisfeito, voltou novamente e disse que achava que o presente na mesa seria melhor. Eu já estava indo lavar a roupa quando ele retornou e disse que seria melhor eu entregar o presente, pois, se você não o visse sobre a mesa, não haveria surpresa.

Pedro e suas manias!, penso comigo, e sorrio enquanto leio o bilhete.

Memórias registradas são emoções revividas cada vez que são lidas.

PS.: Tire o dia para você.

Curiosa, rasgo o papel. É um lindo diário.

Até tento tirar o dia para mim, mas sozinha não me sinto bem. Cida é uma ótima companheira, mas ela tem seus próprios afazeres, e eu não consigo ficar à toa.

Na verdade, acho que ainda devo um pedido de desculpas para o Pedro de forma civilizada. Não sei o que me deu. As palavras do meu pai para a minha mãe, sobre ela e minha avó, me fizeram surtar. E mais uma vez o Pedro segurou a barra. Além de ele estar sendo um bom companheiro, tem aguentado meu negativismo de forma passiva. Quer dizer, não tanto, ele sabe ser duro quando quer.

Muito duro.

Suspiro. Resolvo me arrumar, decidida a sequestrá-lo para ter uma tarde com ele, ainda me lembrando da noite anterior.

— Você acredita que uma mulher que só conheceu um homem na vida pode vir a se interessar por outro homem algum dia?

— Se o homem em questão não satisfizer todas as suas necessidades sentimentais e sexuais, acredito que sim.

A resposta me deixou irritada naquele momento. Então ele achava que, se não me satisfizesse completamente, eu seria capaz de traí-lo?

— Com quantas mulheres você já se deitou? — Tentei soar indiferente. Não sei que relação aquela pergunta tinha a ver com o meu passado, mas agora era tarde. No fundo, eu não queria saber mesmo quantas poderiam ter passado pela vida dele.

— Você quer saber com quantas mulheres eu já transei? — Ele virou os olhos para cima, como se estivesse contando, e isso me deixou ainda mais irritada. — Muitas! Nem saberia o número exato.

— Tantas assim?

— Sim! — Ele confirmou como se respondesse a uma pergunta simples, como quantos chicletes tinha mascado na infância.

— E você acha que isso é ser um garanhão?

— Bya, não queira respostas que sabe que não as darei. Tive muitas mulheres, todas antes de conhecer você.

Parado na porta da suíte, ele se despiu e puxou a cueca pelas pernas musculosas. Naquele instante, parei de pensar ou querer contestar, e, quando reativei os pensamentos, não ajudou em nada, pois, diante de mim, estava uma massa de corporal encimada por um sorriso satisfeito de me ver sem reação.

— Pare de pensar, Bya. A vida não tem graça sem alguns dragões.

— Engraçadinho. Está chamando as mulheres que teve de dragões?

— Jamais faria isso! É uma frase de *Harry Potter e o Cálice de Fogo*. — Ele ri ao tocar sua ereção no instante em que cita o objeto.

Entrei na brincadeira.

— Hum! Quem hesita em punir aumenta o número de abusados, como dizia Publílio Siro.

— Quer me punir, Beatriz? — Ele me provoca triunfante, mordendo os lábios. — Tire a roupa e venha cumprir sua missão.

— Não, agora quero tomar banho.

Na verdade, só queria ter coragem de perguntar novamente, se ele acredita em mim. Era uma insegurança boba, mas eu precisava ouvir essa confirmação da sua boca.

353

— Não precisa tomar banho para me punir. — Ele fingiu dar um passo em minha direção. E pronto! Tive de me encostar no armário do quarto para me escorar. — Como já disse, basta se despir.

— Você tem um jeito especial de mudar de assunto, não é mesmo?

— Qual era mesmo o assunto? — Ele encurtou a distância e me senti acuada. Não tinha mais forças para perguntar.

— Não lembra? Você disse que dormiu com muitas mulheres — menti para tentar arrumar um meio de falar.

— Eu pareço um homem que viveu a vida inteira no celibato? — Bandido! Ele inspirou meu pescoço e roubou meu ar, defraudou minhas forças e ainda minou minhas defesas.

Se eu inspirasse um pouco mais de ar, meus seios intumescidos encobertos apenas pela leve camiseta seriam capazes de tocar seu peito nu. A fúria que me dominou quando começamos a conversar se evaporou com o clima. Aquele homem tinha me marcado, e eu não me imaginaria um dia poder ter olhos para qualquer outro que não fosse ele. E, mesmo que isso remotamente pudesse ocorrer, ele passaria por cima de qualquer um como um trator.

— Beatriz, nunca jogue suas raposas duvidosas no meu covil de lobos. — Suas mãos agarram a bainha da minha camiseta e sua boca ficou perto o suficiente do meu ouvido para que eu entendesse que o que ele estava falando não era uma ameaça, e sim uma certeza sobre onde eu queria chegar. — Seja direta. — Encarou-me e pude sentir sua respiração quando ele puxou a camiseta pela minha cabeça em um piscar de olhos. — Não gosto de meias-palavras.

Eu poderia beijá-lo pela proximidade. Acuada por seu olhar, fiquei mais excitada do que imaginava.

— Sabe? Então me fala.

Ofegante, consegui desafiá-lo, e isso foi a minha morte. Sua boca engoliu a minha até eu não distinguir quem era quem. Ele não parou ali. Sua boca desceu trilhando os lábios com a ponta da língua por toda a extensão do meu corpo, até parar no botão da minha calça que ele abriu com os dentes, puxando com brusca eficiência.

Ajoelhado diante de mim, seu ato de submissão revelou-se uma forma de dominação. Suas mãos abaixaram o cós da minha calça junto com a minha calcinha, formando com elas uma espécie de tornozeleira que garantiu minha imobilização.

Um simples sopro foi capaz de me levar à rendição.

— Não tenho medo de nenhum outro homem na sua vida, e sabe por que, Beatriz? Porque nunca entro em uma disputa do que já é meu e, se tiver que provar a você todos os dias da minha vida, eu provarei. — Seus dedos me abriram, e sua língua me mostrou que eu só era dele, como também seria por toda a vida.

Respirei fundo olhando para o espelho, feliz por ter aquele homem na minha vida. Uma tarde simples de passeios entre namorados nos fará bem.

Capítulo 37

Beatriz Eva

Brincamos de flertar no trânsito, enquanto Pedro desfila imponente como um deus do asfalto, virando pescoços por onde passa: olhares cobiçosos das mulheres, admirados dos apreciadores de moto. Aproveitamos cada cruzamento e farol para nos paquerarmos.

Ele está me seguindo de moto até a porta do escritório, onde marcamos com o Beggo e a Elaine para deixar o carro com eles. Nenhum dos dois tem carro; então emprestei o meu.

Passaremos o fim de semana como todos os outros, trabalhando no nosso cantinho. Às vezes, eles nos acompanham. Quando estão sem carro, como agora, vou na garupa com o Pedro, e eles nos seguem no meu veículo.

Beggo e Pedro são nosso divertimento, a hostilidade entre eles é para lá de engraçada e contraditória. Enquanto se engalfinham nas opiniões, trabalham juntos como parceiros, na mais pura sintonia.

Desde que recuperei a memória, Pedro tem feito de tudo para me provar que sou amada por todos ao redor. Sei que ele fez um esforço danado para se acostumar com a presença do Beggo entre nós, o que me proporciona uma zona de conforto que evita que qualquer fantasma do passado venha me assombrar.

Pedro acha que o Beggo ainda não definiu sua sexualidade. Diz perceber a briga interna que trava para não olhar na direção de um traseiro feminino gostoso, quando passa perto.

Conclusão: discórdia de opiniões a todo momento. Só que eles mal percebem que estão se tornando amigos.

Vejo o quanto Pedro o incentiva a voltar a estudar e até lhe ofereceu um estágio no escritório se ele quiser se comprometer.

Elaine está feliz trabalhando conosco e já até reabriu a matrícula no curso, motivada pela forma como o escritório vem se desenvolvendo. Estamos mais próximas a cada dia, e ela até confidenciou que gosta do Beggo. Eu preferi não opinar sobre seus sentimentos.

Aprendi uma coisa sobre o amor: não adianta o mundo ir contra; se o coração quiser viver uma paixão, isso vai acontecer, independentemente das circunstâncias.

Os operários foram muito rápidos na entrega da nossa casa de campo. Todo o serviço — alvenaria, marcenaria, partes elétrica e hidráulica — foi concluído em quatro meses. Essa é uma das vantagens de se estar no ramo da construção e trabalhar com as pessoas certas.

O custo ficou um pouco acima do que previamos devido à crise atual do país e ao aumento absurdo do preço de material de construção. Por isso, decidimos colocar a mão na massa juntos. E agradeço aos meus amigos que volta e meia vieram nos ajudar.

O projeto paisagístico está quase pronto. Prometi que, deste fim de semana, não passa.

Já a pintura... Essa tem história e marcas registradas nas paredes e em nossas almas. Um rolo de tinta nunca foi tão abusado eroticamente.

Enquanto espero o semáforo abrir, olho para ele montado todo-poderoso na sua nova R1. Penso que esse homem é gostoso de qualquer jeito, até com um rolo na mão. Seus movimentos ao pintar as paredes eram perfeitos, por vezes senti uma inveja branca por não ser todas elas.

Uma vez não aguentei o arrepio que sentia do dorso até a nuca, excitada como nunca. Tentei distraí-lo, mas ele logo percebeu minha intenção quando baixei até o balde de tinta.

— O que foi? — indagou, com um riso no canto dos lábios.

— Nada... — Essas reticências sempre me denunciaram.

— Parece que esse lado não está muito bom — disse, com um olhar que me deixou acuada e, ao mesmo tempo, com a boca cheia d'água. Quando o vi se aproximar de mim com aquele rolo na mão, escorrendo pingos de tinta no piso, marcando uma espécie de caminho para o que seria o destino do meu prazer, escorei-me na parede. — Será que esse lado da parede precisa de uma atenção especial? — perguntou, tateando a superfície enquanto ali no canto eu me entocava. Pernas trêmulas. Coração acelerado.

— Acho que sim. — Baixei os olhos, buscando fugir. Dessa vez, o braço dele esticou-se por cima de minha cabeça. O cheiro do seu suor misturado com seu perfume me fez suspirar, e ele notou.

— Está quente aqui, não? — *Faça-me de sua parede*, pensei.

— Esquentando cada vez mais. — De repente a mão dele desce até o meu rosto e ergue meu queixo.

— Parece que aqui também.

— Sim — sussurrei, sentindo sua língua trilhar um caminho até meu colo.

— Ui! Pegando fogo!

— Muito! — O rolo que estava na outra mão agora estava prestes a realizar meu sonho e tornar-me sua parede. Levantou minha blusa com um olhar penetrante, roçando a pontinha em mim.

— Que pena! — falou. — Parece que, sem querer, sujei seu umbigo. Quer que eu limpe?

— Por favor — sussurrei, ofegante.

Largou o rolo de tinta no chão sem respeito algum. Colocou minhas mãos para cima dizendo:

— Não se mexa. Vou limpar tudinho. Eu sou tão desastrado...

Desceu lentamente, roçando seus lábios por mim até chegar ao meu umbigo, onde senti sua língua me sugar.

— Pedro... — chamei sem esperanças, pois aquele cômodo da casa ficou com mais uma das nossas assinaturas de pintura.

Nem os banhos gelados da ducha ao lado da piscina escaparam. As desculpas de nos lavarmos na área externa, para não sujar os banheiros de tinta, foram regadas de muito amor lascivo.

Ele buzina, para me alertar que o semáforo abriu, e o sigo.

Estaciono o carro em meio aos meus pensamentos e lá estão Beggo e Elaine, animados, lindos e amarrotados, nos esperando.

— Aonde vocês vão arrumados desse jeito?

— Não vamos, amiga. Estamos voltando.

— Onde passaram a noite?

Cúmplices, trocam olhares. Não sei por que, mas acho que tem algo no ar.

— Não marcamos às 7h? — Beggo desconversa e, carregando uma caixa com bebidas, com a mochila nas costas, aproxima-se do carro.

— E que horas são? — Pedro olha no relógio. — Agora, 7h05! Está reclamando por que atrasamos cinco minutos?

— Não sei não, Bya — diz Beggo, desmunhecando para apimentar a provocação em cima do Pedro e guardando a caixa no porta-malas. — Estou achando que é melhor você comprar um relógio novo. Esse cuco está começando a atrasar o passarinho.

Olho para a Elaine e mordo os lábios para não rir.

— Preocupe-se com seu filhote de andorinha perdido no tempo. Meu falcão atrasa o horário porque come a caça antes de sair do ninho.

— Pronto! Começou nosso dia. — Cumprimento Elaine.

— Acho que o dia mal começou. — Ela retribui o abraço.

— Cachaça, vinho... O que é isso? Vai trabalhar ou dar uma festa? — Ouço Pedro perguntar para Beggo.

— Enxerido você, hein? Digamos que farei as duas coisas.

— Mas não vai mesmo! Hoje vamos subir no andaime para envernizar o beiral do telhado. Se beber, não chegará nem perto. Ficará sujando as unhas de terra ajudando as meninas.

— Cruzes! A pé no barro aqui é a Bya.

— Não quer sujar a unha ou está com medo das minhocas?

Antes que o clima fique mais alterado, intervenho.

— Minhocas e andaimes nos esperam. Vamos embora?

O sol não perdoa, tanto quanto as ervas daninhas. Um e outro nos castigam o dia todo. No segundo caso, haja disposição para arrancar todas elas, que, em uma semana, invadiram os canteiros onde se reproduzem feito minúsculos coelhos assassinos.

Enquanto rastelo as folhas, presto atenção a Elaine, que chega a fazer poemas às daninhas, enquanto limpa um canteiro de maria-sem-vergonha. Seu olhar não me engana e não é reflexo das plantas. Ela está mais... Sem-vergonha do que as plantas, e eu decido cutucá-la.

— Aonde vocês foram ontem?

— Quem? — responde, aérea, e eu, conclusiva, não tenho dúvida: aconteceu alguma coisa na noite passada.

— Quem, Elaine? Você e o Beggo!

— Fomos à casa do Pablo, um amigo latino do Beggo.

— Era alguma festa? — Investigo despretensiosamente.

— Só alguns amigos, bebidas, risadas, danças e... — Ela para e parece sonhar.

— E? — Uma comichão me corrói por dentro. Pode parecer intrusivo da minha parte, mas sei que tem algo a mais.

— Só isso — diz ela, rindo.

— Bom de assunto esses amigos, imagino.

— Falamos pouco.

— Pouco? E o que fizeram o resto da noite?

— Dançamos. E...

Vou fazê-la engolir esse "e".

— E?

— Transamos.

— Vocês o quê?

— Isso que você ouviu.

— Todos?

— Não! Eu, o Pablo e...

— E?

— O Beggo.

— Você quer dizer: o Pablo transou com vocês dois? É isso?

— Sem sermão. Pode ser? Porque, se for para dizer um A, paro de contar. E para de olhar para o andaime. — Só então percebo para onde estou olhando, surpresa, e ela me repreende. — Não quero que o Beggo saiba que te contei.

— Não digo nada. — Simulo passar um zíper na boca.

— Continua rastelando, mas vira o rastelo para o outro lado. Se eu vir você fazendo cara de espanto, não conto mais nada.

— Nada vai me espantar — minto, é claro.

— Acho que bebemos demais.

— Não tenho dúvida.

— Nem comecei a contar, e você já está me julgando?

Levanto a mão e o rastelo cai.

— Rastelando, vamos.

— Mandona, hein? Mandou assim ontem à noite também?

— Shhh! Trabalhando.

Rindo com ela, abaixo para pegar o cabo do rastelo, mas não deixo de olhar para o andaime e ver os meninos trabalhando.

— O que não faço por uma fofoca?

— Não é uma fofoca. É um segredo, e você prometeu. — Aceno afirmativa, e ela começa a contar. — Bom, nós estávamos em um bate-papo animado, rindo de tudo e dançando um pouco. Os amigos do Pablo são ótimos dançarinos de kizomba. Foi ficando tarde. Todos saindo um depois do outro, até que no fim ficamos só nós três.

— E daí?

— Queria tirar uma foto para mostrar o quanto fica feia com cara de curiosa.

— Estou quase roendo as unhas aqui, isso sim. Para de enrolar e conta logo.

— Eu decidi ir embora. Beggo estava um porre, implicando comigo a noite toda porque estava dançando, mas o Pablo pediu para eu ficar mais um pouco, disse que eu tinha um gingado gostoso, que seria uma ótima parceira de dança, blá-blá-blá. Que eu precisava sentir um pouco mais a música e então, sem ao menos esperar, ele disse algo para o Beggo e me pediu para dançar com ele. Daí chegou perto de mim e disse: "Você é muito sedutora dançando, sabia? Acho que nasceu para bailar kizomba." Do nada, soltou uma frase que me arrepiou inteira: *Usted es una tentadora.*

Pensei que aquilo não estava acontecendo. Como assim? Nunca vi esse cara! Ah, mas o que sabemos, afinal? Nosso olhar não dobra a esquina. Senti-me tentada pelo olhar dele, que no mesmo gingado apanhou um lenço, o enroscou fortemente entre as mãos, me encarou em um tom que parecia súplica, perguntou se podia me vendar.

Eu simplesmente disse que sim. Queria mesmo compreender a razão de minha resposta. Meu corpo era pura erupção. Minhas mãos jaziam frias. Quando aquele lenço tapou meus olhos, engoli em seco todo o orgulho e os bons modos, ciente de que estava cruzando uma barreira. Quando ele deu o nó, senti que havia perdido o controle daquela situação. "Gosta assim?", perguntou mordiscando a ponta de minha orelha enquanto suas mãos iam atracando minha cintura. Ronronei uma resposta afirmativa, já atônita.

Depois a mão dele passou por cima dos meus seios naquele balanço de vaivém. Seu corpo grudou ao meu. Entremeou a mão pela nuca até minhas madeixas, puxando levemente contra ele onde fiquei emparelhada com seu rosto. Perguntou se eu conseguia imaginar como era deliciosa dançando. E disse: "Sabia que estou excitado só de encostar meu corpo com o seu? Está gostando? Sinta."

Dou uma tossida e chamo a atenção da Elaine. Ela parece ainda estar presa na noite.

— Você deixou um estranho vendar seus olhos?

— O que tinha de mais? Beggo estava lá, esqueceu?

— Não, mas é um tanto estranho um cara pedir para você dançar de olhos vendados com ele.

— Já vi que ficará sem saber o final.

— De jeito nenhum. — Jogo o rastelo de lado. — Se não vai terminar, vou agora subir naquele andaime e perguntar para o Beggo que raio de amigo é ele que entrega as amigas aos leões. Ou ele me conta ou eu o jogo lá de cima.

— Você vai ficar quietinha onde está.

— Ah, não vou mesmo. — Finjo dar um passo. — Vai contar o final?

— Vou, mas chega de interrupções.

Então ela volta a contar. Sua narração dos fatos é tão real que posso sentir as batidas da música. Pelo que fala, o tal do Pablo tem um gingado latino sedutor e a levou aos céus em seus braços. Sem contar que ela repetiu as palavras que ele disse no seu ouvido.

— "O que você acha que o nosso amigo está fazendo neste momento?" No começo, não entendi bem a pergunta, mas ele deve ter percebido e respondeu: "Enquanto estamos aqui acasalando nossos corpos nesse jogo ardente de sedução, vejo o Beggo se tocando sem reservas, nos contemplando." "O que será que ele quer?", indaguei, aflita. "Shhh! Pergunta errada, *muchacha*." Qual seria a certa?", falei em um tom de súplica. Agarrou mais forte meu queixo e arfou em meu ouvido: "Será que você está pronta para entregar-se como ele quer?". Agora o vulcão entrou de vez em erupção. "Não sei", hesitei, louca. "Quer dançar entre nós dois?". A devassa que há em mim expandiu seu poder bélico. "Quero", respondi.

Novamente tenho de interrompê-la.

— Que nojo! Dá para parar de fazer esta cara de quem está no cio?

— O que posso fazer se ainda sinto meu corpo em erupção?

— Vamos. Termina de falar. Estou ansiosa para saber onde o Beggo entrou nessa história.

— Em mim, você quer saber, não é?

Rimos juntas, e ela continua.

— Sentir seus corpos aquecendo minhas entranhas foi algo inesperado e aprazível ao mesmo tempo. "Quero descer sua blusa", pediu Pablo. "Quero tirar sua saia", rogou Beggo. Eu gritava por dentro: "Quero ficar nua de vez!". O toque manual quádruplo em meu corpo consumia toda a minha seiva. O tato sempre me excitou, mas o balé daquelas mãos latinas me levou à lua, de onde eu pretendia não mais voltar. "Vamos jogar, *corazón*?", perguntou Pablo. "O quê?", respondi, completamente domada. "Cada vez que você acertar de quem é a mão que está lhe tocando, recebe um beijo". "E se eu errar?" "Uma mordida bem safada, aceita?". "Sim". Os dois me deixaram por um instante, mas podia senti-los em volta de mim. Imaginava seus rostos. Suas volições. O primeiro toque foi delicado. Sorri, burlesca, mordendo o lábio inferior. Ele subiu lentamente até minha coxa, onde um tapa estalou com a ordem: "Quem é?". "Beggo!", disse sem pensar. "Errou! Sou eu, Pablo!". Uma mordida fina levemente doída foi deixada no meu bumbum. O segundo toque foi nos meus seios, um beliscão nos meus mamilos com certa força. "Quem?". "Pablo!". "Errou de novo! Beggo!". Então veio o terceiro toque, duas mãos tateando todo meu corpo.

Ela joga o corpo para trás. E para de falar.

— Fala, mulher dos infernos! — ralho.

— Bya, o Beggo estava tão excitado...

Minha vontade é gritar e perguntar se é assim que ela quer conquistar o Beggo, mas me contenho. A história está muito excitante e confusa ao mesmo tempo. Acho que o Pedro está certo. O Beggo ainda não definiu qual é sua orientação.

— Quando dei por mim estava nua entre eles, e os detalhes ficam para a sua imaginação. Só digo que, por mais sedutor que o Pablo fosse, é o Beggo que tem o Picasso. Ele dominou a situação e não me permitiu sentir mais prazer pelo Pablo do que por ele.

— *Carácoles!* — É só o que consigo dizer.

— Bya?

— Oi!

— Você disse que não ia olhar para o andaime.

— Sim, eu disse. E, como sua amiga, digo também que é melhor você ir se refrescar, porque os meninos estão vindo, e você não está parecendo nada bem.

Ela vira o rosto para trás e se levanta fazendo um alerta.

— Bya, você prometeu. Não esquece.

— Não vou falar nada — digo, tranquilizando-a. Mas esquecer, nem com outra amnésia seria capaz.

Termino de juntar as folhas, deixando tudo preparado para o plantio amanhã cedo.

A natureza é um livro de páginas valiosas com suas histórias. As folhas que caem são como as etapas da nossa vida que acompanham a reciclagem de elementos novos.

Os meninos começam a desmontar os andaimes, e eu vou até eles. Fico emocionada ao ver o resultado.

— Meninos, bom trabalho!

Eu e o Pedro optamos por fazer os acabamentos do telhado em madeira, cujo brilho fosco deu um toque especial à parede, inteiramente pintada de branco, cor que escolhemos juntos, de comum acordo. Na semana passada, Pedro envernizou todos os guarda-corpos e portões.

Jurava que, depois de tanto trabalho, ele não teria fôlego nem para um carinho, mas não sei o que tinha no verniz que o homem não só fez carinho, mas também me lambuzou todinha com seu impermeabilizante natural.

Para quem vê de fora, o resultado dessa mistura é uma casa atual, rodeada de árvores altas e com toques rústicos, a começar do portão principal, feito sob medida. A mescla do branco com a madeira transmite uma leve sensação de ser uma casa de campo.

— Hoje o sol castigou. — Pedro me abraça, suado. — Gostei do resultado, também.

— Quem estava lá em cima pintando? — provoca Beggo. — Sou praticamente um Picasso.

A gargalhada vem do fundo da minha alma. Depois de saber a história dele com a Elaine e o Pablo, ouvir aquilo foi quase uma provocação.

— O que foi? — pergunta ele.

Pedro também não entende e me encara com a boca torta. Tenho certeza de que ele está pensando besteira, mas as risadas não me ajudam a achar uma resposta.

— Picasso! — Outra sequência de gargalhadas, e quando vejo estou de pernas para o ar, ouvindo o Pedro falar com o Beggo.

— Recolha sua brocha, pintor. Alguém está precisando de um banho gelado de piscina.

— Pedro, me solta. — Mal consigo dizer. — Prometo contar mais tarde. Tarde demais.

Ele me puxa para os seus braços quando nossos corpos submersos se separam embaixo d'água, na piscina.

Capítulo 38

Pedro Salvatore

Espreguiço-me preguiçosamente no terraço, depois da soneca de fim de tarde, e percebo a gradativa queda de temperatura. Admiro o projeto paisagístico do nosso cantinho. Perdida entre as folhagens, lá está ela, a criadora desse cenário lindo, regando as plantas.

Palmeiras-imperiais seguem enfileiradas dos dois lados, acompanhando o caminho do portão até o hall de entrada. Uma combinação de pândanos, helicônias, cicas e cruzias alterna-se no jardim em uma sincronia perfeita. E, na divisa entre o nosso terreno e o do vizinho, ela caprichou na distribuição de leques de viajante, intercalando-os com butiás. Arranjos de fórmios em forma de tuchos adornam toda a lateral da casa entre pedregulhos brancos.

A minha mulher mandou bem.

Isso mesmo: minha mulher.

Ela ainda não sabe, mas amanhã saberá.

Quer dizer, estou ansioso para que ela aceite.

Foram tantas histórias e aprendizados trocados nos últimos anos desde que a minha pupila chegou à minha vida...

Ela transformou as lágrimas de amargura que eu tinha guardadas no meu peito em vapores d'água incandescentes, com seu jeito carinhoso de ser.

Nunca tinha lidado bem com o TOC. Eu conseguia conviver com ele, mas com reservas, medo e culpa. Usava a autoflagelação como fuga. Punia-me para anestesiar minha dor. E ela me fez entender, de forma espontânea, que quem tinha de se aceitar primeiro era eu.

Minha cabeça cai para trás, entre risadas de felicidade.

Sou um baita sortudo!

Como é bom viver ao lado dela.

A bruxinha até me convenceu a conhecer o *brainspotting*, e não é que tem me feito muito bem?

Teimosa!

Divirto-me vendo-a puxar e brigar com a mangueira. Tenho vontade de gritar que não é assim que vai desmanchar o nó que se formou, mas sei que não adiantaria. Ela faria um contorcionismo enorme e conseguiria desatá-lo. Aliás, é exatamente o que a vejo fazer.

Se fosse comigo, a coisa teria sido mais mecânica: eu tentaria desatar o nó com as mãos. Até porque, meus pensamentos nunca me permitiriam agir de outro modo. Eles me dariam a ordem, ainda que eu verificasse diversas vezes se ele realmente tinha desatado.

Não consigo parar de rir, observando-a.

Seu esforço rendeu resultado provisório, porque logo o nó voltou a se formar. Ela é boa em me ajudar, mas, quando se trata de si mesma, é uma teimosa de mão cheia. E algumas lembranças vêm à minha mente, principalmente a do dia em que inauguramos nosso cantinho.

Eu estava ansioso. Pela primeira vez, os nossos amigos estariam todos reunidos. No meu caso, a ansiedade é a inimiga número um do TOC. Ela desencadeia uma série de rituais, manias e pensamentos intrusivos de uma só vez. Naquele dia, antes de sair de casa, perdi a conta das vezes em que liguei para o churrasqueiro contratado. Acho que até cheguei a contar quantos cubos de gelo havia dentro da caixa térmica na qual eu conduzia as bebidas. Queria que tudo desse certo, e cheguei a importunar ostensivamente a minha desaforada preferida.

— Pupila, você verificou se pegou tudo?

Da cozinha, onde verificava pela enésima vez se a caixa térmica estava bem fechada, gritei alto o suficiente para ela ouvir do quarto.

— Peguei.

— Olha de novo. Não temos nada ainda no cantinho.

— Pedro?

— Oi!

— Você já me pediu para fazer isso, e eu já fiz, três vezes! Agora sossega, vai dar tudo certo.

— Amor, é sério! Pegou a caixinha de primeiros socorros?

Agachado de costas para a porta, não precisei me virar para saber que ela estava atrás de mim. Seu perfume a denunciou.

— Seu teimoso! Quem tem TOC aqui é você. Já disse que olhei. — Sua mão tocou meu ombro para me tranquilizar. — Agora vamos carregar o carro, ou você me perguntará mais algumas vezes se não me esqueci de algo. Ou abrirá esta caixa mais dez vezes para ver se a bebida está gelando. — Ela tirou onda, debochada.

— Você tem razão. — Levantei-me, equilibrando-me, e a abracei pela cintura. Eu estava feliz demais.

— Tenho mesmo. — Ela sorriu, seus olhos piscando para me provocar, e sua modéstia me levou à morte.

Pronto: ali se ia um homem ansioso, dando lugar a um macho sedento.

— Acho que vamos nos atrasar.

— Não vamos, não.

— Vamos, sim.

Seu perfume faz meus pensamentos repetirem: *Transe com ela! Transe com ela! Transe com ela!*

Seus olhos negros a denunciaram: a danada não ligaria caso se atrasasse.

— Sabe que esse TOC não é de todo ruim? Gosto desses pensamentos repetitivos.

— Como você gosta deles?

— Quando estão impulsivos e você me prende na parede e me ama duro e profundo.

— Adoro mascarar meu TOC e fazê-la pensar como ele me deixa insano.

— Eu adoro quando você me engana.

Acabamos ficando sem a maionese que ela havia preparado, pois derrubei a travessa que estava em cima da mesa, pondo seu corpo sobre ela.

Ela tirou de letra essa vez, como sempre faz quando meus rituais e manias se manifestam. Isso me conforta e torna tudo insanamente perverso, divertido e prazeroso de conviver. Não existem mais espaços vazios, inseguranças ou receios na minha vida. Todos foram curados pelo fenômeno Beatriz.

Quando nenhum fantasma o domina, seja por medo do julgamento alheio, seja por preconceito, você se sente livre. Quando o transtorno não o influencia ou o manipula, você se torna livre. Para seguir e apenas conviver com ele, não ser seu escravo.

Desde que o cantinho ficou pronto, foram poucos os fins de semana que não passamos aqui. As exceções foram alguns encontros do motoclube em viagens curtas, mas em todas elas fiz questão de levar o meu tsunâmi de emoções junto.

Ela entrou na minha vida como uma responsabilidade imposta. Foi chegando, chegando. E logo se transformou em uma prazerosa necessidade de viver, como as partículas de oxigênio no ar que eu preciso para respirar.

Olhando-a regar as plantas, não tenho dúvidas de que a minha tarefa de amanhã à noite foi a decisão mais sábia da minha vida.

Há dias ela está irritada, e nada que eu faça acalma essa tormenta. Até mel ela deu para comer, agora.

Diz que gosta. Ainda não sei se é alguma provocação, porque tenho uma cliente nova no escritório que faz questão de marcar reuniões somente com o arquiteto e o engenheiro. Bom, vai ver que ela realmente gosta de se lambuzar com mel.

Pior que não posso beijá-la quando se delicia do melado. A danada chega a virar os olhos, para me provocar. Enquanto isso, sinto meus testículos se contorcerem.

Na noite passada, precisava de uma desculpa, a fim de acertar todos os detalhes do meu plano. Tínhamos combinado de ir a um show com nossos amigos, mas disse que precisaria visitar um cliente no Rio de Janeiro, e não havia encontrado voo de volta em um horário que me permitisse chegar a tempo. Ela quase me fez engolir a espiga de milho que tínhamos acabado de assar na fogueira.

Minha malagueta ficou tão vermelha, e seu olhar foi tão radioativo, que posso apostar que, nos seus pensamentos, ela queria que os grãos estourassem como pipoca na minha boca ou que se tornassem piruá para quebrar meus dentes.

Resultado da mentirinha: dormi de conchinha, mas não pude tocá-la, e ainda fiquei sem saber da surpresa que ela prometeu contar durante a noite. Mas o que eu podia fazer se havia um ótimo motivo para que eu inventasse aquela história?

Hoje pela manhã, ela demorou a sair da cama e, quando acordou, encontrou a mesa de café pronta à sua espera. Eu queria fazer as pazes. Afinal, ela precisava estar bem comigo para minha surpresa surtir efeito.

Fingi estar lendo o jornal quando ela chegou à cozinha.

Silenciosa, sentou-se à mesa.

— Dizem as pesquisas que o humor é o termômetro mais exato que existe. — Inventei estar lendo uma matéria para testar seu humor. Imaginei um sorriso, mas nada. — Bom dia, minha pupila.

— Bom dia!

Nada bom. E vê-la despedaçar a torrada só confirmou seu estado, ao contrário de mim. Eu, sim, tinha motivos para estar mal-humorado, já que não a tocava há dois dias. Decidi tentar brincar.

— Não mereço mais um beijo de um bom-dia?

Ela desdenhou, untou a torrada com mel e mordeu, como se dissesse: "Não posso, comi mel".

— Que mel é este? — Sua cara de surpresa foi impagável. Tive de morder o lábio para não rir.

— Melado!

— Este não é meu mel.

— Pensei que era tudo melado! — Larguei o jornal sobre a mesa e completei. — Hoje decidi ser a abelha do seu mel.

— Você foi um abelhudo, isso sim!

— Abelhudo, é? Eu só quis inovar. Até queimei meu dedo, derretendo o açúcar. — Mostrei divertido meu dedo ardido.

Sem pressa, levantei-me da mesa, arrastando a cadeira para trás, chamando sua atenção.

Eu queria jogá-la sobre a mesa, afundar-me dentro dela e grudar nossos corpos com o caramelo até ela desmanchar aquele mau humor sem sentido.

— Tenho certeza de que a calda está doce como mel. — Enfiei o dedo no pote, lambuzei-o do melado e levei à minha boca. — Hum! — Girei-o entre meus lábios, imaginando que fosse o bico do seu seio, todo caramelizado. — Sabe, minha pupila, é saudável para um casal experimentar novos sabores. — Meu pênis emitia fisgadas por ver seu peito subir e descer de ansiedade. — Esse não pode estar tão diferente assim, e, mesmo se estiver, duvido de que a abelha seja capaz de servir a você seu melado, como eu posso servi-la.

— E como é que você pode me servir?

Como era bom ver as chamas de desejos despertarem em seus olhos.

— De diversas maneiras. Por exemplo, no abdômen da abelha, você encontra o ferrão.

— Sorte a minha não precisar lamber a abelha para me deliciar do mel, pois geralmente o encontramos já extraído das colmeias.

— Bom ponto de vista! — Aquela língua atrevida logo ia encontrar um destino para deixar de ser tão insuportavelmente sedutora. — No entanto, no meu abdômen, você só encontrará melado. — Volto o dedo para o pote e, aproveitando que estou sem camisa, besunto do meu peito até minha barriga.

— Posso não querer prová-lo. Já pensou nisso? — Desafiadora e contraditória, sua língua lambeu seus lábios.

— Isso seria terrível. Esta manhã tive de enfrentar um enxame, arriscando minha vida, só para perguntar às abelhas qual o segredo desse mel que a minha pupila tão fascinadamente come a toda hora.

— Suponho que seu charme facilitou que obtivesse a resposta.

— Não foi muito fácil. Tive de usar um pouco do meu poder de persuasão. Você não quer provar um pouquinho para ver se ficou próximo do sabor? O mel natural pode ser melhor que na torrada.

— Será que você não exagerou na perfeição e colocou no meio dessa receita um ferrão junto? — Dou um passo para ela e ergo seu queixo. Percebo que ela está salivando.

— Se tivesse colocado algo, seria uma flecha do cupido para atravessar seu amor.

— Essa flecha já me acertou faz tempo. — Ela estende sua mão e o feitiço vira contra o feiticeiro. Flamejante, ela abaixa o elástico da minha calça e libera meu pênis, que a contempla em uma enorme ereção que quase lhe chega à boca. — Da próxima vez que visitar qualquer abelha, diga a ela que somente eu sei chupar todo o mel dessa flecha. — Entendo perfeitamente a mensagem subliminar! Ela se refere à cliente que venho atendendo. — E diga também que o mel produzido pertence somente a uma rainha! — Despejando o caramelo pela extensão do meu membro, senti o líquido viscoso me encobrir e seus lábios o saborearem.

— Minha rainha! — consegui dizer.

— Sim! Sua rainha, incapaz de aceitar que qualquer operária tente se aproximar ou sentir o cheiro do que lhe pertence.

Doce, ardida e lasciva, ela não só sorveu somente do melado, mas também me levou a nocaute em minutos, abstraindo todo o doce que expeli, até a última gota. Provocante, fez questão de limpar os cantos dos lábios com os dedos ao terminar, fazendo com que meus músculos e nervos, que já começavam a se descontrair, se tensionassem novamente e emitissem novas ondas de prazer.

— Pode testar outra receita e me mostrar se ela pode ser provada dentro do meu pote.

Sem reservas, passamos o resto da manhã entre geleias, cremes e demais alimentos viscosos, com muito prazer.

Só de lembrar isso, já me sinto faminto.

Ergo-me do terraço e sigo na sua direção, para ajudá-la a terminar de regar as plantas.

Afinal, temos um jantar ainda a preparar.

Beatriz Eva

Tudo bem que trabalho é trabalho, e estamos em plena segunda-feira, mas, poxa, que cliente mais chata!

Hoje é o show de lançamento do CD do Diogo Milani, um dos amigos do Marco e do Pedro, lá do motoclube. O cara está arrasando nas paradas, arrastando multidões em suas apresentações, e há semanas que estamos combinando de ir vê-lo. Desde que passei a frequentar o motoclube, conheci todos os membros e tornei-me grande amiga da Maria Rosa, esposa dele e sua fã número um.

Eu disse a ela que nunca seria esposa de um cantor. Só de imaginar aquela ruiva idiota marcando reuniões com o Pedro para falar da planta da sua empresa... Hum... Eu disse isso mesmo? Ok. Sou profissional, e não vou desmerecê-la em sua condição de empreendedora. Se ela chama sua mais nova terma de empresa, por mim, tudo bem... Só não posso engolir. Agora imagina a Maria Rosa tendo de lidar com todas as fãs loucas para se deleitar com o Diogo.

Acho que, se eu fosse ela, trabalharia como bartender dos shows e sairia distribuindo coquetéis vitaminados com um ingrediente surpresa a todas as fãs que se aproximassem do palco. Como não sou, admiro-a de longe por ver seu autocontrole.

Uma batidinha na porta me faz lembrar que estou ainda no escritório e totalmente desmotivada a ir para o show

— Atrapalho?

— Elaine, desde quando você me atrapalha, mulher?

Minha amiga leva seu profissionalismo a ferro e fogo. Estou muito orgulhosa dela. Embora não muito no âmbito sentimental, já que entrou nessa tal de paixão poliamor.

Mas o que dizer quando vejo estampado no seu rosto o sorriso de lado a lado, e ainda de quebra vejo meu outro amigo com o mesmo sorriso? Ainda ganhei um novo amigo, cujo sotaque latino nos faz dançar onde estamos.

O duro nisso tudo é abrir a mente do cabeça-dura do Pedro, que ainda não sabe dos detalhes, mas está bem desconfiado dessa relação louca entre eles.

No início, quando Elaine me falou um pouco sobre essa relação, que não se tratava somente do sexo em si, mas que os três tinham se apaixonado uns pelos outros, também foi difícil de entender, mas, hoje, tiro de letra. Apertei a tecla "dane-se o mundo" para o que é o certo.

Quero vê-los felizes.

— Conte tudo, não esconda nada. Não vi a cara do Pedro hoje. Como ele recebeu a notícia?

— Não recebeu.

— Como assim? Você fez o teste e me mandou foto. Por que não mostrou para ele?

Descobrir que estava grávida foi a notícia mais emocionante da minha vida. Fazer o teste da farmácia só foi uma confirmação para o que eu já sabia. Eu sei e senti exatamente o momento em que uma vida nasceu dentro de mim.

Dezesseis dias de atraso, muito enjoo, vontade imensa de ter um pote de mel como um *nécessaire* ao meu lado... Tudo isso só confirmava minhas suspeitas.

Na sexta-feira à noite, antes de ir para nosso cantinho, comprei o teste, e juro que queria dar a notícia para ele assim que vi o resultado. Mas o bichinho do ciúme estava me corroendo há dois dias. Eu não queria só dar a notícia, mas também fazer dela um acontecimento.

Poxa! Não era como arrumar mais uma responsabilidade para ele. No fundo, seria isso mesmo, mas de uma forma linda. Quero contar as boas-novas, mas que seja tudo surpreendente. Não quero que ele se sinta na obrigação de ter de se casar comigo para que o filho tenha pais vivendo uma relação estável, porque isso nunca foi nosso emocional. Já vivemos juntos como um casal e estamos prontos para introduzir um pequeno ou uma pequena pupila na nossa vida.

— Eu ia mostrar. Deixei o teste embaixo do travesseiro dele. Mas ele chegou dizendo que não poderá ir ao show conosco hoje. A porcaria da cliente carioca dele precisava de atendimento e só havia voo para o fim do dia. Fiquei irritada. Para ser muito sincera, perdi todo o tesão.

— Amiga, estamos falando de gravidez.

— Eu sei. Mas quero dar a notícia para ele em um momento especial. Não quando tenho vontade de torcer seus testículos.

— Quando vai contar?

— Não sei. O teste está na minha bolsa. Agora acho melhor esperar até fazermos as pazes.

— Vocês estavam brigados?

— Ele não, mas o meu ciúme, sim. Não gosto nada daquela Izilda. A mulher é um porre.

— Beatriz Eva, algum dia você vai colocar uma placa na porta deste escritório: "Aqui só são permitidos clientes homens".

— Boa ideia você me deu. Considere-se promovida para o Departamento de Marketing.

Rimos juntas.

Momento Pedro Salvatore e Beatriz Eva

— Isso é patético. Não preciso de todo esse disfarce. Afinal, já foi um dia muito trabalhoso para eu dizer ao mundo que quero a minha mulher.

— Não tem nada de patético — diz Bárbara. Marco ri quando ela me ajuda a vestir o resto da fantasia.

— Vou morrer de calor dentro desta roupa. — Olho para o espelho do camarim do Diogo. Maldita a hora em que contei a eles que queria surpreender minha pupila. — Este negócio está me dando coceira no corpo todo.

— Quando a Bya me falava que você era rabugento, eu não tinha noção do quanto.

— Ela dizia isso, é?

— Da boca para fora. — Ela ri.

— O show já começou. A gente se vê lá fora. — Marco me abraça e bate com força nas minhas costas.

— Espere! Como vou sair daqui? Preciso de vocês.

— Eu era seu fã quando pequeno. Adorava assistir a seu programa e nunca imaginei que um dia seria seu amigo. Pode contar comigo — diz ele, zombando de mim.

— Cuidado, gatinho. Lembre-se de que o alienígena adorava comer seus irmãozinhos felinos.

— Sei bem o que ele adorava comer, mas sou um tigrão e não corro esse risco.

— Não sei onde estava com a cabeça quando pedi a ajuda de vocês dois.

— Não reclama. Você está lindo. Agora vamos te levar até a pista de dança. Não queremos perder nem o show do Diogo, nem o seu, por nada neste mundo.

Bárbara me beija e os dois me conduzem até perto de onde todos os nossos amigos estão.

Ironicamente, vejo que todos me olham como se eu fosse um alienígena. Os segundos correm e posso dizer que a ansiedade só aumenta.

Meus pensamentos me pedem para girar de um lado a outro. Depois, pisar com os pés alternados em uma linha branca à minha frente. Para quem me observa, até parece a apresentação de um animador de festa. Só eu sei a pilha de nervos em que me encontro.

Sinto-me como o personagem do filme, que se colocava a si próprio em risco de ser descoberto enquanto fazia suas brincadeiras nada convencionais. Apesar disso, ele sempre se dava bem no final, e é assim que desejo que aconteça esta noite.

O produtor do show me sinaliza com o gesto combinado. Chegou a hora. No telão, que exibia clipes da banda sem parar, surge a imagem de uma rosa vermelha.

Dou alguns passos e vejo o pessoal do Águias e d. Cida, que se diverte dançando com Elaine, Beggo e Pablo.

Bya conversa com Bárbara e Marco e parece animada. Eles tentam distraí-la o tempo todo.

Todos cúmplices.

— Boa noite! Hoje estamos duplamente felizes: em recebê-los para o nosso lançamento e por servirmos como um marco na vida de duas pessoas com quem passamos a conviver e admirar. — Diogo faz a apresentação.

A plateia ovaciona os músicos.

O show está lindo.

Como eu queria que meu amor estivesse aqui!

Elaine tinha razão: Pablo é um pé de valsa e já dançou com metade das esposas dos nossos amigos.

Beggo tem me surpreendido ultimamente. Parece cada dia mais apaixonado pela Elaine e pelo Pablo também. Está mais maduro e menos impulsivo.

Os três começam a dançar juntos e dão um show à parte. Ao mesmo tempo em que me deixo seduzir pelo espetáculo, reparo em Bárbara.

— O que está achando do show, Bya?

— Adorando, Bárbara. Os meninos arrasam.

— Esta noite vai ser muito especial.

— Meu dia está sendo especial, pois sei que nunca mais estarei sozinha nessa vida.

Ela me olha espantada.

— Você está grávida?

— Antes de vir para cá, passei no laboratório e confirmei o que eu já sabia desde sábado.

Ela me abraça.

— Parabéns, Bya. Vocês serão os grávidos mais felizes que conheço.

— Queria o papai aqui. — Brinco passando a mão pela barriga, sonhando vê-la enorme.

— Então, hoje, o dia será duplamente especial. — Desvia o olhar de mim, seguindo os outros que se fixam no palco.

Quase ri.

Como assim, meu Alf ETeimoso aqui no show?

— Ei, moça! — O avatar dirige a palavra para mim.

— Oi, Alf! — digo, rindo.

— Você vai ao meu casamento?

— Se me convidar... — Gente, que engraçado!

— Mas como não vou convidar se você é a noiva?

— Hã? Como assim, a noiva?

As luzes se apagam. O telão escurecido exibe uma rosa vermelha ao centro.

Diogo, vocalista da banda, chama a atenção da plateia.

— Agora vamos tocar uma música especialmente composta para uma pessoa presente hoje. O nome é "Você é meu ar", composição de Fabrício Castro. Beatriz Eva e todos os convidados, quem a oferece é o meu amigo Pedro Salvatore. Este homem ama você, garota! E me confidenciou que você é seu ar.

Eu não acreditava em amor à primeira vista
Mas ao te ver fiquei sem saída
O seu encanto me enfeitiçou, com o seu brilho me
encantou
Eu não sabia mais o que pensar
Mas o meu coração
Sempre a procurar uma maneira fácil de entender
O amor que eu sinto por você.
Eu vou me declarar pra você agora
Eu posso ir embora
Se me der um fora

Eu falo a verdade
Eu te amo, sim
Eu quero ter você pra mim
Eu sei que foi amor à primeira vista
Seus olhos de menina
É a minha sina
Eu não consigo mais te esperar
Porque você é o meu ar.

Meus olhos ficam marejados de emoção. Que letra linda! No telão, começa a aparecer uma imagem. Demoro a entender o filme que aparece.

— Eu e o Pedro somos os protagonistas?

— Sim!

Assusto-me quando vejo o avatar do Alf ajoelhado ao meu lado.

Rio da situação e levo as mãos ao rosto.

— Você é louco?

— Louco por você.

O telão começa a emitir um som. Meus olhos se alternam entre o meu Alf ajoelhado aos meus pés e as imagens. Elas me prendem. Fixo minha atenção na tela. Seu olhar é marcante, penetrante, e foi nele que me perdi, desde o dia em que o vi.

"Em primeiro lugar, peço desculpas a todos que vieram assistir ao show do Diogo. Prometo ser breve".

A banda toca "Mirrors" em notas baixas.

"Bya, eu nunca imaginei encontrar uma pessoa que me desse paz, conforto e que me aceitasse exatamente como sou. Daí eu conheci você, e você também não é nada disso. Você me tira a paz e traz novidades à minha vida, me faz flutuar pela minha zona de conforto e é uma fanfarrona que brinca com respeito do meu jeito de ser, dentro das minhas imperfeições, e que fez eu me aceitar. Você é o meu TOC, o meu tesão em ser obsessivo e compulsivamente apaixonado pelo oxigênio que você representa, o ar que respiro. Somos iguais de maneira imperfeita. E nossas imperfeições se tornam perfeitas dentro do nosso amor. Você me completa. E eu quero completá-la pelo resto da vida. O normal seria eu pedir para que você nunca mude, mas isso não faria sentido, pois, a cada dia que acordo ao seu lado, é um dia diferente. Sinto novas emoções e descubro outra maior. E, como não posso viver sem respirar você, quero fazer um pedido. Casa comigo, minha eterna pupila? Por favor".

Sem esperar o vídeo terminar, ela arranca a cabeça da fantasia.

— Você tinha de ser diferente até no pedido de casamento? — Ela me puxa para si, limpando as lágrimas.

— Isso é um sim?

— Ainda não.

— Não?

— Não, meu amor, porque você precisa fazer direito e, na ausência do meu pai, você precisa fazer o pedido para o nosso filho que está no meu ventre.

— O que você disse?

— Eu disse que quem vai responder é o nosso filho, que está aqui dentro de mim.

Agarro-a pela cintura e a giro no ar sem sentir qualquer cansaço.

— Você é o meu ar, minha visão, meu tato, meu olfato. E nosso filho será o nosso viver. Eu amo você hoje, Beatriz Eva. Amei você ontem e amarei você amanhã, e o resto das nossas vidas, até envelhecermos juntos com nossos filhos, netos, bisnetos, até a geração que Deus nos permitir viver juntos.

— Ei! — Ela me chama a atenção, e eu paro de girá-la, temendo que esteja passando mal. — Só promete para mim que não ensinará a nossas próximas gerações esse jeito especial de pedir uma mulher em casamento.

— Você não gostou?

Dessa vez, é ela que gira nos meus braços.

— Eu amei.

Epílogo

Olá.

Eu sou o Gabriel Gimenez Gastaldo e estou aqui hoje para dizer que tenho muito orgulho da minha mãe.

No seu último capítulo, ela resolveu me fazer um resumo do seu novo livro.

Inicialmente, contou-me a história e disse que eu era um grande orgulho para ela, pois fui eu quem a motivou a escrever. Graças a mim, ela pôde conhecer e entender o que é o TOC. Mas não entendo.

Como é que ela pode ter orgulho de mim se é ela que a cada dia me faz vencer o TOC?

Tenho quinze anos, e há mais ou menos quatro meses encontrei com ele.

Foi quando os pensamentos intrusivos começaram a fazer parte da minha vida. Mas já vou dizendo: a história que ela criou é pura ficção. Meu pai não é como o do Pedro e minha mãe está aqui, vivinha ao meu lado.

Você deve se perguntar se eu já vivi as manias e os rituais do Pedro. Nossa! Isso acontece o tempo todo, mas hoje sou mais forte que eles, e é na terapia e na medicação que encontro meus aliados.

Costumo dizer que tem horas que os pensamentos azucrinam, mas sou teimoso. Acho que consigo azucriná-los mais. Assim os tenho vencido.

Enfim, vocês querem saber dos personagens, não é mesmo?

Conte para seus leitores, mãe, qual foi o desfecho desta história.

Desculpe, leitor, mas ela quer que eu conte o final. Então tá.

O casal teve uma cerimônia discreta e uma recepção íntima entre amigos.

A lua de mel... Bom, foi em uma linda viagem para a Argentina onde o Robson, marido da Suzete, uma das suezetes, resumiu o que é ter uma garupa em sua moto.

"A sensação que tenho ao pilotar a moto na estrada é de liberdade, de poder, de conexão com o mundo de mente aberta, ver e viver as várias experiências inusitadas. E ter a minha esposa na minha garupa amplia a sensação de proteção, de segurança, intimidade, prazer. E por fim, a do amor de ver o mundo diferente e dividir com a sua companheira o que a faz bem."

Do amor intenso desse casal nasceu a pequena Lívia. Desde o momento em que o médico os informou que ela era portadora da síndrome de Down, o amor deles por ela só cresce incondicionalmente. Como pais eles são empenhados em dar ferramentas necessárias para que ela esteja preparada para traçar sua história de vida, com direito a todos os erros e acertos. A linda e pequena Lívia, por sua vez, os surpreende dia após dia mostrando que é capaz e que no seu mundo repleto de amor só existe felicidade.

Fim

Agradecimentos

Bem, amigos da Sue Hecker, vai começar a partida!

O jogo é entre a história *Tutor* e o amor dos leitores.

Na comissão técnica, elas, as "suezetes": Suzete, Lívia, Nathalia, Sylvia, Gabriela Canano e os amigos do Wattpad, que me acompanharam durante a trama.

Ainda no apoio de equipe, os autores: Joice Bittencourt, Evy Maciel, Bya Campista, Sylmara Martins, Ana Sóh, Ariela Pereira, Kacau Tiamo, Camila Ferreira, Nathalia Viana, Marcia Lima, Danilo Barbosa e Míddian Meireles, que me ajudaram no desafio da história.

O time tem reforços imensuráveis como sustentáculo, blogueiras e grupos de amigos: Tardes Sensuais, Viciados no Wattpad, Lendo no Amazon, Cris Vieira, No Limite de Um Livro, Lunáticas por Romance, Universo das Piriguetes Literárias, Livros do Coração, Clube do Livro e Grupo Pégasus, como parceiros queridos.

E como não poderia faltar: a base, minha família, meu marido e meu filho que ficam na retaguarda torcendo de longe.

Ainda como colaboração: dr. Daniel Gabarra com o *brainspotting*; Diogo Milani, como intérprete da música exclusiva para a história; e o capista Denis Lenzi.

E, finalizando e possibilitando esse jogo, a editora HarperCollins, que acreditou no meu trabalho.

Vamos à escalação desse time querido.

Na verdade, um time convencional precisa de uma escalação inicial. Nesse caso, esta história foi escalada por todos que a adotaram. Não precisei criar um padrão, pois a escalação foi gerada aleatoriamente, pela confiança nela depositada, e o desempenho está sendo melhor que o esperado.

Os leitores que a escolheram levaram esta história a um mundo de vitórias na torcida, vibrando, comentando e ovacionando a cada capítulo.

Desse modo, não há posições determinadas nesse time. Simplesmente o jogo acontece, e todos jogaram em todas as posições, com apenas um intuito: marcar um golaço! E, olha, são muitos os golaços marcados.

A literatura apita o início desta história.

Sue Hecker tem uma motivação inicial que é uma lição de vida, passada com o ensinamento do que é o amor com a superação, e passa a história para frente. Seu time pega a imaginação e a curte, passando a história que conheceu para um amigo, um divulga para o outro e a trama vai se alastrando. Vários gols de placa! Um atrás do outro. Que maravilha!

Resultado final: vitória de goleada!

Obrigada, meu time querido, pelo apoio, pelo carinho e por suar essa camisa. Amo todos vocês.

Vai que é sua, *Tutor*!

Este livro foi impresso no Rio de Janeiro, em 2021,
pela Vozes, para a HarperCollins Brasil.
A fonte usada no miolo é Ines Light, corpo 11,5/14,1.
O papel do miolo é Pólen Soft 80g/m², e o da capa é cartão 250g/m².